Aqua Mortale

Die Autorin Petra Knauer wurde am 29.9.1963 in Heidelberg geboren.
Nach Grundschule und Gymnasiumsbesuch das Abitur 1983.
Danach ein kurzes Studium der Biologie, welches aber nach zwei Semestern abgebrochen wurde.
Es folgte ein abgeschlossenes Studium der Architektur an den Hochschulen Darmstadt und Karlsruhe. Seit 1992 Diplom Ingenieurin der Fachrichtung Architektur. Es folgten die Ausbildungen zur Tierheilpraktikerin und Groomerin.
Seit 1995 führt die Autorin eine eigene erfolgreiche Tierheilpraxis mit Hundesalon in Leopoldshafen in der Nähe von Karlsruhe.
Nebenher schreibt sie in jeder freien Minute Krimis und Kurzgeschichten.
2010 eine Zweitplatzierung beim Kurzkrimiwettbewerb des Röser Verlags Karlsruhe „Rabenschwarzer Boulevard“.
Besondere Interessensgebiete:

- Lesen und schreiben, vorzugsweise Krimis
- Aktiver Tierschutz
- Fauna und Flora, besonders einheimische Orchideen
- Musik, spielt Saxophon, Querflöte und Djembe, aktiv in zwei Bands und einem Orchester

Petra Knauer

AQUA MORTA-
LE

Ein Karlsruhe-Krimi

Engelsdorfer Verlag
Leipzig
2011

Bibliografische Information durch die Deutsche Nationalbibliothek: Die Deutsche Nationalbibliothek verzeichnet diese Publikation in der Deutschen Nationalbibliografie; detaillierte bibliografische Daten sind im Internet über http://www.d-nb.de abrufbar.

ISBN 978-3-86268-353-6

Hergestellt in Leipzig, Germany (EU)
www.engelsdorfer-verlag.de

14,00 Euro (D)

Prolog

Reinhard Klug, Finanzbeamter im Ruhestand, war ein Frühaufsteher. Jeden Tag um fünf Uhr dreißig, Sommers wie Winters. So auch an jenem extrem warmen Maitag. Laut Wetterbericht sollten erstmals die 26 Grad Celsius überschritten werden. Ein idealer Tag also für Reinhard Klug, um schon früh zum Leopoldhafener Baggersee aufzubrechen.

Als passionierter Freizeitangler beschloss er, das Wetter zu nutzen, um den gesamten Tag dort zu verbringen.

Voller Vorfreude packte er sein Angelzeug in den Fahrradanhänger, ein Vesper für Mittags dazu, sowie seinen Lieblingsfrüchtetee, gekühlt selbstverständlich.

Da er auf keine Frau oder Freundin Rücksicht nehmen musste, stand seinem Angeltag nichts mehr im Weg.

Die Straßen waren an jenem Freitagmorgen noch leer, so dass er ohne störende Autoabgase und Verkehrslärm die Hauptverkehrsstraße von Eggenstein Richtung Leopoldhafen entlangfahren konnte.

Laut fröhlich vor sich hin pfeifend radelte er vorbei am Pfinzentlastungskanal, an der Ampelkreuzung links in die Leopoldstraße und dann immer geradeaus bis zum See.

Mittlerweile war es sechs Uhr dreißig, die ersten Frühaufsteher zogen die Rollläden hoch und Reinhard Klug grüßte sie im Vorbeifahren.

Dann noch über die kleine Brücke und schon lag rechterhand der idyllische, ruhige Baggersee mit dem Seglervereinsgelände.

Vorbei an den Seglern und weiter Richtung Angelstege zum nördlichen Teil.

Er war glücklich! Ein Tag in Stille und Frieden. Kein Stress, kein Ärger, keine Badegäste um diese Jahreszeit und vielleicht hatte er ja auch wieder Glück beim Angeln so wie beim letzten Mal, als er einen großen Hecht an Land gezogen hatte. Ein wahrer Festschmaus! Das hatte sich wirklich gelohnt.

Sein Lieblingsplatz war ein besonders breiter Steg mit Holzrückwand, die so schön die Sonne reflektierte. Da er stets früh dran war, gelang es ihm auch im Sommer fast immer, diesen Steg zu belegen, ehe die anderen Badegäste oder Angler es konnten.

Wie immer im Leben. Wer zuerst kommt, mahlt zuerst! Ganz sein Lebensmotto.

Er bog um die Kurve, dann noch etwa zweihundert Meter weiter und da wurde auch schon der Steg sichtbar. Genauer gesagt erst mal nur die Rückwand. Er stellte am Wegrand sein Fahrrad ab und musste sich leider zum ersten Mal an diesem Tag ärgern: Bierflaschen, zerschlagene, liegen gelassene Bierflaschen! So eine Sauerei!

Direkt auf dem Weg, jeder konnte sich verletzen, die Fahrradreifen aufgeschlitzt werden. Eine ohnmächtige Wut bemächtigte sich Herrn Klugs, sein friedlicher Angeltag hatte schon einen Knacks erhalten.

Sein Baggersee und sein Angelplatz waren durch eklige Bierflaschen verseucht worden. Überhaupt Bierflaschen! Primitives Arbeitergesöff!

Er würde so etwas nie anrühren. Er atmete tief durch, um sich etwas zu beruhigen. Noch konnte der Tag gerettet und die Bierflaschen vielleicht entsorgt werden. Er hatte immer Plastiktüten dabei. Aber jetzt erst mal den Steg belegen.

Vorsichtig hob er sein Angelzeug vom Hänger und betrat die schmale Holzbohle, die zum Steg führte.

Er wollte gerade schwungvoll sein Angelzeug auf die Plattform wuchten, als er sah: da war schon jemand. Offensichtlich war ihm ein Badegast zuvorgekommen. Dieser bückte sich gerade zum Wasser hinunter, wohl um die Temperatur zu fühlen. Lächerlich! Im Mai war an Schwimmen nicht zu denken.

Herr Klug wollte ihn gerade ansprechen, als dieser etwas völlig Überraschendes tat. Er erhob sich, kam rasch auf ihn zu.

Herr Klug konnte gerade noch sagen: „Was machst Du denn hier, so früh am Morgen?“, da ergriff sein Gegenüber eine liegen gelassene leere Bierflasche, zerbrach diese an der Holzrückwand und zog sie mit einem blitzschnellen Ruck quer über Herrn Klugs Kehle. Er brach röchelnd zusammen, sein Blut spritzte heftig über die Holzplanken.

Dann umschloss ihn friedliche, schwarze Stille.

1.

Endlich! Das war ein verdammt langer und kalter Winter gewesen. Doch jetzt wärmten kräftige Sonnenstrahlen den frisch ergrünten Waldboden. Bärlauch verbreitete seinen knoblauchartigen Duft, Kuckucksblumen und Huflattich waren schon lange verblüht. Ackerschachtelhalme in Vorbereitung.

Stampf! Das Ende eines zarten jungen Triebes. Zwei Zentimeter daneben, stampf! Auch das Nachbarblatt vernichtet. Was sich für die Bärlauchtriebe ausnahm wie ein trotteliger Dinosaurier, war in Wirklichkeit – Miro.

Seiner Art nach ein etwas zu groß geratener Lhasa Apso Rüde.

Na ja, für einen Lhasa Apso hält ihn voller Stolz ja nur seine Dosenöffnerfreundin. Seine vierbeinige Freundin Pida, eine Pudel-Malteser- Dame, glaubt doch eher seine wahre charakterliche Herkunft zu kennen: ein dahergelaufener, eingewanderter, griechischer Straßenköter, der mit seiner frechen, dicken Nase überall herumschnüffeln muss. Eine echt nervige Landplage!

Noch im Teenageralter, nur Blödsinn im Kopf, keiner Rauferei abgeneigt und zudem noch extremst verfressen!

Was hat eine edle Pudelmischlingsdame schon mit so etwas zu tun.

Zugegeben, auch Pida stammt von der griechischen Insel Kos, aber man kann doch einen Pudel nicht mit einem Lhasa Apso vergleichen.

Dazwischen liegen Pidas Ansicht nach unüberwindbare soziale Unterschiede.

Okay, als Schutz vor großen, schwarzen Hunden ist er ja schon gut geeignet. Hier und da spielt sich auch recht nett mit ihm. Und nachts, sicher, da lässt er sich als Kuschelkissen gut verwenden, aber – er ist halt nur ein Rüde. Zudringlich, frisst einem alles weg, will ständig spielen und muss immer wieder zur Vernunft geknurrt werden.

Ach ja, man hat es eben nicht leicht als edle Pudel-Malteser-Dame.

Wie schön ist es da doch mit der Dosenöffnerfreundin namens Elisabeth, Kurzform Elli.

Pida hatte Elli in Griechenland kennen gelernt, als diese dort Urlaub machte. Pidas Leben auf den griechischen Straßen war sehr hart. Kampf ums tägliche Überleben, Futtersuche, Giftköder erkennen können und sich gegen große zudringliche Artgenossen verteidigen. Das war kein Zuckerschlecken! Drei Jahre schon hatte sie dies durchgehalten. Menschen waren für Pida lediglich Bedrohung. Ab und zu bekam sie zwar Futter von ihnen, besonders von Urlaubern, aber ein Sicherheitsabstand war doch ratsam.

Dies begann sich an dem Tag zu ändern, als ihr Elli auf der Straße in Kos über den Weg lief. Elli kam Pida irgendwie anders vor als die anderen Menschen. Sie stürzte sich nicht sofort begeistert auf sie, wie manche Touristendamen, besonders Engländerinnen, es zu tun pflegten mit dem Ausruf: „Oh, how sweet! Oh you are such a darling!"

Bei diesen Worten pflegte Pida sofort das Weite zu suchen. In ihren Ohren klang das nach hysterischem, beängstigendem Gekreische. Da waren die Griechen, die sie lediglich mit Fußtritten verscheuchten, fast noch besser zu ertragen.

Nein, Elli war anders. Sie verhielt sich ganz ruhig, summte leise vor sich hin, hatte etwas sehr lecker Riechendes in der Hand und setzte sich im Abstand von etwa fünf Metern vor Pida einfach auf den Boden. Das war merkwürdig, aber nicht bedrohlich.

Und interessant zumal Pida extremen Hunger verspürte. Das Wasser lief ihr im Mund zusammen, hmm gebratenes Fleisch hatte sie seit Tagen schon nicht mehr gehabt.

Vorsichtig und mit eingezogenem Schwanz kroch sie unterwürfig auf Elli zu. Diese beachtete sie überhaupt nicht und begann von dem leckeren Fleisch zu essen. Immer näher kroch Pida, Zentimeter um Zentimeter. Als sie noch etwa einen halben Meter von dem begehrten Objekt entfernt war, ließ Elli langsam die Hand sinken. Das Fleischstück, verpackt in ein Stück Weißbrot, von den Menschen Hamburger genannt, wanderte in Pidas Richtung auf den Boden. Elli brach ein kleines Stück davon ab.

Vorsichtig aß Pida es, zog sich aber gleich wieder zurück. Oh, war das fein und roch so gut! Nur noch ein kleines Stückchen! Bitte! Die Hand wanderte näher und hielt ihr ein weiteres Stück hin. Zart nahm sie auch dieses entgegen.

Dieses Spiel dauerte noch fast eine halbe Stunde, bis Pida sich endlich etwas entspannte und von Elli unter dem Kinn kraulen ließ.

Aber mehr war nicht möglich. Jeden Tag um die gleiche Zeit wiederholten sich Ellis Besuche fast eine Woche lang. Von Besuch zu Besuch wurde Pida etwas zutraulicher. Gegen Ende der Woche ließ sie sich sogar ein Halsband und eine Leine umlegen und führen, allerdings sehr geduckt und mit eingekniffenem Schwanz.

Und dann kam der große Schock. Am letzten Tag gab Elli Pida ein Stück Fleisch das irgendwie komisch roch, aber sie aß es trotzdem vertrauensvoll auf. Ihr wurde etwas schwindelig und eine große Müdigkeit breitete sich rapide über ihren kleinen Pudelkörper aus. Schlafen, nur noch schlafen. Sie fühlte sich willenlos hochgehoben, weggetragen und irgendwo eng eingesperrt. Dann wurde es über längere Zeit sehr, sehr laut, dröhnend und kalt, soo kalt. Endlich wieder stiller, aber alles nur im Halbschlaf, verschwommen. Noch kälter. Was war das denn nur, hatte Elli sie verraten und verkauft? Vielleicht sogar an ein Tierversuchslabor, um dort qualvoll zu verenden? Sogar im Halbdämmerzustand wurde Pida übel bei dem Gedanken daran.

Dann – wieder wurde sie hochgehoben, Wärme, Frieden. Zunehmend kehrten ihre Sinne wieder und sie fand sich-

Gott sei Dank in eine dicke Decke gewickelt auf Ellis Schoß liegend in einem kuscheligen Wohnraum wieder. Endlich geschafft, endlich ein Zuhause!

Das war nun schon über ein Jahr her und in der Zeit hatte sich sehr viel getan.

Pida wurde immer offener und zutraulicher, gewöhnte sich mehr an Menschen und fing an, ihren Job als Chefsekretärin in der Tierheilpraxis zu genießen. Dieses Geschäft gehört zwar Elli, aber Pida ist ebenbürtige vierbeinige Chefin geworden. Ihr fällt auch die Unterhaltung mit den vierbeinigen Kunden leichter.

Wenn Elli dann wieder einmal meint: „Ach könntest Du mich doch nur verstehen, wie sehr ich Dich mag und dass ich Dich damals aus Kos einfach mitnehmen musste.“, wundert sich Pida doch über die Naivität der Menschen, die immer noch glauben, Tiere könnten die menschliche Sprache nicht verstehen.

Wenn Pida dann antwortet: *„Ich hab das alles doch längst kapiert. Ich mag Dich ja auch ganz arg!“*

Dann meint Elli immer: „Heute ist meine liebe Pida aber wieder sehr gesprächig und grummelt so vor sich hin. Ob ihr vielleicht schlecht ist von dem Hühnchen zu Mittag?“

Pida kann dann nur noch die Augen verdrehen, angesichts soviel menschlicher Dummheit.

Irgendwann erklärte ihr Elli: „Auch wenn Du mich jetzt nicht verstehen kannst, möchte ich Dir von Miro erzählen.

Das ist ein wunderschöner, weißer Pudelrüde auch aus Kos. Ich habe ihn im Internet gesehen und beschlossen, er würde ganz gut zu uns passen. Was meinst Du dazu?"

Man kann sich vorstellen, dass Pidas Antwort natürlich wieder mal nicht verstanden wurde, aber ein edler Pudelrüde, der würde ihr schon gefallen.

Und dann kam der Tag X.

Ein Transportkäfig wurde gebracht, Pida schon ganz aufgeregt, in freudiger Erwartung, das Fell gestylt. Aus der Box kläffte es erst einmal sehr unpudelig laut und tief. Die Dame, welche die Box gebracht hatte, erging sich in Entschuldigungen, dass der Pudelrüde in Kos schon gut vermittelt worden war, aber vielleicht könnte man doch dieses süße kleine Fellknäuel da in der Box vorübergehend aufnehmen.

Natürlich ließ Elli sich breitschlagen, und heraus kam- von wegen süßes Fellknäuel: ein in Pidas Augen hässlicher, machomäßiger, kurznasiger weiß-nicht-was-Köter.

Er durchquerte sofort im Laufschritt die Wohnung direkt zur Küche, stürzte über Pidas noch halb vollen Futternapf her und pinkelte danach an den Elektroherd. Das alles mit der Bemerkung: *„Gehört jetzt alles mir. Cooler Laden hier. Na Puppe, wie wär's mit uns zwei?"*

Pida war komplett aus der Fassung geraten, knurrte und geiferte das Ekel an und zog die Lefzen bis zum Anschlag hoch.

„Verlass sofort mein Reich Du unerträglicher Angeber, auf der Stelle."

Die Dame vom Tierschutz meinten dazu: „Ach sieh mal, sie fangen schon an, sich zu beschnuppern. Das könnte ein Dream-Team werden."

Von dem Zeitpunkt an wurde Pida klar, so nett Menschen auch sein können, ein volles gegenseitiges Verständnis würde niemals möglich sein.

All diese Erinnerungen zogen Pida so durch den Kopf, als sie mit Elli und Miro am Leopoldshafener Baggersee spazieren ging. Inzwischen hatte sie sich mit Miro etwas versöhnen können. Mit strengen Erziehungsmaßnahmen ihrerseits und viel, viel Geduld war er sogar zu ertragen. Manchmal konnte er sogar richtig liebevoll sein. Als Pida sich z.B. im Winter eine schlimme Blasenentzündung holte und zwei Tage ziemlich daniederlag, kuschelte sich der kleine Macho doch tatsächlich an sie, um sie zu wärmen. Er leckte ihr die Lefzen und beruhigte sie ständig: *„Das wird schon wieder. Mit dem hochdosierten Antibiotikum, das Du zwei Mal täglich kriegst, ist das in einer Woche garantiert vergessen.“* Er behielt Recht und sie liebte ihn dafür.

Sie fing sogar an mit ihm zu spielen, Junghunde müssen ja beschäftigt werden. Auch ihr Selbstbewusstsein anderen Hunden gegenüber gewann enorm mit dem griechischen Vollmacho an ihrer Seite. Sollte sich da vielleicht doch ein Dream-Team entwickeln?

Müßig sich über so was Gedanken zu machen, für Hunde zählt nur jeder einzelne Tag, nicht die Zukunft. Und so wanderten alle drei an diesem herrlichen Frühjahrsmorgen am See entlang, jeder so in seine Gedanken versunken.

„Miro, lauf nicht so weit voraus, Du weißt doch, dass Elli es nicht mag. Sie befürchtet, Du könntest nicht mehr zurückfinden.“

„Red doch keinen Quatsch, hier riecht es viel zu intensiv nach Hasen, um rumzutrödeln. Zurück würde ich immer wieder finden.“

„Ja, aber das weiß sie doch nicht und wir haben auch nicht so viel Zeit, das Geschäft ruft.“

„Hat Elli nicht gesagt wir hätten heute frei? Sie wollte doch den schönen Vormittag genießen.“

„Stimmt fällt mir auch gerade wieder ein. Trotzdem mach ihr keinen Ärger, sonst sinkt die Laune enorm Richtung Gefrierpunkt. Du weißt doch, wie empfindlich Menschen sein können.“

„Schon klar, Mami, ha, ha!"

„Flegel, ich zeig Dir gleich Mami!"

Schon sauste Pida hinter Miro her und die beiden verschwanden um die nächste Ecke.

„He, ihr Chaoten, was soll das", ertönte da die erboste Stimme von Elli. „Schon mal was von Jägern gehört, die am frühen Morgen kleine Hunde abknallen?"

„Wir kommen ja gleich wieder", antwortete Pida außer Atem. *„Ich muss nur erst diesen Rabauken zur Vernunft bringen. Außerdem habe ich auch gerade Hasen gerochen."*

„So ein Mist", schimpfte Elli. „Jetzt sind beide weg. Ich werde wohl wieder mit der Schleppleinenarbeit bei Miro anfangen müssen. Der gehorcht immer noch nicht."

Herrlich, so durch die taufrischen Sträucher zu rennen und Hasenspuren zu erschnuppern. Pida fühlte sich wieder wie ein Junghund. Wie zwei übermütige Welpen kugelten die zwei übereinander und jagten sich gegenseitig.

Da musste sogar Elli lachen: „Die zwei haben ja richtig Spaß miteinander. Das wenigstens wird immer besser. Pida ist ja so was von aufgeblüht seit Miro da ist. Hätte ich nie erwartet."

„Hab Dich gleich", japste Pida.

„Von wegen, ich bin viel schneller, Oma!"

„Dir geb ich Oma!"

„Mich kriegst Du nie, lahme Pudelzicke!"

„Meine Beine sind länger als Deine und ich hab auch nicht so eine Fettwampe wie Du."

Schwungvoll hechtete sie an ihm vorbei. Mitten im schönsten Spiel zog ein merkwürdiger Geruch in Pidas Nase. Blut! Sie verlangsamte, Miro sprang hämisch grinsend an ihr vorbei, bis auch er plötzlich wie angewurzelt stehen blieb. Sie sahen sich gegenseitig an: *„Blut!"* ertönte es wie aus einem Munde.

„Ich will ja nichts sagen, aber das riecht mir verdammt nach Menschenblut. Und nicht zu knapp!", schnupperte Miro.

„Komm lass uns woanders hinlaufen, das behagt mir nicht." Pida fing etwas an zu zittern.

„Ach was, das muss erkundet werden."

„Nein! Lass uns so tun, als ob wir nichts gemerkt hätten."

„Nein, als echter tapferer Grieche werde ich vor einer Herausforderung nicht zurückschrecken, koste es, was es wolle."

Energisch erschnupperte Miro sich den Weg weiter, immer dem Geruch nach. Pida lief zurück zu Elli.

„Der Idiot bringt uns nur in Schwierigkeiten, hör nicht auf ihn."

„Wo will denn Miro so eilig hin? Hat der wieder einen Hasen gerochen? Der wird nie so perfekt wie Du, Pida", seufzte Elli.

„Vor allem ist er unvorsichtig, Elli. Bitte, bitte ignoriere ihn einfach."

Sie schmuste sich an Elli heran.

„Nanu, so verschmust heute Morgen, was ist los?" Elli bückte sich, um Pida den Kopf zu kraulen.

Da ertönte etwa fünfzig Meter entfernt Miros hektisches Gekläffe. *„Ich hab ihn, ich hab ihn. Ist so richtig schön zermetzelt. Elli, Pida kommt schnell her, ich bewache ihn so lange."*

„Oh nein, jetzt geht der da nicht mehr weg, und ich kann doch kein Blut sehen."

Sie zog an Ellis Hose und versuchte sie zum Umkehren zu bewegen.

„Ich glaube heute spinnt ihr beide. Die eine will zurück, der andere verbellt da vorne was. Jetzt kommst Du an die Leine."

Frustriert senkte Pida den Kopf und ließ sich kampflos anleinen.

„Jetzt tu nicht so beleidigt, einmal alle drei Wochen kannst auch Du mal an der Leine gehen."

Elli, mit der widerwilligen Pida im Schlepptau, näherte sich dem kläffenden griechischen Helden, ohne zu ahnen, welch Anblick ihr in Kürze bevorstehen sollte.

Zuerst einmal stolperte sie beinahe über einen Haufen zerbrochener Bierflaschen am Wegrand.

„So eine Sauerei. Pida, pass auf, alles voller Glas. Hoffentlich ist Miro nicht schon verletzt."

Vorsichtig umging sie den Haufen und sah Miro ständig auf einem Anglersteg auf und ab rennen und kläffen.

„Was hat der denn? So aufgeregt hab ich ihn ja noch nie gesehen."

„Das wirst Du gleich merken. Ich hatte Dich gewarnt, aber Du hörst doch nie auf uns."

„Miro, komm sofort hierher. Aber sofort! Aqui, ven", rief Elli erbost. Normalerweise gehorchte er auf Spanisch etwas besser.

Diesmal keine Chance, Elli musste den Ungehorsamen wohl doch vom Steg holen. Energisch betrat sie die rutschige Holzdiele, die bockende Pida hinter sich her ziehend.

„Heute könnt ihr beide aber echt nerven", schimpfte Elli vor sich hin.

Das Geschimpfe verging ihr allerdings schlagartig beim Anblick dessen, was der kleine Rüde verbellte.

Eine Leiche! Ein blutüberströmter Haufen, von etwas, das einmal ein Mensch gewesen war.

Zwar voll bekleidet, aber Kopf und Hals nur noch als Blutmasse zu erkennen.

Elli wurde es schlagartig schwindelig und übel bei dem Anblick.

Ziemlich still nahm sie den aufgeregten Miro an die Leine und zog ihn vom Steg.

„Das habe ich gefunden, ha, bin ich nicht ein echter Held?"

„Halt endlich die Klappe, Du Vollidiot. Wirst noch sehen in was Du uns da geritten hast", knurrte Pida jetzt sehr erbost.

Miro hielt doch tatsächlich den Schnabel, weil seine edle Freundin noch nie solche Fäkalausdrücke verwendet hatte, und er zudem den Zustand bemerkte, in dem Elli sich befand. Sie war kreidebleich geworden und taumelte am Wegrand entlang, kurz davor, sich zu übergeben.

„Auweia, da hab ich wohl doch Mist gebaut", meinte Miro bedrückt.

„Das kannst Du wohl laut sagen, jetzt ist es zu spät." Pida hätte Elli diesen Anblick gerne erspart. Sich selbst allerdings auch. So viel Blutgeruch war definitiv nichts für ihre empfindliche Pudelnase.

Beide Hunde drückten sich dicht an Elli, wie um sie zu stützen. Diese sank erst einmal auf den weichen Waldboden.

„Jetzt nicht schlapp machen", tröstete Pida. *„Lass uns schnell von hier verschwinden, wir haben ja gar nichts gesehen."*

Sie versuchte Elli mit ihren kleinen Zähnen an der Hose zu packen und von diesem Ort des Grauens wegzuziehen.

Fast willenlos und wie betäubt gab Elli der kleinen Pudelhündin nach und ließ sich ein paar Meter bewegen. Der bedrückte und in seiner Mannesehre gekränkte Miro versuchte wenigstens seine Beschützerinstinkte herauszukehren und beäugte wachsam die Sträucher ringsherum.

„Das ist ja ein Alptraum", stöhnte Elli. „Mir ist kotzübel. Hier an unserem schönen Baggersee eine Leiche. Den Anblick werde ich nie vergessen! Der arme Mensch."

Sie versuchte irgendwie Ordnung in ihre wirren Gedanken zu bringen. Was war jetzt zu tun? Bestand Gefahr für sie selbst und die beiden Hunde? Hektisch blickte sie um sich, sah aber nicht wirklich etwas, obwohl ihr Blick auch unbewusst am Seeufer entlang schweifte. Pida zog sie immer noch energisch weiter.

Also erst einmal in Sicherheit bringen und zurück zum Auto. Im Eilschritt ging es zurück zum Parkplatz. Vielleicht waren ja schon andere Spaziergänger unterwegs, oder besser nicht. Einer davon könnte der Mörder sein. Ein eiskalter Schauder durchlief sie. Wie oft war sie schon an diesem schönen Baggersee gewesen. Wie früher würde es nach diesem Fund nie mehr werden.

Kaum am Auto angekommen riss sie die Tür auf, verfrachtete die beiden Hunde hinein, setzte sich hinters Steuer und verriegelte erst mal alle Türen. Erst jetzt fühlte sie sich etwas sicherer, aber noch schwindelig.

Ihr würde nichts anderes übrig bleiben, als die Polizei zu holen. Sie wollte schon den Zündschlüssel umdrehen, als sie merkte wie zittrig und wenig fahrtüchtig sie sich eigentlich fühlte. Das Handy! Diesmal hatte sie es Gott sei Dank nicht zu Hause vergessen, sondern im Auto gelassen. Der Akku war ausnahmsweise auch geladen. Also nichts wie 110 wählen. Pida, die mitbekam, was Elli gerade machte, stöhnte auf. *„Nein, das hatte ich befürchtet, jetzt geht der Ärger los. Hätte sie nicht einfach nach Hause fahren und die ganze Sache vergessen können?“*

Aber Elli zückte ihr Handy und wählte 110, nicht ahnend, dass damit in Zukunft ihr Leben in vollkommen anderen Bahnen verlaufen würde.

Etwas weiter vorn, direkt auf dem Waldweg entlang des Baggersees, hatte ein Mann neben seinem großen, weißen Geländewagen mit einer Beschriftung auf der Tür gestanden. Er war Elli heimlich bis zum Parkplatz gefolgt. Dort konnte er beobachten, wie sie im Auto saß und telefonierte. Pech für ihn, Glück für sie. Er merkte sich die Zeugin mit ihren beiden Hunden, sowie das Nummernschild ihres Jeeps sehr genau.

Seine Zeit würde noch kommen.

2.

Chris Holland, junger und dynamischer Hauptkommissar der Karlsruher Kriminalpolizei, Abteilung Morddezernat, zog seinen Audi Quattro schwungvoll um die Kurve Richtung Leopoldshafener Baggersee.

Der Anruf, den er heute Morgen erhalten hatte, „Leichenfund an einem Baggersee bei Leopoldshafen“, war für ihn reine Routine.

Zerstückelte Leichen konnten ihn nicht mehr schockieren, dazu hatte er schon zu viele gesehen. Er war ein Ass in seinem Beruf.

Vor seinem brillanten, messerscharfen Verstand zogen sogar die neidischsten Kollegen den Hut. Nicht umsonst hatte er es so früh schon zum Hauptkommissar gebracht. Von den Verbrechern gefürchtet, von den Frauen vergöttert.

Die Spurensicherung war schon vor Ort, wie ihm mitgeteilt worden war. Er zeitlich nur knapp zu spät. Er war auf der Dienststelle aufgehalten worden.

Er fuhr schnittig auf den Parkplatz und bremste scharf. Sein Fahrstil war schon immer etwas gewöhnungsbedürftig gewesen. Jetzt aber zackig an die Arbeit. Als erstes war er erstaunt, dass die Leute von der Spurensicherung noch immer wie begossene Pudel auf dem Parkplatz herumstanden. Genauer gesagt um einen kleinen Jeep mit getönten Scheiben. Suzuki Jeep, stellte er verächtlich fest. Klapperkiste und Rostbeule. Sollte sich darin etwa die Leiche befinden? Ungeduldig schüttelte er seine mehr als schulterlangen Haare zurück und ging zügigen Schrittes auf die Gruppe zu.

„Na was ist hier los. Fangt doch endlich mit eurer Arbeit an!“

„Hi, Chef." Verlegen näherte sich ein Kollege. „Würden wir ja gerne, aber …" Unterbrochen wurde er von wütendem Gekläffe aus dem Jeep.

„Was ist das denn? Ist bei der Leiche noch so ein blöder Köter oder was? Habt ihr etwa Schiss vor einem Fußabtreter mit Fellbesatz? Ha, ha hört sich doch eh nur an wie ne kleine Tretmine. Wie peinlich!"

Diese Aussage hätte der Herr Hauptkommissar besser unterlassen. Energisch wurde die Tür des Jeeps aufgerissen und heraus trat- keine Leiche, sondern eine zierliche Brünette. Sportlich gut durchtrainiert, stellte Holland fest.

– Death zone! No prisoners! –, als Schriftzug, umrahmt von Totenköpfen, auf ihrem schwarzen T-Shirt, stach ihm sofort ins Auge.

Na ja, so gefährlich wie ihr Outfit war diese Erscheinung garantiert nicht. Innerlich musste er lächeln. Das Lächeln verging ihm jedoch recht schnell, denn im Moment steckte in dieser Frau eine Amazone, nach ihrem Gesichtsdausdruck zu schließen.

„Hab ich das etwa richtig gehört? Fußabtreter mit Fellbesatz! Tretmine! Was für ein impotentes Arschloch habe ich denn gerade vor mir?"

Erschrocken zuckten die dabei stehenden Polizisten zurück und machten unwillkürlich Platz wie für einen Boxkampf zwischen zwei recht ungleichen Gegnern.

Ehe der verdutzte Holland zu Wort kam, ging die Beschimpfung weiter.

„Wissen Sie, ich habe einen furchtbaren Morgen hinter mir, obwohl der Tag gerade erst angefangen hat. Ich will hier lediglich friedlich spazieren gehen. Meine Hunde entdecken eine Leiche, ich muss mich schier übergeben, schleppe mich zum Auto zurück, rufe als braver Staatsbürger 110, warte auf die Polizei. Kaum ist dieser Haufen hier angekommen, soll ich sie zum Tatort führen, obwohl es nur einen Weg gibt und die Leiche nach meiner Beschreibung gut zu finden wäre. Dann kommen Sie daher und beschimpfen meinen reinrassigen, griechischen Lhasa Apso als Fußabtreter und Tretmine. Auch wenn ich jetzt wahrscheinlich eine Anzeige bekommen werde, allerdings stehe ich ja unter Schock, hier noch ein letztes Wort von mir: Machs Dir doch selber! Mir reicht's völlig!"

Mit diesen Worten warf sie ihre hüftlangen Haare zurück und wollte wieder in den Jeep steigen, hatte jedoch nicht mit der Reaktionsgeschwindigkeit eines Kampfsport trainierten Hauptkommissars gerechnet. Der packte sie am Ellenbogen und zog sie aus dem Kreis auf die Seite außer Hörweite.

„Ach, Sie vergreifen sich jetzt auch noch körperlich an unschuldigen Zeuginnen. Das ist ja interessant!"

„Jetzt hör mir mal gut zu, Du Zeugin", zischte Holland.

„Seit wann Duzen wir uns denn?"

„Seit das impotente Arschloch, das es sich selber machen soll, etwas gereizt worden ist. Schock hin oder her. Das ist Beamtenbeleidigung eines Hauptkommissars, die Sie jetzt mindestens 1600 Euro und eine Strafanzeige kosten wird."

„Fußabtreter mit Fellbesatz und Tretmine ist Beamtenbeleidigung eines reinrassigen griechischen Lhasa Apsos, auch nicht gerade billig."

Holland hielt die tobende Frau am Arm auf Abstand von sich. Ein Junkie war sie nicht, soviel war ihm sofort klar. Auch Alkohol war keiner zu riechen. Er sah ihr lange in die Wut blitzenden, grünen Augen und konnte nicht anders, er musste schallend lachen.

„Beamtenbeleidigung eines griechischen Lhasa Apso, der war gut! Also eins muss ich Ihnen lassen, Sie haben entweder viel Mut oder stehen wirklich unter Schock."

„Was ist daran denn so lustig?“, klang es schon etwas besänftigter. „Mist, jetzt bekomme ich wohl echt Ärger, oder? Sorry, war nicht so gemeint von mir, aber meine Hunde lasse ich nicht beleidigen. Die haben als Straßenhunde in Griechenland schon genug mitmachen müssen.“

„Ist schon okay, ich werde ausnahmsweise noch mal ein Auge zudrücken. Es ist schon verdammt lang her, dass mich einer im Dienst so beschimpft hat, außer Besoffenen oder Junkies.“

„Also wirklich, ich trinke nicht und Rauschgift habe ich noch nie konsumiert“, schnappte sie wieder beleidigt. Das bisschen Cannabis in ihrer Studentenzeit zählte sie nicht dazu.

„Ich denke wir fahren unsere Emotionen jetzt beide runter und gehen an die Arbeit, okay?“

Erschöpft senkte die ermüdete Amazone den Kopf, streckte Holland die Hand hin. „Elli, Elli Schönberg. Ausführlich auch Elisabeth Schönberg.“

„Chris Holland, Hauptkommissar der Karlsruher Kriminalpolizei, Morddezernat.“

Noch etwas zögerlich schüttelten die zwei Kampfhähne sich die Hände.

„So Jungs, jetzt gehen wir mal langsam an die Arbeit. Frau Schönberg wird uns hoffentlich zum Tatort führen. Wäre das in Ordnung für Sie? Wir sind ja dabei.“

Elli sah ihn genauer an und dachte, obwohl er nur ein Mann ist, kann er ja auch nett sein.

„Okay, ich führe Sie hin, aber meine Hunde bleiben hier im sicheren Auto.“

„Das käme uns auch entgegen. Wegen Spuren und so“, fügte Holland noch schnell hinzu.

Überdrehte Tierschutzzicke, dachte er bei sich. Braucht wohl wieder mal ’nen ordentlichen Kerl, nach der unverschämten Beschimpfung zu schließen, die er sich hatte anhören müssen.

Elli ging zum Auto beugte sich nach hinten und sagte: „Hey meine Süßen. Ich muss noch mal kurz mit denen mitgehen, bleibt schön brav, ich lass das Fenster etwas herunter."

„War klasse von Dir eben, dem Trottel hast Du es aber gegeben", kläffte Miro. *„Sei still, sie kriegt sonst noch mehr Ärger"*, ermahnte Pida den Unruhebolzen.

Draußen vor dem lehmbeschmutzten Jeep verdrehte Holland die Augen und raunte seinem Kollegen zu: „Wo ist die denn entsprungen? Nervige, überdrehte Kuh."

„Na ja, man findet als Normalbürger nicht jeden Tag eine Leiche, Chef. Da muss man, glaube ich, etwas Nachsicht üben …"

„Was ich mich übrigens vorhin gefragt habe: Wieso soll ich es mir eigentlich selber machen? Sehe ich denn so schlimm aus?"

Die ganze Runde brach in Gelächter aus.

Elli hatte ein sehr gutes Gehör, drehte sich um und meinte trocken: „Vielleicht einfach mal ausprobieren, Herr Hauptkommissar, soll echte Erleichterung verschaffen bei erhöhtem Testosteronspiegel!"

Jetzt beschloss Holland doch besser zu schweigen, um die Situation nicht eskalieren zu lassen.

Die Beamten schlossen die Schranke des Versorgungsweges auf. Das Fahrzeug der Spurensicherung mit Chris und Elli an Bord setzte sich in Bewegung. Elli war plötzlich sehr kleinlaut und still geworden und überdachte ihr Verhalten von vorher gründlich. Wieso hatte sie sich nur dermaßen daneben benommen? Das passte doch gar nicht zu ihr. Sie konnte sich selber nicht mehr verstehen. Zwar war sie nicht auf den Mund gefallen, aber gleich so ausfallend zu werden, lag eigentlich nicht auf ihrer Linie. Dieser Hauptkommissar hatte etwas an sich, das sie mächtig reizte und aggressiv werden ließ. Wenn das nicht noch ein heftiges Nachspiel gab, von wegen Beamtenbeleidigung und so. Sie hätte glatt losheulen können, was sie natürlich tunlichst unterließ.

Chris, der wegen der Enge im Auto gezwungenermaßen dicht an seine Zeugin gepresst saß, hatte plötzlich und völlig unerwartet ganz andere Probleme. Und die waren ihm dermaßen peinlich, wie noch nie in seinem ganzen Leben. Da wurde er als Hauptkommissar zu einem Mordfall gerufen. Er ließ sich von einer Zeugin übel beschimpfen, ohne diese gleich anzuzeigen, was ihm selber eigentlich gar nicht verständlich war, und hatte jetzt peinliche zunehmend drängende Enge in seiner eh schon knapp sitzenden Jeans. Er hätte vor Verlegenheit in den Boden versinken können. Wenn das bloß keiner merkte!

„Geht's nicht einen Tick schneller?", knurrte er den Fahrer böse an.

„Hat der jetzt eine Scheißlaune", dachte Elli. „Hoffentlich lässt er die nicht an mir aus. Hätte ich allerdings verdient."

„Bloß Abstand von dieser Tussi", dachte Chris, „ich blamiere mich ja schon den ganzen Morgen."

„Halt nicht weiter, sonst vernichten Sie vielleicht Spuren. Da vorne, etwa 100 Meter weiter, ist der Steg." Elli beugte sich aufgeregt nach vorne und drückte dabei unbewusst ihre Brust an seinen Ellenbogen.

Als der Minibus anhielt stürzte Chris hinaus.

„An die Arbeit, los, los."

„So kenne ich den Chef gar nicht", raunte ein Beamter seinem Kollegen zu. „Er ist doch sonst so ruhig und besonnen. Passt gar nicht zu ihm. Was ist dem heute denn über die Leber gelaufen?"

„Vielleicht ein reinrassiger griechischer Lhasa Apso? Oder hat ihn wieder mal eine von seinen vollbusigen Blondinen verlassen?“, flüsterte der andere zurück. Beide verkniffen sich das Lachen und gingen zur Ausrüstung.

Chris, dem das Getuschel nicht entgangen war, kam sich vor wie ein Idiot. Wenn sein Verhalten weiter so unprofessionell war, konnte er den guten Ruf als Hauptkommissar vergessen. Schlagartig war er ernüchtert!

Hätte er gestern Abend nur nicht die drei Bierchen reingekippt aus Frust über seine letzte gerade beendete Beziehung zu einem 22 jährigen Fotomodell namens Karin. Diese Beziehung hatte zwar nur wie seine meisten knapp ein halbes Jahr gehalten, aber diesmal hatte es ihn doch mehr getroffen. Er verspürte langsam eine schreckliche Leere in sich. Seine Gedanken fingen wieder vermehrt an, um Violetta zu kreisen. Seine geliebte Violetta …

Zwanghaft riss er sich los von dem beginnenden heftigen Schmerz, der ihn wieder einmal zu überwältigen drohte.

„Gelände absperren, keiner darf hier mehr durch. Frau Schönberg, Sie bleiben bitte hier stehen.“

„Klar, ich gehe sicherlich nicht wieder auf den Steg. Den Anblick ertrage ich kein zweites Mal.“

„Das brauchen Sie auch gar nicht.“

Sanfter als beabsichtigt schob Chris sie am Arm erst ein Stück beiseite, hielt sie dann fest. Ein gewisses Kribbeln überlief sie bei der Berührung.

Was sollte das denn? Sie hatte eindeutig genug von Männern. Ihre letzte katastrophale Beziehung war schon über zwei Jahre her und immer noch hatte sie sich nicht davon erholt. Dieser falsche Fuffziger namens Erwin. Der Name hätte sie gleich warnen sollen. Drei Jahre lang hatte er ein Doppelleben geführt und sich parallel zu ihr eine zweite Freundin geleistet, wie sie mittlerweile wusste.

Als Elli die Erklärung für seine samstäglichen Ermüdungen vom angeblichen Tennisspielen entdeckte, fühlte sie sich wie vom Blitz getroffen. Eine Kundin hatte beiläufig erwähnt, dass Erwin schon ewig nicht mehr im Tennisclub aufgetaucht war. Eine Kontrolle seiner Handynachrichten brachte Elli traurige Gewissheit.

„Mein Eumelchen! Wie freue ich mich wieder auf nächsten Samstag. Bis dann, Dein Schnuckiputzileinchen."

Eumelchen, Schnuckiputzileinchen! Elli hätte beinahe in das Handy gekotzt. Wie gelähmt hatte sie die gemeinsame Wohnung verlassen und nur das Notwendigste mitgenommen. Obwohl sie Erwin am liebsten erschlagen hätte, brach sie sofort jeglichen Kontakt mit ihm ab und mietete das kleine ehemalige Forsthäuschen mitten im Wald, welches sie schon länger im Visier gehabt hatte, damals allerdings in der Hoffnung, es gemeinsam mit Erwin zu beziehen.

Mittlerweile hatte sie sogar dank einer Erbschaft ihrer reichen Tante das wunderschöne kleine Häuschen erwerben können.

Sie fühlte sich mit jedem Tag glücklicher in ihrem selbst erschaffenen und frisch renovierten Paradies. Einen Teil hatte sie als Tierheilpraxis umbauen können. Eigentlich fehlte ihr gar nichts, bis auf das typische Singleproblem der Einsamkeit an Feiertagen, Weihnachten und langen Winterabenden, an denen auch Freunde keine Zeit hatten. Aber all dies war immer noch viel besser als eine stressige, enttäuschende Beziehung. Der Typ Hausmuttchen, welches Ehemänner bekocht und pflegt, war sie noch nie gewesen. Selbständigkeit und Freiheit gingen ihr über alles.

Also, was sollte dann das verdächtige Kribbeln im Bauch als dieser unmöglich arrogante, leider zu gut aussehende Hauptkommissar sie am Arm berührte? Flirten war nicht ihr Ding.

„Hallo, könnten Sie mich vielleicht wieder loslassen?"

„Entschuldigung." Verlegen nahm er seine Hand von ihrem Arm.

„Da vorne liegen die zerschlagenen Bierflaschen und auf dem Steg die Leiche. Vielleicht hat ja jemand dem eins mit so einer Flasche übergezogen."

„Mutmaßungen überlassen Sie doch bitte der Polizei."

„Ja, ja ich weiß dein Freund und Helfer. Dann kann ich ja jetzt das Schlachtfeld räumen und endlich nach Hause duschen fahren."

„Ist in Ordnung. Geben Sie doch bitte noch kurz einem Kollegen Ihre Adresse. Übrigens: Haben Sie oder Ihre Hunde die Leiche berührt?"

„Igitt, ich garantiert nicht. Bei Miro bin ich mir nicht so sicher. Der hat ihn zuerst entdeckt und ziemlich lange verbellt, bis ich ihn einfangen konnte. Könnte sein, er hat dran geschnuppert oder ist drübergelatscht, das Trampeltier! Pida ist gar nicht hin und hat versucht, mich wegzuziehen, die Gute!"

„Na ja, solange keiner der beiden die Leiche angekaut hat."

„Jetzt werden Sie aber sehr makaber, Herr Holland. Meine Hunde essen keine Leichenteile, nur gekochtes Fleisch."

Als Chris sich bei diesem Satz schmunzelnd zur Seite wandte, merkte Elli, was für einen Blödsinn sie gerade verzapft hatte.

„Äh, ich merke gerade, mir ist doch nicht so wohl. Ich gehe besser zum Parkplatz zurück."

„Soll ein Kollege Sie begleiten?", fragte Chris besorgt. Eine kollabierende, hysterische Zeugin hätte ihm an diesem Morgen noch gefehlt.

„Nein, nein, ich habe meine Adresse vorhin schon angegeben und jetzt verlasse ich Sie. Ich laufe zurück. Wird mir gut tun und den Kreislauf anregen. Das meiste habe ich Ihren Kollegen ja schon am Parkplatz erzählt."

Sie drehte sich auf dem Fuße um und ging davon.

Chris atmete erleichtert auf. Endlich konnte er in aller Ruhe mit der eigentlichen Arbeit anfangen.

3.

Einen Tag später.
Elli hatte sich gerade ihren Morgengetreidekaffee eingeschenkt, als es an der Tür klingelte. Miro raste los, kläffte wie ein Gestörter und auch Pida unterstützte seine Bemühungen.

„Den kenn ich, das rieche ich genau! Der Trottel vom Baggersee, der Elli angegrapscht hat."

„Jetzt übertreibst Du aber Miro."

„Klappe, ihr zwei! Sitz und still!"

Murrend fügten sich die zwei Vierbeiner der Anordnung und platzierten sich beschützend neben der Haustür.

„Wer ist da?", rief Elli durch die geschlossene Tür.

„Das impotente Arschloch von gestern Morgen." Holland wurde schlagartig klar, dass er sich schon wieder wie ein Idiot verhielt. Er musste langsam seinem Berufsstand wieder gerecht werden! Diese Frau trieb ihn noch zum Wahnsinn.

Schmunzelnd öffnete Elli die Haustür und hielt Miro am Halsband fest.

„Hereinspaziert! Die Tretmine frisst keine Kriminalbeamten, nur gekochte Leichenteile."

„Hätte ich auch in seinem eigenen Interesse nicht gehofft."

Er quetschte sich durch den Türspalt und Elli schloss schnell wieder hinter ihm.

„Auch einen Getreidekaffee?"

„Äh ein normaler unkastrierter wäre mir eigentlich lieber. Entschuldigung, Fachjargon."

„Ach, macht nichts, sage ich auch immer. Ich mache Ihnen gerne einen Unkastrierten."

Elli ging voran Richtung Küche, gefolgt von Chris in engem Schlepptau Miro.

„Jetzt bedräng ihn doch nicht so. Das ist ein Hauptkommissar“, stöhnte Pida

„Egal, er hat mich als Tretmine beschimpft. Das vergesse ich ihm nie. Außerdem hat er eindeutige Interessen an Elli.“

„Was Du nicht alles so glaubst zu riechen. Er ist nur nett zu ihr.“

„Ha, nett. Das denkst auch nur Du! Bei den Menschen gibt es keine Freundschaften zwischen Mann und Frau. Nicht so wie bei uns Hunden.“

„Ich weiß nicht. Mama hat doch etliche schwule Freunde.“

„Ja, aber die haben keine sexuellen Interessen an ihr. Das macht die Sache einfacher.“

„Sex, Sex, das ist doch nicht alles im Leben.“

„Glaubst Du?“

„Sind Ihre Hunde immer so gesprächig?“, fragte Chris.

„Gesprächig nennen Sie das? Ich würde es eher als Morgengegrummel bezeichnen.“

„Eh, versteht der uns etwa?“, meinte Pida hoffnungsvoll.

„Quatsch, das war Zufall. Menschen verstehen Hundesprache nicht. Wenn Mama das nicht kann, schafft es keiner.“

„Da hast Du wohl leider Recht. Sie sind doch recht beschränkt in ihren Möglichkeiten der Kommunikation.“

Während Elli in der Küche tätig war, hatte Chris die Möglichkeit den übrigen Wohnraum in Augenschein zu nehmen. Durch den offenen Grundriss gab es quasi keine Zwischenwände. Alles großzügig gestaltet und lichtdurchflutet. Gemütliche Naturholzmöbel, terracottafarbene Fliesen und hohe Zimmerpflanzen schufen einen warmen Farbton, ein offener Kamin ließ auf gemütliche, kuschelige Winterabende hoffen. Große Aquarelle mit Meereslandschaften und mediterranen Dörfern fügten sich gut in das Gesamtbild. Beim näheren Betrachten der Bilder erkannte Chris, dass seine Mordzeugin selbst die Malerin war. Seine Achtung vor dieser Frau stieg etwas. Hier war wohl außerdem ein guter Innenarchitekt zu Werke gewesen. Aus einem alten Schuppen ein solch urgemütliches zuhause zu erschaffen, war nicht jedermann gegeben. In einer Ecke stand ein Saxofon, direkt neben einer beachtlichen Stereoanlage. Bose-Boxen, vom Feinsten.

Sehnsüchtig zogen seine Gedanken ein paar Jahre zurück, als auch er von so einem Heim mit Violetta geträumt hatte. So ähnlich hatte er es sich immer vorgestellt. Mit ihr, die ihm leider so grausam entrissen worden war. Ohne es verhindern zu können, schossen ihm Tränen in die Augen. Er wandte den Blick durch die großen Schiebetüren nach draußen in Richtung Terrasse und dem verwilderten Garten, um nicht in die Küche sehen zu müssen.

Bloß sich jetzt keine Blöße geben. Männer weinen nicht! Und schon gar nicht Jahre hinterher. Damals waren seine Tränen vor Schock versiegt. Er konnte seinem Schmerz keinen freien Lauf lassen, sonst wäre er durchgedreht. Wieso dann jetzt?

„Kaffee ist fertig. Mit Milch und Zucker oder ohne?“

Ruckartig und wie ertappt drehte Chris sich um und riss dabei eine Blumenvase zu Boden. Sie zerschellte mitsamt den darin befindlichen Osterglocken auf dem Boden.

„Oh nein, das tut mir entsetzlich leid“, stammelte er.

Elli wollte gerade eine bissige Bemerkung loslassen, als ihr Blick in sein Gesicht fiel. Nanu? Was war denn mit dem los? Glitzerten da nicht Tränen in seinen Augen? Wegen einer Vase mit Osterglocken? Der taffe Hauptkommissar hatte wohl entweder Heuschnupfen oder ein seelisches Problem.

Elli beschloss das Ganze mit einer flapsigen Bemerkung zu entschärfen.

„Ach, die alte Vase ist eh vom Sperrmüll, mein bevorzugtes Beuterevier. Wollte ich schon wegwerfen.“

Als Chris sich bückte, um die Scherben aufzuheben, erkannte er auf der Unterseite der ehemaligen „Sperrmüllvase" die Eingravierung „Rosenthal".

Er hielt ihr das Stück hin.

„Was man nicht so alles auf dem Sperrmüll findet. Was hat das gute Stück denn gekostet? Ich ersetze es selbstverständlich."

Verlegen drehte Elli die Zuckerdose in der Hand herum und entgegnete:

„Manche werfen halt auch wertvollere Stücke weg. Ist schon in Ordnung."

„Nichts ist in Ordnung. Ich werde mich nach dem Neupreis erkundigen und ihn bezahlen."

„Wie wollen Sie jetzt Ihren Kaffee?", lenkte Elli ab.

„Schwarz mit etwas Zucker, bitte. Und außerdem einen Wischlappen und eine Kehrschaufel."

Elli brachte beides aus der Besenkammer und wollte sich schon bücken, als Chris es ihr aus der Hand nahm. Wieder verspürte sie ein Kribbeln im Bauch bei der Berührung. Chris ging es auch nicht viel anders und er bemühte sich eifrig darum, den Boden blitzblank zu putzen.

„Nicht zu sauber, bitte. Fällt sonst auf zum Rest der Wohnung. Es sei denn, Sie möchten komplett putzen. Hätte nichts dagegen!"

Wie Elli so lässig an den Türrahmen gelehnt stand mit einer Tasse in der Hand und ihrem luftigen Sommerkleid hätte Chris sie am liebsten vom Fleck weg geküsst.

Stattdessen beendete er schnell die Aktion und erinnerte sich an den eigentlichen Grund seines Besuches.

„Ich hätte da noch ein paar Fragen an Sie wegen gestern."

„In Ordnung. Setzen wir uns doch hier ins Wohnzimmer, das ist gemütlicher als die Küche."

Chris wollte sich gerade auf das mit Kissen bedeckte, breite Sofa niederlassen, als er unter seinem Allerwertesten etwas Unebenes spürte. Verwundert zog er einen abgenagten Maiskolben hervor. Wortlos hielt er ihn Elli hin, die knallrot wurde.

„Oh. Das ist mir aber echt peinlich. Ich hatte mich schon gewundert, wo Miro meinen Mittagessensrest von gestern hinverschleppt hat. Miro, was soll das denn?"

Drohend hielt sie dem kleinen Rüden den Maiskolben vor die Schnauze. Dieser klemmte den Schwanz ein und verzog sich in sein Körbchen.

„Hatte ich Dir nicht gesagt, das gibt wieder Ärger", erzürnte sich Pida. *„Du bist einfach unmöglich."*

„Wenn sie erst entdeckt, wo ich den Ochsenziemerrest versteckt habe, kriege ich sicher heiße Ohren", meinte Miro kleinlaut.

„Wo ist der denn?"

„Verrate ich nicht, sonst schnappst Du ihn doch nur weg. Hältst Du mich für so blöd?"

„Egoistischer Geizhals!"

„Also könnten Sie mir nochmals genau schildern, was gestern Morgen vorgefallen ist?"

„Klar. Ich bin wie gewohnt zum Baggersee gefahren, habe meinen Jeep auf dem Parkplatz abgestellt, die Hunde ausgeladen und bin auf dem gewohnten Weg am See entlang gelaufen."

„War auf dem Parkplatz noch ein anderes Fahrzeug. Auto, Motorrad oder Fahrrad, irgendetwas?"

„Nein ganz sicher nicht. Wäre mir sofort aufgefallen. Ich stand da alleine. Auch den ganzen Weg entlang ist mir niemand begegnet. Ist um die frühe Uhrzeit auch normal."

„Das heißt, Sie gehen da öfter spazieren."

„Ja, mindestens drei Mal die Woche. Der See ist zu jeder Jahreszeit herrlich. Oder war es bis gestern zumindest. Nur im

Sommer, wenn viele Badegäste sich darum verteilen, meide ich ihn eher. Da stören die Hunde sonst nur."

„Und Sie sind immer so früh unterwegs?"

„Meistens. Manchmal, besonders am Wochenende, wird es auch Nachmittag."

„Okay, jetzt schildern Sie einfach mal den genauen Hergang von gestern."

Elli wunderte sich selbst, wie friedlich und unkompliziert sie sich im Gegensatz zu gestern mit dem Hauptkommissar unterhalten konnte. Der Schock hatte wohl doch eine gewisse Rolle gespielt. Er wurde ihr zunehmend sympathischer und sogar menschlich.

„Also wie gesagt ich ging den Weg entlang, die Hunde rasten wie immer voraus."

„Unangeleint?"

„Ja ich weiß das ist nicht erlaubt, aber sie gehorchen beide super und wildern nicht."

„Ich wusste gar nicht, das Mama so gut lügen kann", prustete Pida heraus mit einem Seitenblick auf Miro.

„Das interessiert mich jetzt nicht, ich bin von der Mordkommission und nicht vom Ordnungsamt."

„Wie beruhigend! Dann kann ich ja höchstens wegen Mordes verhaftet werden und nicht wegen wildernder Hunde. Wie gesagt die beiden spielten und tobten miteinander herum. Miro vorneweg und der war dann plötzlich verschwunden und kläffte wie blöd. Ich dachte schon, er hätte einen Hasen oder ein Reh entdeckt."

„Soviel zum Thema meine Hunde wildern nicht", lachte Chris.

„Scheiße, ertappt! Ich hoffe, Sie verraten mich jetzt nicht bei Ihren Kollegen." Elli sah ihn mit riesengroßen, bittenden Augen an. Wer könnte da schon widerstehen?

„Das muss ich mir noch sehr überlegen. Wie viele Rehe hat er denn schon gerissen?“

„Das war jetzt aber ein schlechter Witz. Miro ist viel zu lahmarschig und erwischt leider noch nicht mal die Mäuse im Garten. Stimmt nicht ganz. Neulich abends hat er sich auf sein Kissen auf der Terrasse plumpsen lassen. Darunter nächtigte wohl eine Maus. Die war dann verständlicherweise platt. Die einzige Maus, die er meines Wissens bisher erbeutet hat.“

„Dass Du mich vor Fremden immer so runtermachen musst“, knurrte es aus dem Körbchen.

„Ich glaube, wir schweifen etwas vom Thema ab.“

„Stimmt. Also er war plötzlich weg, und Pida schlich ganz geknickt auf mich zu. Ich rief ihn, keine Reaktion, also musste ich ihn holen gehen. Pida versuchte ständig, mich wegzuziehen. Jetzt weiß ich auch warum. Dann vor dem Steg am Wegrand entdeckte ich die zerschlagenen Bierflaschen, die mich ärgerten, da die Hunde sich hätten verletzen können. Wütend kletterte ich auf die Holzdiele, die zum Steg führt, um Miro zu holen. Als ich um die Ecke bog, wäre ich beinahe über … na ja die Leiche gestolpert.“

Elli musste schlucken und vergrub ihr Gesicht schweigend in ihrer riesengroßen Tasse.

Chris ließ ihr Zeit, um sich zu fangen, weil ihm klar war, dass ein Leichenfund keine Angelegenheit war, die man so leicht wegsteckte. Er war sowieso verwundert, wie gut sich diese Frau hielt, die gestern Morgen eine Blut überströmte Leiche gefunden hatte. Sie schien sehr in sich zu ruhen und gefestigt zu sein. Die beleidigenden Ausbrüche schob er auf den Schock.

„Mein nächster Gedanke war: nur weg von dieser Stelle. Der Mörder hätte ja noch in der Nähe sein können. Also spurteten wir schnellstens zum Auto zurück, ich packte die Hunde und mich hinein und verriegelte die Türen. Dann wählte ich 110 und informierte Ihre Kollegen. Der Rest dürfte ja bekannt sein."

Dies alles bescherte Holland keine neuen Erkenntnisse.

Die Leiche wurde noch obduziert, aber es war am Tatort schon zu erkennen gewesen, dass ein Schnitt durch die Kehle wohl die Todesursache gewesen war. Ob ausschließlich stand noch nicht fest. Hoffentlich stand nicht wieder eine Mordserie bevor, so wie letztes Jahr.

In Gedanken versunken nippte er an seinem Kaffee. Auch Elli schwieg. Beide saßen wie ein altes Ehepaar traulich vereint nebeneinander auf dem Sofa.

Elli schielte seitlich zu ihm hinüber. Sie hatte ihn eigentlich noch nicht bewusst näher betrachtet. Gestern war er ihr arrogant und überheblich erschienen. Das war er jedoch nicht wirklich, wie sie heute erkennen musste. Ringe und tiefe Falten unter seinen blauen Augen, die so hart wirkten, zeugten von schlimmen emotionalen Erlebnissen.

Entweder lag das an seinem extrem belastenden Job oder er hatte schon persönlich Schlimmes erlebt. Intuitiv tippte Elli auf letzteres. Sein Alter schätze sie auf etwa Mitte dreißig.

Sein lässiges Äußeres ließ ihn eher wie einen Rockmusiker erscheinen und nicht wie einen Polizeibeamten. Na ja, Tarnung ist im Leben alles. Vielleicht spielte er ja wirklich ein Musikinstrument.

„Spielen Sie vielleicht ein Musikinstrument?", platzte Elli plötzlich heraus. Holland zuckte zusammen, aus seinen Gedanken gerissen.

„Sie wechseln Ihre Themen aber recht schnell", meinte er.

„Entschuldigung, ich wollte nicht persönlich werden. Geht mich ja gar nichts an. Also spielen Sie eins oder nicht?"

„Neugierig sind Sie ja gar nicht. Ja, eh Sie mich weiter nerven, ich spiele etwas E-Gitarre."

„Hab ich mir fast gedacht. Sie sehen total danach aus. Gute Tarnung! Übrigens, wurde die Leiche eigentlich mit einer Bierflasche getötet, wie ich vermutete hatte oder nicht?"

„Jetzt werden mir die Sprünge in der Konversation aber zu schnell. Ich darf Ihnen über den Mordhergang leider nichts sagen." Chris erhob sich vom Sofa. „Ich denke das war erst einmal alles. Ich muss wieder los. Wenn sich noch Fragen ergeben sollten, melden wir uns, oder wenn Ihnen etwas einfällt, hier ist meine Telefonnummer von der Dienststelle. Ruhig anrufen!"

Er reichte Elli eine Visitenkarte mit einer Festnetz und einer Handynummer.

Er begab sich Richtung Haustür, gefolgt von Elli, Miro und Pida.

Vor der Haustür drehte er sich zögernd zu ihr um.

„Sie spielen Saxofon?", fragte er fast schüchtern.

„War ja easy zu erraten, Herr Hauptkommissar. Ihre Gedankensprünge sind auch nicht ohne. Ja, ich spiele in einer Band Saxofon und ab und zu Schlagzeug. Sie heißt HotDogs und wir haben übernächstes Wochenende einen Auftritt. Bessert etwas mein Einkommen auf. Wenn Sie Interesse haben, vorbeikommen. Kostet diesmal keinen Eintritt, sondern ist für einen wohltätigen Zweck. Tierschutz in Griechenland."

Sie drehte sich um und zog einen kleinen Flyer aus der Schublade der Garderobe.

„Hier, Werbung ist im Leben alles."

Sie überreichte ihn Chris und der meinte überrascht:

„Danke für die Einladung, werde es mir überlegen. Also bis vielleicht irgendwann." Grüßend hob er die Hand mit der

Karte, öffnete die Haustür und ging zu seinem direkt vor dem Haus geparkten Audi.

„Also Tschüß, ich erwarte Sie auf dem Konzert." Elli hielt Miro am Halsband fest, winkte ihm kurz nach und schloss die Haustür.

Im Flur stehend sah sie auf die geschlossene Tür und war total verwundert über das plötzliche Verlustgefühl, das sie durchzog. Mit Entsetzen musste Elli feststellen, dass sie sich Hals über Kopf in einen Hauptkommissar verknallt hatte. Bloß das nicht!

Bitte keine Komplikationen mehr im Leben. Sie wusste ja überhaupt gar nichts über Chris Holland. Wahrscheinlich war er verheiratet und hatte mindestens zwei Kinder. Abstand!

Draußen im Audi las ein gefühlsmäßig verwirrter Hauptkommissar die kleine Karte mit der Einladung. Die HotDogs kündigten ihren Auftritt zu Gunsten des griechischen Tierschutzes an, um Spenden werde gebeten. Von der Band hatte er sogar schon gehört, fiel ihm ein. Rap, Hard Rock, viele Coversongs. Er hatte schon ewig vorgehabt, ein Konzert dieser Karlsruher Band zu besuchen. Aber unter den gegebenen Voraussetzungen würde er es selbstverständlich nicht tun!

Er hatte sich vor dieser Frau genug blamiert! Dienst ist Dienst, Privatleben etwas anderes. Holland hielt nichts davon, beides zu vermischen.

4.

Er saß vor dem Bildschirm seines Rechners. Wie gebannt starrte er auf eine Reihe von Zahlen und Formeln, die vor seinen Augen schnell vorbeizogen.

So saß er schon seit Stunden. Lediglich eine Thermoskanne mit starkem schwarzen Kaffee hielt ihn noch wach, da sich bereits die Morgendämmerung ankündigte.

„Gleich hab ich es", murmelte er vor sich hin. Weiter scrollte er den Bildschirm rauf und runter.

„Es muss einfach funktionieren." Hektisch begab er sich zu einem Tisch voll mit Apparaturen, Reagenzgläsern und Messinstrumenten. Er kippte verschiedene Lösungen ineinander, kochte manche kurz auf, beschleunigte andere in einer Zentrifuge und beobachtete die Messdaten an einem Brutschrank.

Sein Blick war vor Übermüdung ganz wirr. Aber nichts konnte ihn jetzt so kurz vor dem Ziel noch aufhalten. Seit Jahren forschte er schon danach und der Durchbruch, als Erkenntnis aus seinem groß, ja sehr groß angelegten Feldversuch, stand unmittelbar bevor. So kurz vor dem jahrelang erträumten Ziel konnte er nicht aufhören. Die letzte Messreihe lief durch und musste in schätzungsweise ein paar Minuten fertig sein. Schweiß brach ihm aus allen Poren. Was, wenn es nicht funktionierte? War dann die Arbeit von Jahren vergebens gewesen? Daran wagte er nicht zu denken. Keiner konnte ihn jetzt noch aufhalten. Erst recht nicht dieser Idiot neulich am Baggersee. Das hatte er nicht verdient. Der neugierige Klug allerdings hatte sein schnelles Ende sehr wohl verdient gehabt. Hätte der das Projekt verraten, wäre alles umsonst gewesen. Nicht auszudenken! Wohlig erschauernd dachte er an das spritzende Blut aus dessen Halsschlagader.

Noch zwei Minuten, dann war das Ergebnis da.

Dunkel erinnerte er sich zwischendurch an die merkwürdige Frau mit den beiden kleinen Kötern, die so unpassend aufgetaucht war. Wäre sie nicht so schnell zurückgelaufen, um die Polizei zu rufen, hätte sie auch noch erledigt werden können. Nochmals Blut! Fast hätte ihn der erregende Gedanke daran von seiner jetzigen, wichtigen Arbeit abgelenkt. Na ja was nicht ist, kann ja noch werden, tröstete er sich. Um die würde er sich noch kümmern. Seine Gedanken streiften kurz seinen eigenen Hund, den er nie aus dem Käfig ließ. Das wäre viel zu gefährlich gewesen. Nachher büchste sie noch aus. Nein, nein, ein Hasenstall war groß genug für seine geliebte Susi. Da drin fühlte sie sich wohl, konnte ihre Katzentoilette benutzen und immer mit ihm schmusen, wenn er es wollte. Alles andere wäre nie in Frage gekommen.

Seine Gedanken, die kurz abgeschweift waren, kehrten zur Messreihe zurück. Noch eine halbe Minute. Er hielt den Atem an. Gleich, gleich war es soweit. Die Zahlen auf dem Computerbildschirm blieben stehen, ein rotes Licht blinkte über dem Inkubator auf. Ende der Messung. Er sah kurz auf die Zahlen...und brach in ein Freudengeheul aus. Ja, ja er hatte es geschafft! Erschöpft sank er vornüber vor dem Computer, fing gleichzeitig an zu weinen und zu lachen. Er schlug mit dem Kopf ständig auf die Schreibtischkante und zog sich eine große, blutende Platzwunde zu, die er jedoch gar nicht bemerkte oder fühlte.

Blut lief langsam seine Wangen hinunter und er faltete die Hände zum Gebet, um seinem Schöpfer zu danken. Ein Schöpfer da oben im Himmel, so wie er selbst einer auf Erden war.

Er fühlte sich Gott nahe. War er vielleicht der neue Messias?? Nichts konnte ihn jetzt noch aufhalten, er hatte der Menschheit einen unheimlichen Dienst erwiesen. Und das trotz aller Unkenrufe und Absagen von höheren Stellen. Keiner hatte ihm glauben wollen. Jetzt hatte er den Beweis. Sie würden noch vor ihm auf den Knien liegen und ihn verehren.

5.

Chris Holland saß an seinem Schreibtisch und dachte an das Bild, das von Hauptkommissaren im Fernsehen verbreitet wird. Action, action, brennende Autos, wilde Verfolgungsjagden, Show-downs in Parkhäusern oder Frachthäfen.

Die Realität sah doch ziemlich anders aus. Stundenlange, öde Schreibtischarbeit, nervige Kollegen, die ihre Beziehungsprobleme diskutierten, anstrengende Vorgesetzte, die dem gleichen Erfolgsdruck wie er ausgesetzt waren, und diesen Druck nach unten abgaben. Es fehlte Geld an jedem Eck und Ende. Veraltete Computer, ständiger Zeitmangel, um Fälle zu lösen, immer neue Arbeit. An einen acht Stunden Tag war selten zu denken. Manchmal eher Richtung zwölf Stunden. Die eigentliche Polizeiarbeit war zum Sklaven der Bürokratie geworden. Spaß machte es nur noch selten. Manchmal kam dann noch der Frust hinzu, dass gerade verhaftete Verbrecher wieder freigesprochen wurden, um genau da weiterzumachen, wobei Holland sie gerade festgenommen hatte. Eine Sisyphusarbeit! Es gab Tage, da hätte er am liebsten den Dienst quittiert. Allerdings hatte er auch Erfolgserlebnisse, die ihn wieder etwas aufbauten. Es war die Frage, was auf Dauer überwiegte. Der Frust oder der Erfolg. Chris war sich nicht sicher.

Dieser letzte Fall am Leopoldshafener Baggersee war ein typisches Beispiel für Frust. Zusätzlich zu zwei anderen ungelösten Mordfällen, hatte er nun auch noch diesen am Hals. Dazu eine Zeugin, bei der er sich wie ein pubertierender Primaner verhalten hatte und die ihm außerdem immer noch im Kopf herumschwirrte.

Um dem ganzen noch die Krone aufzusetzen lag mittlerweile der Obduktionsbericht vor. Dem Toten, ein ehemaliger Finanzbeamter namens Reinhard Klug, war mit den scharfen

Kanten einer zerschlagenen Bierflasche sauber die Halsaorta durchtrennt worden. Deswegen auch die Riesensauerei auf dem Anglersteg. Die Flasche hatten Taucher im See gefunden, allerdings ohne verwertbare Fingerabdrücke. Chris nahm nicht an, dass die chaotische Elisabeth Schönberg mit ihren zwei Kötern die Mörderin war. Sein Verstand sträubte sich dagegen. Sie musste eine gute Intuition haben. Verärgert dachte er an die musizierende Tierheilpraktikerin in dem ehemaligen Forsthaus.

Wie sehr ihm das Häuschen in Wirklichkeit gefallen hatte, schob er bei Seite. Was Chris allerdings nicht vergessen hatte, war die zerstörte Rosenthal-Vase. Er musste sie dringend ersetzen, wollte aber keinen Kontakt mehr mit Frau Schönberg. Der ging er besser aus dem Weg.

„Mayer, komm doch bitte mal her."

Sein Kollege ließ sein Nutellabrötchen liegen und schielte um die Ecke. „Was gibt's?", nuschelte er mit vollem Mund. Wie Chris das hasste.

„Mit vollem Mund spricht man nicht. Habe ich Dir doch schon dutzende Male erklärt."

„Sorry, aber ich habe heute noch gar nichts zu Essen gekriegt und falle gleich vom Sessel vor Übermüdung. Der Ettlinger Fall geht nicht voran."

Chris bekam ein schlechtes Gewissen. Er vergaß oftmals, dass seine Mitarbeiter genauso unter Druck standen wie er selbst.

„Tut mir leid, wollte Dich nicht anblöken. Ich erledige das doch selbst."

Er griff zum Telefonhörer auf seinem Schreibtisch und wählte die Nummer, die er schon auswendig gelernt hatte. Wie unnötig! Aber als feige wollte er auch nicht gelten.

Nach viermaligem Klingeln, meldete sich eine atemlose Stimme untermalt von Hundegekläffe im Hintergrund.

„Schönberg. Miro, halt doch mal die Klappe, die Katze darf da sitzen.“

Chris rollte die Augen gen Decke. Typisch, chaotisch wie immer, diese Frau. Hundebesessen. Konnte die auch mal was anderes tun, als ungezogene Hunde zu dressieren?

„Holland, Kriminalpolizei Karlsruhe, Frau Schönberg, Sie erinnern sich an mich?“

Saublöde Frage, dachte Elli. Wie könnte ich dieses Sahneschnittchen denn vergessen?

„So dunkel. Ist ja auch gerade erst eine Woche her seit unserem charmanten Rendezvous am Baggersee. Was gibt’s? Neue Erkenntnisse? War’s doch die Bierflasche?“

„Über den Fall darf ich nicht mit Ihnen reden, wie schon gesagt. Aber ihre Kontonummer hätte ich gerne.“

„Kontonummer, wieso die denn? Sind Sie in Geldnöten bei der Polizei?“

Unwillkürlich musste Chris lachen, wieder einmal.

„Geldnöte zwar schon, aber ihr Konto werde ich dafür sicher nicht plündern. Nein, Sie erinnern sich an die Vase?“

„Welche Va…, ach so das Sperrmüllteil. Vergessen Sie es einfach. Oder nein, besser, spenden Sie beim Konzert am Samstag etwas. Sie kommen doch, oder nicht?“

„Tut mir leid, da habe ich schon was anderes vor. Geben Sie mir einfach Ihre Kontonummer, dann werde ich den Betrag an Sie überweisen. Was Sie dann letztendlich mit dem Geld machen, bleibt Ihnen überlassen.“

„Schade wäre eine Gelegenheit gewesen, die Band gratis zu hören. Wir spielen sonst selten für umme. Aber meine Kontonummer verrate ich nie am Telefon. Könnte abgehört werden. Tut mir leid!“

„Sie vergessen, dass ich bei der Polizei bin, nicht wahr. Haben Sie so wenig Vertrauen in den Freund und Helfer?“

„In Sie schon, aber nicht in den Rest der Welt. Eine Tasse unkastrierter Kaffee steht allerdings immer für Sie bereit.“

Elli glaubte selber nicht, was ihr da soeben rausgerutscht war. Sie lud einen Kripobeamten zum Kaffee ein. Wenn sich das nicht entweder nach Bestechung oder noch schlimmer nach einem unbeholfener Flirtversuch anhörte!

Dieser fasste es auch genauso auf und zuckte erschrocken vom Telefonhörer zurück. Was bildete die sich denn ein?

„Also gut, ich schicke einen Kollegen vorbei, dem können Sie ihre Kontonummer mitgeben. Ich selber habe leider im Moment zuviel zu tun.“

Die Abfuhr war eindeutig!

Elli hatte allerdings auch ihren Stolz und meinte pikiert: „Wenn Ihnen mein Kaffee nicht schmeckt auch okay. Schicken Sie jemanden vorbei. Bis dann, tschüß.“ Und knallte den Hörer auf.

Jetzt war Chris sauer. „Blöde Zimtzicke, die geht mir vielleicht auf die Nerven.“

„Na, wieder einmal Beziehungsstress?“ Mayer vom Nebenbüro hatte jetzt wohl sein Nutellabrötchen fertig. Chris verübelte es ihm allerdings nicht, da sie sonst sehr gut miteinander auskamen und auch schon zusammen ein Bierchen trinken waren. Mayer war der Typ chronischer Single. Nach einer gescheiterten Ehe hatte er beschlossen, den Rest seines Lebens alleine zu verbringen. Zumindest meistens! Gegen Bettgenossinnen hatte er allerdings nichts einzuwenden. Das hatte er mit Chris eindeutig gemeinsam. Unterschiedlich allerdings ihre Geschmäcker, was Frauen anging. Während Chris die elegante, vollbusige Blondine bevorzugte, gingen Mayers Interessen eher in Richtung Rockerbraut mit leichter Tendenz zur Verwahrlosung. So kamen sich die beiden bei „Beutezügen“ nicht ins Gehege.

„Kein Beziehungsstress mehr. Nervige Zeugin, die versucht, mit mir anzubandeln."

„Auweia! Lass mich raten: blond, blöd, Riesentitten?"

„Falsch! Brünett, intelligent, schmalbrüstig."

„Na, die passt überhaupt nicht in Dein Beuteschema. In meins leider auch nicht. Wie bedauerlich! Sonst hätte ich Dir gerne ausgeholfen."

„Du musst ja notrallig ohne Ende sein. Das ist eine Zeugin!"

„Sag bloß die durchgeknallte Kuh vom Baggersee mit ihren reinrassigen Pudeln."

„Griechischer Lhasa Apso und Pudelmischling. Leopoldshafen stimmt allerdings. Hat sich wohl schon herumgesprochen." Chris war etwas peinlich berührt. Hoffentlich hatte keiner über ihn gequatscht!

„Griechischer La was?", prustete Mayer heraus.

„Lhasa Apso. Waren oder sind Tempelhunde bei den Mönchen in Tibet. Dienen zum Schutz der Tempel. Dieses Exemplar stammt allerdings von griechischen Straßen ab. Tierschutz! Als ob wir hier nicht schon genügend Hunde hätten."

Das Telefon unterbrach ihr wichtiges Gespräch.

„Holland", meldete sich Chris. „Ja, geht klar. Machen wir sofort Chef."

Er knallte den Hörer wieder auf.

„Was gibt's?"

„Mist. Die Leiche vom Leopoldshafener Baggersee war ein Finanzbeamter im Ruhestand mit Beziehungen nach oben. Sprich befreundet mit dem Bürgermeister. Gemeinsames Golfen und Angeln! Oberste Priorität, dieser Fall. Und was ist mit der vergewaltigten und ermordeten Supermarktkassiererin aus Ettlingen? Ist die weniger wichtig? Manchmal kotzt mich der Job echt an."

„Da hast Du Recht. Jetzt müssen wir wohl oder übel ein paar Kollegen mehr für Leopoldshafen einplanen und von Ettlingen abziehen."

Frustriert gingen beide wieder an die Arbeit.

6.

„Der Leopoldshafener Baggersee

Typisch für so viele künstlich entstandene Grundwasserseen in der Rheinebene. Was früher bewirtschaftete Felder oder Wälder waren, ganz früher noch vom Rhein überflutete Auen, so entstanden durch den Abbau von Kies und Sand einige Seen, die teilweise wertvolle Biotope geworden sind.

Der Naturliebhaber wird begeistert sein von der Fauna und Flora der Seen. Ringelnattern, teilweise sogar Kreuzottern sind zu finden, verschiedene Frösche und Amphibienarten, Wasservögel, einheimische Orchideen, wie Epipactis helleborine oder Waldhyazinthe (Platanthera bifolia). Eingezäunte Bereiche schützen die wichtigsten Biotope. Von Anglern und Badegästen gerne gesehen und im Sommer häufig frequentiert. Beim Leopoldshafener ist sogar in manchen Bereichen Nacktbaden erlaubt.

Diese Biotope sind leider aber auch bedroht. Besonders wenn der Abbau von Kies beendet ist, droht die Gefahr des ‚Umkippens' eines Sees. Anfangs zu Beginn des Abbaus herrscht noch ein kräftiger Grundwasserstrom, der zu einem ständigen Austausch und zur Auffrischung des Wassers führt. Im Laufe der Jahre jedoch sorgen sogenannte biogene Ablagerungen zur Abdichtung des Sees zum Grundwasser hin. Es sind dann lediglich jahreszeitlich und witterungsbedingte Pegelschwankungen zu beobachten. Dadurch entsteht eine Nährstoff-Falle. Die Eutrophierung (Nährstoffanreicherung in Gewässern) führt zur Algenblüte, also dichtem Algenwachstum. Der Verbrauch an Sauerstoff nimmt zu, schädlicher Phosphor bleibt im produktiven Umlauf. Der See kippt um. Ein Vorgang, der das Leben im See bedroht und auch für Badegäste gerade in heißen Sommermonaten zu Gesundheitsgefährdung führen kann. In den folgenden kühlen Wintermonaten reguliert sich allerdings zumeist das Problem wieder."

Nachdenklich legte Elli die ausgedruckte Informationsbroschüre beiseite. Eine Freundin hatte ihr diese zukommen lassen, weil sie ihr Interesse an Natur und Pflanzen kannte. Im Zusammenhang mit dem Mord am Baggersee kam ihr dies fast schon makaber vor. Allerdings lebte die Biologin in Barcelona und konnte somit von den Vorkommnissen in Leopoldshafen noch nichts wissen. Elli würde ihr danken und sie auf den neusten Stand bringen. Ein Mord ist allemal eine E-Mail wert. Über ihre Verliebtheit in einen Hauptkommissar beschloss sie jedoch zu schweigen. So eng waren sie nun auch wieder nicht befreundet. Das würde wieder vergehen. Hoffte sie zumindest.

Umkippen des Sees. Hoffentlich stand das hier nicht auch irgendwann mal bevor. Glücklicherweise war Elli kein einziger See im Umkreis bekannt, dem so ein Schicksal schon zugestoßen war. Ihr war nur ein anderes Problem bekannt. Die Ochsenfroschplage im Eggensteiner Baggersee. Irgendwelche Ignoranten hatten ihre Terrarien-Ochsenfrösche im See entsorgt, weil diese zu groß geworden waren. Leider überleben Ochsenfrösche in unseren Breitengraden recht gut und vernichten mit ihrer Gefräßigkeit die einheimischen Amphibien und teilweise sogar Jungvögel. Elli hatte in „Youtube" sehr beeindruckende Filmaufnahmen von jagenden

Ochsenfröschen gesehen. Wahre Fressmaschinen! Müssten eigentlich mit Miro verwandt sein!

Die Angler hatten ihre große Not diese Frösche, die sich auch gut weitervermehren, in den Griff zu bekommen und zu entsorgen. Wie genau wollte Elli sich lieber nicht vorstellen. Sie selbst hatte beim Schwimmen im See schon die riesengroßen, aber äußerst niedlichen Kaulquappen beobachten können. Sie wäre nicht in der Lage gewesen, sie zu töten. Das überließ man doch lieber anderen! Anscheinend ging man den unerwünschten, gefräßigen Eindringlingen sogar mit Pfeil und Bogen zu Leibe.

Irgendwie kam Elli die gesamte Menschheit ziemlich pervers vor. Auf der einen Seite werden Tiere aus der Natur entnommen, in auf Dauer zu kleine Terrarien oder Aquarien gesetzt und sobald man den Tieren überdrüssig geworden ist, werden diese wieder in der Natur entsorgt. Allerdings an Stellen, an denen sie normalerweise nicht vorkommen und somit der einheimischen Flora und Fauna gefährlich werden können. Und da muss der Mensch wiederum eingreifen, um die Eindringlinge zu vernichten. Womit sich ein eigentlich unnötiger Kreislauf schließt oder auch nicht. Wer am Ende siegen wird, ist bislang ungewiss.

Elli versank tiefer in ihr gemütliches Sofa und vergrub wieder einmal gedankenverloren ihre Nase in einer Tasse mit frisch aufgebrühtem Pfefferminztee aus dem eigenen Kräutergarten hinter dem Haus.

Mira und Pido lagerten eng an sie gedrückt daneben und dösten in der samstäglichen Nachmittagsstille vor sich hin.

Als alle drei schließlich ineinander verknäult eingeschlafen waren, riss die schrille Türklingel sie plötzlich unsanft und grausam aus dem wohlverdienten Schlaf.

Miro, dem sein Verschlafen natürlich total peinlich war, stürmte laut kläffend wie ein Gestörter zur Tür. Pida etwas verschlafener aber doch wachsam hinterher.

„Wer stört uns da denn zur schönsten Zeit des Tages nach dem Mittagessen“, echauffierte sich Miro. *„Den mach ich platt!“*

„Gib doch nicht immer so schrecklich an“, flötete Pida. *„Ich glaube übrigens, wenn mich meine Nase nicht täuscht, steht da draußen Michael.“*

„Meinst Du echt? Das wäre toll. Stimmt jetzt rieche ich es auch. Michael, Michael!“

Miros Gekläffe nahm jetzt enthusiastische Extremausmaße an.

„Miro, Pida Klappe! Man versteht ja sein eigenes Wort nicht mehr. So kann ich die Tür nicht öffnen. Sitz!“

Doch die beiden waren nicht zu beruhigen. Sie sprangen an der Tür unentwegt hoch und drehten schier durch vor Begeisterung.

„Ich glaube fast, da draußen steht ein Bekannter.“ Elli quetschte sich zum Türgriff durch und öffnete. Zwei Fellgeschosse tobten an ihr vorbei und stürzten sich begeistert auf einen Mann und stützten ihre Pfoten auf seinem Boss-Anzug ab. Er balancierte einen Karton in der Hand. Der Ansturm warf ihn beinahe um.

„Hi, Micha, hab ich mir fast gedacht. Komm rein.“

„Können vor lachen. Komme ja vor lauter Fellgewusel nicht durch“, meinte der Mann, ging in die Hocke und streichelte die zwei Hunde. „Ja, meine süßen Scheißer. Ich hab euch doch genauso lieb. Mann, nicht diese salzigen Hundeküsse! Bäh, das war jetzt eindeutig ein Zungenkuss!“

Miro versuchte wie ein Wahnsinniger den Mann zugleich abzuschlecken und am Ärmel festzuhalten. Pida begnügte sich mit zärtlichstem Festhalten und leisem Gejaule.

„Muss Liebe schön sein“, lachte Elli. „Zumindest Hundeliebe ist unschlagbar.“

„Unschlagbar nass und salzig. Das auf jeden Fall“, schmunzelte jetzt auch der Vielgeküsste.

„Wenn ihr zwei dann endlich fertig seid, darf ich auch euer Frauchen begrüßen?“

Mit etwas Mühe kämpfte sich Michael, Programmierer bei einer kleinen aber feinen Umwelttechnikfirma in Karlsruhe, von den Vierbeinern frei und konnte Elli umarmen. „Hi, meine Liebe. Wie geht's, wie steht's? Alle Vierbeiner fit und gesund?“

„Soweit alles in Ordnung, bis auf meine Gruselexkursion zum Baggersee neulich, von der ich Dir am Telefon erzählt habe.“

Elli geleitete ihren Besucher ins Wohnzimmer.

„Ja, das muss ein schöner Schock gewesen sein. Du Ärmste, tut mir schrecklich leid. Also ich glaube ich hätte auf den Weg gekotzt bei so viel Blut.“

„Hätte ich auch beinahe. Aber die Angst war größer. Der Mörder hätte ja noch in der Nähe sein können und mich beobachtet haben. Zeugen hat der garantiert nicht gern. Aber ich habe glücklicherweise niemanden gesehen. War auch besser so.“

Wie nahe Elli der Realität damit kam, konnte sie nicht ahnen.

„Willst Du was trinken? Und was ist übrigens in dem Karton da drin? Wieder ein Jungvogel, ein verletzter Igel oder ein Goldfisch mit verstauchter Rückenflosse?“

Ziemlich verlegen drehte Michael den Karton in seinen gepflegten, frisch manikürten Händen. Die beiden Hunde schnupperten auch schon recht interessiert daran.

„Riecht komisch, irgendwie feucht und schlammig. Was meinst Du Miro?“

„Deine Nase war schon immer sehr gut, trotz Deines fortgeschrittenen Alters", frotzelte Miro. *„Aber Du hast Recht, riecht nach Seewasser und schlammig. Lecker. Aber irgendein fremdartiger Geruch steckt noch dazwischen. Das wird doch wohl kein …"*

Angeekelt schauten sich die zwei an und wendeten sich empört vom Karton ab. *„Igitt!"*, ertönten beide.

Elli sah den zweien nach, wie sie aus dem Wohnzimmer stolzierten.

„Also, das in Deinem Karton ist eindeutig nicht Miros und Pidas Geschmack. Also weder essbar, noch zum Spielen oder Jagen geeignet."

„Ähm", druckste Michael herum. „Also mach mir erst einmal einen Kräutertee, dann berichte ich Dir, was da drin ist."

Während Elli in der Küche verschwand, stellte Michael den Karton vorsichtig auf den kleinen Wohnzimmertisch und blickte hinaus in den Garten. Ein Teich erstreckte sich entlang der Südterrasse in den hinteren Teil des Gartens. Er war recht groß und gut bestückt mit Kois, Goldfischen und einheimischen Fischen wie Rotfedern und Stichlingen. Abends quakten Wasser- und Grasfrösche, was eine idyllische Stimmung erzeugte. Für Michael, den Großstadtmenschen, war ein Aufenthalt in Ellis Reich immer wie ein kleiner Urlaub. Er konnte hier sofort entspannen und damals, als es ihm ziemlich mies ging, hatte ihm Elli großzügig angeboten, für ein paar Wochen bei ihr zu wohnen. Das war die beste Psychotherapie für seine Seele gewesen. Sein damaliger fester Freund hatte ihn nach drei Jahren, wegen eines jüngeren verlassen. Wie sehr er Ingo geliebt hatte, merkte er erst, als dieser Hals über Kopf nach Los Angeles verschwunden war, um sich dort seinen Lebenstraum mit einem fünfundzwanzigjährigen Tänzer namens Ken zu erfüllen.

Michael war zutiefst verletzt.

Inzwischen, ein Jahr später, ging es ihm wieder besser, und er hatte einen neuen Freund gefunden, der eindeutig besser zu ihm passte. Meinte zumindest Elli. Nur ab und zu, besonders, wenn er sich in dieser Idylle aufhielt, schweiften seine Gedanken zurück zu Ingo und den glücklichsten drei Jahre seines Lebens.

Unbemerkt hatte Elli den Tee gebracht und auf den Tisch gestellt. Sie legte ihrem Freund die Hand auf die Schulter und meinte: „Du musst ihn endlich vergessen. Du hast wieder Dein Ingo-Trauer-Gesicht."

„Du hast vollkommen recht, aber wie schnell hattest Du Erwin vergessen können?", seufzte Michael.

„Auch nicht so schnell und eigentlich bis heute nicht. Ich bin wohl total beziehungsunfähig geworden seitdem. Du hast ja wenigstens wieder jemanden."

Peinlicherweise wurde Elli bei dieser Bemerkung plötzlich knallrot, was Michael nicht entging.

Er besah sie genau und schmunzelte.

„Ich glaube fast, so wie Du gerade rot geworden bist, gibt es bei Dir auch wieder jemanden. Stimmt's?"

„Quatsch!" Jetzt wurde sie noch dunkelroter. „Es gibt niemanden." Außer meiner unnötigen Verliebtheit in einen impotenten Arschloch-Hauptkommissar, dachte Elli bei sich, der mich sicherlich hasst wie die Pest.

„Das kannst Du einem erzählen, der die Hose mit der Beißzange anzieht. Erzähl, wie heißt er, was macht er usw. Ich will alles haarklein erfahren."

Unwillig wandte sich Elli ab und motzte patzig: „Es gibt niemanden, sagte ich Dir doch schon."

„Oh weh, also so schlimm ist es schon?"

Ohne dass Elli es verhindern konnte, schossen ihr plötzlich Tränen in die Augen. Entsetzt rannte sie in die Küche. Was war denn jetzt los?

Ich bin doch kein dummes pubertierendes Schulmädchen mehr. Wütend räumte sie die volle Spülmaschine aus.

„Komm her." Michael nahm sie in die Arme. „Ich würde das dreckige Geschirr lieber in der Maschine lassen. Sieht im Schrank gewaschen besser aus. Jetzt heul Dich mal aus und erzähl, was los ist."

Zwischen einzelnen Schluchzern gedämpft hört Michael immer nur Wortfetzen wie: „Impotentes A…loch. Polizei … Leiche … Bagger … eee … Hauptkommissar."

„Also, Du hast Dich am Baggersee in eine impotente Leiche verliebt oder was? Oder der Hauptkommissar hat Dich am Baggersee bei der Leichenschändung erwischt?"

Ob dieses makaberen Humors musste Elli ganz einfach lachen.

Nachdem sie ihre Hauptfrustration im Taschentuch entsorgt hatte, ging es ihr schon etwas besser.

„Nein, da liegst Du knapp daneben. Aber nur knapp. Ich dumme Kuh habe mich in einen Hauptkommissar der Karlsruher Kripo verliebt, der mich zudem noch hasst wie die Pest. Er sieht verdammt scharf aus und ist garantiert verheiratet mit fünf Kindern daheim."

Michael musste trocken schlucken.

„Und Du bist sicher, dass er verheiratet ist und fünf Kinder hat?"

„Ne, natürlich nicht. Ich habe ihn außerdem beim Kennenlernen als impotentes Arschloch beschimpft."

„Und er hat Dich nicht sofort verhaftet? Das Elli, sage ich Dir, muss die große Liebe sein. Sonst wärst Du jetzt garantiert schon im Knast."

„Ach was, er hat schon gemerkt, dass ich unter Schock gestanden bin. Außerdem hatte er zuvor Miro als Fußabstreifer mit Fellbesatz und Tretmine bezeichnet. Also hätte ich ihn auch wegen Beleidigung anzeigen können."

„Elli, Elli manchmal bist Du total schräg drauf. Erstens ist Miro manchmal tatsächlich eine echte Tretmine und ein Fußabstreifer und eine Beleidigungsklage wirst Du wegen so etwas kaum durchbringen können.“

Verlegen senkte sie den Kopf.

„Ja, ich weiß, Du hast ja Recht. Aber Du weißt, wie ich meine Hunde liebe.“

„Also, wenn ich das alles bedenke, hört es sich so an, als ob Du und Dein Hauptkommissar prima zusammenpassen würdet. Das gleiche explosive Temperament. Wie heißt der eigentlich?“

„Chris Holland.“

„Was, Chris Holland?“

Michael schreckte drei Schritte zurück.

„Du kennst ihn?“, fragte Elli interessiert.

„Äh, nein.“

„Das stimmt doch nicht. Raus mit der Sprache, ich habe Dir schließlich auch geholfen. Und Du hast mehrere Wochen hier wohnen dürfen.“

„Schlange! Also gut. Aber setzen wir uns erst einmal hier aufs Sofa. Dann erzähle ich Dir, was ich über Chris Holland weiß.“

7.

Frau Mayerschön ging wie jeden Sonntagmorgen am Leopoldshafener Baggersee mit ihrem Labradorrüden Gismo spazieren. Das Wetter war frühlingshaft mild und der gute alte Gismo, inzwischen stolze 9 Jahre alt, trottete gemütlich neben ihr her. Langsam zogen sie ihre Runde am See entlang. Gismo ging in regelmäßigen Abständen ins Wasser, um etwas zu trinken oder sich zu erfrischen, denn seine Gelenke waren nicht mehr so die besten. Merkwürdigerweise und entgegen jeglichem medizinischen Wissen tat das kühle Wasser seinen arthritischen Gelenken gut. Wegen leichter Niereninsuffiziens, die der Tierarzt festgestellt hatte, trank er auch mehr als gewöhnlich ein gesunder Hund trinkt. Aber im Großen und Ganzen war Frau Mayerschön mit ihrem geliebten Gismo zufrieden. Dem Alter entsprechend ging es ihm gut, er spielte sogar hin und wieder mit der Nachbarhündin, und sein Appetit war prächtig. Auch Magen und Darm funktionierten immer noch einwandfrei.

Es war ein schönes Gefühl, mit einem Tier alt werden zu können. Frau Mayerschön war jetzt schon zwei Jahre in Rente, einen Herrn Mayerschön gab es nicht und sie genoss das Leben zusammen mit Gismo. Als sie noch als Lehrerin in der Grund- und Hauptschule tätig war, freute sie sich von Jahr zu Jahr mehr auf ihre wohlverdiente Rente. Der Beruf forderte sie ziemlich und es wurde auch von Jahr zu Jahr anstrengender, die Schüler zu bändigen und ihnen Respekt abzuverlangen. Heutzutage muss man als Lehrerin froh sein, wenn man nicht von einem Amokläufer umgenietet wird, dachte Frau Mayerschön bei sich.

Friedlich zogen die beiden dahin, Frauchen pflückte hie und da eine Blume, die sie geschmackvoll zu einem schönen Sträußchen sortierte, Gismo schnupperte da und dort, trank immer mal wieder Wasser aus dem See.

Frau Mayerschön ging auch etwas näher ans Wasser heran und entdeckte dort – zwei tote, gestrandete Fische.

„Igitt, Gismo-Schatz, bleib da weg, die stinken garantiert schon. Ziemlich aufgetriebene Bäuche haben sie auch. Das sieht nicht sehr appetitlich aus. Außerdem finde ich, dass das Wasser heute besonders trübe ist und auch ziemlich güllig stinkt. So früh im Jahr. Kenne ich normalerweise nur von heißen Sommern.“

Sie war es gewohnt, sich mit Gismo wie mit einem Menschen zu unterhalten und letzterer hörte ihr auch immer zu und verstand sie. Ein eingespieltes Team seit fast neun Jahren. Ein paar Jährchen hoffte sie noch zusammen verbringen zu dürfen, denn an ein Leben ohne ihren geliebten Vierbeiner wollte sie nicht denken. Noch nicht. Denn ob sie sich in ihrem Alter noch einmal einen Hund holen würde, war ungewiss. Aber wozu sich unnötig Sorgen machen, das war noch nie ihre Art gewesen. Gismo gehorchte auch perfekt, blieb von den verendeten Fischen weg und trottete weiter seinen Weg entlang. So vertrödelten die zwei gemütlich den Sonntagmorgen, um danach noch an der Rheinfähre eine Kleinigkeit essen zu gehen.

8.

Montagmorgen. „I don't like Mondays", summte Elli vor sich hin und richtete ihre Tierheilpraxis für die ersten Kunden her. Angemeldet waren ein Kanarienvogel zum Krallenschneiden und eine Katze mit verfilztem Fell und Hautproblemen. Keine Welt bewegenden Fälle, aber montags war Elli sowieso noch oft halb im Koma vom Wochenende. Das Konzert am Samstagabend war ein voller Erfolg gewesen, hatte Spaß gemacht und die Einnahmen für den griechischen Tierschutz betrugen stolze 2.975 Euro. Toll! Die Stimmung bombig, das Publikum hatte bei fast jedem Song mitgesungen oder besser mitgegrölt, aber das war absolut okay Nur leider, wie erwartet, war natürlich der Herr Hauptkommissar nicht erschienen. Schade! Irgendwie kam Elli sich aber mittlerweile schäbig vor. Sie musste unwillkürlich an Michaels Besuch am Samstagnachmittag denken und seinen Bericht über Chris Holland.

„Chris Holland oder besser gesagt seine Frau Violetta Jennings sorgten vor ein paar Jahren für Schlagzeilen hier in der Gegend“, berichtete Michael.

„Ich habe davon nichts mitbekommen, glaube ich“, versuchte sich Elli zu erinnern.

„Warte, ich erkläre es Dir sofort. Du erinnerst Dich wahrscheinlich an den Banküberfall vor ein paar Jahren in Rastatt? Stand überall groß in der Zeitung.“

„Stimmt, ich erinnere mich wage daran. Das war genau zu dem Zeitpunkt, als ich mich von Erwin getrennt hatte. Damals ging es mir so beschissen, dass ich für alles andere keinen rechten Kopf hatte.“

„Also gut. Vielleicht von vorne. Chris Holland, damals knapp über dreißig, hatte gerade seine Traumfrau Violetta kennengelernt, eine Schauspielerin und Chansonsängerin aus London. Soviel war der Presse zu entnehmen. Ich weiß das alles deswegen so genau, weil ich damals kurzfristig als Praktikant für die Badischen Neuesten Nachrichten gearbeitet habe. Taschengeld verdienen. Da haben wir über diesen Fall berichtet.

Holland war damals noch kein Hauptkommissar, aber kurz davor. Der hochintelligente Mann hat eine rasante Karriere bei der Polizei dahingelegt und ist super gut in seinem Fach. Egal, nebensächlich!

Mit Violetta Jennings war er gerade mal zwei Monate verheiratet, man munkelte auch, sie sei schwanger gewesen, als dieses entsetzliche Unglück passierte. Frau Jennings geriet in den Banküberfall der Sparkasse in Rastatt. Die Bankräuber nahmen sie als Geisel mit, als sie in ihrem Fluchtwagen davonrasten, mit einem Polizeikonvoi im Schlepptau. Sie kamen genau bis kurz vor Ettlingen. Auf der B36 wurden sie von den Polizeiwagen so gehetzt, dass der Fahrer des Fluchtautos die Kontrolle über das Fahrzeug verlor, von der Fahrbahn abkam und frontal auf einen Baum raste. Unseligerweise war keiner der drei Insassen, also zwei Bankräuber und Frau Jennings, angeschnallt. Sie waren alle drei auf der Stelle tot. Den Fahrern der Polizeiautos wurden später Vorwürfe wegen Bedrängung des Fluchtwagens gemacht, aber passiert war das Unglück da schon."

„Wie entsetzlich!" Elli schluckte trocken.

„Das Ganze war auch deswegen so schlimm, weil die Täter Ersttäter gewesen waren, die einfach in Panik geraten sind, und das Ganze hätte mit etwas mehr Verhandlungsgeschick vielleicht verhindert werden können. Um das alles in seiner Grausamkeit noch zu toppen, wurde Holland zur Unglücksstelle gerufen, keiner konnte ahnen, dass sich seine eigene Frau in dem Fahrzeug befand. Er konnte sie nur noch tot in den Armen halten, nachdem sie von der Feuerwehr herausgeschweißt worden war.

Was bei so etwas in einem Menschen vorgeht, kann man sich kaum vorstellen."

Elli standen die Tränen in den Augen, sie stand auf und ging in den Garten hinaus. Ihre Gedanken rasten. Wie peinlich war ihr jetzt ihr Verhalten neulich am Baggersee. Sie schämte sich entsetzlich, und ihr war klar, dass sie das nie mehr wieder gut machen konnte. Einen Menschen, der so vom Schicksal gebeutelt worden war, auch noch zu beleidigen, war mehr als schlimm. Allerdings hatte sie zu dem Zeitpunkt nichts von Holland wissen können, was das Ganze etwas abmilderte. Sie hatte italienische Vorfahren in ihrer Ahnenreihe, wie sie wusste. Da ging das Temperament einfach manchmal mit ihr durch. Zu verzeihen war es kaum. Sie musste aber mit Holland Kontakt aufnehmen und sich für ihr Verhalten zumindest entschuldigen, sonst würde sie mit sich nicht ins Reine kommen. Plötzlich fielen ihr die Tränen ein, die in Hollands Augen gestanden hatten, als er sie neulich besucht hatte. Gab es irgendeinen Zusammenhang? Das ging sie natürlich nichts an, aber wenn man einen Menschen mag, interessiert man sich für ihn mehr als für andere und wird auch sensibler für manche Dinge.

Michael war ihr in den Garten gefolgt, stand neben ihr und beide hingen ihren Gedanken nach.

„Wenn Du ihn wirklich magst Elli, solltest Du das alles bedenken, was ich Dir eben berichtet habe."

„Ich fühle mich entsetzlich! Wie konnte ich mich nur so daneben benehmen!"

„Tja so bist Du halt manchmal. Aber die meiste Zeit bist Du lieb und nett."

„Willst Du mich jetzt verarschen, oder was?"

Michael lachte. „Nein, aber wieder aufmuntern. Wenn Dir was an Holland liegt, dann rufe ihn doch unter einem Vorwand an und entschuldige Dich bei ihm."

„Der will ja gar nicht mehr mit mir sprechen."

„Dann sprich Du mit ihm. Als Hauptkommissar in einem Mordfall muss er Zeugen anhören."

Elli wollte gerade antworten, als ein merkwürdig langgezogener, tiefer Ton sie unterbrach.

„Was war das denn für ein Unkenruf? Das kam doch aus meinem Wohnzimmer. Michael, was ist in diesem Karton drin?"

Verlegen senkte Michael den Kopf und nuschelte: „Du kennst doch Beatrix, oder?"

„Wie könnte ich diese verrückte, militante Tierschutzkuh denn vergessen. Die hat sich doch letztes Jahr vor ein Auto geworfen, um einen Igel zu retten. Leider hat das Auto sie um zwei Zentimeter verfehlt. Wäre ein imposanter Fettfleck geworden."

„Ich sehe, Du bist wieder die Alte. Da bin ich aber beruhigt. Bea ist zwar verrückt, gebe ich zu, aber wie war das mit dem Balken im eigenen Auge?“

„Schon gut, jeder hat seine Macken. Manche mehr, manche weniger. Also, was ist in dem Karton?“

Ehe Michael es verhindern konnte, war Elli zum Karton gegangen und hatte ihn geöffnet.

„Scheiße nein, das glaub ich nicht.“

Mittlerweile saß der dicke, fett gefressene Ochsenfrosch in einem ausbruchsicheren Bottich in Ellis Garten. Soviel zum Thema verrückte Tierschutzkuh, dachte sie über sich selber verächtlich. Was sollte sie auch mit ihm machen? Beas Zweizimmerwohnung war natürlich auf Dauer ungeeignet, töten ging einfach nicht und ihn in den Eggensteiner Baggersee zurücksetzen, aus dem Bea das Tier „gerettet“ hatte, wäre eine Sauerei gewesen. Also musste die gute alte Elli wieder einmal herhalten. Mittlerweile musste sie sich eingestehen, dass das Tier sie recht faszinierte. Es war total handzahm und ließ sich mit Maden und Mehlwürmern von Hand füttern. Am Baggersee würde dieser Frosch vermutlich jeden Angler und Badegast anbetteln. Peinlich! Was soll’s, ein Fresser mehr oder weniger, darauf kam es nun auch nicht mehr an.

9.

Die Türglocke über Ellis Praxiseingangstür klingelte energisch und riss sie aus ihren Gedanken.

Sie sah auf die Uhr. Neun Uhr zwanzig. Der Kanarienvogel wollte doch erst um zehn kommen. Sie ging nach vorne und traf auf eine in Tränen aufgelöste, verzweifelte ältere Dame.

„Frau Mayerschön. Ist etwas mit Gismo passiert?“, rief Elli aus und nahm die Dame in den Arm.

„Es geht ihm sehr schlecht“, schluchzte die Frau. „Wir waren gestern Morgen noch so schön am Leopoldshafener Baggersee spazieren. Alles war so friedlich, Gismo war fit und gesund, er trank regelmäßig aus dem See. Seit gestern Nachmittag fing er plötzlich an zu erbrechen und bekam Durchfall. Ich dachte mir nicht viel dabei, kommt ja schließlich mal vor. Aber als ich heute Morgen aufwachte …“ Sie fing an, heftig zu zittern, zu hyperventilieren und bekam kein Wort mehr heraus.

„Setzen Sie sich erst mal hier hin.“ Elli geleitete sie zu einem bequemen Sessel und holte ihr ein Glas Wasser. „Wo ist Gismo denn jetzt?“

„Im Auto“, stammelte Frau Mayerschön. „Ich habe ihn reintragen müssen. Frau Schönberg, Sie sind die einzige zu der ich Vertrauen habe, bitte retten Sie Gismos, es geht ihm so schlecht.“

Elli rannte hinaus zu Frau Mayerschöns Kombi. Sie öffnete den Kofferraumdeckel und betrachtete den schwer atmenden, in seinem Erbrochenen liegenden Labrador. Dem armen Tier kam förmlich aus allen Öffnungen etwas heraus. Kot, Urin, Blut, Erbrochenes. Vergiftung! War Ellis erster Gedanke. Da kam vermutlich jede Rettung zu spät. Und sie als Tierheilpraktikerin konnte gar nichts machen. Gismo musste auf schnellstem Weg in eine Tierklinik.

Elli rannte wieder hinein.

„Frau Mayerschön, Gismo muss sofort in eine Tierklinik.“

„Oh nein, das will ich nicht. Retten Sie ihn bitte.“

„Das kann ich nicht, dafür bin ich nicht ausgerüstet. Homöopathie hilft in dem Zustand nichts mehr.“

Die Frau war einem Nervenzusammenbruch nahe. Elli sah nur eine einzige Möglichkeit. Sie musste Frau und Hund in eine Karlsruher Tierklinik fahren.

Energisch schleppte sie die in Tränen aufgelöste Frau zu deren Kombi, verfrachtete sie auf den Beifahrersitz und nahm den Autoschlüssel an sich. Sie verschloss ihre Haustür und los ging's über die B36 Richtung Karlsruhe. Wenn es für den armen Hund überhaupt noch eine Rettung gab, dann nur in einer Tierklinik.

Ohne Geschwindigkeitsbeschränkungen zu beachten, raste Elli dahin. Die Linkenheimer Landstraße mit Tempo 140. Rechts ab in den Adenauerring. Da hatte sie immer noch 120 Sachen drauf. Hupend und mit Lichtsignalen bedrängte sie die vor ihr fahrenden Autos. Ebenso ungnädig quetschte sie sich an einem Audi Quattro vorbei, der vor ihr abbiegen wollte. Überraschenderweise zog dieser wieder zurück auf die Fahrbahn, überholte wiederum Elli, setzte ein Blaulicht aufs Dach und deutete ihr an, rechts ranzufahren und anzuhalten.

„Verfluchte Scheiße", maulte Elli. „Ich kann jetzt nicht anhalten. Das kostet Gismo das Leben."

Frau Mayerschön neben ihr war kaum mehr ansprechbar und wimmerte nur noch zusammenhanglos vor sich hin.

Elli blieb nun leider doch nichts anderes übrig, als anzuhalten, da der Audi sie wie in einem Actionfilm abgedrängt hatte.

Sie wollte gerade erbost aus dem Auto stürzen, als ihr Blick auf den Fahrer des Audis fiel, der ausstieg und auf sie zukam.

„Oh nein, bitte nicht der." Sie sank tiefer in den Fahrersitz und wäre am liebsten in ein Mauseloch verkrochen.

Energischen Schrittes, das zum Pferdeschwanz gebundene Haar im Wind wehend, kam auf Elli zu … natürlich Hauptkommissar Chris Holland.

Dieser war geladen wie eine Handgranate und wollte soeben erbost die Fahrertür aufreißen, als sein Blick in Ellis entsetzte

Augen fiel. Er zuckte zurück, als ob er sich an etwas verbrannt hätte. Dabei wäre er beinahe rückwärts auf die Gegenfahrbahn gestolpert und konnte sich gerade noch am Türgriff des Kombis festhalten. Unglücklicherweise hatte Elli zuvor schon die Tür geöffnet und sich innen am Griff festgeklammert. Somit wurden ihre leichten 58 Kilogramm von der Wucht des Rückwärtssturzes von Holland herauskatapultiert und sie landete recht unsanft mit dem Kinn direkt auf seinem Brustbein.

Die beiden bildeten ein schönes Paar mitten auf der Fahrbahn liegend, der Verkehr des Adenauerrings rauschte vorbei und umrahmte das Bild stilvoll.

Auge in Auge fanden sich die beiden aufeinander liegend wieder. Ihnen schoss zuerst der gleiche wütende Gedanke an Mord durch den Kopf, aber die Situation war so urkomisch und blöde, dass sie stattdessen absolut synchron in schallendes Gelächter ausbrachen. Chris erkannte geistesgegenwärtig die momentane Gefahr des Autoverkehrs und rollte sich, Elli eng und beschützend an sich gepresst, näher zum Fahrbahnrand.

Für die Autofahrer auf dem Weg zur Arbeit in die Karlsruher Innenstadt bot sich an jenem Montagmorgen ein merkwürdiges Bild. Ein Kombi, abgedrängt von einem Audi Quattro mit Blaulicht standen am Fahrbahnrand. Daneben, noch halbwegs auf der Fahrbahn, wälzten sich ein Mann und eine Frau scheinbar in Krämpfen auf dem Boden. Hilfsbereite Autofahrer hielten an, um den Verkehr abzuriegeln und notfalls einen Krankenwagen zu rufen.

„Ist etwas passiert, kann ich Ihnen helfen?“, besorgt beugte sich ein älterer Mann zu den beiden hinunter und musste verblüfft erkennen, dass beide einen Lachkrampf hatten.

„Ist schon in Ordnung“, presste Chris heraus und wischte sich die Tränen aus den Augen. „Ich bin von der Polizei!“

Woraufhin Elli noch lauter lachen musste.

Der hilfsbereite Autofahrer fühlte sich ziemlich verarscht und meinte pikiert: „Wenn sie wirklich von der Polizei sind, sollten sie für ihre ausgefallenen Sexspielchen mit ihrer Freundin vielleicht ein ungefährlicheres Örtchen suchen. Sie liegen hier extrem gefährlich rum."

Jetzt wäre Elli beinahe erstickt vor Lachen und hustete und keuchte nur noch vor sich hin. Sie hätte sich um ein Haar in die Hose gepinkelt.

Chris fühlte sich mit einem Mal sehr ernüchtert, erkannte die Peinlichkeit der Situation und zerrte Elli vom Boden hoch.

„Mensch, steh auf, das ist hier viel zu gefährlich. Runter von der Fahrbahn."

Vor lauter Hast und Verlegenheit bemerkte er nicht einmal, dass er Elli geduzt hatte. Sie allerdings merkte es sehr wohl.

„Du hast Recht mein Schatz, wie immer. Wir sollten nächstes Mal doch lieber wieder an den Baggersee gehen. Da ist es sicherer", keuchte Elli heraus und musste über ihren eigenen Witz noch mehr lachen.

Chris lachte zwar auch immer noch, schaffte es aber, Elli vollends an den Fahrbahnrand zu ziehen und dort im Gras abzusetzen.

„Sie können alle weiterfahren, es ist nichts passiert", rief er den Autofahrern zu und holte erst einmal ein Warndreieck aus dem Kofferraum, um den Verkehr zu sichern. Das gab ihm die Gelegenheit, sich wieder zu fassen und die Situation realistisch zu sehen.

„Sind Sie wahnsinnig, hier so zu rasen?" Chris schüttelte sie heftig an der Schulter. „Das wird Sie jetzt für eine Weile den Führerschein kosten."

Elli, schlagartig ernüchtert, fielen Frau Mayerschön und Gismo wieder ein.

„Nein, das ist ein Notfall, ich musste so rasen. Sonst fahre ich eher lahm, aber ich habe eine halb kollabierte Frau und ihren schwer kranken Hund im Auto, die beide in die Klinik müssen.“

Ihr war klar, dass sie jetzt enorm übertrieben hatte, aber den Führerschein wollte sie schon noch behalten. Und tatsächlich, beim näheren Hinsehen sah Frau Mayerschön recht fertig aus.

„Was sagen Sie da?“ Chris eilte zu dem Kombi und riss die Beifahrertür auf, sah sich einer käsebleichen, älteren Frau gegenüber, die nur noch stammelte. „Gismo retten, bitte. Bitte retten Sie meinen Gismo.“

Er sah hinten in den Kombi und erkannte einen hechelnden Labrador, der in seinen eigenen Exkrementen lag.

Er zog sein Handy aus der Hosentasche und wählte die 110.

„Notfall auf dem Adenauerring in Höhe Michiganstraße. Polizei ist schon da, wir brauchen dringend einen Krankenwagen für eine ältere Frau mit drohendem Kreislaufkollaps.“

Elli hörte seine Worte, sprang auf und schrie: „Der Hund. Er muss sofort in die Tierklinik. Er stirbt sonst! Wir können auf keinen Krankenwagen warten, dann ist es zu spät.“

Jetzt wurde Chris ernsthaft sauer. „Geht bei Ihrer übertriebenen Hundeliebe jetzt schon der Hund vor dem Menschen?“, schrie er zurück.

Ehe die beiden sich an die Gurgel springen konnten, wurde erstaunlicherweise die Beifahrertür aufgerissen, eine Faust krallte sich in Chris Jeansjacke und Frau Mayerschön, wieder zum Leben erwacht, schrie: „Mein Hund ist äußerst schwer erkrankt. Das geht vor. Auch vor meinem eigenen Leben. Sie werden uns sofort in die Tierklinik lassen. Sonst werden Sie das noch bitter bereuen.“

Chris sah sich zwei Furien gegenüber, die ihr Leben für einen Hund geben würden. Obwohl er stinksauer war, nötigte das Verhalten der beiden Hundeliebhaberinnen ihm doch Respekt ab. Er schüttelte nur noch den Kopf.

Kurz entschlossen packte er die ältere Dame wieder ins Auto und mit der Bemerkung: „Ich fahre!“, verfrachtet er Elli auf den Rücksitz, holte sein Blaulicht vom Audi, schloss diesen ab, setzte das Blaulicht auf den Kombi und raste dann mindestens so rücksichtslos wie Elli zuvor weiter Richtung Innenstadt.

Als Elli später an jenen peinlichen und sehr traurigen Vormittag zurückdachte wurde ihr klar: Es war die Tatsache gewesen, dass ein Hauptkommissar der Karlsruher Kripo, der wahrlich Wichtigeres zu tun hat, als einen alten sterbenden Labrador zum Tierarzt zu fahren und es doch tat, welche Elli etwas Wichtiges erkennen ließ. Sie hatte sich just in jenem Augenblick rettungslos in diesen verrückten Typ verliebt!

10.

Der große Geländewagen mit der Beschriftung „Schnakenbekämpfung – IGSB“ fuhr langsam den Waldweg am Leopoldshafener Baggersee entlang.

Er umrundete ihn bis zur Hälfte.

Dann hielt der Wagen an, ein Mann stieg aus und ging zur Heckklappe des Fahrzeugs.

In den frühen Morgenstunden war noch kein Mensch am See. Ideal!

Der Mann lud mehrere kleine 10 Liter Fässer aus dem Fahrzeug und trug sie zum See.

Nacheinander entleerte er die Fässer ins Wasser. Eine leicht bläuliche Flüssigkeit vermischte sich schnell mit dem Seewasser und verteilte sich unsichtbar darin.

Zufrieden vor sich hin summend stieg der gut gekleidete Mann wieder in dem Geländewagen und fuhr weiter unbehindert seiner Wege.

11.

Elli stand betreten vor einer Haustür in Eggenstein und klingelte bei dem Namensschild Mayerschön. Ihr war elend zu Mute.

Trotz aller Bemühungen des kompetenten und netten Tierarztes in der Tierklinik war der 9 Jahre Labradorrüde Gismo zwei Stunden, nachdem er in die Klinik gebracht worden war, verstorben. Genauer gesagt musste er mit Zustimmung der Besitzerin eingeschläfert werden, seine Organe waren schon zu sehr geschädigt gewesen. Alles deutete auf eine Vergiftung hin. Einer Obduktion zur Klärung der Todesursache stimmte Frau Mayerschön nicht zu. Sie wollte ihn einäschern lassen, und nicht in Gedanken das geliebte Tier zerstückelt vor sich sehen. Elli fand das zwar schade, konnte sie aber verstehen. Wieder mal ein Hund von irgendeinem Tierschänder vergiftet. Ihr grauste!

Frau Mayerschön war am Boden zerstört. Ihr Leben war für sie zu Ende. Wie sollte es weitergehen? Zwar war ihr immer bewusst gewesen, Gismo würde nicht ewig leben, aber so plötzlich sie zu verlassen, jetzt, wo sie viel Zeit für ihn gehabt hätte, war grausam.

So viel Zeit mit nichts mehr gefüllt. Sie war mit ihren 63 Jahren noch sehr rüstig. Gismo fehlte morgens beim Aufstehen, mittags beim Mittagessen und abends vorm zu Bett gehen. Sie fühlte sich einsam, ohne Hoffnung. Sie wurde zunehmend depressiv. Eine Woche war schon vergangen, seitdem er sie verlassen musste. Der nette Hauptkommissar war noch zusammen mit Elli eine Stunde in der Tierklinik geblieben und hatte den Ärger mit dem bestelltem Krankenwagen und unerlaubter Geschwindigkeitsüberschreitung geklärt. Glücklicherweise. Sie hätte sonst ein schlechtes Gewissen der überaus netten Tierheilpraktikerin gegenüber gehabt. Auf die hielt sie große Stücke. Heutzutage gab es nicht mehr viele Menschen, die so selbstlos Anderen halfen. Das hatte Frau Elli Schönberg schon häufiger getan, wie Frau Mayerschön wusste. Unentgeltlich sozial schwächeren Tierbesitzern geholfen, Hunde aus Griechenland geholt, gesund gepflegt und weitervermittelt, im Ausland auch schon viel mitgeholfen.

Irgendwie ein Engel mit Stacheln. Denn bei Ungerechtigkeiten gegen Tiere konnte Elli sehr giftig und explosiv überreagieren. Der Hauptkommissar schien ihr ähnlich veranlagt zu sein. Zumindest was die Explosivität anging. Zwischen den zweien schien irgendeine Verbindung zu bestehen. Das war Frau Mayerschön trotz ihrer Trauer nicht entgangen. Beim Verabschieden hatte er Frau Schönberg fast schon zärtlich kurz die Hand auf die Schulter gelegt. Die beiden würden ein schönes Paar abgeben, dachte sie bei sich. Aber ihre Trauer übertrumpfte im Moment alles zu sehr, um allzu lang mit den Gedanken bei Elli zu verweilen.

Trübsinnig rührte sie in ihrem Morgenkaffee. Umso überraschte war sie, als plötzlich die Türklingel ertönte, und sie eben jene Helferin in ihrer schwersten Stunde vor sich stehen sah.

„Frau Schönberg, das ist aber eine nette Überraschung. Kommen Sie herein. Auch einen Morgenkaffee?“

„Ja, gerne.“

Elli betrat die gemütliche Küche der ehemaligen Lehrerin mit Blick nach draußen in den kleinen eingezäunten Garten. Ideal für einen Hund! Jetzt musste Elli geschickt vorgehen.

Sie plauderten eine Weile belanglos über Gott und die Welt, das Eggensteiner Straßenfest in zwei Wochen, Ellis Bandauftritt auf dem bevorstehenden Fest und Tiere allgemein.

„Kein Hund würde jemals Gismo ersetzen. Ich werde mir niemals mehr einen zulegen. Dazu bin ich viel zu alt."

Elli dachte sich ihren Teil dazu, meinte aber laut:

„Das verstehe ich voll und ganz. Ein neues Tier ist niemals mit einem verstorbenen zu vergleichen. Ich habe selber schon sehr viele verloren. Aber ich weiß, eines Tages werde ich sie alle wieder sehen."

„Sie sind ja ein richtiger religiöser Mensch, Frau Schönberg."

„Ach um Gottes Willen, garantiert nicht. Jede Kirche würde mich wegen Verleumdung kreuzigen wollen. Für die habe ich nichts übrig, noch höflich formuliert."

„Ich meinte ja auch religiös, nicht kirchlich, das sind für mich sehr unterschiedliche Dinge."

„Jetzt sind wir aber hochphilosophisch abgedriftet. Übrigens Frau Mayerschön, ich habe ein großes Problem und mir geht es deswegen ganz schlecht."

„Ach je, sind sie krank oder einer Ihrer netten Hunde? Das wäre ja entsetzlich."

„Nein, nein glücklicherweise nichts dergleichen. Das Problem ist anders geartet und heißt Sina. Sie ist eine wunderschöne kleine Mischlingshündin aus Griechenland, die vermittelt werden sollte und der zukünftige Besitzer ist einfach sang und klanglos abgesprungen, nachdem er sie extra aus Griechenland hat kommen lassen. Meine Pflegestellen sind, wie sie wissen, alle überbelegt und Pida duldet die Hündin als Konkurrentin leider gar nicht."

Jetzt hatte Elli soviel gelogen, dass ihr schon fast schwindelig wurde.

Tatsache war, die Hündin stammte schon aus Griechenland, aber Elli hatte sie extra für Frau Mayerschön ausgesucht und zusammen mit fünf anderen Hunden kommen lassen, weil sie genau wusste, dieses 4 Jahre alte zarte, verschmuste rotbraune Seelchen war das, was die trauernde Frau brauchte. Bei der Vermittlung hätten ihr die Leute den Hund sicher aus der Hand gerissen. Aber Elli wusste genau: diese beiden verletzten Seelen brauchten einander. Intuition hatte sie nach vielen Jahren Tierschutzarbeit entwickelt. Nur die zukünftige Besitzerin wusste das noch nicht. Die Trauer war zu groß.

Jetzt galt es, geschickt vorzugehen!

„Ich würde die Hündin so gerne selber behalten, aber wie schon gesagt, Pida dreht schier hohl vor Eifersucht."

Wieder krasse Lüge! Pida hatte die Kleine sofort adoptiert und verhätschelt. Sie musste die beiden heute Morgen fast zwanghaft trennen, nachdem sie eine Nacht lang miteinander gekuschelt hatten. Pida würde sie eine Weile dafür büssen lassen mit Nichtbeachtung. Da konnte die kleine Diva sehr zickig werden. Aber Elli wusste genau, bei Frau Mayerschön würde die kleine Griechin die Liebe bekommen, die sie brauchte. Volle und ganz alleinige Aufmerksamkeit.

„Ja und was machen Sie jetzt mit der armen Hündin?"

„Tja, es bleibt mir nichts anderes übrig, als sie in ein befreundetes Tierheim zu geben, obwohl es mir das Herz zerreißt."

Elli schaffte es tatsächlich, ein paar Tränchen zu verquetschen.

Auch Frau Mayerschön standen plötzlich Tränen in den Augen.

„Ich wollte sie nur bitten, mir etwas Wasser für die Kleine zu geben, eh wir wieder weiterfahren."

Das war zwar komplett idiotisch, es war eher kühl draußen und das befreundete Tierheim in Knielingen gerade mal 15

Kilometer entfernt, aber irgendwie musste sie die Frau zum Auto bugsieren.

„Aber selbstverständlich. Ich komme mit raus, will die Hündin wenigstens mal sehen."

Wunderbar, das klappte ja wie am Schnürchen.

Elli wischte die Tränchen ab und begab sich schon mal zum Auto. Gerade als Frau Mayerschön zur Haustür heraustreten wollte, um einen gefüllten Wassernapf zu bringen, geschah doch tatsächlich ein Missgeschick. Elli öffnete die Heckklappe, griff hinein und ein kleines Fellbündel wischte heraus, an Frau Mayerschön vorbei und direkt ins Wohnzimmer hinters Sofa. So sah es zumindest von außen aus. In Wirklichkeit hatte Elli der verschüchterten Hündin einen kleinen Schubs gegeben, so dass diese gar nicht anders konnte, als in das Haus zu rennen. Der Jeep war schon absichtlich so geparkt gewesen.

„Oh nein, beinahe wäre sie mir entwischt. Machen Sie schnell die Haustür zu."

Geschickt manövrierte Elli die Frau hinein und schloss schnell die Haustür.

„Ach nein, sehen Sie mal. Die Ärmste sitzt ganz verschüchtert hinter dem Sofa."

Mit diesen Worten ging die ehemalige Lehrerin auf die Knie und langte zärtlich unter ihr Wohnzimmersofa.

„Du armes, armes Ding. Keiner will dich haben. Und du hast doch sicher schon so viel Schreckliches erlebt."

Elli schmunzelte. Die kleine, wunderschöne, rotbraune Griechin schien das Spiel zu erahnen und machte eifrig mit. Mit hängenden Ohren und eingekniffenem Schwanz kam sie zögerlich hervor und schmiegte sich ihrer neuen Besitzerin schutzsuchend in die Arme.

Geschickterweise klingelte gerade in diesem Augenblick Ellis Handy. Es gibt ja glücklicherweise die Funktion: Klingeltöne abhören.

„Schönberg, ja ich bin unterwegs. Was ist passiert? Oh nein! Ich komme so schnell es geht in die Praxis zurück. Ja, ich beeile mich."

Elli wirkte plötzlich sehr betroffen.

„Es gibt Tage, da geht alles schief. Ein Kunde steht vor der Tür mit einem verletzten Igel. Ich muss sofort zurückfahren. Oh, Frau Mayerschön, dürfte ich die kleine Sina für eine Stunde bei Ihnen lassen. Die Leine habe ich noch im Auto."

Eine neue Hundebesitzerin mit verklärtem Blick hielt ein rotbraunes Fellbündel an sich gedrückt und meinte abwesend.

„Aber selbstverständlich. Lassen Sie sich ruhig viel Zeit, ich werde mich solange gerne um sie kümmern."

Beim Verlassen des schönen kleinen Einfamilienhauses wusste Elli, dass ihre Intuition sie selten getäuscht hatte. Zwei Seelen hatten zueinander gefunden. Und sie wusste auch, dass sie sich persönlich immer kümmern würde, falls Frau Mayerschön einmal erkrankte. Allerdings werden ältere Menschen mit Tieren seltener krank, als ohne Tiere.

12.

Chris Holland saß an seinem Schreibtisch und blickte geistesabwesend aus dem Fenster. Der Montagvormittag vor einer Woche machte ihm mächtig zu schaffen. Da sollte man sich auf seinen Job und einen Mordfall konzentrieren, aber die Gedanken schweiften ständig immer nur zu einem hin. Einer zierlichen, explosiven Hundeliebhaberin mit den schönsten grünen Augen, die er je gesehen hatte. Er hatte sie bei seinem Sturz ja sehr deutlich vor sich gesehen. Ebenso deutlich, wie die Lachfalten um die schönen Augen. Auch vergessen konnte er das Gefühl des fraulichen Körpers eng an seinen gedrückt nicht. Dabei wurde ihm nachträglich noch schwindelig! Er musste es endlich zugeben: er hatte sich rettungslos in eine chaotische Zimtzicke verliebt. Und er fürchtete diesmal gründlich und nicht nur so oberflächlich wie bei seinen letzten Beziehungen. Es machte ihm Angst! Das wollte er nicht, nie mehr. Der Verlustschmerz nach Violas Tod war zu groß gewesen. Er wollte Elli möglichst schnell wieder vergessen, aber das ging einfach nicht. Sie hatte sich unweigerlich in seinen Gedanken festgefressen.

„Holland, hallo aufwachen. Ich habe Sie jetzt schon zwei Mal angesprochen, aber ohne Erfolg."

Die penetrante Stimme seines Chefs Kiesser riss Chris aus seinen tiefgründigen Gedanken.

Erschrocken zuckte er zusammen und meinte schuldbewusst: „Sorry, ich war gerade in Gedanken versunken über den Mordfall am Baggersee."

Das war nur eine halbe Lüge. Elli hatte schließlich mit dem Fall zu tun.

„Schon in Ordnung, ich weiß, dass Sie sehr pflichtbewusst sind. Nur eine kurze Info, ich war ja zwei Wochen in Urlaub gewesen. Was war das denn neulich mit dem Hund und der Frau am Adenauerring? Da haben Sie ganz schöne Wellen geschlagen. Von wegen Sexspielchen auf der Straße und so. Was war das denn für ein Blödsinn?"

Chris wurde ziemlich verlegen, klärte seinen Chef aber über die Notsituation auf. Elli Schönbergs Namen erwähnte er nicht. Ihm war klar, dass das nicht korrekt war, aber er wollte darüber am Besten gar nicht mehr reden. Nachdem er alles zur Zufriedenheit des Chefs klargestellt hatte, schweifte dieser wieder zum Fall Baggersee zurück.

„Ich hätte da noch ein paar interne Infos über das Mordopfer Reinhard Klug. Er war eng mit dem Polizeichef befreundet, angeln, golfen und so weiter. Klug war Finanzbeamter im Ruhestand und hatte sich im Lauf seines Berufslebens etliche Feinde geschaffen. Er machte Betriebsprüfungen, Steuerprüfungen und so manche Firma kam wegen Klug ernsthaft in Schwierigkeiten, wenn Schwarzgelder entdeckt wurden. Er war extrem pflichtbewusst und sorgfältig bei seinen Nachforschungen. Vielleicht sollten Sie da mal näher nachhaken. Sie haben von oben volle Unterstützung."

„Werde ich machen, Chef. Danke für die Hilfe."

Kiesser verließ Chris Büro, und ein nachdenklicher Hauptkommissar blieb zurück. Zwar war die eben erhaltene Info wichtig gewesen, aber seine persönliche Intuition wollte nicht so recht an eine Ermordung des Finanzbeamten so lange nach dessen Dienstzeit glauben. Wieso sollte eine marode Firma Rache üben nach vielen Jahren. Allerdings hatte er auch schon Pferde vor der Apotheke kotzen sehen.

Aber zuerst musste er für sein eigenes Seelenheil etwas mehr über Elisabeth Schönberg erfahren. Entschlossen öffnete er seinen Mac-Laptop, fuhr das interne Polizeifahndungssystem hoch und startet die Suche. Schönberg, Elisabeth, da war sie ja schon. Ein polizeilich völlig unbeschriebenes Blatt, bis auf etliche Anzeigen ihrerseits wegen Verletzungen gegen das Tierschutzgesetz. Sie war ja förmlich ein weiblicher Robin Hood für die Tiere. Und das schon seit vielen Jahren. Ein Umzug nach Leopoldshafen vor ein paar Jahren, nicht verheiratet, nie gewesen, keine Kinder. Konfessionslos, aus der katholischen Kirche ausgetreten. Dann kam er zum Geburtsdatum. Anfang Oktober. Sternzeichen Waage. Schluck! Sein eigenes Sternzeichen!. Er hielt sich an der Schreibtischkante fest. Sie war ja zwei Jahre älter als er selbst, nämlich 36.

Nein, das konnte nicht wahr sein. Seine bisherigen Freundinnen waren kaum viel älter als 20 gewesen. Außer Viola, die hatte genau sein eigenes Alter gehabt. Und jetzt das: Er verliebte sich in eine ältere Frau. Das ging ja wohl gar nicht! Wieder ein Grund mehr, sie schleunigst zu vergessen.

Er las weiter. Sie verdiente etwas Geld durch Tanzunterricht geben und Musik machen in der ihm schon bekannten Band „HotDogs", die übrigens in zwei Wochen einen Auftritt auf dem Eggensteiner Straßenfest hatte, schoss ihm ungewollt durch den Kopf. Das beschloss er ganz schnell wieder zu vergessen.

Beruf offiziell: Tierheilpraktikerin. Konnte man sich davon so ein tolles, exklusiv renoviertes Haus leisten? Aha, da stand noch was von Erbschaft. Alles klar! Verwöhnte, reiche Göre. Sie benahm sich ja auch jedes Mal so. Bis auf die reichhaltigen Infos über ihre Tierschutzarbeit, die ihn beeindruckten, hatte Chris jetzt genügend Material gesammelt, um seine Gefühle für diese Frau runterkühlen zu können. Das war jetzt garantiert kein Problem mehr.

Erleichtert wandte er sich seiner eigentlichen Forschungsarbeit nach Reinhard Klug zu.

13.

Chris Holland schob sich durch die dichte Menschenmenge auf dem Eggensteiner Straßenfest, welches jedes zweite Jahr Massen an Jugendlichen, aber auch durchaus Ältere anzog. Dieses Jahr waren es zumindest an diesem Samstagabend Menschen Unmassen, wie er feststellen musste. Da konnte man Platzangst bekommen.

Der Grund dafür war, wie er vermutete, das traumhaft warme und trockene Juniwetter und wohl auch der Auftritt der Band „HotDogs“.

Chris redete sich schon seit einer Woche ein, dass er da garantiert nicht hinwollte. Trotzdem bog sein Audi Quattro fast wie von Zauberhand gelenkt ausgerechnet an jenem Samstag von der B36 nach Eggenstein ab. Na ja, mal wieder ausgehen war ja schließlich okay. Er hatte hart gearbeitet und über Reinhard Klug einiges Interessantes herausgefunden. Vielleicht hatte sein Chef doch recht gehabt. Einige große Firma waren von Klug zu Fall gebracht worden. Die waren sicherlich nicht zimperlich gewesen. Er blieb an der Spur dran.

Jetzt wollte er sich lediglich ein gemütliches Bierchen gönnen. In der Masse von Menschen würde er nicht zu erkennen sein, dessen war er sich sicher.

Wie sehr Chris Holland sich da allerdings geirrt hatte, sollte ihm nur kurze Zeit später vorgeführt werden.

Er fand noch einen der letzten Parkplätze in einer der Seitenstraßen direkt neben den Fahrradabstellplätzen und kämpfte sich auf die Hauptstraße durch. In der verwirrenden Vielfalt von Fressständen und Vereinsständen war es zuerst einmal schwer durchzublicken. Glücklicherweise fand er relativ schnell an einem der Stände einen gelben Zettel mit der Aufschrift:

„Die Eggensteiner Vereine laden ein! 16. Eggensteiner Straßenfest, 27. und 28. Juni 2009.“

Auf der Innenseite waren alle Vereine mit ihren Angeboten für Leib und Seele aufgeführt. Auf den zwei größeren Bühnen spielten an beiden Abenden Live-Bands.

„Samstag ab 18 Uhr ‚HotDogs’, vor dem Stand des Tierschutzvereins namens ‚Unser Pfötchenhof‘“, las er.

Unwillkürlich schlug sein Herz schneller, und er wäre beinahe umgekehrt und nach Hause in seine einsame Drei-Zimmerwohnung in der Stadt zurückgefahren.

Dann allerdings wurde ihm bewusst, wie feige er sich schon seit Wochen verhalten hatte. Bei den gefährlichsten Verbrechern und auch Kampfsportgegnern zuckte er mit keiner Wimper, war auch für seine Schnelligkeit und Aggression berühmt und berüchtigt, was er allerdings nicht absichtlich tat. Und vor so einer hundebesessenen Zimtzicke lief er wimmernd davon? Niemals!

Energisch steuerte er Richtung großer Bühne, denn es war schon viertel vor sechs. Zwar verspürte er Hunger und Durst, aber den Auftritt wollte er nicht verpassen und außerdem hatte auch der Tierschutzstand einiges Vegetarische zum Essen anzubieten. Chris war zwar eher ein Fleischfresser, aber in der Not frisst auch der Teufel mal eine Fliege.

Je näher er der Bühne kam, desto dichter gedrängt stand das Publikum. An ein Durchkommen war fast nicht mehr zu denken. Er quetschte sich voran wie es eben so ging. Dann ging plötzlich gar nichts mehr. Weder vorwärts noch rückwärts. Jeder andere hätte Platzangst bekommen. Chris fühlte sich auch überhaupt nicht wohl dabei. Allerdings das Konzert wollte er auf gar keinen Fall verpassen!

Und nun tat der Herr Hauptkommissar etwas, das er normalerweise niemals tun würde und was im eigentlichen Sinne als Amtsmissbrauch geahndet wird: Er zog seinen Ausweis aus der Tasche, hielt ihn den vor ihm Stehenden vor die Nase und meinte trocken: „Kriminalpolizei, würden Sie mich bitte durchlassen?“

Fast schon erschrocken und sehr höflich wurde ihm Platz gemacht und er konnte sich zumindest so weit vordrängen, dass er seitlich auf die Bühne blicken konnte. Just in diesem Augenblick wurden zwei Stehplätze an einem der Bistrotische frei, neben einem gut gekleideten, freundlichen aussehenden Mann mittleren Alters.

Flink nahm Chris einen davon in Anspruch ohne Rücksicht auf Verluste, sozusagen.

Der Bier trinkende Mann sagte: „Hallo, da hast Du aber Glück gehabt, dass der Platz gerade frei wurde. Wenn Elli da oben loslegt, dann wird kein Quadratzentimeter mehr frei bleiben. Gestatten, ich heiße Michael.“ Freundlich hielt er Chris die Hand hin. Dieser war zwar normalerweise nicht so schnell mit anderen per Du, aber dieser Michael schien ihm sehr sympathisch zu sein und außerdem offensichtlich ein Bekannter von Elli. Das konnte man ja ausnutzen.

„Hallo, ich heiße Christian.“ Seine wahren Namen wollte er lieber doch nicht preisgeben. Die beiden schüttelten sich die Hände.

„Willst Du auch ein Bier?“, fragte sein neuer Bekannter höflich.

„Schon, aber wenn ich jetzt hier wieder weg gehe, ist der Platz dasselbe.“

„Kein Problem.“ Michael zückte sein Handy, wählte eine Nummer und sagte: „Hi, Peter bring mal ein Bier hier vor für einen Bekannten.“

„Ich wollte jetzt aber keinem zur Last fallen. Die haben doch sicher Wichtigeres zu tun.“ Chris bekam fast schon Gewissensbisse.

„Es gibt nicht Wichtigeres, als Bier zu verkaufen. Ist doch für Ellis Tierschutzgruppe, da zählt jeder Cent. Gib ihm halt ein kleines Trinkgeld fürs Bringen. Ist für einen guten Zweck.“

Guter Geschäftsmann, dachte Chris, verübelte es seinem neuen „Freund“ allerdings nicht. Der hatte ja Recht!

Ein paar Minuten später quetschte sich ein ebenso gut aussehender junger Kerl vom Bierstand kommend durch die

Menge und brachte Chris sein Bier, was dieser mit einem reichlichen Trinkgeld belohnte.

„Jetzt übertreib aber mal nicht mit dem Trinkgeld."

„Ist schon in Ordnung. Prost!" Chris prostete ihm zu und nahm einen tiefen Schluck von dem schaumigen Getränk.

Dann gesellte sich noch ein zweiter Mann zu der Runde am Bistrotisch. „Hallo Hartmut, was treibt Dich denn hierher", grüßte Michael den Neuankömmling. „Ich dachte Du kannst Menschenmassen nicht ausstehen?"

„Schon, aber die Band hat halt einen guten Namen, die wollte ich mir doch einmal anhören." Chris betrachtet den Neuen und kam zu der Erkenntnis, dass er ihn spontan nicht mochte. Typischer Wissenschaftler mit dicker Brille, zu sehr introvertiert, leicht wirrer Blick. Sehr bieder gekleidet, groß gewachsen, schlank, war sein erster Eindruck.

„Darf ich vorstellen: mein Arbeitskollege und Computergenie Hartmut Heck, ein Bekannter, Christian."

Etwas unwillig schüttelte Hartmut Chris die Hand. Gegenseitige Sympathie war bei beiden nicht vorhanden. Chris Blick blieb unwillkürlich an der auffallenden Krawatte seines Gegenübers hängen. Schwarz-weiß mit kleinen Computern als Motiv. Nicht gerade sein Geschmack! Aus irgendeinem Grund war der Mann ihm einfach total unsympathisch. Michael merkte dies wohl auch und schwenkte schnell um.

„Ach, seht mal gleich geht's los. Da geht schon der Nachwuchs-Drummer auf die Bühne."

Und tatsächlich betrat ein erster Musiker die profimäßig beleuchtete und beschallte Bühne. Er erschien Chris wie ein Phil Collins Verschnitt optisch gesehen. Nach und nach kamen noch drei andere Musiker dazu, ein Gitarrist, ein Bassist und ein ebenholzschwarzer Sänger mit Sonnenbrille. Und wo war Elli?

„Wo bleibt denn die Hauptattraktion, diese Elli“, fragte Chris Michael.

Dieser schmunzelte. „Abwarten und Tee trinken, oder besser gesagt Bier.“

Chris dämmerte langsam, dass seine neue Bekanntschaft doch wohl etwas näher zu Elli stand, als er erwartet hatte. Vielleicht sogar ein Freund oder ihr Lebensgefährte? Chris verspürte einen leichten Anflug von Eifersucht aufkeimen, den er jedoch sofort wieder unterdrückte.

Ohne jegliche Ankündigung legte die Band los. Hip Hop in Softversion, super gut gespielt! Echt cool! Das Publikum ging nahezu sofort mit. Der Song war wohl den meisten bekannt, Chris allerdings nicht. Wann hatte er denn auch mal Zeit zum Musikhören. Meistens nur beim Autofahren nebenher. Und im Radio waren die HotDogs noch nie zu hören gewesen, so weit reichte der Bekanntheitsgrad der Gruppe dann doch nicht.

Der Sänger hatte gerade seinen ersten Soloteil hinter sich, als die Menge in infernalisches Gegröle ausbrach. Am lautesten schien Michael zu brüllen: „Elli, Elli, meine Göttin zeig's ihnen.“

Chris dachte bei sich, dass der Typ doch wohl sicherlich unter Drogen stehen musste oder komplett durchgeknallt war, als Elli die Bühne betrat.

Beinahe wäre ihm das feuchte Bierglas aus der Hand geglitten. Sein Herz schien zu stolpern, bei dem Anblick, der sich seinen Augen bot.

Zwar war ihm schon am Baggersee bei ihrer ersten Begegnung aufgefallen, dass ihr Outfit ungewöhnlich sein konnte, aber das hier übertraf doch alles. Die langen, brünetten Haare waren zu einer wilden Mähne verwuschelt oder aufgeföhnt. Das fiel zuerst auf, nahm auch das meiste der zierlichen Frau ein.

Dann wurde noch eine knalleng sitzende schwarze Lacklederhose sichtbar und weiter aufwärts nicht mehr allzu viel an Bekleidungsstücken. Genauer gesagt ein schwarzer Lackleder-BH, der geradewegs aus einem Orion oder Beate Uhse Katalog zu stammen schien. Zwar bedeckte dieser gerade mal so das Wesentlichste, das war aber auch schon alles. Chris schluckte trocken. Das war ja reinste Folter für seine eh schon überstrapazierten Nerven.

Als dann Elli auf den Sänger zustürmte, ein Microport am Mundwinkel und ihn ansang oder fast schon anschrie: „Eh Motherfucker what`s up?“, da war das Publikum nicht mehr zu bremsen.

Auf der Bühne entwickelte sich jetzt eine Mischung, die am ehesten als Kampfduett Rap bezeichnet werden konnte. Für diejenigen, welche die Texte nicht kannten, wurde auf einer Videoleinwand diese in Großschrift als Laufband eingeblendet.

Texte, die sich um Rassendiskriminierung, Problematiken in Slumvierteln und Gewalttätigkeiten, sowie Drogenkonsum drehten. Thematiken der meisten Rapsongs. Elli und ihr Kontrahent gaben ihr Äußerstes. Schweiß treibender Job, dachte Chris bei sich.

Zwischendurch eine supergute Choreografie, bei der den Sängern das gleichzeitige Singen eigentlich unmöglich sein dürfte, was aber nicht zu hören war. Gelegentliche eindeutige Kopulationsbewegungen des Sängers heizten schon bei diesem ersten Song das Publikum enorm an.

Als Chris zwischendurch einen Blick auf seine beiden Tischnachbarn warf, fiel ihm der glasige, abwesende und total wirre Blick des angeblichen Computergenies Heck auf. Der Vergleich mit einem sabbernden Boxerrüden fiel Chris zudem noch spontan ein. Innerlich musste er den Kopf schütteln.

Michael hingegen zeigte helle Begeisterung und tanzte soweit es bei der Enge überhaupt möglich war, vor sich hin. Sehr sympathisch! Nach dieser Klassifizierung wandte sich Chris wieder der Bühne zu.

Mittlerweile war der erste Song vorbei und Elli und der Sänger dankten dem Publikum für den tosenden Applaus. Als dieser etwas verebbte, ergriff Elli atemlos das Wort.

„Hallo Leute! Danke, danke. Verausgabt euch nicht, wir spielen noch mehr. Zuerst einmal möchte ich euch einen guten Freund von mir vorstellen, der mit uns heute Abend auf der Bühne steht. Der Rapper und Tänzer Jonny. Applaus bitte!"

Erneut tosender Beifall und laute Pfiffe.

„Dann hinter mir die heute vollständigen HotDogs mit Tony an den Drums, Pete an der Gitarre und Bobby am Bass." Wieder ohrenbetäubende Begeisterungsrufe der Menge.

Dann ergriff der Sänger das Wort. „And here the sexiest singer, dancer and musician Elli."

Jetzt brach die Hölle los. Chris musste sich die Ohren zuhalten, sonst wäre ein bleibender Hörschaden entstanden. Soviel Beweihräucherung wurde ihm fast schon zuviel. Aber that's business, dachte er sich.

Und weiter ging's im Programm. Elli zunächst an den Drums, dann am Saxofon und wechselnd am Gesang. Alle Musiker schienen untereinander austauschbar zu sein. Ein ständiges Hin und Herwechseln auf der Bühne. Es wurde sehr schnell klar, dass diese Band von einem unheimlichen Zusammenhalt geprägt war. Das fiel Chris sofort auf, weil er selbst schon viele Jahren Musik machte, aber noch nie eine Band getroffen hatte, bei der alles so perfekt passte, wie bei dieser. Einfach klasse! Mittlerweile tanzte auch er eifrig zu den packenden, mal fetzigen, mal souligeren Rhythmen.

In einer kurzen Pause zwischen zwei Stücken meinte Michael zu Chris:

„Das groovt nicht nur musikalisch, sondern auch visuell, stimmt's?“

Letzterer musste ihm zustimmen. Nur der geistig völlig weggetretene Computermensch sagte gar nichts dazu. Wahrscheinlich löst er im Kopf gerade eine Differentialgleichung oder ähnliches, dachte Chris verächtlich.

Nach etwas über einer Stunde kündigte Jonny eine kurze Pause an.

Michael zückte wieder sein Handy und fragt in die kleine Runde: „Noch jemand was zu trinken?“

Hartmut verneinte, nestelte nervös an seiner Krawatte und fügte hinzu, dass er jetzt auch schon gehen müsse, noch ein dringender Termin liege vor. Chris entschied sich für ein Radler, da er mit dem Auto da war und keinen eventuellen Ärger mit Kollegen provozieren wollte.

„Ein Radler und zwei Colas ohne Eiswürfel bitte Peter.“ Ehe sich Chris wundern konnte, wieso sich Michael gleich zwei Colas bestellte, packte ihn das schiere Entsetzen. Die vor ihm stehende Menge teilte sich und direkt auf den Bistrotisch steuerte, na wer wohl, zu?

Natürlich Elli, inzwischen züchtig mit einem weiten, schlapprigen, langen T-Shirt bekleidet.

Chris erster Gedanke war Flucht, was sich jedoch wegen der Menschenmassen als unmöglich erwies. Also, mach das Beste aus der Situation, dachte er sich, die hast du dir ja selber eingebrockt. Er nahm eine möglichst lässige Haltung ein und stützte sich mit dem Ellenbogen am Tisch ab.

Elli war noch etwa drei Meter von ihren zwei so unterschiedlichen Fans entfernt, als sie Chris erblickte und beinahe gestolpert wäre. Gerade noch super gut gelaunt schlug ihre Stimmung akut in Panik um. Mit dem hatte sie niemals gerechnet. Ihr energischer Schritt verlangsamte sich zusehends. Sie hatte zwar schon vorgehabt mit dem Hauptkommissar nochmals Kontakt aufzunehmen, aber nicht so unerwartet und plötzlich. Der unvorhergesehene Zusammenprall auf dem Adenauerring, danach der Tod von Gismo und so manches andere hatten ihr Vorhaben, sich bei ihm zu entschuldigen wegen ihres Verhaltens am Baggersee ziemlich in den Hintergrund gedrängt.

Außerdem waren die Gefühle für diesen langhaarigen, in ihren Augen ziemlich cholerischen Kripobeamten gefährlich intensiv geworden. Das passte Elli überhaupt gar nicht. Sie hatte im Leben andere Pläne, als sich mit einer erneuten Beziehung rumzuärgern.

In Sekundenschnelle schossen ihr diese Gedanken durch den Kopf.

Jetzt sich keine Blöße geben und möglichst einen auf cool machen, beschloss sie.

„Hi, meine Liebe“, begrüßte Michael seine Freundin mit einem Kuss auf die Wange. „Du warst wie immer spitzenklasse! Die Band ist heute aber auch besonders gut drauf. Darf ich Dir einen neuen Bekannten und mittlerweile auch Fan von Dir vorstellen? Christian.“

Er schob Elli in Chris Richtung. „Ach, Christian“, meinte sie spöttisch. „Etwa Christian Niederlande oder wie?“

„Ihr kennt Euch schon?“, stellte Michael verwundert fest.

„Wir kennen uns“, schob Chris schnell dazwischen, ehe die Situation noch peinlicher wurde.

„Haben uns neulich in der Stadt am Adenauerring mal getroffen.“ Elli konnte sich ein Lachen kaum verkneifen.

Michael erschien das Verhalten der zwei zwar äußerst komisch, aber er konnte sich keinen Reim darauf machen. Glücklicherweise kam just in diesem Moment Peter mit den

Getränken vorbei und begrüßte Elli herzlichst mit einem Wangenkuss.

„Schatz, ihr ward formidabel perfekt, aber achte bitte in Zukunft etwas mehr auf Deinen seitlichen Sambaschritt. Der ist mir eine Spur zu verwaschen im Ausdruck."

„Ay, Ay Sir, wird gemacht." Elli salutierte zackig vor dem momentanen Kellner, der vermutlich eher ein Profitänzer zu sein schien, was Chris auch aus dessen Körperproportionen und Muskulatur schloss.

Dieser klatschte Elli leicht auf die Schulter, stellte die Getränke ab und tänzelte im Sambaschritt davon, noch ehe Chris bezahlen konnte.

„Halt, ich habe noch gar nicht bezahlt", rief er hinterher. Doch der Tänzer war schon längst anderweitig beschäftigt.

„Geht selbstverständlich aufs Haus." Elli nahm schon einen großen Schluck von ihrer Cola.

„Übrigens könnten wir uns jetzt langsam mal Duzen, nachdem wir uns schon des Öfteren gegenseitig genervt haben."

Elli hielt Chris eine leicht zitternde und feuchte Hand hin.

Diese schlug nach kurzem Überlegen ein und meinte schmunzelnd: „Okay, dann für Dich ab jetzt Chris."

Michael wunderte sich noch immer, bis ihm auf einmal schlagartig ein ganzer Kronleuchter aufging: Christian Niederlande – Chris Holland. Wie blöd war er nur gewesen, das nicht gleich zu merken. Er verschluckte sich dermaßen an seiner Cola, dass er prustend um sich spuckte. Was für ein verrückter Tag und welche Zufälle es im Leben gibt. Sollte sich da für seine Elli etwa eine neue Beziehung anbahnen? Passen würden die zwei schon gut zueinander. Er wünschte es ihr mit allen Kräften. Der Typ schien schwer in Ordnung zu sein und nicht so eine Lusche wie der verflossene Erwin.

Chris klopfte dem hustenden Michael kräftig auf den Rücken. „Na, verschluckt? Bitte jetzt hier nicht verröcheln."

Michael hustete weiter. Der hatte ja den gleichen schrägen Humor drauf wie seine Elli. Das musste einfach passen!

„Kannst Du Deinen Sabber nicht anderswo verteilen, als auf meinem nagelneuen Schlabber-T-Shirt?“ Elli zuckte mit einer übertrieben dramatischen Geste vom Tisch zurück.

Jetzt bekam es Michael dicke von beiden Seiten.

„Ihr zwei seid mir schon ein Gespann.“ Sein Husten schlug spontan in Lachen um.

Bald lachten alle drei sich schier zu Tode und fragten sich, warum eigentlich genau, aber das spielt nicht immer eine Rolle. Außerdem liegen die offensichtlichsten Dinge meist nur unter einer dünnen Oberflächen verborgen.

Das weitere Gespräch drehte sich zwanglos um den Auftritt, die einzelnen Stücke und interne Details über Proben, Intonation und Zusammenspiel. Da Chris selber Musiker war, interessierten ihn diese Dinge natürlich sehr. Er war fasziniert von der Band und wie er sich eingestehen musste immer mehr von dieser dynamischen Tierschützerin, die als erster Mensch ihn straflos als impotentes Arschloch bezeichnet hatte. Der Vorfall am Baggersee erschien ihm schon eine Ewigkeit her zu sein. Und Elli wurde ihm von Minute zu Minute vertrauter.

Michael bemerkte schnell die nicht zu übersehenden Funken, die zwischen den beiden versprühten. Er selbst zog sich unmerklich langsam immer mehr aus dem Gespräch zurück. Er wollte die beiden nicht stören.

Doch plötzlich riss Elli den Kopf herum Richtung Bühnenaufgang, wo Jonny ungeduldig winkte und meinte erschrocken. „Mist, wir haben die Pause schon weit überzogen. Ich muss wieder auf die Bühne zurück. Bis nachher!“

Sie legte Chris die Hand kurz zärtlich auf die Schulter, drückte ihm einen Kuss auf die Wange, drehte sich um und eilte Richtung Bühne davon.

Chris stand wie betäubt da, was Michael nicht entging.

Weiter ging es im Programm. Diese Runde wurde etwas jazziger, Coversongs aus den Achtzigern mit mehr Saxofon und einem Trompeter, der nach der Pause dazugekommen war. Auch diese Stücke kamen gut beim Publikum an.

Chris und Michael waren beide tief in Gedanken versunken, allerdings jeder aus einem anderen Grund. Chris war von Gefühlen total überwältigt und verwirrt, und Michaels Gedanken verweilten bei seinem Freund Paul, der leider heute Abend arbeiten musste und somit das Konzert leider verpasste. Als Notfallarzt hat man bedauerlicherweise auch Nachtschichten. Gerne wäre Paul zu dem Konzert gekommen, er liebte Elli und ihre verrückte Truppe über alles, weswegen er bisher kaum ein Konzert von ihnen versäumt hatte. Michaels Gedanken schweiften zu dem neben ihm stehenden Kripobeamten. Er fühlte, dass zwischen den beiden etwas am Laufen war, allerdings wohl noch nicht konkretisiert. Vielleicht konnte er da etwas nachhelfen. Ihm fiel die „After Show Party“ in Ellis Haus ein, die nach dem Konzert noch steigen sollte. Dorthin musste er den potentiell Zukünftigen seiner Freundin verfrachten. Er wusste noch nicht genau wie, aber das würde sich schon irgendwie ergeben. Elli hatte für seinen Geschmack schon zu lange alleine gelebt. Das tat ihr auf Dauer nicht gut!

Auch Elli auf der Bühne plagten ähnliche Überlegungen. Die Party! Vielleicht konnte sie da Chris näher kennen lernen. Er musste nur zum Mitkommen überredet werden. Wenn er nach dem Konzert gleich verschwand, hatte sie kaum eine Chance mehr, ihn wieder zu sehen. Wie denn auch? Sie kannte nur seinen Namen und seine Geschäftsnummern. Im Telefonbuch stand er natürlich nicht. Wo er wohnte hatte sie keinen blassen Schimmer.

Normalerweise war sie eher sehr zurückhaltend, was Beziehungen anging, aber in diesem Fall …

Fast schon sehnte sie das Ende des Konzertes herbei, was ihr noch nie passiert war.

Nach zweieinhalb Stunden insgesamt näherte sich der Auftritt der HotDogs dem Ende und das Publikum bekam noch eine kleine Zugabe: „The Show must go on“ von Queen.

Das tobende und pfeifende Publikum war kaum zur Ruhe zu bringen. Immer wieder skandierte es: „Zugabe, Zugabe, Zugabe, …“

Aber die Bühnenbeleuchtung fuhr langsam herunter, die Musiker verließen die Bühne.

Chris wurde unruhig und meinte zu Michael: „Super Konzert, aber ich muss jetzt dringend los, habe noch was zu arbeiten.“

„Am Samstagabend arbeiten, wo gibst denn so was.“ Michael hielt ihn entschlossen am Ärmel fest. „Elli wäre bitter enttäuscht, wenn Du nicht mitkommen würdest zu ihrer After Show Party“, wagte er einen mutigen Vorstoß.

Chris riss sich förmlich los und wurde ziemlich hektisch.

„Da kann ich auf gar keinen Fall mitkommen. Ich gehöre schließlich nicht zur Band. Also denn, Tschüß!“

Allerdings hatte er nicht mit Elli gerechnet. Sie hatte die zwei vom Bühnenabgang beobachtet und hechtete, den verwunderten Jonny im engen Schlepptau, schnell herbei.

„Eh Chris, Jonny würde Dir gerne auch noch hallo sagen.“

Elli schob den verblüfften, aber geistesgegenwärtigen Sänger vor sich her.

„Hi Chris, nice to see you, I`m Jonny. Did you like the show?“

Chris schüttelte dem Musiker die Hand.

„It was absolutely perfect. I enjoyed it very much.“

Ehe Chris es verhindern konnte, wurde ihm ein weiterer Radler in die Hand gedrückt. Die anderen Musiker begrüßten ihn herzlich, als ob sie ihn schon ewig kennen würden. Rasch wurde er in ein interessantes Gespräch über Musik und Bands verwickelt und hatte keine Chance mehr zur Flucht. Die hatte er sich sowieso schon halbwegs abgeschminkt.

Jonny zog Elli ein Stückchen beiseite und flüsterte ihr ins Ohr:

„He's gay? I love him, Baby."

„No he`s not. Hands off! He's mine." Elli schüttelte ihn etwas.

„Oh sorry, I understand. How can I help you?"

„Try to get him to the party tonight."

„I'll try my best."

Bei so vielen Verschwörungen blieb dem Herrn Hauptkommissar keine Chance zu entkommen.

Während die Rowdies das Bandmaterial zusammenpackten, feierten die Musiker, Chris in ihrer Mitte, den gelungenen Auftritt. Normalerweise kümmerten sie sich zwar selber mehr um die Musikinstrumente und die Ausrüstung, aber Jonny und Elli hatten nach und nach alle heimlich eingeweiht. Keine Chance für einen Fluchtgedanken mehr. Chris fügte sich, allerdings nicht sonderlich unfroh, in sein unvermeidliches Schicksal. Elli stand dicht neben ihm, die anderen Musiker und deren Partner und Partnerinnen ringsherum.

„Pete, Deine Gitarre war heute aber etwas schrill."

„Dafür war Dein Bass unerträglich dröhnend."

Zogen sich die Profis gegenseitig auf.

„Peter, noch eine Runde Cola, bitte. Kommst Du vorbei oder gehst Du schon weiter?"

„Eh, kennt ihr den: Der Herzog stirbt in den Armen einer Prostituierten. Die Polizei fragt, was denn passiert sei. Die käufliche Dame antwortet: „Er ist gekommen und von uns gegangen.“

Dröhnendes Gelächter! Chris wurde angesteckt und lachte aus vollem Hals mit. Seit Jahren schon hatte er nicht mehr so ausgelassen gefeiert und so viel gelacht. Eigentlich seit Violas Tod gar nicht mehr. Nachdenklich nippte er an seiner Cola. Elli bemerkte dies, berührte ihn am Arm und meinte: „Traurig oder nachdenklich?“

„Beides gleichzeitig“, gab er etwas verlegen zu.

„Aber nicht doch heute Abend. Ich habe eine Idee. Warte mal!“

Sie ging kurz zu dem noch aufgebauten Mischpult, drehte ein paar Knöpfe und schon erklang aus den Lautsprechern ein Walzer.

„Darf ich bitten.“

Sie knickste tief vor Chris und zog ihn auf die Bühne.

Dieser sträubte sich zwar enorm, wollte aber auch kein Spielverderber sein.

Unter dem Applaus der Zuschauer drehten die zwei auf der Bühne ihre Walzerrunden. Sie gaben ein wunderschönes Paar ab. Ungewöhnlich zu der Musik, aber sehr ästhetisch!

Selten hatte sich Chris im Leben so zu einer Frau hingezogen gefühlt. Irgendwie stimmte es bei dieser einfach. Wieso und weshalb konnte er gar nicht sagen und mittlerweile war ihm das auch egal. Männer denken sowieso zuviel nach!

Auch Elli war seit langem wieder mal richtig glücklich, wie sie sich eingestehen musste. Aber generell war sie eher vorsichtiger. Ihre Gefühle waren schon einmal dermaßen in den Dreck getreten worden, dass sie nur sehr schwer wieder Vertrauen fasste. Allerdings konnte sie sich der starken Anziehungskraft zwischen ihnen kaum entziehen. Dazu passte es im Moment einfach zu gut!

Nach dem Walzer verließen die beiden Hand in Hand die Bühne und Michael verkündete lautstark, dass die Gruppe doch jetzt bitte zum gemütlichen Teil in Ellis ehemaligem Forsthäuschen schreiten sollte. Er war mit der Entwicklung zwischen seiner Freundin und dem Hauptkommissar hoch zufrieden. Der Rest würde auch noch zu schaffen sein.

„Du kommst doch noch mit?“, wagte Elli ihren Walzerpartner zu fragen. „Es gibt auch was Leckeres zu Essen, ist alles schon vorgerichtet. Insofern der griechische Fußabstreifer noch was übrig gelassen hat.“

Chris überlegte kurz, sah aber, dass ihm im Grunde keine Wahlmöglichkeit blieb. Außerdem hatte er mächtigen Kohldampf, da das Mittagessen für ihn mal wieder ausgefallen war. Dieses in jeglicher Hinsicht verlockende Angebot konnte und wollte er nicht ausschlagen.

„Ja, ich komme noch mit. Ich parke allerdings am anderen Ende.“

„Du kannst mit dem Bandbus mitfahren. Der parkt direkt in einer Nebenstraße, und es ist noch Platz genug drin.“

„Nein, ich hole lieber mein eigenes Auto, den Weg kenne ich ja. Ich gehe schon mal los. Bis nachher.“

Er ließ eine verblüffte Elli stehen.

„Ich hoffe schwer, der kneift jetzt nicht“, meinte Elli etwas enttäuscht zu Michael.

„Der kneift garantiert nicht.“ Michael nahm sie kurz in die Arme. „Merkst Du eigentlich gar nichts?“

„Was sollte ich denn merken?“

Michael schüttelte den Kopf und stöhnte: „Elli, manchmal bist Du wirklich mehr wie dämlich. Die Stimmung deiner Hunde kannst Du schon am leisesten Furz erkennen, aber einen Typen, der sich in Dich verknallt hat, bei dem bist Du borniert ohne Ende.“

Elli wurde rot wie eine überreife Tomate. „Der sich in mich verknallt? Bist Du da sicher? Der Vergleich mit dem Hundefurz hinkt und stinkt allerdings etwas."

Kopfschüttelnd ließ Michael sie einfach stehen und ging zum Bandbus.

14.

Da Chris noch schnell tanken musste und in der Tankstelle noch ein paar Besorgungen zu erledigen hatte, klingelte er an Ellis Tür, als drinnen schon dezente Musik zu hören war. Er hatte ja mit dem Schlimmsten, was Lautstärke und Feiern anging, gerechnet, war jedoch sehr überrascht über die sanfte Meditationsmusik, die durch die offenen Fenster nach außen drang.

Das übliche Hundegekläffe ertönte nach seinem Klingeln und Chris zog schnell eine Tüte aus der Tasche.

Miro, wie üblich zuerst an der Tür, meinte zu Pida:

„Wieso klingelt da einer? Die Tür ist doch offen. Ich glaub's nicht." Er schnüffelte energisch unter dem Türspalt durch. *„Das ist wieder dieses Arschloch vom Baggersee, der auf Mama scharf ist. Diesmal mache ich ihn platt."*

„Das wirst Du nicht tun", flötete Pida. *„Der ist sehr, sehr nett. Ich mag ihn."*

„Schleimerin, Dich hat er ja auch nicht beleidigt."

„Sei doch nicht so testosterongesteuert blöde, Du kastriertes Teil."

Das saß!

Miro schaute sie giftig an. *„Selber kastriert! Ich mache ihn jetzt erst recht platt."*

„Klappe ihr zwei und weg von der Tür. Miro sitz!", Elli schob sich zur Tür durch.

„Hallo Chris, komm herein." Elli ließ Chris eintreten.

Gerade als Miro beschloss, seinen Erzfeind herzhaft in die Ferse zu beißen, bückte sich dieser, zog ein leckeres Wienerle aus der Tüte und hielt es Miro vor die Nase mit der Bemerkung:“ Hi mein Junge, ich wollte mich noch bei Dir entschuldigen für meine Bemerkung am Baggersee, nimm’s nicht persönlich.“

Miro fiel der Unterkiefer nach unten und sein Maul blieb offen stehen, so dass beinahe der Speichel herausgetropft wäre.

„Der kann ja Hundesprache, er versteht uns. Der erste Mensch, der das kann.“ Sprach’s, schnappte sich die Wurst und verschwand im Wohnzimmer.

Pida verdrehte die Augen gen Decke und dachte bei sich. Lass ihn in dem Glauben. Der will doch nur vor Mama groß tun.

Zärtlich drückte sie ihren Kopf in Chris Hand und säuselte pudelig. *„Willkommen in diesen heren Hallen. Bekomme ich auch ein Würstchen?“*

Chris zog ein zweites Wienerle aus der Tüte. „Dich habe ich natürlich nicht vergessen Du zartes, liebes Wesen.“

Um Elli war es jetzt natürlich endgültig geschehen. Ein Mann, der ihre Hunde so verwöhnte, dem war sie hoffnungslos verfallen.

„Und ich bekomme kein Würstchen?“, motzte sie scherzhaft mit einer scheinbar beleidigten Schnute.

„Wieso, ich bin doch von Dir zum Essen eingeladen worden und nicht umgekehrt“, frotzelte er, zog aber eine Flasche Rotwein aus der Plastiktüte.

Elli boxte ihn in die Seite und lachte.

„Danke schön. Na denn, auf ins Getümmel und Fressgelage, komm weiter.“

Der Rest der Band inklusive Freunden und Partnern war schon da.

Auf der Terrasse fand sich ein großes Büffet mit allen möglichen Leckereien. Biertische und Bänke standen auf Terrasse und im Garten verteilt und weiter hinten im romantischen großen Garten loderte schon ein Lagerfeuer mit Sitzgelegenheiten drum herum und lud zum Verweilen und Träumen ein.

Chris fühlte sich in seine Studentenzeit zurückversetzt, denn ungefähr so lange war es schon her, dass er auf einer gemütlichen Party gewesen war. Zumeist arbeitete er zuviel oder wenn Feiern, dann fanden diese eher in einer Lautstärke statt, dass man sich nur brüllend verständigen konnte. Elli war doch immer wieder für Überraschungen gut!

Da die anderen schon am Büffet anstanden, zögerte er auch nicht lange, schnappte sich einen Teller und lud diesen voll. Er verspürte einen Bärenhunger!

Elli, als Gastgeberin, zog von einem Tisch zum anderen, um jeden Einzelnen zu begrüßen und kurz ein paar Worte zu wechseln. Schlussendlich landete sie neben Chris, der angeregt mit Michael plauderte und sich schon zweimal den Teller voll geladen hatte.

„Puh, jetzt habe ich alle durch und sterbe vor Hunger“, seufzte sie und schnappte sich eine Gabel voll von Michaels Teller. „Schnorrerin, hol Dir selber einen Teller.“

„Neidhammel, mach ich ja schon.“

„Hast Du das etwa alles alleine zubereitet und aufgebaut?“, fragte Chris.

Michael platze lachend heraus.

„Unsere gute Elli ist zwar eine super Musikerin, aber als Hausfrau und Köchin eine absolute Niete. Das alles hat Peter arrangiert. Der ist nämlich ein begnadeter Tänzer, Choreograf und außerdem in seiner Freizeit noch Partyservice Organisator. Das meiste hat er eigenhändig fabriziert.“

„Alte Petze“, maulte Elli. „Aber Du hast Recht. Ich würde mich nicht mit fremden Federn schmücken wollen. Als

Hausfrau bin ich tatsächlich echt eine Katastrophe. Eine Fertigpizza nicht anbrennen zu lassen ist schon das höchste der Gefühle für mich. Und deshalb werde ich jetzt hemmungslos stundenlang schwelgen."

Mit diesen Worten eilte sie zum Büffet. Zurück kam sie mit einem Teller, der brechend voll geladen war.

„Wo isst Du das denn alles hin?" Spielerisch kniff Chris ihr in die Seite.

Elli errötete zwar apart, konterte allerdings schlagfertig.

„Das trainiere ich morgen im Studio wieder ab und wandle es in reine Muskelmasse um."

„Ha, ha vor allem die vielen Kohlenhydrate", wandte Michael ein.

„Aber Du hast Recht. Ansetzen tut bei Dir nie was, dazu hast Du keine Zeit und ständig Hummeln im Popo."

Zwischen Elli und Chris war ein elektrischer Funke übergesprungen bei der Berührung. Beide hatten das gespürt und schwiegen.

Nachdem Elli den Teller noch mindestens drei Mal voll geladen hatte, war endlich der gröbste Hunger gestillt und sie schlug den Gästen vor, sich zum Lagerfeuer zu begeben.

Die meisten kamen mit, einige wollten jedoch lieber noch beim Essen verweilen.

Der Gitarrist holte eine akustische Gitarre herbei und alsbald entstand die richtige Lagerfeuerromantik mit den guten alt bekannten Songs, die jeder kennt und gerne immer wieder mitsingt. „Sweet Home Alabama, Hotel California, Stairway to heaven, We are the champions …"

Die Sitzkissen auf dem Boden waren dick und gemütlich und Elli kuschelte sich an Chris Schulter.

Rings ums Lagerfeuer gesellten sich immer mehr Pärchen herbei, wobei es nur für Chris zunächst ungewohnt war, dass auch Michael und sein inzwischen eingetroffener Freund Paul Händchen hielten und sich ab und zu küssten.

Diese beiden waren bei weitem nicht das einzige homosexuelle Pärchen in der Runde. Chris gewöhnte sich jedoch schnell daran und fühlte sich sehr wohl in dieser Gesellschaft und geborgen neben seiner Elli.

Das Forsthaus lag sehr einsam mitten im Wald, ohne Nachbarn, die die Musik stören konnte. Allerdings gab es außerhalb des Zaunes einen Beobachter, der sich gierig das Ganze lange betrachtete und dann irgendwann wieder unbemerkt verschwand. Keiner der Gäste nahm davon Notiz.

Chris und Elli starrten beide in das Feuer und hingen ihren Gedanken nach, jeder auf seine Weise. Worte fielen zwischen ihnen nur wenige, die waren auch überflüssig.

Die Gespräche drehten sich hauptsächlich um Musik, schweiften dann allerdings zu dem brisanten Thema Mord am Baggersee.

„Elli, erzähl doch noch mal, wie Du die Leiche entdeckt hast und was danach geschah. Da war doch was Witziges mit der Polizei, wie ich habe munkeln hören“, bat einer der Gäste.

Elli hob einen etwas müden Blick in dessen Richtung.

„Heute Abend nicht“, meinte sie. „Das verdirbt die gute Stimmung. Habe jetzt keine Lust dazu.“ Sie wollte auch Chris nicht in Verlegenheit bringen.

Dankbar drückte dieser sie an sich und streichelte ihr sanft übers Haar.

„Danke“, flüsterte er ihr ins Ohr.

Er saß jetzt direkt hinter ihr und sie benutzte ihn als gemütliche Rückenlehne.

Wundersamerweise hatte der total ermattete und komplett voll gefressene Miro seinen Kopf direkt auf den Oberschenkel seines ehemaligen Erzfeindes gebettet und schnarchte vor sich hin.

Pida hingegen kuschelte sich in Ellis Schoß.

„Was für ein wunderschönes Bild die beiden abgeben“, raunte Michael Paul zu.

„Stimmt“, antwortete dieser. „Allerdings meinst Du wohl die vier. Du hast den versöhnten Miro und die kleine Pida vergessen. Was ich mich die ganze Zeit schon frage. Das ist doch nicht etwa der Hauptkommissar Chris Holland, oder?“

„Doch, aber sei still und verrate bitte nichts. Die anderen brauchen das nicht unbedingt jetzt schon zu erfahren.“

„Wow, das ist vielleicht ein Ding. Elli und ein Polizist! Da hat sie für ihre Tierschutzaktivitäten ja den Richtigen erwischt.“

„Ich glaube kaum, dass das eine Rolle gespielt hat. Immerhin hat sie ihn ja zuerst als impotentes Arschloch beschimpft. Das hätte auch schief gehen können.“

„Ich glaube, sie wird bald merken, dass der keineswegs impotent ist.“

Kichernd wandten sich die zwei ab.

Die Diskussion über den Mord ging weiter mit den verschiedensten abstrusesten Vermutungen von Serienmörder über Spielschulden bis hin zu Rache an einem Finanzbeamten, denn dass das Opfer einer gewesen war, war mittlerweile über die Presse schon durchgesickert. Chris hörte interessiert zu, fügte dem aber nichts hinzu. Er vermutete ja auch etwas in letzterer Richtung, aber ganz hundertprozentig wollte seine Intuition dem nicht zustimmen.

Außerdem weilten seine Gedanken im Moment hauptsächlich bei etwas ganz anderem und das hieß Elli.

Er fühlte eine enorme Zärtlichkeit in sich aufsteigen für diese Frau. Ganz anders als bei seinen letzten Beziehungen.

Bei denen war es hauptsächlich um eins gegangen. Reinen Sex und das ließ sich jetzt weder beschönigen, noch verleugnen.

Er war selber erstaunt, dass nach seiner heftigen Reaktion damals am Baggersee, er sie im Moment nur festhalten, streicheln und küssen wollte. Das war für Chris ungewohnt. Aber seit einigen Wochen schon verhielt und fühlte er sich ungewohnt.

Ellis Gefühlsleben war auch sehr aus den Fugen geraten. Im Gegensatz zu Chris allerdings schweiften ihre Gedanken sehr wohl zu körperlichen Aktivitäten hin. Sie, die bei Beziehungen eher zurückhaltend und scheu war, bekam im Moment ein bestimmtes Thema gerade gar nicht aus dem Kopf. Schuld daran war mit Sicherheit die jahrelange Enthaltsamkeit!

Je mehr Chris sie Gedanken verloren streichelte, desto wärmer wurde ihr. Ihr Atem beschleunigte sich und sie versuchte, es sich keinesfalls anmerken zu lassen.

Michael, der seine Freundin sehr gut kannte, entging wieder einmal gar nichts und er flüsterte Paul etwas ins Ohr.

Unerklärlicherweise löste sich die Runde am Lagerfeuer nach und nach auf. Immer mehr Gäste verabschiedeten sich von Elli und baten sie, doch bitte einfach sitzen zu bleiben.

Den beiden fiel das alles gar nicht so auf, sie waren zu sehr mit Träumen beschäftigt. Sogar Miro und Pida zogen sich diskret auf ihr exklusives Hundesofa zurück. Miro mehr, weil er in Ruhe seinen Verdauungsschlaf halten wollte. Pida kuschelte sich eng an ihn und flüsterte: *„Ach, welch nette Party das war. Und schau mal, wie gut sich Elli und Chris verstehen.“*

Miro hob nur ein Augenlied und meinte:*„Verstehen? Ich würde das anders bezeichnen. Die beiden wollen doch nur vö…“*

„Still Du Unhold! Das ist ein unästhetisches Wort für so eine schöne Betätigung.“

„Wenn Du meinst“, gähnte der kleine Rüde und schloss die Augen.

Als der letzte Gast leise die Party verlassen hatte, kamen die beiden noch am Lagerfeuer Sitzenden zu sich und schauten sich verwundert um.

„Nanu, alle weg?“, nuschelte Elli verschlafen. „Habe ich gar nicht bemerkt.“

„Ich auch nicht“, Chris zog sie an sich und küsste sie lange und ausführlich.

Obwohl er das gar nicht beabsichtigt hatte, spürte er, wie sich Ellis Atem beschleunigte und sein eigener auch.

Der Kuss schien sich ins Unendliche zu dehnen, keiner wollte damit aufhören. Elli wurde es schwindelig. Gut, dass sie schon saß, denn sonst hätte sie den Boden unter den Füßen verloren.

Chris Hände fuhren zärtlich über ihren Rücken und ihren Hinterkopf.

Als er sich kurz von ihr löste, zog sie ihn wieder an sich und flüsterte atemlos. „Nicht aufhören, bitte, sonst werde ich ohnmächtig.“

Das ließ er sich natürlich nicht zweimal sagen. Er löste ihre Haarspange, und das volle Haar fiel über ihren Rücken.

Dann wandte er sich dem Schlabber T-Shirt zu, unter dem er so einiges vermutete. Rasch fasste er den Saum und zog es Elli über den Kopf. Tatsächlich, darunter trug sie noch ihr Bühnen Outfit. Scharf zog er den Atem ein. Die Brüste wölbten sich ihm entgegen und passten wohlgeformt in seine Hände. Stöhnend drückte sich Elli an ihn. Jetzt musste er doch äußerst um seine Selbstbeherrschung kämpfen. Bei soviel Herausforderung!

Das Tempo hatte er so nicht geplant, konnte sich kaum noch zurückhalten, als er merkte, wie Elli auf seine Berührungen reagierte.

Sie zog ihm sein T-Shirt über den Kopf und streichelte den muskulösen, durchtrainierten Brustkorb.

Jetzt stöhnte auch er und spürte, wie seine Hose zum Platzen eng wurde. Er drückte sie eng an sich, und ihr entging die Vorwölbung seiner Jeans natürlich nicht. Elli, die normalerweise eher zurückhaltend war, schaltete jeglichen Verstand komplett aus und zog den Reißverschluss seiner Jeans runter. Ehe Chris sich versehen konnte, war die Hose komplett geöffnet und er zog sie selber nach unten. Elli stand auf und entledigte sich jetzt ihrer eigenen Jeans, darunter trat ein schwarzes Spitzenhöschen zu Tage. Sie knieten voreinander, nur noch mit Unterwäsche bekleidet. Atemlos betrachteten die beiden, was sich ihren Augen bot. Dann war es mit jeglicher Zurückhaltung vorbei. Wäschestücke flogen durch die Gegend und verloren sich irgendwo im Garten. Chris Sportslip landete doch tatsächlich im Ochsenfroschgehege. Elli stürzte sich förmlich auf den überraschten Chris, drückte ihn auf das weiche Kissen und verschlang seinen Körper mit heißen Küssen. Dieser ertrug das eine Weile, dann war es mit jeglicher Zurückhaltung vorbei. Er kehrte das Spiel um, drehte seinerseits Elli auf den Rücken und überzog sie förmlich mit ebenso heißen, feuchten Küssen.

Hektischer und hektischer wurden die Bewegungen, dann gab es kein Zurückhalten mehr.

Irgendwie fiel Chris gerade noch ein, dass er in der Hosentasche ein Kondom hatte. Was für ein Zufall! Oder Vorhersehung?

Schnell zog er es über, hob Ellis Hüften an und drang fast schon qualvoll langsam in sie ein. Sie schrie auf, ihr Haar lag fächerförmig verteilt auf den Kissen, der Atem flog wie nach einem Marathonlauf.

Dieser Anblick war für Chris nicht mehr zu ertragen. Schneller und schneller stieß er in sie, beide steuerten unweigerlich einem gemeinsamen Höhepunkt zu.

Mit einem Aufschrei zuckte Elli konvulsiv unter ihm und Chris stieß ein letztes Mal tief und kräftig in die in eng umfassende Höhle, bäumte sich auf und kam mit heiserem Stöhnen zu einem Schwindel erregenden Höhepunkt.

Erschöpft sank er auf sie nieder, bettete seinen Kopf zwischen ihre Brüste und küsste diese. Sie strich zärtlich über seinen Kopf.

„Können die nicht mal leiser sein. Ich will schlafen", murmelte Miro schlaftrunken.

„Pst, still, störe die beiden jetzt nicht", knurrte Pida ihn an.

Bald schnarchte er wieder.

Benommen kamen die beiden Liebenden am Lagerfeuer wieder langsam zu sich.

Sie schauten sich verträumt in die Augen, Chris strich über Ellis Wange.

„Na, wieder auf der Erde gelandet?"

„Mm, gerade mal so." Elli konnte sich an ihm nicht satt sehen.

Er streichelte gedankenverloren ihre Brustspitzen, die sich auch prompt aufrichteten.

Sie hielt seine Hände fest.

„Hallo, Venus an Mars, wenn Du damit nicht aufhörst, dann muss ich Dich leider nochmals belästigen. Das ist ja nicht auszuhalten."

„Oh, von Dir werde ich doch gerne belästigt." Chris fuhr mit seiner Beschäftigung fort und reizte Elli aufs Äußerste.

„Stopp", keuchte sie hielt seine Hände erneut fest. „Lass uns reingehen, nicht dass wir noch ungebetene Zaungäste bekommen."

Wie nahe sie damit der Wahrheit schon längst gekommen war, konnte sie nicht erahnen.

Kichernd und flüsternd gingen die zwei eng umschlungen in Ellis Schlafzimmer. Das Lagerfeuer war mittlerweile herunter gebrannt und glühte nur noch vor sich hin.

Kaum in dem gemütlichen Raum angekommen, lud das breite Bett die zwei zu erneuten Zärtlichkeiten ein.

War es das erste Mal mehr ein explosives Entladen von lange aufgestauten Gefühlen gewesen, so gingen die beiden jetzt alles langsam und genussvoll an. Gegenseitiges Massieren und ausführliches Streicheln. Jeder erkundete ausführlich den Körper des anderen. Erst als das keiner der beiden mehr aushalten konnte, drehte Elli sich zu ihrer Nachttischschublade um und entnahm dieser ein Päckchen Kondome.

„Du bist ja bestens ausgerüstet", neckte Chris sie.

Sie wurde etwas verlegen und meinte: „Nur für alle Fälle, man weiß ja nie, was so kommt."

Über diese unbeabsichtigte Zweideutigkeit mussten beide lachen.

„Na ja, acht Stück, die dürften für heute Nacht reichen."

„Angeber!", spielerisch klatschte sie ihm auf den Po.

Recht rasch wurde aus dem Lachen dann aber wieder stöhnender Ernst.

Wie viele von den besagten acht Kondomen in jener Nacht verbraucht wurden, wird an dieser Stelle nicht verraten. Der Kenner genießt und schweigt!

15.

„Machet die Tore weit …", dröhnte die Kirchenkantate von Telemann durch das ehemalige Forsthäuschen im Wald.

Chris Holland drehte sich verwundert in dem breiten Bett mit den zerwühlten Laken um. Wo war er denn da gelandet? Klassische Musik? Das klang so nach Kirchenmusik. Er war alleine im Bett, streckte sich noch mal genüsslich aus und überdachte den gestrigen Abend und die vergangene Nacht. Er fühlte sich ausgesprochen wohl. Er war seit langer, langer Zeit wieder einmal richtig glücklich. Und das lag nicht nur an der erfüllenden körperlichen Betätigung, die er mit Elli die halbe Nacht gepflegt hatte. Da war viel, viel mehr. Fast wagte er noch nicht so recht daran zu glauben. Sollte er seine Traumfrau endlich gefunden haben?

Ihm war schon klar, dass Elli ihre Stacheln und Kanten hatte, aber unter ihrer oftmals flapsigen, rauen Schale lag verborgen ein sehr verletzlicher, weicher Kern. Sie war ihm nicht unähnlich!

Konnte sie mit einem Hauptkommissar auskommen, den sein Beruf manchmal auffraß vor lauter Arbeit? Er hoffte es irgendwie.

Abrupt wurden seine Gedanken unterbrochen, die Schlafzimmertür flog auf, und herein stürmte Miro, der Chris Slip im Maul trug.

„Morgen. Ich wollte Dir nur Deine Unterhose wieder bringen, habe sie im Ochsenfroschgehege erbeutet. Hier bitte!“

Der kleine Rüde sprang aufs Bett, legte Chris den Slip vorsichtig auf die Bettdecke und himmelte ihn mit unvergleichlichen Hundeaugen an.

Chris lachte lauthals, bis ihm die Tränen in die Augen traten.

„Das ist aber sehr aufmerksam von Dir, Miro. Vielen Dank! Aber ist der Slip nicht etwas feucht und modrig geworden? Wo hast Du den denn gefunden?“

Er hielt das Corpus delicti mit zwei Fingern von sich und streichelte mit der anderen Hand das weiche Fell auf dem Kopf des Hundes.

„War leider nicht mehr zu retten, aber ich finde, für meine Schnüffelnase riecht die jetzt richtig lecker!“ Miro schmiegte sich an Ellis

neuen Bettgenossen und beschloss, noch ein kleines Nickerchen zu machen.

Als Zweite tänzelte Pida zur Tür herein.

„*Einen wunderschönen guten Morgen, mein Lieber. Wünsche wohl genächtigt zu haben.*" Sie sprang auch auf das Bett und nahm die andere Seite von Chris in Anspruch.

„*Wohl genächtigt?*", grummelte Miro. „*Die haben so einen Krach gemacht, dass ich die halbe Nacht kein Auge zumachen konnte. Ich hoffe, das geht jetzt nicht jede Nacht so.*"

„*Du kannst so unhöflich sein, Miro. Du gönnst den beiden aber auch gar nichts.*"

Chris wunderte sich zwar über das leise Jaulen der beiden, hielt es aber für Spielen, natürlich. Menschen sind da ja ziemlich beschränkt!

Er mochte Hunde schon immer sehr, hatte bisher aber nur Kontakt zu großen, z.B. Schäferhunden und Malinois bekommen. Für so kleine Schoßteile hatte er bisher nicht viel übrig gehabt, wurde aber schnell eines Besseren belehrt, als diese beiden griechischen Straßenteile sich an ihn schmiegten, seine Hände zart abschleckten und zufrieden seufzend eindösten. Er wagte keine Bewegung mehr zu machen, wollte sie nicht stören und musste sich unfreiwillig eingestehen, dass er die Wärme und Zuneigung der beiden fast so genoss, wie die von deren Frauchen. Langsam nickte auch er wieder ein.

Als eine halbe Stunde später Elli leise das Schlafzimmer betrat, zwei Tassen frischen Kaffees in der Hand, traute sie ihren Augen nicht.

Da lag doch tatsächlich dieser taffe Hauptkommissar eng an zwei kleine Hunde gekuschelt in ihrem Bett. Das wäre bei Erwin undenkbar gewesen. Der hätte niemals Hunde in seinem heiligen Bett ertragen!

Sie blieb noch eine Weile an der Tür stehen, um dieses Bild förmlich in sich aufzusaugen. Auf den Zehenspitzen schlich sie ans Bett, stellte den Kaffee vorsichtig auf dem Nachttisch ab, beugte sich zu Chris hinunter und küsste ihn ausführlich.

„Guten Morgen, Langschläfer. Aufwachen! Ich habe frischen Kaffee gemacht."

Chris schlug die Augen auf, lächelte sie an und zog sie aufs Bett hinunter.

Miro und Pida sprangen taktvoll hinaus.

Eine weitere Stunde später tranken beide den inzwischen kalt gewordenen Kaffee im Bett.

„Ich glaube, wenn wir nicht bald aufstehen, kann ich morgen vor lauter Muskelkater nicht mehr laufen", klagte Elli und nippte an ihrer Tasse.

„Oh, dann werde ich ihn Dir wegmassieren."

„Das glaubst aber auch nur Du, dass von der Art Massieren mein Muskelkater besser wird."

Sie wurde still und versenkte ihre Nase tief und nachdenklich in die riesengroße Kaffeetasse mit der Aufschrift „Morgenzicke".

Chris strich ihr die Haare aus dem Gesicht, betrachtete sie und stellte fest, dass seine neue Gefährtin wohl ein Problem mit sich herumtrug.

„Was hast Du? Du bist so nachdenklich?"

„Ach, nur zwei Dinge. Nicht so wichtig. Doch wichtig!" Entschlossen drehte sie sich zu ihm um und sah ihn fest an.

„Ein Kondom ist geplatzt und ich könnte gerade in der gefährlichen Zeit sein. Das wäre eine Katastrophe! Allerdings gehe ich morgen gleich zum Frauenarzt, um etwas dagegen zu unternehmen. Das ist das erste Problem."

Chris nahm sie in die Arme.

„Nein, das ist kein Problem, meine Liebe. Ich kann keine Kinder mehr zeugen, ich bin seit zwei Jahren sterilisiert. Ich will keine Kinder und habe das auch bis zum heutigen Tag nicht bereut. Mein Beruf sprach für mich eindeutig dagegen. Ich bin inzwischen auch kein so großer Kinderfan mehr, muss ich Dir gestehen."

Zwar etwas verwundert, da sie die Geschichte von seiner verstorbenen, schwangeren Frau ja kannte, aber erleichtert atmete Elli auf und lächelte.

„Dann passen wir aber eindeutig gut zusammen. Ich finde sie erst erträglich, wenn sie ein gewisses Alter haben. Aber erklär mir, wozu wir dann so eifrig meine Packung benutzt haben?"

„Schon mal was von Geschlechtskrankheiten gehört?"

„Stimmt, da hast Du Recht. Daran habe ich bei Dir irgendwie nicht gedacht."

„Tja, trau keinem über dreißig und drunter auch nicht. Aber keine Angst, ich bin tatsächlich gesund."

„Welch enorme Beruhigung. Ich übrigens auch."

Elli kam ihm allerdings immer noch nachdenklich vor.

„Du hast was von erstem Problem erwähnt. Gibt es noch ein zweites?"

Sie druckste etwas herum.

„Also ich fürchte, wir hatten heute Nacht einen Spanner am Gartenzaun. Ich habe die Tiere im Garten gefüttert wie jeden Morgen und dabei entdeckt, dass am Zaun hinten das hohe Gras außerhalb niedergetreten wurde."

„Du bist sicher, dass keiner Deiner Gäste mal eben über den Zaun gesprungen ist?"

„Ganz sicher. Die wissen, dass ich das nicht mag. Außerdem führt eine Fußspur weiter durch die Wiese, bis zu dem Forstweg, der aber nicht offiziell befahren werden darf. Ich nehme ja immer den geteerten Weg. Der andere ist nur geschottert. Reifenspuren habe ich auch entdeckt."

„Mm, so früh am Morgen schon Detektivarbeit! Ich fürchte mit dem Gedanken, dass uns einer beobachtet hat, müssen wir wohl leben. So lange derjenige keinen Film ins Internet stellt, geht es ja noch“, witzelte Chris.

„Ich finde das nicht ganz so witzig.“ Elli war etwas verstimmt.

„Zumal der Mord am Baggersee noch nicht allzu lange her ist, und noch nie einer den alten Forstweg benutzt hat, seit ich hier wohne. Ich gehe nämlich jeden Tag mit den Hunden dort spazieren.“

„Sorry, ich wollte das Ganze nicht herunterspielen, aber meine Laune ist heute Morgen so gut, dass ich gerne mal meine berufliche Gehirnhälfte ausschalte. Du hast Recht, ich schaue mir das Ganze nachher mal an. Aber jetzt raus aus den Federn, das scheint mir ein wunderschöner Tag zu werden.“

16.

Angestrengt und mit leicht wirrem Blick vor Übermüdung stierte er auf den Computerbildschirm. Da lief irgendetwas schief. So war das nicht geplant gewesen. Die Daten zeigten unerwartete Ergebnisse!

Ihm wurde heiß und kalt zugleich. Nein, das durfte einfach nicht sein!

Sein Lebenswerk drohte in eine Katastrophe umzuschlagen!

Dagegen musste er schleunigst etwas unternehmen.

Er hackte auf die Tastatur ein, stundenlang.

Dann lehnte er sich vollkommen erschöpft zurück. Vielleicht war ja noch etwas zu retten!

Diese verfluchte Schlampe mit ihren beiden Kötern war daran schuld. Ständig lenkte sie ihn ab. Verschwand nicht mehr aus seinen Gedanken. Eine kleine Unaufmerksamkeit bei der Arbeit und schon drohte sein Lebenswerk zu entgleisen. Er fing Gedanken verloren an, sich immer wieder mit seiner kleinen Papierschere zu ritzen, bis Blut floss.

Nebenan winselte seine Susi.

Unwillig hob er den Kopf. „Ja, ich komme sofort."

Das Winseln verstärkte sich. Wutentbrannt stürzte er in das Nebenzimmer, hämmerte wie wild auf einen Hasenkäfig ein, in dem ein kleiner, verängstigter, ehemals weißer, inzwischen total verdreckter und verwahrloster Zwergpudel saß.

„*Bitte, bitte gib mir doch etwas zu Essen oder wenigstens mehr Wasser! Ich habe seit zwei Tagen nichts mehr gehabt. Mir ist schon ganz schlecht. Bitte, ich will auch ganz, ganz lieb zu Dir sein.*" Verzweifelt leckte das halbverhungerte Tier an den Gitterstäben seines Gefängnisses, in dem es schon seit einem Jahr sein trauriges Dasein fristen musste.

„Da, Du blöde ewige Nervensäge." Hektisch riss er eine Packung mit billigstem Hundetrockenfutter auf, kippte den Inhalt komplett einfach in den Käfig hinein und füllte glücklicherweise auch den dreckigen Wassernapf auf.

„Ständig willst Du was zu fressen, Du blödes Vieh!" Mit einem herzlosen Tritt gegen den Käfig verließ er den Raum.

Dankbar und mit Tränen in den kleinen Pudelaugen schlang die Hündin das Futter in sich hinein. Wer weiß, wann der Peiniger ihr mal wieder etwas geben würde. Jegliche Hoffnung auf ein anderes, glückliches Leben, das sie einmal als Welpe bei ihrer Züchterin verbringen durfte, hatte sie längst aufgegeben. Aus ihrem Gedächtnis verschwanden langsam nach und nach die Erinnerungen daran. Ihr blieb nur noch die gleiche Ödnis jeden Tag. 24 Stunden auf etwa einem Quadratmeter! Sie erledigte in der einen Ecke des Käfigs ihr Geschäft, das sich schon stapelte und rollte sich ohne jegliche Hoffnung in der anderen Ecke zusammen.

17.

Bestens gelaunt nahmen Chris und Elli ein stärkendes Frühstück auf der wunderschönen Terrasse ein, mit direktem Blick in den großen, natürlich angelegten Garten. Ein riesengroßer Koiteich zierte die Mitte des Gartens, gespeist von einem Wasserfall. Natursteine als Trittplatten bildeten die Wege. Etwas weiter hinten erblickte das Auge sorgfältig angelegte Gemüsebeete, auf denen bereits erste Zucchini ihre knallgelben Blüten zeigten. Johannisbeersträucher lockten mit roten, tiefschwarzen und weißlichen Beeren, Zwiebeln streckten ihre langen, grünen Triebe aus dem Boden und ließen auf reichliche Ernte der scharfen Knollen hoffen. Ein großer Süßkirschenbaum war prall voll bestückt mit fast reifen Früchten. Bienen und Schmetterlinge umschwirrten eine gerade frisch erblühte Buddleia, die einen herrlichen Duft bis auf die Terrasse verströmte.

„Du lebst hier im Paradies, ist Dir das eigentlich klar?“ Chris schlürfte genießerisch eine frische Tasse, diesmal heißen Kaffees.

Elli lächelte stolz.

„Das ist mir allerdings klar. So wollte ich schon immer leben und habe auch hart daran gearbeitet, um das alte Forsthaus mit dem riesigen Grundstück in diesen Traum zu verwandeln.“

„Welcher Landschaftsarchitekt hat denn das alles angelegt?“

Elli lachte schallend auf.

„Das war eine super Firma mit Namen Schönberg.“

„Ach, Verwandte von Dir?“

„Sehr direkt verwandt. Nein, im Ernst, das meiste habe ich selber gemacht. Entworfen habe ich alles selber, genau wie die Renovierung des Hauses, mitgeholfen haben Michael, der eine Zeitlang hier gewohnt hat, als es ihm sehr schlecht ging und Freunde von ihm. Das hat alles etwa ein Jahr gedauert, aber ich glaube, es hat sich gelohnt.“

Chris war sprachlos und sehr, sehr stolz auf seine neue Freundin. Elli war eindeutig ein Multitalent!

„Gibt es eigentlich irgendetwas, das Du nicht kannst?“, fragte er flapsig.

Schlagartig stand Elli vom Tisch auf und ging in den Garten hinter. Sie war plötzlich verändert.

Chris ging ihr nach.

„Habe ich etwas Falsches gesagt?“ Er hielt sie am Arm fest.

Unwillig riss sie sich los.

„Lass mich!“

Chris verstellte ihr den Weg und bemerkte mit Erstaunen, dass in ihren Augen Angst und ein Anflug von Panik standen, wie von einem gehetzten Tier.

Er nahm ihr Gesicht vorsichtig in die Hände, küsste sie sehr zart und flüsterte leise.

„Ich weiß jetzt gerade nicht, was ich falsch gemacht habe, hoffe aber, Du sagst es mir, bitte!“

Elli musste heftig schlucken und beschloss, ihm klaren Wein einzuschenken. Zumindest teilweise! Sie hoffte, sie konnte ihm vertrauen.

„Nur soviel, ich hatte eine harte Kindheit und dieser Satz löst bei mir Panik aus. Okay? Bitte sprich diesen Satz nie mehr aus, wenn Du mit mir zusammenbleiben willst.“

Chris spürte, dass er jetzt sehr vorsichtig vorgehen musste.

„Ich hoffe, Du erzählst mir eines Tages mehr, aber selbstverständlich respektiere ich Deinen Wunsch, mein Schatz.“

Er nahm sie einfach in die Arme und hielt sie so lange fest, bis er spürte, wie ihre Anspannung nachließ.

„Komm, mein großer Kommissar, ich zeige Dir jetzt die Spur im Gras.“

Hand in Hand gingen die zwei die Natursteinplatten entlang, vorbei an dem inzwischen erkalteten Lagerfeuer, bis hinter zum etwa 1,50 Meter hohen stabilen Drahtzaun.

„Da kommt man glücklicherweise nicht so einfach mal hinüber“, meinte Elli und wackelte an dem stabilen Pfosten, der sich keinen Millimeter rührte.

Kommentarlos sprang der sportliche Chris mit der einen Hand abgestützt locker auf die andere Seite.

„Mist, so sportliche Typen wie Du sollten verboten werden. Ich nehme lieber das Tor hier drüben.“

Die beiden trafen sich auf der anderen Seite, wo Chris schon gebückt einer Spur nachging, die tatsächlich bis zu dem ehemaligen geschotterten Forstweg führte. Reifenspuren hatten sich in einigen noch leicht feuchten Matschpfützen deutlich abgedrückt.

Breite Spuren. Das war kein PKW gewesen, sondern eher ein Transporter oder auch größerer Geländewagen.

„Na, was sagst Du dazu?“ Elli bückte sich nach den Spuren. „Könnte von einem größeren Geländewagen stammen. Ich hatte mal einen Nissan Patrol, der hinterließ ähnliche Spuren.“

„Ja, könnte sein, aber ehrlich gesagt messe ich dem keine so große Bedeutung bei. Spanner sind zwar lästig, aber zumeist ungefährlich. Beunruhige Dich bitte nicht zu sehr.“

Chris wurde nur zu deutlich klar, dass er gerade seine Freundin zum ersten Mal kräftig angelogen hatte. Die Spurensicherung hatte am Baggersee auf dem Parkplatz in einer feuchten Stelle ähnliche Spuren gefunden. Das konnte Zufall sein, er hoffte es auch, aber eine gewisse Bangigkeit stieg in ihm auf. Hatte der Mörder Elli etwa gesehen und fürchtete jetzt, dass sie ihn wieder erkennen könnte? Sollte er ihr das mitteilen? Zuerst wollte er die Spurensicherung zu der Stelle hier schicken, um Abdrücke zu nehmen und diese mit denen vom Baggersee zu vergleichen. Lieber keine Pferde unnötig scheu machen. Gleich morgen früh, beschloss er, dies in Auftrag zu geben. Ein unwohles Gefühl ließ sich allerdings nicht ganz unterdrücken.

„Komm, es ist so ein schöner Tag, sollen wir nicht noch etwas unternehmen?“ Er zog sie durch das Gartentor zurück in den Garten.

Elli wollte zwar protestieren, ihr kam sein Verhalten etwas arg unprofessionell vor, fügte sich aber wortlos.

Zurück auf der Terrasse mussten die zwei entdecken, dass Miro mitten auf dem Tisch stand, die Vorderpfoten in einem Teller und sich an den Resten ihres Frühstücks gütlich tat.

„Miro“, schrie Elli den Rüden an, der mit verschmiertem Bart ins Wohnzimmer flüchtete, und warf einen Löffel nach ihm. „Das war Dein Essen für heute gewesen, Du Fettsack.“

„Siehst Du, ich hatte Dich doch gewarnt“, rügte Pida den Dieb. *„Du weißt doch, welchen Ärger das wieder für Dich gibt.“*

„Egal, hat sich trotzdem gelohnt. Die zwei haben ja lange genug mit den Spuren rumgetrödelt. Ich hätte ihnen gleich sagen können, dass das die vom Baggersee sind. Ihre Nasen sind einfach zu schlecht“, schmatzte dieser mit noch halb vollem Maul.

„Bist Du sicher?“, Pida war sehr besorgt. *„Meinst Du Mama ist in Gefahr?“*

„Keine Ahnung.“ Miro säuberte sorgsam seine Pfoten und den verschmierten Bart. *„Ich bin ja da, um sie zu beschützen.“*

Chris konnte sich ein Lachen kaum verkneifen, besonders, als er den Gesichtsausdruck seiner neuen Freundin sah. Mordlust pur!

„Wie oft habe ich ihm das schon erklärt und ihn für seine Untaten bestraft. Völlig zwecklos! Er macht es immer wieder.“

Frustriert warf sie die Essensreste in den Mülleimer.

Chris, der den kleinen Dieb mittlerweile sehr in sein Herz geschlossen hatte, half ihr beim Abräumen und konnte sich eine hämische Bemerkung nicht verkneifen.

„Tja, so sind wir Männer halt nun mal. Grenzenlos gierig und vollkommen hemmungslos. Das gilt auch für Deinen griechischen Fußabstreifer mit Fellbesatz."

Lüstern ließ er seine Zunge in Ellis Mund gleiten.

Lachend stieß sie ihn von sich. „Wenn wir heute noch was anderes unternehmen wollen, als meine Matratze zu testen, solltest Du besser damit aufhören."

„Schade, dann muss ich mich wohl bis heute Abend gedulden!"

„Ich mache Dir einen Vorschlag. Wie wär's mit einem schönen Ausflug nach Untergrombach auf den Michaelsberg. Dort könnten wir etwas spazieren gehen und Natur pur genießen. Warst Du da schon einmal?"

Chris durchforstete sein Gedächtnis, es fiel ihm aber nur ein Betriebsausflug ein, der ihn vor vielen Jahren in das Restaurant auf dem Michaelsberg geführt hatte.

„Ich kenne nur das Restaurant dort oben, sonst nicht sehr viel, aber das würde mir Spaß machen. Ja doch!" Nachdenklich strich er sich die schönen langen Haare aus der Stirn.

„Ich war überhaupt schon ewig nicht mehr in der Natur unterwegs." Seine Augen verdunkelten sich und zeugten von tiefer, innerer Traurigkeit.

Elli entging dies nicht, sie legte ihre Arme um seine schlanke Taille. „Die Natur wirkt manchmal Wunder und heilt auch!", murmelte sie leise an seinem Ohr.

„Dann nichts wie los! Pack Deine Vierbeiner in meinen Audi und off we go."

„Stören die denn nicht? Ist das kein sozusagen Geschäftswagen? Sie könnten die Polster beschmutzen."

„Nein, das ist mein Privatfahrzeug und wir können ja eine Decke unterlegen. Mit Dir am Steuer und Deiner Fahrweise neulich am Adenauerring fühle ich mich in meinem eigenen Auto sicherer."

Elli wollte schon sauer werden, als sie den Schalk in seinen Augen entdeckte. Das Spiel konnten auch zwei spielen!

„Du hast Recht. Ich denke als Polizeibeamter im höheren Dienst fährst Du garantiert streng getreu nach allen Regeln und Geschwindigkeitsbeschränkungen. Da bin ich doch wirklich sehr beruhigt! Nicht, dass wir noch frontal an einem Baum landen."

Die Worte waren gerade aus ihrem Mund gerutscht, als sie sich am liebsten auf die Zunge gebissen hätte. Verdammt, wie konnte ihr so ein Fauxpas nur unterlaufen. Zu spät fiel ihr seine verstorbene Frau ein.

Prompt drehte sich Chris auch um, ging nach draußen und sagte leise: „Ich lüfte schon mal durch, hol Du doch die Hunde."

Elli wurde klar, dass sie irgendwann darüber reden mussten, aber garantiert würde sie von sich aus nicht davon anfangen. Das war seine Aufgabe, wenn die Zeit dafür reif war. Sie konnte ihn nur allzu gut verstehen!

18.

Zehn Minuten später wurde Elli klar, dass sich Polizeibeamte nicht immer an Geschwindigkeitsbeschränkungen halten. Genauer gesagt eigentlich gar nicht! Zumindest bei Chris konnte sie keinerlei Ambitionen in diese Richtung entdecken. Trotzdem merkte sie, dass er ein sehr sicherer Fahrer war und fühlte sich lediglich etwas unwohl. Sie hoffte nur, Pida, die

Autofahren nicht so gut vertrug, würde die Sitze nicht komplett ruinieren.

„Oh, mir wird so übel Miro!“, hechelte die kleine Hündin. *„Der fährt etwas zu schnell in die Kurven.“*

„Reiß Dich zusammen Pida, Du kannst jetzt hier nicht das tolle Auto verkotzen! Hättest Du etwas mehr gegessen, wäre Dir jetzt auch nicht schlecht. Sieh mich an! Ich liebe diese Geschwindigkeit. Die animiert mich richtig gehend!“ Seine Augen leuchteten.

Elli sah aus dem Augenwinkel nach hinten und erstarrte vor Verlegenheit. Pida kauerte hechelnd vor Übelkeit in der Ecke und Miro, oh nein, war gerade dabei, heftig das Erste Hilfe Kissen auf dem Rücksitz zu rammeln. Voll Kanone!

„Äh, Chris. Könnten wir mal ganz kurz da vorne anhalten?“

„Wieso denn, musst Du mal?“, fragte er besorgt.

„Nein, ich nicht, aber …“ Sie getraute sich nicht, den Satz weiter auszusprechen.

Chris blickte kurz über die Schulter nach hinten, erkannte sofort das Problem und steuerte lauthals lachend den nächsten Waldparkplatz an.

„Das ist mir so peinlich! Wir machen Dir solche Umstände.“ Elli wäre vor Scham am liebsten in den Boden versunken.

„Die Umstände finde ich eher unterhaltsam! Ich glaube, ich bin aus Angeberei doch etwas zu schnell gefahren. Tut mir echt leid!“

Bei soviel Verständnis wurde Elli sprachlos. Verliebte Männer können extrem geduldig sein!

Pida taumelte nach draußen, übergab sich direkt vor einem Gebüsch, während drin im Audi Miro immer noch eifrig rammelte mit den Worten: *„Bazooka, nieder mit den Klingonen! Jaha …“*

„Der spielt wieder Star Trek, der Spinner. Aber vielen Dank, jetzt geht es mir wieder besser. Vielleicht könntest Du Chris bitten, etwas langsamer zu fahren. Das wäre zu freundlich.“

Die Fahrt wurde fortgesetzt, mit Pida vorne auf Ellis Schoß sitzend, Miro hinten ermattet und zufrieden auf der Decke. Die Geschwindigkeit wurde deutlich moderater und alle fühlten sich wieder wohl und zufrieden.

„Nur bitte kurz eine informative Frage. Wieso hat Miro gerade mein Kissen beglückt? Ich dachte, er wäre kastriert oder habe ich da etwas falsch gesehen?“ Chris zog den Audi elegant um eine lang gezogene Kurve.

„Na ja, kastriert ist der schon, sonst wäre er gar nicht zu ertragen und schon zum Bezirksbefruchter ausgeartet. Aber den Schwanz hat der Tierarzt ihm schließlich nicht abgeschnitten!“

„Das funktioniert dann noch?“ Chris war in medizinischen Dingen nicht gerade ein Profi.

„Wieso denn nicht? Was glaubst Du, wieso Eunuchen in Harems so beliebt sind? Wäre doch auch heutzutage für manche Probleme eine gute Lösung!“, meinte Elli trocken.

„Aua!“, unwillkürlich fuhr Chris zusammen und hielt die Hand in seinen Schritt. „Mit dieser Lösung wäre ich nicht einverstanden.“

„Stimmt, aus nicht ganz uneigennützigen Gründen muss ich Dir da zustimmen“, lachte Elli.

„Ja, ja lacht ihr nur über das unendliche Elend anderer“, grummelte der soeben Erwähnte auf dem Rücksitz mürrisch vor sich hin.

19.

Der Michaelsberg. Von jeher schon immer ein beliebtes Ausflugsziel. Mit dem Auto gut zu erreichen, der Parkplatz befindet sich direkt oben neben der alten Kapelle, die noch in Betrieb ist und gerade für Hochzeiten sich großer Beliebtheit erfreut. Die meisten parken dort, genießen den herrlichen

Ausblick über die Rheinebene, der bis zum Pfälzer Wald auf der westlichen Seite und zu den Dossenheimer Steinbrüchen bei Heidelberg nach Norden hin reicht. Je nach Wetter kann der Betrachter sehr viel und sehr weit sehen. Auffallend leider auch das Kernkraftwerk Phillipsburg mit seinen stets dampfenden Kühltürmen, die erschreckend nahe erscheinen, was sie ja auch leider sind. Es wird dem Betrachter sehr schnell klar, dass bei einem ernsthaften Störfall für die Rheinebene keinerlei Überlebenschancen mehr bestehen würde.

Ebenso gut zu erkennen das Forschungszentrum Karlsruhe, die Universitätshochhäuser, die Ölraffinerie und ganz nahe der Untergrombacher Baggersee.

Neben seiner wunderschönen Lage birgt der Michaelsberg noch weitere Sehenswürdigkeiten für Naturinteressierte. Große Teile sind als Naturschutzgebiet ausgeschrieben, was auch seine guten Gründe hat. Die Magerrasen, die aus ehemaligen Schrebergärten und Weinbergen entstanden sind, bergen wahre Kleinode an Pflanzen. Magerrasen mit ihren nährstoffarmen Böden sind bevorzugte Stellen für einheimische Orchideen und andere Raritäten, wie Anemonen, Küchenschellen, Goldaster und Kreuzenzian. Allein auf dem sogenannten Kaiserberg, Teil des Michaelsbergs, der eine südwestliche Ausrichtung aufzeigt, haben Botaniker über 24 verschiedene Orchideenarten entdeckt.

Diese Stellen können nur durch regelmäßige Pflege der Magerrasen, Entbuschung des Geländes und vorsichtigen, aufklärenden „Ökotourismus“ erhalten werden. Leider gerade bei letzterem droht die Gefahr, dass viele Besucher doch in die Wiesen treten und teilweise Orchideen beschädigen und im schlimmsten Fall herausreißen. Auch Mountainbiker brettern leider oftmals so heftig die schmalen Trampelpfade entlang, dass sie ausrutschen und mit den Rädern Pflanzen förmlich umpflügen.

Es kann nur gehofft werden, dass solche kleinen Naturschätze noch möglichst lange erhalten und gepflegt werden.

Elli wusste über diese Besonderheiten des Michaelsberges bestens bescheid. Zu einem ihrer vielen Hobbys gehörte Gartengestaltung, welche für sie auch eine gute Pflanzenkunde beinhaltet. Einheimische Orchideen waren ihr besonderes Steckenpferd, so dass sie in der Hauptblütezeit, die sich von Ende März bis Ende Juni erstreckt, fast jedes zweite Wochenende auf dem Michaelsberg zu finden war.

Stolz wollte sie ihrem neuen Freund die geheimsten Fundstellen der Raritäten zeigen, um ihn für dieses schöne Fleckchen Erde zu begeistern. Sie hoffte nur, sie würde ihn damit nicht langweilen, wie sie es schon bei manch anderen Bekannten und Freunden erlebt hatte. Ihr war mittlerweile klar geworden, dass es nicht für jeden Besucher zu ertragen ist, 200 Meter Wegstrecke eine Stunde in gebückter Haltung fast schon auf dem Boden zu kriechen und botanische Fachausdrücke an den Kopf geworfen zu bekommen. Diesen Fehler hatte sie nur in der Anfangszeit begangen, was sie beinahe so manche Freundschaft gekostet hätte. Mittlerweile machte sie solche Hardcore Bestimmungen nur noch alleine oder mit Fachleuten und Naturkundlern zusammen. Außenstehende hätten da nur verständnislos den Kopf geschüttelt. Zu hören waren dann meist Sätze wie:

„Da vorne steht dieses Jahr wieder eine wunderschöne etwa 50 Zentimeter hohe Orchis purpurea. Die Orchis militaris und die Anacamptis pyramidalis kommen auch schon ansatzweise.

Stell Dir vor, ich habe eine weitere Stelle mit vielen Ophrys apifera entdeckt, dafür aber dieses Jahr keine einzige Bocks Riemenzunge.

Ich fürchte, den einzigen Diptam haben dieses Jahr die Wildschweine vernichtet, ebenso wie die Cephalanthera rubra."

Für nicht botanisierende Mitwanderer hatte Elli deshalb eine Soft Variante entwickelt, die noch halbwegs zu ertragen war.

Kurz wäre sie versucht gewesen, Chris ohne Erbarmen die Hardcore Variante anzutun, aber das Risiko erschien ihr doch zu groß. Sie kannte ihn einfach noch nicht gut genug. Es könnte die Gefahr drohen, dass er die zart aufgekeimte Beziehung sofort im Keim erstickt hätte, um sie fluchtartig zu verlassen.

Chris schicker Audi fand noch einen freien Parkplatz, das herrliche Sommerwetter hatte viele Besucher hierher gelockt.

Sie parkten direkt neben einem Kombi, der Elli plötzlich sehr bekannt vorkam.

„Oh nein, kennst Du das Auto neben uns noch?" Sie zog ihn am Ärmel.

Chris blickte kurz hinüber, schmunzelte leicht und meinte:

„Wie könnte ich jene denkwürdige, rasante Fahrt über den Adenauerring in Frau Mayerschöns Auto je vergessen. Kurz zuvor bist Du immerhin das erste Mal auf mir gelegen."

„Idiot", sie boxte ihn in die Seite. „Ergibt unsere Beziehung für Dich denn keinen Ärger, weil ich doch Zeugin in einem Fall bin, den Du gerade bearbeitest?"

„Falls Du nicht die Täterin bist, was ich dank Deiner gerade demonstrierten Aggressivität vielleicht doch noch in Erwägung ziehe, dann dürfte es kaum Ärger geben." Übertrieben jammernd und mit schmerzverzerrter Miene hielt er sich die Seite.

„Ach Du Ärmster, Schwerverletzter." Elli beugte sich hinüber und gab ihm einen heißen, intensiven Kuss, wobei ihre eine Hand leicht seinen Schritt berührte.

„Oh, auch noch unsittliche Berührung eines Hauptkommissars“, stöhnte Chris erregt. „Ich glaube, ich muss Dich doch verhaften.“

„Hättest Du denn überhaupt Handschellen dabei?“, kicherte Elli und knabberte, mittlerweile ebenso erregt, an seinem Hals herum.

„Habe ich immer dabei. Im Handschuhfach.“

„Ah, gut zu wissen, darauf komme ich noch bei Gelegenheit zurück. Aber Schluss jetzt, wir wollten wandern gehen.“

Entschlossen öffnete Elli die Tür und stieg aus.

Chris musste zuerst noch etwas Luft holen, folgte ihr dann und beschloss, Elli sobald als möglich eine Retourkutsche der gleichen Art zu verpassen.

Die Hunde wurden beide angeleint, damit auch sie die Wege nicht verlassen konnten und los ging es Richtung Kaiserberg. Schon nach etwa 50 Metern kam ihnen von vorne eine sehr bekannte Gestalt in Begleitung eines etwa 60-jährigen, sportlich trainierten, gut gekleideten Mannes und eines kleinen rötlichen, fuchsähnlichen Hundes entgegen.

„Hallo Frau Mayerschön. Nett, Sie zu treffen.“

„Frau Schönberg und der Herr Hauptkommissar, das freut mich aber.“ Erfreut und leicht errötend schüttelte die pensionierte Lehrerin den beiden die Hand.

„Das ist ein Bekannter von mir, Herr Alfred Wegener.“

Der Mann verbeugte sich galant, blickte Elli tief in die Augen und gab ihr sogar einen altmodischen Handkuss. „Sehr erfreut, gnädige Frau.“

Miro knurrte ihn an, der Mann war seiner Mama deutlich zu nahe gekommen, wie er fand. Er sah sich schließlich in der Rolle ihres persönlichen Bodyguards.

„Miro sei friedlich und begrüße lieber die kleine Sina.“

Pida und Sina waren schon eifrig in ein Gespräch vertieft. Sozusagen von Frau zu Frau.

„Wie geht es Dir denn, meine Liebe?“

„Mir geht es super. Meine neue Mama hier ist ganz lieb zu mir, kocht mir alles immer frisch und ich bin nie mehr alleine. Du weißt ja noch, wie schwer das für mich war.“

„Sicher, mir ging es in Griechenland ja auch nicht viel besser. Gut schaust Du aus. Dein Fell ist sehr gepflegt und glänzt richtig toll. Schöner noch, als meines. Es riecht auch richtig gut.“ Pida beschnupperte fast neidisch die Kleine.

„Tag, Puppe“, Miro gab ihr einen zarten Nasenstüber. *„Alles fit im Schritt?“*

„Miro!“, ertönte es entsetzt von zwei edlen Hundedamen.

„Deine Wortwahl könnte auch etwas gehobener ausfallen“, empörte sich Pida.

„Stimmt Pida, das war wieder mal unterste Gosse“, stimmte ihr Sina zu.

„Ach, regt euch ab. In Wirklichkeit steht ihr doch auch drauf und ihr beide wisst, wie es gemeint war“, stolz markierte der kleine Rüde den nächsten Baumstamm.

Kopfschüttelnd markierten die beiden Damen die gleiche Stelle. Das war schließlich ihre Pflicht. Männer! Beide dachten sich ihren Teil dazu.

Nach einem kleinen höflichen Wortwechsel gingen alle wieder ihrer Wege, die Lehrerin und ihr Begleiter Richtung Restaurant, die vier anderen Richtung Kaiserberg.

„Seit wann hat die denn einen Freund? Vor ein paar Tagen habe ich noch mit ihr telefoniert, wegen Sina, da hat sie nichts verlauten lassen. Denn nur ein Bekannter war das nicht. Dazu haben sich die zwei zu vertraut miteinander verhalten“, wunderte sich Elli. „Aber es sei ihr gegönnt.“

„Genau das Gleiche wird sie wohl auch über Dich gedacht haben oder kennt sie Dich nicht so genau?“

„Doch, sie ist schon lange eine gute Kundin. Fast eine Art Ersatzmama. Wir telefonieren oft miteinander. Damals mit dem verstorbenen Gismo war ihr erster Weg ja auch zu mir. Die kleine Sina habe ich ihr mehr oder weniger aufs Auge gedrückt. Sie wäre vor Trauer schier verzweifelt. Die beiden passen perfekt zusammen. Ich wundere mich doch sehr, dass Sie mir nichts von diesem Wegener erzählt hat. Übrigens war der mir nicht sonderlich sympathisch. Dir etwa?“

„Meinst Du den Hund oder die männliche Begleitung?“

Elli musste lachen. „So wie Du mich mittlerweile kennen solltest natürlich den Mann.“

Chris musste ihr zustimmen, zumal er bei dem Handkuss etwas eifersüchtig geworden war. Merkwürdig, das kannte er so gar nicht von sich selbst. Ja, der Mann erschien ihm auch irgendwie komisch und war ihm spontan unsympathisch. Allerdings konnte er es nicht genau festmachen. Es war mehr wie eine intuitive Eingebung. Aber egal, der Tag war zu schön, seine Laune zu gut und er war frisch verliebt. Da gab es nichts zu grübeln!

Hand in Hand wanderten die zwei den Weg entlang bis zum Naturschutzgebiet Kaiserberg.

„Du bekommst jetzt eine Gratis botanische Führung der Flora des Michaelsberges. Willst Du die Hardcore oder Soft Variante?“

Chris musste schmunzeln.

„Ich kenne zwar nicht den genauen Unterschied der beiden Varianten, aber ich stehe eher auf Hardcore. Zumindest in mancherlei Hinsicht“, meinte er anzüglich.

„Okay, wie Du meinst, denn mal los.“

Nach etwa einer Stunde, in der er ständig Fachausdrücke wie Orchis ustulata, Epipactis helleborine, Waldsanickel, Listera ovata, Platanthera bifolia usw. an den Kopf geworfen bekam, sank Chris erschöpft und kopfschüttelnd ins Gras.

„Das reicht, ich gebe mich geschlagen. Bitte aufhören, Erbarmen!“

Er zog sie lachend zu sich ins Gras hinunter.

„Ich hoffe, wir sitzen jetzt nicht auf irgendwelchen Raritäten."

Elli blickte um sich mit den Worten. „Nein, hier ist es schon in Ordnung. Die Hunde können auch eine kleine Rast vertragen. Na, in Zukunft doch lieber die Soft Variante?"

„In dem Fall ja, bitte. Ich habe schon Kopfwch vor lauter lateinischen Namen. Woher kennst Du die denn alle so genau?"

„Ich habe drei Semester Biologie studiert, was mir allerdings berufsmäßig nicht so zusagte, aber meine Faszination für die Botanik habe ich schon seit frühester Kindheit." Ihr Blick wurde bei den letzten Worten wieder traurig mit einem leisen Anflug von Panik.

Chris legte wortlos einen Arm um ihre Schultern und zog sie an sich.

So saßen die zwei eine ganze Weile, jeder tief in seine eigenen traurigen Gedanken versunken.

Chris fühlte, wie die sie umgebende Natur ihm gut tat. Irgendeine innere Verkrampfung begann sich langsam zu lösen. Ob das nur an der Natur oder auch an der wundervollen Frau neben ihm lag, konnte er nicht genau benennen. Er verspürte plötzlich das drängende, innere Bedürfnis, Elli von seiner traurigen Vergangenheit zu erzählen, nicht ahnend, dass diese das Meiste über ihn schon wusste.

Er räusperte sich etwas verlegen.

„Ich würde Dir gerne etwas aus meiner Vergangenheit erzählen", begann er.

Elli war klar, was jetzt kommen würde, sie kannte genau die Heilwirkung der Natur, besonders an der Stelle, wo sie sich gerade befanden und hielt seine Hand sehr fest in der ihren.

Chris begann seine Geschichte, erst langsam und stockend, dann zunehmend flüssiger werdend, bis er zu dem grauenvollen Moment kam, in dem er seine geliebte Viola tot aus dem Fluchtwagen ziehen musste. Da versagte ihm die Stimme und er musste aufstehen und sich ein paar Schritte bewegen, versuchte sich zu sammeln, was ihm aber nicht gelang.

Elli ging ihm hinterher, um notfalls hilfreich eingreifen zu können, denn sie hoffte, dass der innere wahnsinnige Druck, den sie bei Chris glasklar erkannt hatte, sich jetzt lösen würde.

Und tatsächlich. Seine Schultern begannen zu beben, sein Kopf sank herab, er schlug die Hände vors Gesicht und tat endlich das, was er vor vielen Jahren schon hätte tun sollen, was er sich aber damals nicht gestattet hatte: er weinte hemmungslos und sank kraftlos zu Boden.

Sofort war Elli bei ihm, nahm ihn beschützend in die Arme.

Wie lange die zwei so saßen, konnten sie hinterher nicht mehr sagen. Das war auch unwichtig.

Die Hunde hatten sich gemütlich im Schatten eingerollt und dösten vor sich hin.

Langsam, ganz langsam wurde der endlose Tränenfluss bei Chris weniger. Er schniefte leise und erschöpft. Elli hielt ihn immer noch in ihren Armen.

Als sie spürte, dass die Haupttrauer abgeklungen war, nahm sie zärtlich sein Gesicht zwischen ihre Hände und küsste ihn sanft auf die immer noch bebenden Lippen. Er erwiderte den Kuss ebenso sanft und fast schon scheu. Eigentlich sollte er als gestandener Kerl sich für so einen Ausbruch schämen, Männer weinen schließlich nie, aber er fühlte keinerlei Scham in sich.

Noch lange saßen die beiden da, die Sonne näherte sich langsam dem Horizont, aber keiner verspürte das Bedürfnis aufzustehen und weiterzugehen.

Hätte nicht Miro langsam Ungeduld gezeigt, wären sie vielleicht die halbe Nacht noch so dagesessen.

„Ich habe Hunger, können wir nicht bald gehen?“, knurrte er leise vor sich hin.

„Aber Miro kannst Du denn nie an etwas anderes als Essen denken?“, Pida streckte sich genüsslich im Gras aus.

„Wozu? Was sollte es Wichtigeres geben?“

„Danke“, sagte Chris sehr leise.

„Ich danke Dir für Dein Vertrauen“, erwiderte Elli ebenso leise.

„Dieser Berg hat nachweislich Heilwirkungen, frage mich nicht wieso, aber das hat er. Vielleicht habe ich Dich unbewusst deswegen hierher geführt. Ich habe gespürt, dass Du etwas Furchtbares mit Dir herumträgst. Ich hoffe, es geht Dir jetzt besser.“

„Ich fühle mich irgendwie wie neu geboren, gereinigt. Das ist unglaublich. Und ich muss Dir noch etwas Wichtiges sagen. Du bist der erste Mensch, mit dem ich darüber reden konnte!“ Mit diesen Worten zog er sie noch enger an sich heran.

„Ich glaube, dass auch Du etwas mit Dir herumträgst.“ Vor Anspannung zuckte sie zusammen und rückte etwas von ihm ab.

„Sorry, ich wollte Dir nicht zu nahe treten. Vielleicht brauchst Du noch etwas Zeit.“ Chris war etwas enttäuscht von ihrer Reaktion.

Elli sperrte sich total gegen diesen Vorschlag. Ihr wurde schwindelig vor Augen. Übelkeit stieg auf!

„Gibt es irgendetwas, das Du nicht kannst Du Hure … Schläge, Schmerzen, Blut, …“

Sie schrie laut auf in Panik, krümmte sich zusammen, vor lauter innerem Schmerz. Chris konnte sie nur festhalten.

„Es ist alles in Ordnung. Ruhig, bitte. Ich bin da. Beruhige Dich.“

Langsam ließ Ellis Panikattacke nach. Sie lag in seinen Armen, er küsste sie vorsichtig und voller Zärtlichkeit. Seine Küsse wurden intensiver. Etwas in ihr schlug um. Merkwürdigerweise verspürte sie plötzlich heißes Verlangen in sich.

„Jetzt, sofort“, keuchte sie.

„Genau.“ Chris fing schon an, ihr T-Shirt hochzuziehen.

„Komm, wir können hier nicht sitzen bleiben. Komm mit!“ Energisch zog Elli Chris auf die Beine, schnappte sich die beiden Hunde und eilte zu einem umzäunten Gartengelände.

Unter einer Blechdose, holte sie einen Schlüssel hervor, öffnete hektisch das Tor, zog alle hinein und schloss es wieder.

Vollkommen atemlos riss sie Chris zu der Hütte, ließ die Hunde von der Leine, stürzte hinein und knallte die Tür hinter sich zu. Draußen vor der Tür ließ sich zuerst Miro deutlich vernehmen.

„Oh nein, jetzt geht das schon wieder los, ich habe Hunger, Hunger, Hunger.“ Miro scharrte frustriert und grummelnd in der Erde.

„Du hattest doch wahrlich reichlich Frühstück heute, genieße doch noch etwas die Natur.“ Zart schnupperte Pida an einer Blume.

„Natur, Natur. Hier gibt es außer den ewigen langweiligen, blöden Blumen nichts zu essen. Und Hasen jagen hat sie uns ja verboten!“

„Du könntest, falls Du jemals einen Hasen fangen würdest, doch sowieso nichts mit ihm anfangen.“

„Was noch zu beweisen bliebe.“ Trotzig schob Miro seine Nase vor.

Drinnen in der Hütte hatte Chris seine Elli schon längst an eine Wand gedrückt und fing an, sie eilig zu entkleiden. Wieder einmal flogen T-Shirt und Unterwäsche in der engen Hütte herum.

Er hielt ihre Hände über dem Kopf zusammen und nagelte sie förmlich an der Wand fest.

Stöhnend nagte sie an seinem Hals und überzog diesen mit kleinen Bissen. Er nahm ihre Nippel in den Mund und saugte kräftig an ihnen. Als sie schier besinnungslos vor Verlangen anfing, die harte Holzwand runterzurutschen, trug er sie zu einem kleinen, in einer Ecke stehenden Esstisch, legte sein T-Shirt darauf, setzte sie zart ab und stellte sich zwischen ihre geöffneten Schenkel.

Die zwei sahen sich tief in die Augen, als er Zentimeter um Zentimeter in sie eindrang. Unbewusst passte sie sich seinem fordernden Rhythmus an und beide verloren sich fast bis zur Bewusstlosigkeit ineinander. Vollkommen gleichzeitig strebten sie dem Höhepunkt zu und kamen mit einem gemeinsamen Aufschrei.

Eng umschlungen verharrten sie noch lange und schöpften Luft, wie nach einem kilometerlangen Dauerlauf.

„Weißt Du eigentlich, ob man sich zu Tode vögeln kann?“, kicherte Elli kindisch vor sich hin.

„Keine Ahnung, das sollten wir noch ausprobieren oder lieber nicht. Wäre zu schade drum. Belassen wir es doch bei Versuchen in diese Richtung, mein Schatz.“ Zärtlich hob er sie von dem Tisch und stellte sie wieder auf die Beine.

„Und welchem Deiner vielen Freunde gehört diese Hütte?“

Verlegen wandte sich Elli etwas zur Seite und nuschelte.

„Ähm, keinem. Den Besitzer kenne ich nicht, ich habe nur mal beobachtet, wo er seinen Schlüssel versteckt hat.“

„Was?“ Chris schreckte zurück. „Du kennst ihn nicht einmal. Scheiße, das war eindeutig Landfriedensbruch. Genauer gesagt illegales Betreten eines Privatgrundstückes mit Hütte. Wenn das rauskommt ist mein Ruf als Hauptkommissar dahin.“

„Doch nicht wirklich, oder?“ Elli war auf einmal sehr besorgt. „Das war mir nicht klar.“

„Ich will nichts riskieren. Komm lass uns schnell verschwinden."

„Falls Du Ärger bekommen solltest, hier ein kleiner Tipp. Dahinten hat der Typ Cannabis sativa in größeren Mengen angebaut. Dann hättest Du wenigstens einen Grund gehabt, das Grundstück zu betreten."

„Aber immer noch keinen Durchsuchungsbefehl. Was Du alles so weißt."

„Na ja, habe ich per Zufall entdeckt, und die Qualität ist übrigens spitzenmäßig!"

„Halt jetzt um Gottes Willen bitte die Klappe. Du bringst uns noch in Teufels Küche."

Eilig suchten die zwei ihre Kleidungsstücke zusammen, bekleideten sich und verließen fluchtartig die Hütte. Während Elli die beiden Hunde einsammelte, verschwand Chris noch kurz in den hinteren Teil des Gartens, um sich zu erleichtern. Zusammen verließen sie den Ort des Geschehens.

Endlich wieder am Auto angekommen, wurde es schon langsam dunkel.

Ehe Chris den Audi startete, blickte er Elli nochmals tief und voller Liebe in die Augen und meinte.

„Eins ist mir klar. Mit Dir wird es garantiert nie langweilig! Und das Cannabis ist tatsächlich von guter Qualität?"

„Ja sicher, habe ich selbst getestet."

„Na denn." Grinsend zog Chris eine Handvoll Grünzeug aus seiner Hosentasche und warf es Elli in den Schoß.

Ihr fielen fast die Augen aus dem Kopf.

„Das glaube ich jetzt nicht wirklich. Du hast was mitgenommen? Jetzt zweifle ich aber an meinem Verstand. Du Chaot." Spielerisch kniff sie ihn in den gut trainierten Bauch.

„Sicherlich hast Du das nur zur Beweissammlung konfisziert, nicht wahr?"

„Aber garantiert, meine Liebe.“ Ohne weiteren Kommentar startete der Herr Hauptkommissar den Audi Quattro.

20.

Wieder einmal ein Montagmorgen.

Chris saß total übernächtigt vor einer großen Tasse Kaffee an seinem Schreibtisch im Polizeipräsidium und versuchte verzweifelt, sich auf seine Arbeit zu konzentrieren. Selten war ihm das so schwer gefallen, wie an diesem Morgen. Er kam sich vor wie aus einem wunderschönen, äußerst erotischen Traum erwacht und in die grausame Realität von Mord und Totschlag gerissen. Die Umstellung war ihm kaum möglich! Er versuchte mit aller Gewalt seine Gedanken von Elli losreißen, um sich auf die beiden aktuellen Mordfälle Rastatt und Leopoldshafen zu konzentrieren. Außerdem musste er der Spurensicherung den Auftrag geben, die Abdrücke im Wald hinter Ellis Forsthaus mit denen vom Baggersee zu vergleichen. Das hatte höchste Priorität. Er hatte es nicht vergessen! Dazu war ihm das Wohlergehen und wer weiß vielleicht sogar das Leben seiner neuen Freundin zu kostbar geworden. Er hoffte zwar, dass keinerlei Übereinstimmungen zu finden wären, aber sicher ist sicher.

„Morgen.“ Wie immer kauend betrat Kollege Mayer das Zimmer. Den verschmierten Mundwinkeln nach zu schließen, hatte wieder ein Nutella Brötchen als ungesundes Frühstück herhalten müssen.

„Morgen auch. Mensch, Du mit Deinen ewigen ekligen Nutella Brötchen. Dass Dir davon nie schlecht wird. Weißt Du eigentlich, wie ungesund die sind?“ Chris verzog leicht angeekelt den Mund.

„Mag ja sein, aber Du weißt doch: Schokolade enthält auch Endorphine. Und die kann ich montagmorgens garantiert gut gebrauchen. Du siehst auch nicht gerade taufrisch aus. Stressiges Wochenende gehabt?"

„Kein Kommentar. Was machen unsere Mordfälle?"

„Mann bist Du heute zugeknöpft und mies drauf. Muss ja ein Scheiß Wochenende gewesen sein. Also gut. Rastatt müssen wir etwas beiseite legen, aber im Leopoldhafener Fall gibt es Neuigkeiten, die viel versprechend klingen. Es gab da vor ein paar Jahren eine Firma namens Kling-Electronics. Elektronische Bauteile und Computerherstellung. Die haben mehr schwarz nebenher gemacht als offiziell. Tja, und unser guter Herr Klug hat die zu Fall gebracht bei einer Steuerprüfung. Der Geschäftsführer, Detlef Kling, wanderte für ein knappes Jahr in den Knast, bedrohte vorher im Gerichtssaal den Klug mit Mord und ist vor einem halben Jahr wegen guter Führung entlassen worden. Na, klingeln da bei Dir nicht auch alle Alarmglocken?"

„Name und Adresse?"

„Habe ich schon alles rausgesucht, und wir haben in zwei Stunden einen Termin bei Herrn Kling persönlich. Inzwischen übrigens wohnhaft auf dem Turmberg. Dafür ging der wohl gerne für ein Jährchen in den Knast."

„Wenn wir Glück haben, dann wird er da auch bald wieder sein, falls Deine Vermutungen stimmen. Übrigens habe ich noch einen Auftrag für die Spurensicherung. Unsere Zeugin Elisabeth Schönberg hat hinter ihrem Grundstück ähnliche Reifenspuren entdeckt, wie am Baggersee damals. Denen sollten wir nachgehen."

„Das kommt mir aber komisch vor. Hat die Dich am Wochenende deswegen angerufen? Wir haben am Baggersee zwar Spuren gefunden, aber erstens ist das doch schon eine Weile her und was besagen schon Reifenspuren. Oder ist die durchgeknallte Kuh immer noch hinter Dir her?"

Reflexartig sprang Chris auf, packte Mayer am Hemdkragen und zischte ihn an.

„Ich verbiete mir solche Bemerkungen über eine Zeugin. Und ehe Du es anderweitig erfährst, sage ich es Dir gleich direkt ins Gesicht: Frau Elisabeth Schönberg ist inzwischen meine Freundin. Dazu stehe ich und werde den Mordfall auch nicht wegen Befangenheit abgeben. Sie hat die Leiche schließlich nur gefunden und falls sie jetzt deswegen in Gefahr sein sollte, dann Gnade dem Mörder. Und jetzt zackig an die Arbeit."

Er stieß Mayer grob von sich, dieser sackte mit offen stehendem Mund sprachlos auf einen Stuhl. Verlegen rückte er sein Hemd wieder zurecht. So hatte er Chris noch nie erlebt und er kannte ihn schon ein paar Jährchen. Den hatte es wohl gründlich erwischt. Auweia! Wenn das mal keinen Stress mit dem Polizeichef gab. Er beschloss, auf jeden Fall die Klappe zu halten. Chris Holland war ihm als Kollege nämlich sehr sympathisch und auch sonst hielt er große Stücke auf ihn. Er trat deswegen auf ihn zu, hielt ihm die Hand hin und meinte:

„Sorry, ich entschuldige mich bei Dir für die unverschämte Bemerkung. Konnte ich ja nicht wissen."

Chris reichte ihm versöhnlich die Hand. Nachtragend war er noch nie gewesen.

„Ist schon in Ordnung, Schwamm drüber."

„Falls Du irgendwie deswegen Schwierigkeiten bekommst, ich stehe voll hinter Dir. Ich würde mich für Dich echt freuen, wenn es diesmal was Festes würde. Im Vertrauen gesagt übrigens: Deine bisherigen Dummblondinen hatten doch außer Riesentitten nichts zu bieten, oder? Rein intellektuell hättest Du Dich auf Dauer mit denen nur gelangweilt. Ich drücke Dir ehrlich beide Daumen."

„Ich danke Dir.“ Etwas überrascht betrachtete Chris seinen Kollegen mit völlig neuen Augen. Manchmal zeigt sich erst in Grenzsituationen, wo die wahren Freunde zu finden sind!

Voller Eifer gingen die beiden an die Arbeit.

21.

Knappe zwei Stunden später klingelten die beiden Polizeibeamten an der eleganten Eingangstür einer Villa auf dem Turmberg.

„Die Kohle hätte ich auch gern mal. Werden wir zwei wohl nie verdienen können“, raunte Mayer Chris zu.

„Ehrlich verdient hat der die wohl auch nicht. Nur clever.“

„Vermutlich.“

Die Sprechanlage meldete sich.

„Sie wünschen?“

Da Chris erkennen konnte, dass sie gerade von einer Kamera beobachtet wurden, zog er seinen Dienstausweis hervor und hielt ihn direkt vor die Kamera mit der Bemerkung.

„Kriminalpolizei Karlsruhe. Wir hätten gerne mit Herrn Kling gesprochen. Wir sind angemeldet.“

„Einen Moment bitte.“

Mit einem dezenten Summton öffnete sich die elegante, schmiedeeiserne Eingangstür.

Die beiden betraten das äußerst gepflegte, im mediterranen Stil gehaltene Grundstück. Ein Terrazzosteinweg führte leicht geschwungen durch den Vorgarten bis zum Haus. Weiter hinten lugte ein Swimmingpool durch die exotischen Bäume, die Villa selbst war komplett neu renoviert mit edelsten Materialien, wie Edelstahl, Marmor, Terrazzo und getönten Fensterscheiben. Überall Kameras und Alarmanlagen. Alles vom Feinsten!

Die beiden dachten sich ihren Teil dazu.

Die schwere Haustür wurde geöffnet und ein Dienstmädchen in schwarzer Uniform bat sie herein mit den Worten:

„Bitte treten Sie ein, bitte mir zu folgen."

Sie folgten dem Dienstmädchen mit dem finsteren, kühlen Blick durch eine großzügig angelegte Eingangshalle, die vor modernen Aquarellen und Edelstahl-Glas-Optik nur so protzte, bis in ein kleineres Empfangszimmer, ebenso kühl und futuristisch gestaltet, wie schon die Eingangshalle. Chris dachte, dass er sich in solchen Räumlichkeiten wohl nur mit einer Chillout-CD wohlfühlen würde.

Nicht zu vergleichen mit Ellis urgemütlichem Forsthäuschen. Einen Hund konnte er sich in solchen Räumlichkeiten gar nicht vorstellen.

Innerlich schmunzelte er bei der Vorstellung vom griechischen Fußabstreifer mit den Vorderpfoten im Frühstücksteller auf solch hyperedlen Glastischen.

„Herr Kling kommt sofort. Bitte nehmen sie doch Platz." Fast schon befehlend deutete die Uniformierte auf ein Corbusier Zweisitzersofa.

„Danke, wir bleiben lieber stehen", antwortete Chris kühl.

„Wie Sie wünschen", sprach's und verließ den Raum.

„Puh, da schaudert es einem ja förmlich." Mayer schüttelte sich wie ein Hund, der aus dem Wasser steigt.

„Stimmt, der Nordpol ist eine kuschelige Sauna gegen das hier." Neugierig blickte Chris unter eine futuristisch anmutende Vase. „Rosenthal". Ach, doch etwas mit Elli gemeinsam. Ob die auch vom Sperrmüll stammte? Wenn er jetzt nicht langsam seine Sinne voll auf den Fall konzentrierte, dann konnte er Urlaub beantragen. Er schüttelte über sich selbst den Kopf.

Lange konnte er nicht bei der Betrachtung des Interieurs verweilen, da sich die Tür öffnete und ein braun gebrannter

Sunnyboy auf die beiden Beamten zutrat. Edelster Armani-Anzug, bequeme weiche Lederslipper, eine Rolex am Handgelenk waren die offensichtlichsten Merkmale des neureichen Herrn Kling.

„Ah, die Herren sind von der Polizei, wie ich gehört habe. Was verschafft mir die Ehre des hohen Besuches?“ Er reichte beiden die Hand und bat sie mit einer lockeren Handbewegung, Platz zu nehmen.

Chris und Mayer stellten sich vor und ließen sich widerwillig auf dem Zweisitzer nieder.

„Sie haben vielleicht von der Ermordung des Finanzbeamten Reinhard Klug gehört?“, begann Chris das Gespräch.

„Habe ich, ja. War wohl nicht sehr klug von ihm so früh morgens an einen Baggersee zu gehen, nicht wahr?“, grölend lachte Kling.

„Ich finde das zwar nicht zum Lachen aber, wo waren Sie eigentlich an jenem besagten Morgen, also dem 26. Mai?“, schoss Chris kalt zurück.

„Entschuldigung, ich hatte halt für diesen Menschen nicht viel übrig. Aber ihn deswegen zu ermorden? Gott bewahre! Sie kennen sicherlich die Vorgeschichte. In meiner Wut habe ich mich im Gerichtssaal damals zu einer dummen Bemerkung hinreißen lassen. Aber das ist alles so lange her.“ Abwehrend hob Kling seine beiden gepflegt manikürten Hände und streckte sie weit gespreizt von sich. Der überaus affektierte Gesichtsausdruck, wollte seiner Aussage allerdings nicht so ganz entsprechen.

„Ich wiederhole mich nur ungern, aber wo waren Sie am 26. Mai morgens um etwa sechs Uhr.“ Chris Miene wurde unerbittlich kalt.

„Also ehrlich gesagt, ich stehe nie vor neun Uhr auf. Sechs Uhr, das wäre unmenschlich früh. Um die Zeit schlafe ich immer noch tief und fest.“

„Gibt es dafür Zeugen?"

Anzüglich lachend meinte Kling: „Aber natürlich. Meinen Sie, ich gehe ohne meine Freundin ins Bett? So alt bin ich noch nicht. Funktioniert noch alles bestens, auch ohne Viagra, ha, ha."

Chris war mittlerweile von dem Typ so angewidert, dass er ihm am liebsten mitten in die blöde, affektierte Visage geschlagen hätte. Stattdessen meinte er zuckersüß.

„Ihr Sexualleben interessiert mich absolut gar nicht. Sie hatten ja auch ein Jahr im Gefängnis vermutlich lange Enthaltsamkeit üben müssen. Das können Sie jetzt gerne nachholen. Trotzdem brauchen wir die Bestätigung Ihrer Freundin. Wäre das machbar?"

Klings Miene wurde deutlich sauer, aber er trat wortlos zum Haustelefon und wählte eine Nummer.

„Chantal Schätzchen würdest Du bitte mal kurz runterkommen, das wäre super lieb von Dir. Zwei Polizisten möchten Dir eine Frage stellen. Küsschen!"

Chris hätte am liebsten auf den gepflegten Marmorfußboden gekotzt. Er wechselte einen kurzen Blick mit dem genauso angewiderten Mayer.

Kurze Zeit später betrat eine magersüchtige Blondine mit ellenlangen Beinen, Minirock und Riesenbusen den Raum. In der reichlich beringten Hand eine Zigarette auf einer langen Spitze.

Der Ausschnitt der edlen Seidenbluse war so tief, dass jeder Blick automatisch im Dekolletee verweilen musste. Außerdem war der Stoff so dünn, dass der BH sich nur zu deutlich abzeichnete.

Aufreizend langsam trat die Blondine auf Chris zu und streckte ihm ein gepflegtes Händchen entgegen.

„Ah bon jour, die Polizei wie ich gehört habe. Wie aufregend! Ich wusste gar nicht, dass es bei der Polizei so extrem gut aussehende Männer gibt. Wie sexy, diese Kombination!"

„Guten Tag Frau, wie war doch gleich ihr Name?" Chris ließ sich in keinster Weise beirren.

„Chantal Seeger. Für Sie Chantal." Sie hauchte ihm einen leichten Kuss hinüber.

Da trat Kling dazwischen, legte seinen Arm Besitz ergreifend um die schlanke Taille seiner Freundin und sprach auf sie ein wie auf ein vierjähriges Kleinkind.

„Meine Süße, der Herr Hauptkommissar möchte doch nur wissen, wo Du früh morgens immer so bist? Das weißt Du doch sicherlich, oder?"

Die Dame schaffte es doch tatsächlich leicht zu erröten und säuselte:

„Früh morgens, also na ja, Sie wissen schon da sind Paul und ich immer …" Sie kicherte kindisch vor sich hin und hielt dabei die Hand vor den Mund.

„Also gut, auch am Morgen des 26. Mai?" Chris war klar, dass diese Frage eigentlich vollkommen sinnlos und überflüssig war.

„26. Mai? Oh, das ist ja schon so lange her. Aber wir sind jeden Morgen bis fast neun Uhr noch im Bett, um na ja …"

„Ihr Dienstmädchen ist um diese Zeit auch schon da?", unterbrach Chris schnell, um weitere Peinlichkeiten zu unterbinden.

„Nein, nein die kommt erste gegen elf Uhr. Um des Mittagessen vorzubereiten. Tut mir leid."

„Sollte es Ihnen auch Herr Kling. Ihr Alibi steht auf etwas wackligen Beinen."

„Aber Herr Hauptkommissar, Sie glauben doch nicht im Ernst, dass ich etwas mit dem Mord zu tun habe?"

„Was ich glaube, spielt hier keine Rolle. Wir sind schließlich nicht in der Kirche. Sie hören von uns. Bitte bemühen Sie sich nicht, wir finden alleine hinaus. Guten Tag noch!"

In Windeseile verließen die zwei die protzige Villa und gingen zu ihrem Wagen zurück.

„Blöde Arschlöcher!", echauffierte sich Kling unterdessen. „Die können mir gar nichts nachweisen. Komm, Chantal Schätzchen, lass uns doch eine Runde im Pool schwimmen und danach …"

Frustriert und angeekelt trat Chris das Gaspedal durch.

„Ich dachte, ich kotz diesem Angeber noch auf den Marmorboden. Fast wünschte ich mir, der wäre tatsächlich der Mörder."

„Wird schwer werden, ihm was nachzuweisen, aber ich bleibe dran." Nachdenklich blickte Mayer aus dem Fenster.

„Übrigens kapierst Du jetzt, was ich heute Morgen meinte von wegen Dummblondine mit Riesentitten?"

Gegen seinen Willen musste Chris herzhaft lachen.

„Ich hoffe nur, ich habe mich nie so verhalten, wie Kling eben."

„Natürlich nicht, Du trägst ja auch keine Rolex und keinen Armani."

„Idiot! Übrigens sollten wir irgendwann noch mal checken, was für eine Auto Kling fährt. Nur für heute habe ich genug von ihm. Komm wir gehen was zu Mittag essen."

„Gute Idee. Den Appetit lass ich mir doch nicht verschlagen."

22.

Auch Elli hatte an diesem Montagmorgen mit enormen Konzentrationsschwierigkeiten zu kämpfen. Die Tierheilpraxis war ungewöhnlich brechend voll und verlangte ihre volle Aufmerksamkeit. Trotzdem wichen ihre Gedanken immer wieder von der Arbeit ab zu Chris und dem, was so am Wochenende passiert war. Es kam ihr fast schon irreal vor, wie ein wunderschöner Traum. Aber die momentane Realität war doch deutlich anders und riss sie brutal aus der Träumerei.

Entsprechen der heißen Jahreszeit viele Magen-Darm-Beschwerden bei Hunden und Katzen.

Allerdings so viele wie in diesem Jahr, hatte Elli noch nie erlebt. Als der fünfte Hund mit schwerster Durchfallsymptomatik behandelt worden war, rief sie kurz einen befreundeten Tierarzt an.

„Hallo Herbert. Wie geht's? Ach, Du bist auch so im Stress? Sag bloß, bei Dir auch so viele Durchfälle."

Kurze Pause.

„Stimmt. Bei meinen Patienten auch. Ach, Baggersee? Ja werde ich meine auch mal fragen. Das ist allerdings komisch. So heiß ist es ja noch gar nicht. Okay, schaff weiter. Wir bleiben in Kontakt. Tschüß!"

Die nächsten zwei Durchfallhunde saßen schon im Wartezimmer.

„Kommen Sie doch herein, Herr Meerbusch. Was hat denn Rex?"

Der große Schäferhund hing ziemlich schlapp in den Seilen, die Rute eingeklemmt, die Schleimhäute blass.

„Rex hat sich einen schlimmen Durchfall geholt. Kommt sogar schon Blut. Wir waren am Samstag lange am Leopoldshafener Baggersee. Und am Abend ging es dann schon los.

Das Wasser riecht auch etwas güllig, aber ich habe mir nichts dabei gedacht. Ist im Sommer ja häufiger so. Er ging immer wieder zum Baden hinein."

Elli tastete den Bauch ab und fühlte eine deutliche Abwehrspannung der Bauchdecke.

„Heute Morgen waren schon etliche Hund mit dem gleichen Problem da. Ich spritze Rex jetzt etwas, das sollte den Durchfall stoppen. Ich gebe Ihnen auch eine Ampulle mit, die Sie ihm bitte heute noch im Laufe des Tages nach und nach einflößen. Sollte wider Erwarten das Ganze sich nicht bis morgen früh gebessert haben, muss ich Sie zu einem befreundeten Tierarzt weiter verweisen. Dann kommen wir ohne Antibiotikum nicht aus. Ich weiß, dass Sie das nicht wollen, aber irgendwas ist im Baggersee nicht ganz geheuer. Das muss geprüft werden. Bitte bleiben Sie dem See erst mal fern und sagen Sie das auch anderen Hundebesitzern weiter. Und heute nichts mehr zu fressen geben. Er wird eh nichts mehr wollen, denke ich."

In der Mittagspause atmete Elli erschöpft auf. Das war ein Vormittag gewesen. Insgesamt zehn Fälle von schlimmen Durchfällen. Einige hatte sie direkt an den Tierarzt weiter verwiesen. Das Risiko erschien ihr zu hoch, zumal ihr der verstorbene Gismo von Frau Mayerschön wieder einfiel.

Und wieder klingelte das Telefon.

„Tierheilpraxis Schönberg."

„Hi, ich bin es, Chris. Wie geht es Dir?"

Schlagartig besserte sich Ellis Stimmung.

„Hi, nett dass Du anrufst. Ich habe einen extrem stressigen Vormittag hinter mir. Durchfälle am laufenden Band."

„Was, Du hast Durchfall? Warst Du nicht beim Arzt?"

Elli musste lachen.

„Nein, doch ich nicht. Meine vierbeinigen Kunden. Übrigens waren die meisten am Wochenende am Baggersee gewesen, das wäre vielleicht für Dich und Deinen Mordfall wichtig."

„Also ich kann mir nicht vorstellen, was Durchfälle bei Hunden mit einem ermordeten Finanzbeamten zu tun haben, aber wer weiß. Ich bin für jeden Ratschlag dankbar." Chris glaubte zwar an keinen Zusammenhang, aber er wollte seine neue Freundin nicht vor den Kopf stoßen.

„Übrigens weswegen ich anrufe, außer natürlich, um Deine Stimme zu hören, die ich schon schrecklich vermisst habe. Ich habe die Spurensicherung heute Morgen zu Dir in den Wald geschickt. Die Reifenabdrücke könnten mit einer gewissen Wahrscheinlichkeit die gleichen sein, wie die am Baggersee."

„Das bedeutet für mich?" Elli schluckte trocken.

„Das muss erst mal gar nichts bedeuten. Könnten auch andere sein. Das lässt sich so genau nicht sagen. Aber sei vorsichtig. Beobachte Deine Umgebung genau und gehe besser nicht ohne Hunde hinaus."

„So gefährlich ist es?"

„Nein, ich glaube das nicht wirklich, aber es verschafft mir doch einen guten Grund, um bei Dir heute Abend vorbeizukommen und Dich auch heute Nacht nicht alleine zu lassen."

„Ich wäre sowieso enttäuscht gewesen, wenn Du nicht vorbeigekommen wärst. Dazu brauchst Du keinen Grund vorzuschieben. Ich habe Dich auch schon schrecklich vermisst. Mein Bett wäre ohne Dich so leer."

Jetzt musste Chris trocken schlucken und antwortete heiser.

„Ich glaube, wir sollten jetzt besser aufhören. Bis heute Abend. Tschüß!"

Lachend legte Elli den Hörer auf. Nachdenklich blickte sie hinaus in den Garten, bis zum Zaun, hinter dem der ungebetene Gast vor zwei Tagen gestanden war.

Nach der Mittagspause überraschte Frau Mayerschön mit ihrem Freund Herrn Wegener die Tierheilpraxis.

„Hallo Frau Mayerschön und Herr Wegener." Elli schüttelte den beiden erfreut die Hände und hoffte, dass die kleine Sina nicht auch vom Durchfall betroffen war.

„Hallo Frau Schönberg." Frau Mayerschön warf einen scheuen Seitenblick auf ihren Begleiter, der sich etwas von den Hunden distanziert hielt. „Ich hoffe, wir stören Sie nicht. Wir waren gerade in der Gegend und ich dachte wir schauen einmal kurz vorbei. Herr Wegener würde zu gerne ihren schönen Garten sehen. Ich habe ihm soviel davon vorgeschwärmt."

„Oh ja, ich bin sehr an Pflanzen interessiert. Wir möchten Sie aber nicht bei der Arbeit stören."

Elli freute sich sehr über das Interesse der beiden, blickte kurz ins Wartezimmer, das gerade noch leer war und meinte:

„Im Moment kein Problem, ich führe Sie gerne etwas herum."

Die drei betraten über die Terrasse den Garten, die drei Hunde vergnügten sich miteinander. Elli fiel auf, dass Frau Mayerschöns neuer Freund wohl sichtlich nicht so begeistert von Hunden war. Sein Gesichtsausdruck wirkte fast schon ein wenig angeekelt. Ob diese plötzliche und überraschende Beziehung wohl lange halten würde? Langsam gingen Elli und ihre beiden Besucher von Beet zu Beet und von Pflanze zu Pflanze.

„Hier hinten sind die Gemüsebeete, hier vorne die Kräuter, dahinten rechts Raritäten und sonst noch die Sumpfpflanzen um den Teich verteilt. Ich erkläre Ihnen gerne alle Pflanzen einzeln."

Ins Gespräch über die Pflanzen vertieft gingen die drei langsam durch den wunderschönen Garten. Herr Wegener stellte interessiert Fragen, man merkte, dass er sich auf diesem Gebiet bestens auskannte.

„Haben Sie etwa beruflich mit Botanik zu tun?“, fragte Elli überrascht.

Er lachte laut auf.

„Nein, ganz und gar nicht. Ich bin Informatiker und habe einen stinklangweiligen Programmierjob an der Universität Karlsruhe. Botanik ist mein Hobby. Scheint ja bei Ihnen auch ähnlich zu sein.“

An seinen leuchtenden, leicht gierigen Augen konnte Elli ein gewisses typisches männliches Interesse an ihr nicht verkennen. Sofort reagierte sie sehr zurückhaltend, denn sie wollte Frau Mayerschön keinesfalls kränken.

„Äh, ja ich interessiere mich sehr für Fauna und Flora allgemein. Aber jetzt entschuldigen Sie mich bitte, ich glaube das Wartezimmer füllt sich wieder. Ich muss leider zurück an die Arbeit.“

Relativ rasch verabschiedeten sich die drei voneinander und Elli konnte den nächsten Patienten verarzten. Diesmal eine Schildkröte mit Augenentzündung.

Nachdem endlich der letzte Patient das Wartezimmer verlassen hatte und die Fälle von Durchfallerkrankungen auf 14 an einem Tag angestiegen waren, beschloss Elli, dem Baggersee seit langem mal wieder einen Besuch abzustatten. Sie war seit dem Mord nicht mehr dort gewesen, irgendwie graute es sie immer noch davor, aber dem Rätsel mit den Durchfällen wollte sie nachgehen.

Sie beschloss, Miro und Pida nicht mitzunehmen, das Risiko, die beiden könnten sich auch etwas einfangen, erschien ihr zu hoch.

Zwar murrte besonders Miro enorm, aber da war nichts zu machen. Elli blieb konsequent und fuhr ohne die beiden los.

„Also manchmal nervt sie mich echt", knurrte Miro vor sich hin. *„Ich wäre so gerne mal wieder im Baggersee geschwommen und hätte zu gerne dort gebuddelt."*

„Aber Du hast doch mitbekommen, wie viele schon krank geworden sind." Pida war wie immer die Vernünftigere.

„Ach was, würden die alle mal gescheit essen, bekämen sie auch keine Durchfälle oder müssten beinahe wunderschöne schnelle Autos verkotzen", meinte er mit einem verächtlichen Seitenblick auf seine griechische Freundin.

„Du weißt doch, dass ich einen empfindlichen Magen habe. Reite darauf doch nicht immer herum." Pida war jetzt stinkig geworden. Irgendwie erschienen ihr heute alle etwas gereizt und genervt zu sein.

23.

Elli fuhr auf den Parkplatz am Baggersee, stieg aus und ging ein kurzes Stück den Weg entlang. Ihr lagen Chris Worte noch im Ohr, nicht ohne Hunde das Haus zu verlassen, aber die Gesundheit der Tiere war ihr doch wichtiger, als eine eventuelle Gefahr gegen sie selber. Außerdem hatte sie ihr Klappmesser am Gürtel stecken. Mit dem fühlte sie sich recht sicher.

Schon von weitem bemerkte Elli den gülligen, leicht schwefeligen Gestank des Baggerseewassers. Um einiges schlimmer, als normalerweise in heißen Sommern. Merkwürdig!

Sie zog ein Gefäß mit Schraubdeckel aus der Umhängetasche und entnahm dem Wasser eine reichhaltige Probe. Glücklicherweise arbeitete Michael bei einer Umwelttechnik Firma, die unter anderem auch solche Wasserproben untersuchten. Diese Probe würde sie ihm heute noch vorbeibringen, um möglichst rasch ein Ergebnis zu erhalten. Ein paar

Meter weiter entdeckte sie noch einen verendeten Sonnenbarsch mit aufgedunsenem Bauch. Diesen tütete sie in einem verschließbaren Plastikbeutel ein. Sie war so mit dem Sammeln von Beweismaterial beschäftigt, dass die den großen weißen Geländewagen übersah, der etwa fünfhundert Meter weiter auf dem Forstweg parkte. Der Fahrer des Geländewagens übersah Elli allerdings nicht …

Wieder am Parkplatz angekommen wartete eine Überraschung auf sie.

Direkt neben ihrem Suzuki-Jeep stand – Hartmut Heck.

„Hallo Hartmut." Elli war überrascht, den etwas weltfremden Informatiker hier an einem Baggersee zu treffen.

„Was führt Dich denn so in die freie Natur. Ist doch normalerweise nicht so Dein Ding."

„Hallo Elli." Heck trat zügig auf sie zu.

„Ich wollte mir halt auch einmal die Mordstelle ansehen. Aber was machst Du denn hier? Das ist nicht ganz ungefährlich. Immerhin ist hier vor nicht allzu langer Zeit ein Mord geschehen und Du hast die Leiche gefunden." Er kam ihr bedrohlich nahe.

„Ach, ich wollte nur mal etwas frische Luft schnappen." Elli wandte sich von ihm ab.

„Und das ohne Deine Hunde?" Heck trat wieder an sie heran. Seine Augen hatten einen leicht irren Glanz, er atmete schneller und ergriff ihr rechtes Handgelenk mit einer feuchten Hand.

„Du solltest hier nicht alleine sein. Zu gefährlich!" Er atmete immer schneller.

Elli bekam es langsam mit der Angst zu tun. So kannte sie den Informatiker gar nicht. Er wirkte sehr bedrohlich und leicht verrückt.

Entschlossen riss sie ihre Hand los, trat schnell zu ihrem Jeep und schloss ihn auf.

„Ich gehe ja schon. Ist ja in Ordnung."

Schnell startete sie und ließ einen überraschten Heck mit offenem Mund auf dem Parkplatz stehen.

24.

Zwei Stunden später parkte ein Audi Quattro vor Ellis Haustür mit einem verärgerten Hauptkommissar darin. Er hatte geklingelt, die Hunde überschlugen sich schier vor Freude hinter der Haustür, aber keine Elli weit und breit. Dabei hatte er ihr doch extra gesagt, nicht ohne Hunde das Haus zu verlassen. Er fühlte eine leichte Bangigkeit in sich aufsteigen. Sollte der Mörder sie schon bedroht haben oder gar Schlimmeres? Er stieg aus, ging um das Grundstück herum, sprang über den Zaun und betrat die Terrasse. Keine Spur von Elli, die Terrassentür war ordnungsgemäß geschlossen, keine Einbruchsspuren. Das beruhigte ihn etwas, aber Ärger über seine leichtsinnige Freundin war immer noch vorhanden. Er begab sich wieder zu seinem Auto und beschloss, dort zu warten.

Etwa eine halbe Stunde später bog ein Suzuki Jeep rasant um die Kurve und bremste knapp neben seinem Audi. Zu Chris großer Erleichterung stieg eine fröhliche, unversehrte Elli aus dem Fahrzeug und kam auf ihn zu. Chris stieg auch aus mit leicht säuerlicher Miene.

„Hallo, mein Schatz." Elli schlang die Arme um seinen Nacken und gab ihm einen Kuss, erstaunt über Chris Zurückhaltung dabei.

„Was ist los?" Sie sah ihm in die Augen und erkannte deutliche Verärgerung darin.

„Was los ist?" Chris hielt sie auf Armeslänge von sich und funkelte sie wütend an. „Vielleicht schleicht hier ein Mörder herum und meine Zeugin geht leichtsinnigerweise alleine aus, obwohl ich ihr geraten habe, wenigstens die Hunde mitzunehmen. Das ist los."

„Ach, ich war doch nur ganz kurz am Baggersee, habe dort eine Wasserprobe entnommen und sie Michael zum Untersuchen gebracht."

Das merkwürdige Zusammentreffen mit Hartmut Heck verschwieg sie tunlichst. Der war zwar etwas verbeamt, aber als Mörder konnte sich Elli ihn nun wirklich nicht vorstellen. Sie wollte Chris nicht noch weiter verärgern. Der kochte eh schon ziemlich, wie sie feststellte!

„Wo warst Du? Ausgerechnet am Baggersee? Ich glaub's nicht. Weißt Du nicht, wie gefährlich das sein könnte?"

„Ach was, der Mörder springt doch jetzt sicher nicht mehr dort herum."

„Manche Perverse besuchen oft noch mehrmals den Ort ihres Verbrechens. Das ist nicht so ungewöhnlich. Stell Dir vor, der hätte Dich dort getroffen."

Elli schluckte trocken und musste wieder an Hartmut Heck denken. Aber ganz sicher war der kein Mörder. Sie kannte ihn schon seit vielen Jahren. Unmöglich!

Ihr neuer Freund entpuppte sich gerade als waschechter Macho, das gefiel ihr überhaupt nicht.

Sie wurde leicht ärgerlich.

„Jetzt übertreib mal nicht. Immerhin habe ich ein Messer bei mir."

Entschlossen zog sie es aus der Tasche und hielt es Chris vor die Nase.

„Mit dem fühle ich mich sehr sicher oder glaubst Du, ich könnte mich damit nicht verteidigen?"

„Steck es bitte wieder zurück. Damit spaßt man nicht herum."

„Spaßen? Ich spaße nicht.“ Elli war jetzt sehr wütend geworden, ihre Augen blitzten.

„Ich kann mich damit sehr wohl verteidigen. Das willst Du sicherlich nicht ausprobieren oder?“

Chris wurde plötzlich sehr ruhig, sein Ärger ging innerlich schon in leichte Belustigung über, aber er beschloss, seiner tapferen Heldin eine kleine Lehre zu erteilen.

„Ich sag Dir noch mal, los steck das Ding zurück, es ist besser für Dich.“

Ihm war natürlich klar, dass das genau die Worte waren, mit denen er sie so reizen konnte, wie einen Stier in der Arena das rote Tuch. Und tatsächlich Elli fuchtelte mit dem Messer bedrohlich nahe vor seinem Gesicht herum, mit den Worten.

„Na los, spiel doch mal Mörder, los, los oder traust Du Dich nicht.“

„Ich sage es zum letzten Mal, steck es zurück oder ich muss Dir wehtun und Du bekommst blaue Flecken, das ist mein letztes Wort.“

Er bewunderte zwar ihren Mut, aber die knallharte Realität sollte er ihr schleunigst beibringen.

Da sie seine Worte weiterhin hitzig ignorierte, musste er sie wohl schnellstens ernüchtern. Mit einem blitzschnellen Drehkick nach außen trat er gegen ihre Hand, und das Messer flog in hohem Bogen durch die Luft.

„Aua, das gibt sicher einen blauen Fleck.“ Elli rieb sich das schmerzende Handgelenk.

„Sagte ich Dir doch. Und was machst Du jetzt, wenn ich der Mörder wäre?“, lachte Chris.

Elli sah nur noch rot und hätte ihn am liebsten erwürgt. Mit einem animalischen Kampfschrei stürzte sie sich mit ausgesteckten Händen auf ihn. Sie kam jedoch nicht sehr weit. Plötzlich, sie wusste hinterher überhaupt mehr, wie das geschehen konnte, lag sie auf dem Rücken, ihre Handgelenke wurden fest umklammert, Chris Unterarm über ihrer Kehle und seine Beine nagelten sie auf dem Boden fest.

„Hörst Du jetzt endlich auf oder muss ich noch weiter machen?“ Chris Augen zeigten ihr eine eiserne Entschlossenheit, aber zugleich auch Zuneigung und Bewunderung an. Sie schluckte mehrmals trocken.

Da sie unter seinem Würgegriff kaum Luft bekam, röchelte sie hervor:

„Okay, ich gebe mich geschlagen. Aufhören!“

Chris zog sie wieder auf die Beine.

„Ich wollte Dir nur zeigen, wie leicht man sich selbst überschätzen kann.“

Er zog sie an sich und küsste sie herzhaft auf den Mund. Etwas widerstreben erwiderte Elli den Kuss.

„Hey komm, lass uns wieder Freunde sei, meine Superkriegsgöttin.“ Chris drückte sie und strich leicht über ihre Brust.

Aber so leicht wollte sich Elli nicht geschlagen geben. Innerlich schwor sie Rache. Sie wandte sich zur Haustür um und ließ ihn stehen. Ohne ein weiteres Wort schloss sie auf und begrüßte Pida und Miro, die sich vor Begeisterung schier überschlugen.

Chris folgte ihr und überlegte, was er denn falsch gemacht hatte. Er hatte ihr doch nur zeigen wollen, wie leicht ein potenzieller Gegner sie überraschen könnte.

„Willst Du auch etwas essen?“, fragte sie kühl.

„Ja gerne“, antwortete Chris etwas betreten und hängte seine Jeansjacke im Flur auf, um mit Miro zu raufen.

„Ich hole noch schnell etwas aus dem Auto“, rief ihm Elli zu, als er ins Wohnzimmer ging.

Als sie kurze Zeit später zurückkam, saß Chris auf dem Sofa und schmuste mit den beiden Hunden.

In ihren Augen blitzte der Schalk auf, sie trat auf ihn zu, küsste ihn heiß auf den Mund und drückte ihn rückwärts aufs Sofa hinunter. Seine Gedanken schlugen natürlich sofort andere Bahnen ein und ließen ihn unvorsichtig werden. Sie umfasste zärtlich seine beiden Handgelenke, rieb ihr Knie leicht an seinem Schritt und hörte ihn aufstöhnen.

Genauso blitzschnell, wie vorhin sein Drehkick das Messer entfernt hatte, legte Elli ihm plötzlich Handschellen um sein rechtes Handgelenk und fesselte ihn damit an die Metallverstrebung des Sofas mit den Worten:

„Ich wollte Dir nur zeigen, wie leicht man sich selbst überschätzen kann, mein Lieber." Schallend lachte sie auf, trat vom Sofa zurück und ging in die Küche.

Chris war total platt. Damit hatte er natürlich nicht gerechnet.

„Du hast die Handschellen aus meinem Handschuhfach geklaut, stimmt's?"

„Stimmt." Elli musste immer noch lachen.

„Ich wollte schon immer mal einen Mann gefesselt und hilflos vor mir sehen. Vor allem, wenn er vorher gedacht hat, er könnte mich klein kriegen."

Plötzlich schoss ihr ein äußerst unanständiger Gedanke durch den Kopf. Sie sperrte die Hunde in der Küche ein, nachdem sie die beiden gefüttert hatte.

Danach trat sie zu ihrer Stereoanlage und legte eine CD ein.

„You can leave your hat on", ertönte Joe Cocker aus den edlen Boseboxen.

„Kennst Du den Film ‚Neun ein halb Wochen'?", fragte sie Chris.

Dieser schnappte nach Luft und meinte heiser.

„Klar doch. Das Ende ist zwar blöd, aber der Film ansonsten klasse."

„Na, dann weißt Du ja auch, was dir jetzt blüht."

Chris Mund wurde abrupt staubtrocken und seine Jeans knapper und knapper.

Elli begann zur Musik mit langsamen, aufreizenden Hüftbewegungen zu tanzen und sich nach und nach ihrer einzelnen Kleidungsstücke zu entledigen.

Als sie nur noch mit Slip und BH bekleidet war, trat sie auf das Sofa zu und stellte einen Fuß auf Chris Brustkorb, der sich schnell hob und senkte. Langsam wanderte ihr Fuß nach unten und massierte die deutliche Vorwölbung in seiner Jeans. Er fing an zu stöhnen.

„Du machst mich wahnsinnig, bitte nimm die Handschellen ab."

„Oh nein, noch lange nicht. Rache ist süß, mein großer Macho."

Sie setzte sich langsam auf ihn und kreiste mit dem Becken über seiner Hose. Chris glaubte, er müsse ohnmächtig werden vor Erregung. Sein Atem ging schon stoßweise.

Erst als beide das schier nicht mehr aushalten konnten, zog Elli ihm die Jeans aus, warf ihren Slip beiseite und setzte sich auf ihn. Er füllte sie vollständig aus und sie bewegte sich erst langsam, dann immer schneller auf ihm. Sie warf den Kopf zurück, selber überrascht, über die Heftigkeit ihrer beider Erregung. Und das nachdem sie sich die Nacht zuvor schon mehrmals geliebt hatten. Einfach verrückt!

Schneller und schneller wurde der wilde Ritt, Elli blickt kurz vor dem Höhepunkt tief in Chris Augen und erkannte außer seiner äußersten Erregung auch eine tiefe Liebe darin. Sie begriff, dass er zuvor Angst um ihr Wohlergehen gehabt hatte und nur deswegen so ärgerlich gewesen war. Sie verzieh ihm sofort und kam mit einem Aufschrei.

„Komm schließ die Dinger auf, bitte", keuchte Chris atemlos.

Sie griff träge in ihre auf dem Boden liegende Jeans, zog die Schlüssel hervor und schloss die Handschellen auf.

Chris drehte sie auf den Rücken und drang mit einer zügigen Bewegung wieder in sie ein.

„Ich wollte Dich vorhin nicht ärgern. Ich habe mir nur solche Sorgen um Dich gemacht.“

Plötzlich stieß er tiefer in sie hinein, kniff die Augen zusammen und legte seine Stirn an ihre.

„Ich könnte es nicht ertragen, wenn Dir etwas zustoßen würde. Ich könnte es einfach nicht. Der Mörder darf Dir einfach nichts antun.“

25.

Er saß wieder einmal vor seinem Computer. Seine Gedanken schweiften ab zu dieser Frau. Irgendwie hatte sie es ihm angetan. Die sah einfach klasse aus. Sie ging ihm nicht mehr aus dem Kopf. Hätte nicht die Gefahr bestanden, dass sie ihn am Baggersee neulich doch gesehen hatte, dann hätte er sie garantiert sofort umworben. Aber so erschien ihm das Risiko zu groß. Außerdem, die beiden Köter könnten gefährlich werden. Man weiß ja nie. Außer seiner Susi waren Hunde ihm sehr suspekt. Und die konnte in ihrem Käfig ja auch nichts Gefährliches anrichten. Anfassen würde er nie einen Hund. Igitt, wie eklig! Stimmt überhaupt. Susi fiel ihm ein. Die hatte er heute noch gar nicht gesehen.

Er ging einen Raum weiter, wo in ihrem Käfig die kleine Pudelhündin regungslos in der Ecke zusammengerollt lag. Sie hatte mittlerweile jegliche Hoffnung aufgegeben und beschlossen zu sterben. Wenn nur der schreckliche Durst nicht gewesen wäre. Futter konnte sie verweigern, aber ohne Wasser hielt sie es einfach nicht aus. So schlapperte sie ab und zu schwach ein paar Zungenschläge, aber das Futter lag unberührt in der Ecke.

„Na, Du dummes Vieh wieder nichts gefressen?“ Er schlug mit der Faust auf den Käfig.

„Dann hungere halt. Wirst schon wieder zur Vernunft kommen. Schmeckt Dir das neue Trockenfutter etwa nicht? Na, der Hunger wird’s reintreiben. Ansonsten Pech gehabt. Du wirst mir langsam eh lästig und stinkst auch ziemlich.“

Herzlos verließ er den Raum und ging wieder zu seinem Arbeitsplatz, um ein paar Sicherungskopien zu ziehen.

Das Telefon klingelte.

„Ja, was gibt’s? Ach, sie brauchen meinen Raum. Okay, wann? Sofort? Geht nicht. Ich muss erst alles abbauen und abtransportieren. Dauert ein paar Tage. Ja gut, bis zum Wochenende bin ich weg.“

Er knallte wütend den Hörer auf.

„Idiot! Aber denen werde ich es noch zeigen, wenn mein Erfolg erst einmal publik gemacht ist, dann gibt’s für euch das böse Erwachen.“

Schmunzelnd rieb er sich die Hände.

26.

Chris und Elli saßen eng umschlungen auf dem Sofa und verzehrten ein frugales Abendessen, bestehend aus Vollkornbrot, Käse, Weintrauben und Rotwein.

Die Kleidungsstücke lagen immer noch achtlos verteilt um das Sofa herum, stattdessen hatten sie sich gemeinsam in eine warme Decke gekuschelt.

Pida und Miro saßen daneben und erbettelten ab und zu ein Stückchen Käse.

„Sag mal. Wie gut spielst Du eigentlich Gitarre?" Elli steckte sich nachdenklich eine Weintraube in den Mund.

„Oh, nicht so sonderlich gut. Reicht vielleicht gerade mal für ein paar Stücke von Jimmy Hendrix."

„Gerade mal? Der ist nicht so leicht zu spielen. Ich krieg's nicht hin auf der Gitarre. Mhm, wenn das so ist, dann habe ich ein Attentat auf Dich vor."

„Nein, nicht schon wieder angreifen oder fesseln." Chris tat so, als müsse er vom Sofa flüchten.

„Red keinen Quatsch!" Elli zog ihn lachend zurück. „Ich beiße nur manchmal. Nein, was ganz anderes. Unsere Band hat ein großes Problem. Wir haben in zwei Wochen einen gut bezahlten Auftritt in Heidelberg. Eine befreundete Rechtsanwältin feiert auf einem Neckarschiff ihren fünfzigsten Geburtstag mit allen möglichen prominenten Gästen. Wir haben schon lange zugesagt, können das Geld auch gut gebrauchen und jetzt hat mir der Gitarrist mitgeteilt, dass er für ein halbes Jahr beruflich nach Australien geht und zu dem Termin schon weg ist. Ohne ihn geht es nun mal schlecht und ich krieg so schnell keinen Gitarristen bei. Hättest Du Lust, uns auszuhelfen? Probe wäre morgen Abend um acht."

„Um Gottes Willen, niemals, dazu spiel ich viel zu schlecht. Das kannst Du vergessen. Schmink's Dir bitte ganz schnell wieder ab."

27.

„Hi Bobby, geh doch schon mal vor, die anderen sind schon unten, ich komme gleich nach."

Elli ließ den Bassisten der Band herein, und dieser begab sich sofort in den Probenraum im Keller von Ellis Haus, aus dem schon Schlagzeugsounds zu hören waren. Etwas nervös ging sie im Wohnzimmer auf und ab. Würde Chris sie doch noch im Stich lassen?

Nach langem Hin und Her hatte er sich bereit erklärt, wenigstens zur Probe zu erscheinen. Allerdings nur, falls er rechtzeitig aus dem Büro verschwinden konnte. Die beiden Mordfälle nahmen ihn sehr in Anspruch, wie er ihr erklärt hatte. Sie kamen damit gar nicht recht voran. Alle Spuren schienen im Sande zu verlaufen.

Wieder klingelte es. Konnte er es sein? Elli stürzte zur Haustür, öffnete, aber kein Chris stand davor, sondern Michael.

Etwas enttäuscht sagte sie: „Oh hallo Du bist es!"

„Das klingt aber sehr wenig begeistert. Wen hast Du denn erwartet?" Michael begrüßte sie mit einem Kuss.

„Na ja, ich hoffe, Chris kommt noch vorbei. Er wollte heute mit uns proben, da Pete schon in Australien ist."

„Super Idee, finde ich! Ich hoffe, er kommt noch. Weil, auf den Auftritt in Heidelberg freue ich mich schon tierisch. Es kommen auch viele Prominente. Könnten die „HotDogs" als Reklame gut gebrauchen. Übrigens ganz kurz nur …"

Die Klingel unterbrach erneut das Gespräch.

Diesmal war es tatsächlich Chris. Elli flog ihm förmlich um den Hals.

„Ach Gott sei Dank, dass Du gekommen bist."

„So stürmisch hat sie mich nicht begrüßt", beklagte sich Michael.

„Tja, Du spielst ja auch keine Gitarre."

„Ist das der einzige Grund für diese Begrüßung?", klagte jetzt Chris.

„Männer! Immer so hohe Erwartungen an uns arme Frauen."

Doppeltes hämisches Gelächter war die Antwort auf Elli Bemerkung.

„Wartet mal kurz eh ihr beide im Probenraum verschwindet“, hielt Michael sie zurück. „Das dürfte vielleicht auch für Dich interessant sein, Chris. Die Wasserprobe aus dem Leopoldshafener Baggersee, die Elli mir gestern gebracht hat, ergibt sehr merkwürdige Ergebnisse. Erhöhte Schwefelwasserstoffwerte, also Fäulnisgase, ebenso wie stark erhöhte Phosphatwerte.“

„Komisch, hört sich an, wie eine starke Eutrophierung des Sees. Aber das ginge normalerweise nicht so schnell.“ Nachdenklich blickte Elli auf Chris.

„Könnte mir bitte einer von Euch beiden erklären, was das auf Normaldeutsch heißt?“, fragte Chris, der in solchen chemischen Thematiken nicht sehr bewandert war.

„Ganz einfach, in manchen sehr heißen Sommern kann ein Baggersee kippen. Das heißt, durch die Wärme kommt es vermehrt zu Algenwachstum. Die dadurch sich erhöhenden Phosphatwerte reichern sich dermaßen schnell im Wasser an, dass alles Leben, ob Flora oder Fauna bedroht wird. Dieser Vorgang ist normalerweise nicht so schlimm, da er reversibel ist und im Winter, bei niedrigen Temperaturen, die Werte wieder runter gehen. Aber diese von mir gemessenen Werte übertreffen alles Normale oder noch im Rahmen liegende. Und der Sommer war bis jetzt noch nicht so wahnsinnig heiß gewesen.“

„Ja und woher kommt dann diese, wie sagtest Du Elli, Eutrophierung?“ Chris war jetzt doch neugierig geworden.

„Absolut keine Ahnung. Ich habe zwar sehr viele Algen gefunden, aber sonst keinerlei Giftstoffe oder Ähnliches. Ich muss gestehen, ich stehe ehrlich vor einem Rätsel. Aber einem nicht ungefährlichen Rätsel, siehe die vielen erkrankten Hunde, von denen mir Elli berichtet hat. Menschen werden davon früher oder später auch betroffen sein, wenn das nicht schon der Fall ist. Da sollte man bei den Ärzten in der Umgebung mal nachfragen. Ich fürchte, wenn das so weiter geht, muss der Baggersee für den Badebetrieb geschlossen werden. Wenn die Leute sich daran überhaupt halten."

Chris und Elli sahen sich an und kamen gleichzeitig auf die gleiche Idee.

„Der Mord!", ertönte aus zwei Mündern.

„Ich habe Dir gestern schon gesagt, dass da vielleicht ein Zusammenhang bestehen könnte", motzte Elli. „Aber Du warst ja nur um meine angebliche Sicherheit besorgt."

„Du hast Dich dafür doch schon bitter an mir gerächt."

Elli wurde knallrot. Michael dachte sich seinen Teil dazu.

„So ihr zwei. Liebeserklärungen weiterer Art bitte später. Ich muss wieder los, halte Euch aber auf dem Laufenden. Wenn ich weitere Ergebnisse finde, melde ich mich. Tschüß denn!"

Die beiden begaben sich nachdenklich in den Probenraum. Chris beschloss, sofort am nächsten Tag dieser eventuell neuen Spur nachzugehen. Zuerst einmal war jetzt aber anderes angesagt. Ihm war etwas, genauer gesagt sogar sehr mulmig bei der Vorstellung, Gitarre in einer so guten Band zu spielen. Normalerweise hätte ihn dieses Angebot sehr geehrt, aber in dem jetzigen Zusammenhang mit Elli als seiner neuen Freundin, vor der er sich nicht blamieren wollte, empfand er pure Nervosität, fast schon leichte Panik. Die HotDogs wären allerdings keine Profiband, wenn deren Musiker Chris Ängste nicht sofort erkannt hätten.

„Hi, Chris, super, dass Du uns unterstützt. Wir wären sonst aufgeschmissen", wurde er auch prompt vom Bassisten herzlichst begrüßt. Innerhalb weniger Minuten verschwand seine Unsicherheit und wandelte sich stattdessen in Begeisterung um. Sie begannen mit leichteren Coversongs aus den Achtzigern, die Chris zum Teil kannte und auch schon gespielt hatte. Nach etwa einer Stunde legten sie eine erste Pause und Elli stieß Chris mit dem Ellenbogen an. „Du hast mich gestern aber voll verarscht mit der Bemerkung, Du könntest nicht gut Gitarre spielen. Wolltest Dich wohl feige aus der Sache rausziehen?"

„Ha, ha." Chris Lachen war sehr verhalten, aber keineswegs verärgert. „Klar und morgen bewerbe ich mich bei Phil Collins persönlich um einen Gig. Dann kann ich ja endlich meinen Beruf an den Nagel hängen und nur noch Musik machen. Super!"

„Jetzt mach Dich nicht selber so runter", mischte sich Bobby ein. „Du spielst tatsächlich nicht schlecht. Klar für Phil musst Du noch etwas üben, aber nur etwas. Willsten Bier?"

„Ja, gerne, danke."

„Jungs, sauft Euch nicht jetzt schon die Hucke voll", beschwerte sich Elli. „Wie haben noch eine volle Stunde vor uns."

„Ja, ja unsere Herrin und Gebieterin, wir bleiben bei einem Bier und ansonsten nur H2O. Prost Chris!"

Die zweite Probestunde zog vom Niveau her deutlich an. Chris hatte zwar mit einigen Songs zu kämpfen, schlug sich aber tapfer. Die Band eigenen Songs waren ihm völlig fremd, aber gut zu bewältigen. Am Ende der Probe wischte er sich stolz den Schweiß von der Stirn. Er fühlte sich erschöpft, aber total high, wie nach etlichen Bieren und hatte doch nur eines getrunken.

Elli legte ihr Saxofon beiseite, umfasste seinen Nacken und presste ihren Mund so leidenschaftlich auf seine Lippen, dass ihm schwindelig wurde. „Danke für Deine Mithilfe."

„Na, na haltet euch noch etwas zurück, wenn's geht", frotzelte Tony, der neben seinem soeben bewiesenen Talent als Schlagzeuger auch respektabel Keyboard spielte.

„Chris, ich habe da noch ein Problem. Eigentlich ist es keines", wiegelte Elli sofort wieder ab.

„Was hast Du denn jetzt noch mit mir vor? Trompete blase ich sicherlich keine."

„Von blasen war hier gar nicht die Rede, so eindeutig zweideutig bin ich ja gar nicht."

„Unverschämtes Biest", Chris zog sie eng an sich.

„Puh, ich transpiriere schon. Nein, mein Lieber. Was anderes. Jonny X und ich müssen noch eine Choreografie ausarbeiten, die na ja", druckste sie herum. „Also die ist recht anzüglich. Genauer gesagt sehr anzüglich sogar. Hast Du damit ein Problem?"

„Wieso sollte ich damit ein Problem haben? Ich muss sie ja hoffentlich nicht mit Jonny tanzen oder?"

Die restlichen Bandmitglieder, denen das nicht entgangen war, brüllten vor Lachen. Chris stimmte mit ein, sogar Jonny konnte sich ein herzhaftes Lachen nicht verkneifen.

„Schade, das hätte mir schon gefallen", meinte er.

Noch lauteres Gelächter war die Antwort.

Elli war etwas pikiert, schwieg aber und beschloss, sofort mit der Choreografie anzufangen.

„Come on, Jonny, lets start."

Was nun folgte stellte „Dirty Dancing" mit Patrick Swayzy weit in den Schatten.

Chris war sehr froh, dass Jonny eindeutig an Männern und nicht an Frauen interessiert war. Eine leichte Eifersucht verspürte er trotzdem in sich aufflammen. Er war hin und weg von der Professionalität und Ausdrucksstärke der beiden Tänzer. Unabdingbare harte, jahrelange Arbeit musste dem vorangegangen sein. Die beiden harmonierten absolut perfekt.

Während die anderen Bandmitglieder sich verabschiedeten, zog sich Chris still in eine Ecke zurück und beobachtete fasziniert das Entstehen einer getanzten Lovestory. Alle Nuancen einer Beziehung schienen darin aufzutauchen:

Kennenlernen, erste erotische Kontakte, Streit, Eifersucht, Versöhnung. Alles war vorhanden.

Er dachte über seine Beziehung zu dieser vielseitig begabten Frau nach und kam zu der Erkenntnis, dass er viel, viel mehr für sie empfand, als er sich eingestehen wollte. Über Verliebtheit ging das schon weit hinaus. Sie beherrschte seine Gedanken, seine Gefühle, einfach alles. Das machte ihm Angst, aber er kam nicht dagegen an. Wollte es eigentlich auch gar nicht. Sie kannten sich so kurz, aber ihm erschien es schon wie Ewigkeiten. Seine Gedanken zogen unweigerlich zu Viola zurück. Kurzfristig verspürte er den altbekannten, scharfen Schmerz in der Brust, aber diesmal ging er schneller vorbei, schien von anderen Gefühlen überlagert zu werden. Er entspannte sich wieder und genoss die Probenarbeit der beiden Tänzer.

Am Ende einer weiteren Stunde waren beide klatschnass und völlig erledigt.

Elli trank gierig eine halbe Flasche Wasser in einem Zug leer. Jonny trocknete sich ab und leerte den Rest der Flasche.

„Und wars halbwegs okay?“, japste sie noch ziemlich atemlos.

„Halbwegs? Das war fantastisch.“ Chris fehlten die Worte zu mehr.

„Na ja, so fantastisch sicherlich auch nicht. Wir haben erst zwei Mal geübt. Aber bis Heidelberg sind’s ja noch knapp zwei Wochen.“

28.

Etwas später saßen Chris und Elli bei einem bescheidenen Abendessen im Wohnzimmer. Das Thema Mord ging den beiden nicht mehr aus dem Kopf.

„Darf ich die Sache mal zusammenfassen, Herr Hauptkommissar?"

„Gute Idee, machen wir Brainstorming, vielleicht kommen mir neue Erkenntnisse."

„Also. Dieser Herr Klug radelt früh morgens zum Baggersee, will dort angeln. Ich vermute auf diesem Steg, der ist sehr beliebt bei Anglern. Gut. Dabei trifft er wohl irgendwie auf seinen Mörder, der so früh auch unterwegs ist. Wurde er von seinem Mörder dort hingelockt? War es ein kranker Psychopath? Ertappte er ihn bei irgendetwas Illegalem? Will der gerade was in den See kippen? Oder will der einfach dort überhaupt nicht gesehen werden? Keine Ahnung! Jedenfalls greift der Mörder zum Naheliegendsten, in diesem Fall wohl die Bierflasche, und ermordet damit den Klug. Was ja Vorsatz ausschließt, denn sonst hätte er ja eine andere Waffe verwendet, denke ich. Wie eigentlich genau wurde die Bierflasche zum Töten eingesetzt?"

„Er hat ihm die Halsschlagader durchtrennt, das reicht zum Sterben", meinte Chris lakonisch.

„Igitt wie ekelig, würde Pida sagen."

„Woher weiß sie denn, was ich sagen würde?", Pida blickte überrascht auf ihre zweibeinige Freundin.

„Sie kennt Dich und Deine etepetete-Art halt genau." Miro war gerade mit einem Ochsenziemerstück beschäftigt.

„Ich bin doch nicht etepetete. Ich mag nur Blutgeruch nicht."

„Erinnerst Du Dich eigentlich manchmal daran, dass Du ein Hund bist? Ach stimmt hatte ich vergessen, Du bist ja ein Pudel!", schmatzte Miro laut vor sich hin.

„Heute Abend bist Du wieder echt beleidigend. Na ja, Dich hat wohl wieder Zafu, der Nachbarkater, geärgert. Warst Du wieder zu fettgefressen, um ihn zu erwischen? Das erinnert mich doch stark an den Spruch auf dem T-Shirt neulich."

„Welcher Spruch?“

„Na der bei dem die Katze vor dem Hund wegrennt und drunter steht `Fast Food`.“

„Ha, ha wie witzig! Übrigens wie siehst Du die Mordsache?“

„Schwer zu beurteilen. Wir waren ja nur kurz dort und seitdem gar nicht mehr. Außer Blut habe ich nicht viel gerochen. Wir waren zu schnell wieder weg.“

„Geht mir auch so. Ich war allerdings etwas länger bei der Leiche, als Du. Ich habe seitdem viel nachgedacht.“

„Geht das bei deinem Spatzenhirn überhaupt? Oder dauert es deswegen so lange?“

„Hallo Pida, Du kommst ja richtig in Fahrt mit Deinen Beleidigungen. Super! So langsam wirst Du lockerer. Hat ja lange genug gedauert.“

„Du machst es mir ja ständig vor. Das trainiert enorm.“

„Klasse! Also, ich habe noch etwas gerochen, kann es aber nicht so genau einordnen. Irgendetwas Chemisches, aber doch natürlichen Ursprungs und dann noch ganz schwach einen fremden Hundegeruch. Allerdings sehr schwach. Vielleicht hat der Mörder einen Vierbeiner zu Hause?“

„Und Das alles fällt Dir erst jetzt ein? Wochen später?“

„Na ja, da war so viel anderes dazwischen, was mich beschäftigt hat.“

„Ach ja, zum Beispiel. Zafu oder die Mäuse im Garten oder die läufige Hündin drei Kilometer weiter?“

„Du weißt genau, dass ich mein Kissen mehr liebe, als jede läufige Hündin.“

Dazu schwieg Pida taktvoll. Sie kannte gewisse Grenzen, dachte sich aber ihren Teil dazu.

Zu einem weiteren Gespräch war Miro sowieso nicht zu bewegen, da sein Ochsenziemer vollste Aufmerksamkeit erforderte.

„Irgendetwas mit dem See muss es auf sich haben. Angefangen vom verstorbenen Gismo, bis hin zu den vielen Durchfallerkrankungen bei anderen Hunden, die am See waren. Vielleicht hat es ja schon Badegäste erwischt. Da solltest Du bei den Ärzten mal nachfragen. Oder untersuch doch mal das Seewasser noch genauer. Das alles sind doch merkwürdige Zufälle."

„Geht klar, Chefin, mach ich gleich morgen früh", schmunzelte Chris und nahm ihr das Weinglas aus der gestikulierenden Hand, um es auf den Tisch zu stellen, ehe es verunglücken konnte.

„Entschuldige, ich wollte Dir nicht reinreden. Aber Krimis haben mich schon immer begeistert."

„Das hier ist allerdings ziemliches Real TV, meine Liebe. Vergiss nicht, Du bist diejenige, welche die Leiche gefunden hat. Und ich hoffe immer noch, der Zaungast war nur ein Spanner und nicht der Mörder."

Verlegen senkte Elli den Kopf. Die Begegnung mit Hartmut neulich am See fiel ihr ein. Sie musste Chris davon berichten. Bei aller Freundschaft zu diesem merkwürdigen Informatiker.

„Ähm Chris, ich glaube, ich sollte Dir noch etwas beichten."

„Was denn, hast Du etwa den Klug abgemurkst oder war es Miro?", Chris unterdrückte ein Grinsen.

„Ich fürchte, Du wirst jetzt eher etwas sauer werden. Als ich gestern noch mal am Baggersee war, Du weißt schon alleine, da habe ich dort den Hartmut Heck getroffen."

„Hartmut Heck? Sollte mir der Name etwas sagen? Stimmt, jetzt fällt's mir wieder ein. Der verbeamte Computermensch vom Eggensteiner Straßenfest."

„Ja, Michael sagte mir schon, Du hättest ihn dort kennengelernt. Ich kenne ihn schon ewig. Der ist eigentlich voll in Ordnung, nur manchmal etwas abwesend. Aber gestern war er sehr komisch drauf. Er sagte, er wolle den Tatort mal sozusagen besichtigen und versuchte, mich irgendwie dazu zu bewegen, den See schnell zu verlassen. Er behauptete, das wäre zu gefährlich da. Dabei hielt er mich mit wirrem Blick am Handgelenk fest. Dieser Blick war sehr merkwürdig und er atmete auch schneller. Ich bekam sogar Angst vor ihm und verließ die Gegend schnellstmöglich."

Chris Blick hatte sich gefährlich umwölkt. Seine Augen blitzten zornig, wie ein plötzliches Sommergewitter. Er sprang auf.

„Und das sagst Du mir erst jetzt?", tobte er los. „Heck ist für mich der Prototyp eines Psychopathen. Den triffst Du fast am Tatort an, er bedroht Dich und Du behältst das zwei Tage lang für Dich. In der Zeit hätte Wunder was passieren können. Hast Du den Spanner am Zaun schon vergessen?"

„Anderthalb Tage." Elli war sehr kleinlaut geworden. Das war also ihr erster ernsthafter Streit. Ihr wurde leicht übel, sie erkannte aber, dass Chris nur allzu Recht hatte mit seinen Vorwürfen.

Er fasste sie wütend am Arm, riss sie vom Sofa hoch und zischte:

„Tu so etwas nie mehr wieder. Du hast Dich in äußerste Gefahr gebracht mit diesem leichtsinnigen Verhalten."

„Er hat mir ja nichts getan. Vielleicht war er ja einfach nur besorgt um mich, denn er mag mich normalerweise sehr gern."

„Und was hatte er dann dort zu suchen? Einfach so ein Mittagsspaziergang zwecks Tatortbesichtigung Wochen nach dem Mord? Du hattest nicht mal die Köter dabei." Chris steigerte sich immer mehr in seine Wut hinein.

„Ich trete seit Wochen auf der Stelle, finde keine Spur und Du verwischst beinahe die einzig brauchbare mit Deinem dämlichen Mitleid für alle kranken Kreaturen. Sei es Mensch oder Tier! Willst Du vielleicht alle Psychopathen bei Dir aufnehmen und durchfüttern?"

Das ging eindeutig unter die Gürtellinie. Es wurde Elli zuviel. Sie riss sich von ihm los, rammte ihm den Ellenbogen in den Bauch, stürmte aus dem Zimmer und knallte die Tür hinter sich zu. Dieser Idiot! Männer müssen alles immer übertreiben. Kein Wunder, dass sie jahrelang ohne Beziehung gelebt hatte. Sie hatte jetzt schon die Schnauze von diesem blöden Macho voll! Der nahm sich einfach zu wichtig und bevormundete sie ständig. Nach so kurzer Zeit. Na prima, das fing ja wieder gut an. Besser beenden, bevor die Sache eskalierte. Sie hatte noch genug von Erwins Eskapaden! Sie ging ins Schlafzimmer und warf sich frustriert aufs Bett.

Urplötzlich waren sie wieder da. Die alten Ängste kamen hoch.

„Gibt es irgendetwas, das Du nicht kannst? … Biergestank, Zigarettenqualm. Schmerzen, Durst und Hunger, qualvoll, endlos. Das winzig kleine Zimmer, kein Tageslicht, verschimmeltes Essen und fauliges Wasser. Magenkrämpfe, Erbrechen, …“

Würde dieser Alptraum sie nie verlassen? Wieso kam das gerade in letzter Zeit verstärkt wieder hoch, wo es ihr doch richtig gut ging?

Sie biss verzweifelt in ein Kissen, um ihre Schreie zu unterdrücken. Lass bloß Chris das jetzt nicht hören, betete sie. Sie erstickte ein Aufschluchzen im Kissen. Ihr wurde wieder schlecht. Das Grauen schlug über ihr zusammen und verschlang sie. Beinahe hätte sie sich ins Kissen übergeben, als sich eine Hand fest auf ihre Schulter legte. Sie zuckte erst zusammen, bäumte sich dann auf und schlug blindlings in Panik um sich.

„Geh weg“, schrie sie in Todesangst. „Lass mich in Ruhe! Fass mich nicht an! Tu mir nicht mehr weh!“

Chris war ernsthaft besorgt. Erst versuchte er, den Schlägen auszuweichen, merkte aber, dass Elli sich immer mehr in eine Art Anfall hineinsteigerte. Er bekam ein schlechtes Gewissen. Seine Reaktion vorhin kam ihm jetzt selber überzogen und idiotisch vor. Aber er hatte kurz und schmerzvoll an Viola denken müssen. Ein zweites Mal würde er so einen Verlust im Leben nicht verkraften. Seine Gefühle für Elli waren zu stark geworden, was ihm immer klarer wurde. Er warf sich auf sie, um sie festzuhalten, da der Anfall immer schlimmer wurde. Sie hyperventilierte schon. Er riss sie in seine Arme und drückte sie fest an sich. Worten war Elli nicht mehr zugängig. Sie war fast bewusstlos. Das konnte doch nicht nur allein mit ihrem Streit zu tun haben. Welches entsetzliche Trauma trug sie mit sich herum? Unendliches Mitleid und Liebe überfluteten ihn.

Er war kurz davor, einen Krankenwagen zu rufen, als er spürte, wie langsam, langsam die Krämpfe abflauten und ihr Atem sich beruhigte. Der Anfall löste sich in Weinkrämpfen auf. Sie schluchzte haltlos an seinem Hals.

Beruhigend wiegte er sie hin und her.

Miro und Pida waren besorgt ins Schlafzimmer geeilt.

„Die Arme, geht das wieder los“, jammerte Pida. *„Ich dachte, sie hätte es überwunden.“* Tränen standen in ihren Pudelaugen. Miro war es ebenfalls elend zumute, aber er überdeckte seinen Schmerz mit Geknurre.

„Ich hoffe, Chris kümmert sich jetzt gut um sie. Wenn er wieder so blöd tut wie vorhin, beiße ich ihn in die Eier.“

„Komm Miro, lassen wir die zwei alleine. Ich glaube, sie packt es jetzt, diesmal ohne Krankenhaus.“

Betreten und leise verließen die zwei das Schlafzimmer.

Elli kam langsam wieder zu sich. Sie klammerte immer noch an Chris, wie an einen Rettungsring auf hoher See.

„Es tut mir so leid, wegen vorhin", flüsterte Chris verzweifelt. „Ich habe mich wie ein Arschloch benommen. Bitte beruhige Dich. Ich bin bei Dir. Wenn Du willst schlag mich oder trete mich, ich hätte es verdient. Ich musste wieder an Viola denken und bekam Angst um Dich. Ich würde es nicht verkraften, auch Dich zu verlieren."

„Du impotentes Arschloch", hauchte Elli fast lautlos. Es ist für einen Mann immer entsetzlich, eine starke Frau so zusammenbrechen zu sehen. Vor allem, wenn er sie liebt.

„Gott sei Dank, Du wirst wieder die Alte. Willst Du mir nicht sagen, was eigentlich wirklich mit Dir los ist? Du bist eine so starke Frau. Der Anfall eben passte nicht zu einem einfachen Streit."

„Ich kann nicht, bitte lass es." Sie rückte etwas von ihm ab.

„Okay das respektiere ich, aber ich glaube, Du brauchst Hilfe, glaub mir …"

„Ich sagte, lass mich", insistierte sie und setzte sich auf, schwindelig im Kopf, aber bestimmt.

„Ich habe einen guten Freund, der ist Psychologe, wenn Du willst …"

„Ich sage es jetzt zum letzten Mal. Zum allerletzten Mal. Lass mich oder geh weg für immer." Ihr Blick wurde eiskalt und abweisend. Chris zuckte zurück. Er konnte damit nicht umgehen. Was tun? Gehen oder bleiben?

Seine Gefühle waren mächtiger, als sein Verstand.

„Entschuldige. Komm wieder zu mir, bitte. Ich werde Dich nie mehr danach fragen. Wenn Du es mir eines Tages erzählen möchtest, jederzeit."

Sie schluckte heftig. Das hätte sie von diesem Macho nicht erwartet.

„Ich glaube, ich habe echt Glück mit Dir. Lass uns die Sache eben schnell vergessen. Das vergeht! Komm, gehen wir ins Bett, ich bin echt erschöpft und fix und fertig."

„Du hast Recht! Vergessen wir das Ganze. Komm, ich massiere Dich noch etwas.“

29.

Vergessen hatte Chris die Sache natürlich nicht. Kaum wieder im Büro angekommen am nächsten Morgen, telefonierte er mit seinem Freund, dem Psychologen Klaus Breuner.

„Hallo Klaus, wie geht's? … Du ich hätte da mal eine Frage. Kennst Du zufällig eine Elisabeth Schönberg oder weißt von einem Kollegen, der sie kennen könnte … Was Du kennst sie? … Ach, unter einem anderen Namen? Deswegen habe ich sie in unserem System nicht gefunden … Ihr Fall ging in der Presse um? … Wann? … Okay, das kann ich selber rausfinden … Ja wir müssen uns unbedingt wieder mal treffen. Alles klar! Tschüß!“

Als Kollege Mayer eine Stunde später in Chris Büro kam, traf er einen blassen, offensichtlich total erschütterten Hauptkommissar vorm Computer an, dessen Augen feucht glitzerten.

„Morgen. Aber hallo, was ist denn mit Dir los?“

„Äh gar nichts, ich habe nur Heuschnupfen und mir gestern den Magen verdorben. Ich muss mal eben aufs Klo.“ Sprach's und rannte hinaus.

„So, so, Heuschnupfen und Magen verdorben. Wenn das stimmt, esse ich drei Wochen lang keine Nutella mehr.“

Er schüttelte den Kopf und begann mit der täglichen bürokratischen Kleinkramarbeit.

Nach einer ziemlich langen Pause kam Chris zurück ins Büro. Er hatte sich gefasst und war fast wieder der Alte. Zumindest äußerlich. Innerlich tobten seine Gefühle auf

Hochtouren. Das, was er gerade im Internet entdeckt hatte, erklärte so manches.

Aber er konnte jetzt darüber nicht nachgrübeln, die Pflicht rief. Ein Mörder musste gefasst werden!

Als erstes ging es darum, diesen Hartmut Heck zu verhören. Dazu rief er dessen Adresse im Internet auf.

Er erzählte Mayer von Ellis denkwürdigem Zusammentreffen mit Heck am Baggersee. Beide beschlossen, ihn sofort aufzusuchen und in die Mangel zu nehmen, notfalls sogar direkt zu verhaften.

Ein Mehrfamilienhaus in der Karlsruher Nordweststadt war das Ziel der beiden Kriminalbeamten. Sie klingelten beim Namen „Heck". Keinerlei Reaktion!

„Um die Uhrzeit ist der wahrscheinlich schon bei der Arbeit", bemerkte Mayer. „Kennst Du seine Arbeitsstelle?"

„Ich weiß nur, er arbeitet zusammen mit einem Freund von Elli, einem Michael. Wohl in einem Umwelttechniklabor. Ich rufe sie mal schnell an."

Er zückte sein Handy, wählte die ihm inzwischen wohlbekannte Nummer.

„Hallo Elli, ich bin's Chris. Alles okay bei Dir?" Er musste an den gestrigen Abend denken und versuchte, seine Stimme so normal wie möglich klingen zu lassen. Immerhin stand Mayer direkt neben ihm.

„Hallo mein Schatz!" Glücklicherweise konnte sein Kollege nicht mithören.

„Es geht mir ganz okay soweit. Übrigens gut, dass Du anrufst. Ich habe mit Michael telefoniert wegen Hartmut. Ich wollte meinen Fehler wieder gutmachen."

„Und dazu rufst Du Michael an?" Chris klang leicht verärgert.

„Jetzt werd nicht wieder sauer. Ich wollte nur ganz harmlos nach Hartmuts Alibi für den Tatzeitpunkt fragen. Ich bin ja nicht total verblödet. Hätte ich schon diplomatisch hingekriegt."

„Das nehme ich Dir sogar ab. Aber bitte, überlass doch in Zukunft uns die Polizeiarbeit. Wir haben sonst nichts mehr zu tun und langweilen uns nur noch. Was heißt denn, hättest Du hingekriegt?"

„Tja. Hartmut ist heute Morgen nicht zur Arbeit erschienen. Zu Hause scheint er auch nicht zu sein, da Michael schon dort angerufen hat. Das ist deswegen komisch, weil das Umweltlabor gerade mit Arbeit zugedröhnt ist und Hartmut nie fehlt. Er sagte, er würde mir Bescheid geben, wenn Hartmut auftaucht."

„Zu Hause bei Heck sind wir gerade und haben geklingelt, allerdings ohne Erfolg. Also wir machen jetzt weiter. Falls Michael sich wieder meldet und Heck auftaucht, ruf mich doch bitte sofort an. Okay?"

„Zu Befehl, Sir. Übrigens noch mal danke für Deine Hilfe gestern Abend." Sie legte auf.

Welche Hilfe meinte sie jetzt genau? grübelte Chris. Es war schon ziemlich anstrengend, das Privatleben ständig mit seinem Berufsleben verknüpft zu haben. Aber den Preis zahlte er gerne für diese Beziehung. Das war sie ihm jederzeit wert! Und wer weiß, vielleicht kamen sie der Lösung des Mordfalls ja sogar mit vereinten Kräften auf die Spur. Normalerweise war Chris ein Einzelkämpfer, der die meisten Fälle lieber alleine löste, aber er war lernfähig.

„Was nun?" Chris blickte Mayer unschlüssig an. „Weder im Büro, noch zu Hause ist Heck anzutreffen. Ich glaube, wir kommen so nicht weiter. Falls der nur Shoppen ist, stehen wir blöde da, wenn ich eine Ringfahndung auslöse."

„Vielleicht warten wir noch bis Mittag, ob er sich irgendwo auffindet und suchen dann, was meinst Du?" Mayer zeigte wie immer Geduld, was Chris sehr an ihm zu schätzen wusste.

„Aus dem Kling war nichts mehr rauszukriegen, oder?" Chris hatte Mayer speziell auf den dubiosen ehemaligen Geschäftsführer der Elektronikfirma angesetzt.

„Nein. Der fährt zwar auch einen Geländewagen, wie die meisten Neureichen heute, aber die Spuren weisen keine so eindeutigen Übereinstimmungen auf, wie mit denen im Wald bei Frau Schönberg. Unwahrscheinlich, dass er der Mörder ist."

Chris war davon nicht so überzeugt.

„Er könnte auch ein anderes Fahrzeug verwendet haben. Wieso sollte es seinen eigenen verräterischen Geländewagen verwenden. Man kann auch Autos mieten. Oder er könnte einen Profikiller beauftragt haben."

„Dagegen spricht aber der Anglersteg und die amateurhafte Bierflasche."

„Stimmt allerdings. Das meinte gestern sogar Elli. Ich war auch schon besser im Kombinieren." Chris runzelte angestrengt die Stirn.

„Geht's Dir auch gut?", fragte Mayer besorgt. „Du wirkst heute Morgen so ungewöhnlich … na ja, ehrlich gesagt ziemlich fertig."

„Es geht mir schon gut. Danke der Nachfrage." Chris drehte sich abrupt weg, dann aber wieder zurück.

„Nein, stimmt nicht ganz. Sag mal. Warst Du schon mal richtig ernsthaft verliebt?"

„Hm, muss ich nachdenken. Nein, eigentlich nicht. Es gab da mal eine, aber die hat sich leider doch für einen anderen entschieden. Nein, Deine Frage muss ich eindeutig verneinen. Aber Dich hat's richtig erwischt, stimmt's?"

„Ich fürchte ja. Fast noch stärker, als bei Viola, obwohl ich mir das nie vorstellen konnte."

„Das ist doch wunderschön. Ich freue mich für Dich." Herzlich legte er Chris die Hand auf die Schulter.

„Es ist schön, aber auch anstrengend. Jetzt verstehe ich auch die Aussage: die Liebe macht Narren aus uns. Vor allem bin ich mir nicht sicher, ob meine Liebe so hundertprozentig erwidert wird."

„Dann frag sie doch einfach."

„Fragen? Nein, so bedrängen möchte ich Elli nicht. Dafür habe ich meine guten Gründen." Bei diesen Worten verdüsterte sich seine Miene sorgenvoll. Mayer beschloss, das Thema auch nicht weiter auszuführen. Immerhin waren sie noch im Dienst.

Sie beschlossen, aufs Revier zurückzufahren und dort bis Mittag auf Nachrichten über Heck zu warten.

„Ich surf noch mal im Netz wegen Heck." Chris hämmerte auf die Tastatur ein.

„Gut, ich werde nochmals die Akte Kling bemühen." Mayer schob sich ein Nutellabrötchen in den Mund und ging in sein Büro.

Heck war kein vollständig unbeschriebenes Blatt, wie Chris nach einer Weile feststellte. Computerhacker. Grandios zwar, aber illegal. Er war in das Computersystem des Forschungszentrums Karlsruhe eingedrungen, hatte dort Daten über die Verglasung von radioaktivem Material kopiert und diese an die Badischen Neuesten Nachrichten geschickt. Zugleich hatte er Daten über die Kontaminierung des Grundwassers vor etwa dreißig Jahren im Raum Leopoldshafen und Linkenheim mit gesendet. Die BNN hatte diese Nachrichten allerdings nicht abgedruckt, sondern stattdessen sofort der Polizei übergeben. In den Knast kam Heck dafür nicht, aber er wurde zu einer dreijährigen Bewährungsstrafe verurteilt. Obwohl Chris Heck eine gewisse Bewunderung nicht absprechen konnte, war jedoch aus seinem Verhalten kriminelle Energie zu erkennen. Wer weiß, vielleicht, hatte er am Baggersee auch etwas Illegales ausfindig gemacht und war dabei überrascht worden. Seine Bewährungsstrafe war noch nicht abgelaufen. Allerdings dafür zu morden? Wer weiß?

Bis zum Mittag hatten sie von Hartmut Heck noch keine Spur entdeckt. Also löste Chris eine Fahndung nach ihm aus.

Diese führte bis zum Abend zu keinerlei Ergebnissen. Im Labor war er nicht eingetroffen, zu Hause auch nicht.

Sie hatten die Wohnungstür vom Hausmeister öffnen lassen. Keine Spur von Heck. Die gesamte Wohnung war penibel sauber. Nirgends ein Staubkörnchen, keine Topfpflanzen, kein Nippes, aber die allerneuste Computertechnik. Chris beschloss, den Computer zu beschlagnahmen und durchforsten zu lassen nach neuen Erkenntnissen. Den Durchsuchungsbefehl hatte er selbstverständlich vorher beantragt.

Als Letztes an diesem eher ereignislosen Arbeitstag fiel ihm ein, dass er Ärzte in der Umgebung nach auffälligen Durchfallerkrankungen bei Menschen befragen wollte. Er erreichte nur noch eine Ärztin, die ihm allerdings schon von drei Fällen positiv berichten konnte. Er bat um Nachricht, falls sich die Fälle weiter häuften.

30.

Ermüdet fuhr er ins Musikerviertel in seine Dreizimmerwohnung, die er die letzten Tage ziemlich vernachlässigt hatte. Sie kam ihm beim Betreten schon leer und einsam vor. Er wusste auch genau, was, genauer gesagt wer ihm fast schon schmerzlich fehlte. Das behagte ihm gar nicht. Konnte er nicht mal mehr eine Nacht allein in seiner eigenen Wohnung verbringen? Eindeutig verneinen musste er diese Frage. So schnell war er verliebt abhängig geworden! Abhängig! Das klang so nach drogensüchtigem Junkie. Vielleicht ging es Elli ja überhaupt nicht so und sie war froh, mal eine Nacht alleine zu verbringen. Vor allem nach seinem Verhalten am letzten Abend. Er grübelte vor sich hin. Sollte er zu ihr fahren oder sie einfach nur anrufen? Bisher kannte sie nicht einmal seine Wohnung. Seine Grübeleien wurden jäh durch das Klingeln des Telefons unterbrochen.

„Holland."

„Hallo, ich bin's Elli. Wie geht's?"

„Hallo, geht soweit. War ein ziemlich stressiger Tag heute." Diese Lüge rutsche Chris ungewollt heraus. Sonderlich ereignisreich war sein Arbeitstag nicht gewesen. Aber er fühlte sich müde und ausgelaugt. Auch ging ihm das, was er im Internet im Zusammenhang mit dem Namen Elisabeth Schönberg herausgefunden hatte, nicht mehr aus dem Kopf. Er hatte wegen seines Wutausbruchs gestern ein unheimlich schlechtes Gewissen. Auch Hemmungen, nach seinem Verhalten ihr unbefangen entgegenzutreten. Sie würde in seiner Miene alles lesen können. Verstellen brachte sicherlich nichts. Dafür war sie zu schlau. Er brauchte noch ein wenig, um sich wieder zu fassen.

„Bist Du mir arg böse, wenn ich heute nicht mehr vorbeikomme? Ich bin fix und fertig und gehe auch gleich ins Bett."

Am anderen Ende der Leitung ertönte ein kurzer enttäuschter Seufzer.

„Ist schon in Ordnung. Ich glaube, wir brauchen beide etwas Schlaf. Die letzten Nächte waren ja nicht so sehr von Schlafen geprägt." Das sollte wohl etwas zweideutig klingen, kam aber eher traurig rüber.

Chris spürte einen schmerzhaften Stich in der Brust und wäre am liebsten sofort nach Leopoldshafen gerast. Es kostete ihn alle Anstrengung, möglichst müde und unbeteiligt zu klingen.

„Du hast Recht, ich melde mich morgen bei Dir. Von Heck noch nichts gehört?"

„Nein, Michael hat vorhin kurz angerufen. Keine Spur im Labor von ihm. Ist schon sehr merkwürdig! Ich kann ihn mir einfach nicht als Mörder vorstellen. Ich kenne ihn schon so lange.“

Dazu dachte sich Chris seinen Teil.

„Schlaf noch gut, bis morgen dann, Tschüß, mein Engel!“

„Schlaf Du auch gut. Tschüß!“

Aufgrund dieses Telefongespräches gab es in der folgenden Nacht zwei Menschen, die sich schlaflos stundenlang in ihren jeweiligen Betten wälzten und am Morgen darauf total übernächtigt aufwachten.

31.

Frau Hermine Lindemann war schon seit fünf Jahren Putzfrau. Nein Raumpflegerin, wie es besser formuliert klang. Sie hatte schon für die verschiedensten Putzfirmen gearbeitet. Teilweise auch schwarz nebenher in Privathaushalten, das wurde wesentlich besser bezahlt. Sie putzte immer schon gerne und war mit ihren 54 Jahren noch äußerst fit und flink bei der Arbeit. Ihrem früheren Job als Sekretärin in einer kleinen Architekturfirma trauerte sie zwar immer noch nach, aber die Firma musste mangels Aufträgen Insolvenz anmelden, und nach einem Jahr Arbeitslosigkeit hatte sich Frau Lindemann entschlossen zu putzen. Eine recht gut bezahlte Arbeit und eine Begabung dafür hatte sie eindeutig. Zuverlässig, ehrlich, deutschsprachig und pünktlich. Mit diesen Eigenschaften bekam sie schnell verschiedene Angebote in Privathaushalten. Von Grund aus jedoch eine ehrliche Haut, bevorzugte sie in letzter Zeit legale Arbeit in Putzfirmen. Für die Firma „Klar und sauber ist kein Zauber“ arbeitete sie jetzt seit einem halben Jahr. Hautsächlich in gewerblichen Objekten, Firmen, Supermärkten, Banken, Arztpraxen.

An jenem Mittwochmorgen hatte sie den Auftrag, ein gerade geräumtes, untervermietetes Labor in einer ehemaligen Chemiefirma in Hagsfeld gründlich zu reinigen. Der Schlüssel war ihr vom Chef der Putzfirma am Abend überreicht worden. Voller Vertrauen in seine zuverlässige Angestellte.

Sie beschloss, erst einmal durchzusaugen und dann feucht zu wischen und zu desinfizieren. Die drei mittelgroßen Räume schätzte sie in zwei Stunden fertig zu haben. Damit sollte sie allerdings einem großen Irrtum unterliegen.

Kaum die Tür geöffnet schlug ihr schon ein bestialischer Gestank entgegen. Sie rümpfte angeekelt die Nase. Pfui, wie in einem Kuhstall oder einer lange nicht gereinigten Toilette.

Die ersten zwei Räume waren allerdings komplett leer. Also konnte der Grund des Übels nur in dem dritten, kleinen Raum zu finden sein. Energisch riss sie die Tür auf, betrat den Raum und zuckte ob des massiven Gestanks zurück. Viel war in dem kleinen, fensterlosen, engen Kämmerchen nicht zu sehen. Sie betätigte den Lichtschalter und prallte entsetzt zurück.

32.

Hinter Elli lag eine schlaflose Nacht. Hatte ihr Anfall vorgestern Chris verprellt und entsetzt?

Sollte sie ihn so falsch eingeschätzt haben? Er erschien ihr doch so verständnisvoll. Oder war er tatsächlich nach einem schlimmen Arbeitstag so müde gewesen, dass er lieber alleine schlafen wollte. So ganz nahm sie ihm das nicht ab. Sie beschloss, die Sache einfach bis am Abend ruhen zu lassen, Arbeit wartete schließlich auch auf sie mehr als genug. Die

Hundevermittlung übers Internet musste überprüft, neue Pflegeplätze und zukünftige Hundebesitzer abgecheckt werden. Kaum mit der Arbeit angefangen, klingelte schon das Telefon. Heute war die Praxis geschlossen, also hoffentlich kein Kunde. Aber vielleicht – ihr Herzschlag beschleunigte sich – Chris?

„Schönberg."

Tatsächlich. Ihr Herz vollführte Saltos!

„Hallo, ich bin's, Chris. Na, gut geschlafen?"

„Na ja, geht so." Sie hatte keine große Lust, ihm etwas vorzulügen.

„Ich auch nicht so gut, wie ich erhofft hatte. Du fehlst mir." Seine Stimme klang leise und heiser.

„Du mir auch. Zwei Hunde im Bett sind zwar auch tröstlich, aber kein Ersatz für Dich!"

Chris musste lachen. „Das will ich auch hoffen. Du hör mal zu. Hättest Du vielleicht ein wenig Zeit für die Polizei? Genauer gesagt, wir bräuchten Deine fachliche Hilfe."

„Was ist los, hat ein Polizeihund sich die Kralle verstaucht oder etwa auch Durchfall?"

„Nein, viel schlimmer. Kannst Du jetzt sofort nach Hagsfeld kommen? Ich gebe Dir die Adresse. Das ist ein echter Notfall. Ich erkläre Dir alles, wenn Du hier bist."

Eine halbe Stunde später hielt Elli vor einem Firmengebäude im Hagsfelder Gewerbegebiet. Vor der Tür erwarteten sie außer Chris auch noch zwei Beamte von der Polizeihundestaffel mit einem Schäferhund und einem Malinois.

„Hoppla, das ist ja ein Großaufgebot, was ist hier denn los?"

Chris trat auf sie zu, nahm sie am Arm und führte sie etwas abseits. Er wirkte förmlich und ganz Polizeibeamter im Dienst.

„Da drinnen haben wir ein Problem. Heute Morgen sollte eine Putzfrau ein Labor durchputzen. Anscheinend war es für ein halbes Jahr von der Chemiefirma untervermietet worden. Der Mieter hat die Räumlichkeiten gestern wohl räumen müssen, weil ein neuer, lukrativerer Mieter im Anmarsch ist. Nur hat er etwas zurückgelassen." Er schluckte trocken.

Elli spürte, dass da etwas Schlimmes auf sie wartete.

„Nun sag schon, was denn?"

Er holte tief Luft. „Also einen Hund hat er zurückgelassen. Die sofort benachrichtigte Polizeihundestaffel wollte den Kleinen schon erschießen. Die dachten für mehr lohne sich der Aufwand nicht. Ich habe durch Zufall im Revier davon erfahren, bin sofort hergerast und dachte mir, na ja Du als Hundeflüsterer." Er holte nochmals Luft.

„Das ist die letzte Chance für das arme Tier." Seine Augen sprachen Bände, und wäre Elli ihm nicht sowieso schon hoffnungslos verfallen gewesen, dann spätestens jetzt.

„Also gut, gehen wir rein." Elli wollte das Gebäude schon betreten, als der Typ mit dem Malinois sie zurückhielt.

„Eigentlich dürfen wir so was nicht erlauben, aber Herr Holland scheint große Stücke auf sie zu halten und ihm zu Liebe machen wir mal eine Ausnahme. Wir gehen mit. Alleine dürfen Sie da nicht rein. Das ist eigentlich unser Aufgabenbereich. Privatpersonen haben normalerweise keinen Zutritt."

Also betraten zwei Hundeführer inklusive Polizeihunden, ein Hauptkommissar und eine Tierheilpraktikerin die Räumlichkeiten.

„Was für ein Kampfhund ist es denn?" Elli war neugierig.

„Vermutlich irgendein verwahrloster Pudelmix", meinte der Hundeführer trocken.

„Was? Toller Witz!" Elli brach in schallendes Gelächter aus.

„Warten Sie es ab, dann vergeht Ihnen das Lachen schnell."

Das erste, was Elli in die Nase zog, war der bestialische Gestank. Wie Tierheime in Ungarn! War ihr erster Gedanke.

Sie durchquerten die beiden leeren Labors und näherten sich der Kammer.
Chris öffnete die Tür, drinnen brannte ein schwaches Deckenlicht.
Elli betrat mutig den Raum. Sie blickte kurz auf die vor ihr liegende Szene.

Panik, Grauen, kaltes Entsetzen.
„Gibt es irgendetwas, das Du nicht kannst, Du Hure …"

Ihr wurde schwindlig, schwarz vor Augen, sie stolperte aus dem Raum und hyperventilierte.
Chris fing sie auf, die beiden Hundeführer schüttelten verständnislos die Köpfe. Wie unprofessionell! So eine Tussi konnte ihnen gestohlen bleiben. Entschlossen zog der eine seine Pistole.
Elli erkannte aus dem Augenwinkel, was er vorhatte. Schlagartig ernüchtert, stieß sie Chris von sich, stürzte sich auf den Polizeibeamten und stellte sich vor ihn.
Mit den Augen einer Furie giftete sie ihn an.
„Weg mit der Waffe, sofort! Das ist die letzte Lösung. Erst werde ich es versuchen."
„Ich glaube, Sie sind total durchgeknallt. Den kriegen Sie nie aus dem Käfig raus. Der zerfleischt Sie. Vielleicht hat der ja auch Tollwut! Das können Sie vergessen. Man könnte ihn höchstens betäuben, aber das lohnt sich nicht. Der Käfig ist außerdem so mit dem Boden verschraubt, dass wir ihn nicht losmachen können. Wir haben noch andere Fälle, um die wir uns kümmern müssen. Dieser hier verreckt eh bald! Sie haben ja nicht mal dicke Lederhandschuhe bei sich."
Jetzt mischte sich Chris ein.

„Ich habe Frau Schönberg gerufen und Sie verdient eine Chance, es zu versuchen." Sein Blick durchbohrte den Kollegen förmlich.

„Okay, okay, meine Kehle wird schließlich nicht zerfetzt werden. Ich hab ja ne Waffe." Er steckte die Waffe wieder zurück und ließ Elli vorbei.

Sie näherte sich einem auf dem Boden stehenden Hasenkäfig, etwa einen Meter zwanzig lang, fünfzig Zentimeter hoch. Dieser war tatsächlich fest im Betonboden verschraubt. Da drin kauerte in einer Ecke- etwas. Etwas Graubraunes. Ein Fellbündel. Lediglich riesengroße, panische Hundeaugen lugten daraus hervor. Ihr waberten förmlich Todesangst und Entsetzten entgegen und mischten sich ihren eigenen traumatischen Gefühlen. Immer wieder durchfluteten sie Schwindelattacken, aber Mitleid für diese gequälte Kreatur durchströmte zugleich ihr umnebeltes Gehirn. Chris hielt sie immer noch am Arm fest. Das gab ihr die Kraft, weiterzugehen. Kaum näherte sie sich dem Tier, da sprang es mit allerletzter Kraft wie eine Furie an die Gitterstäbe, biss hinein, fletschte kleine, weiße Zähne und knurrte. Knurren konnte man es nicht wirklich nennen. Mehr eine Mischung zwischen Jaulen und ohrenbetäubendem, hysterischem Kreischen. Die beiden Polizeihunde kläfften dazu. Die Situation eskalierte geräuschmäßig bis ins Unerträgliche.

„Schluss! Aus!", schrie Elli mit all ihr zu Verfügung stehenden Kraft.

Unisono verstummten alle. Der Hund im Käfig fiel in sich zusammen.

„So geht das nicht." Unwirsch raufte sich Elli die Haare.

„Alle müssen den Raum verlassen. Ich komme nur allein an den Hund ran. Ist ja schließlich nur ein Pudel, kein Pitbull."

„Ihnen ist aber klar, dass der Sie trotzdem schwer verletzen kann. Wir gehen nicht. Jetzt machen Sie doch nicht so lange rum, der Hund hat doch sowieso keine Chance mehr. Und wer sollte den denn noch wollen? Die Tierheime sind schon voll genug."

„Das ist meine eigene Verantwortung. Gegen Tollwut bin ich geimpft, keine Angst. Ich würde den Hund sowieso zu mir mitnehmen und garantiert nicht in das städtische Tierheim bringen. Bitte gehen Sie hinaus."

Noch nie hatte Chris in seiner Laufbahn beobachten können, wie zwei gestandene Polizisten vor einer kleinen, aber sehr überzeugenden Frau kapitulierten. Allerdings spielte seine eigene Anwesenheit sicherlich auch eine große Rolle.

„Das gilt auch für Dich, Chris."

„Ja träum weiter, ich lasse Dich hier nicht alleine. Und meine Waffe ist immer entsichert."

Elli blickte ihm fest in die Augen und wartete bis die Hundeführer mit ihren Hunden draußen waren.

„Ich kann Dich verstehen, aber das ist nicht der erste Hund, den ich in so einem Zustand vorfinde. Die anderen waren allerdings zumeist Schäferhunde oder Pitbulls und keine Pudel. Eh, einfach nur ein Pudel! P u d e l, kapiert? Lass mich meinen Job machen, mach Du Deinen. Vertrau mir einfach!"

Obwohl er gegen jegliches Vernunftdenken handelte, verließ Chris zögernd den Raum. Kurz vor der Tür drehte er sich noch einmal um. „Wie lange wirst Du brauchen? Ich warte vor der Tür."

„Keine Ahnung, vielleicht zwei Stunden. Du könntest aber mein Auto hinten öffnen und dafür sorgen, dass die beiden Rambos mit ihren Hunden verschwinden. Sonst bin ich draußen echt in Gefahr. Aber nicht wegen eines Pudels, sondern wegen zwei verärgerter Polizisten."

Das war zwar ein Witz, aber von den beiden hatte sie die Schnauze gestrichen voll und wollte sie einfach loswerden.

„Zwei Stunden, oh nein, das wirft meinen Tagesplan um. Sorry, war nicht so gemeint. Nimm Dir alle Zeit, die Du brauchst.“

„Worauf Du einen lassen kannst.“

Sie schloss die Tür fest hinter ihm zu.

Es war nicht das erste Mal, dass Elli vor solch einem Problem stand. Schon öfter war sie zu Situationen gerufen worden, die außer ihr keiner mehr hätte bewältigen können. Verwahrloste, gequälte Hund, Kettenhunde, Kampfhunde, Hunde von Alkoholikern. Im Gegensatz zu diesen war der vor ihr kauernde kleine Pudelmischling natürlich harmlos. Aber ihr war klar, sie durfte die Situation nicht unterschätzen. Auch ein kleiner Pudel hat scharfe Zähne und kann in Panik wild um sich beißen. Mit Gewalt ihn aus dem Käfig zu holen wäre grausam, denn das Tier könnte dadurch noch größeren psychischen Schaden erleiden. Als letzten Ausweg würde sie dies natürlich schon wählen, aber zuerst einmal gab es auch andere Wege.

Sie holte einen Wassernapf aus ihrer mitgebrachten Tasche, den sie mit klarem Wasser füllte. Dann noch etwas Leckeres zum Kauen, stark nach Käse riechend. Beides stellte sie im Abstand von einem Meter vor dem Käfig auf den Boden. Der Hund knurrte sie kurz an. Dann setzte sie sich auf den Boden, neben die Ausgangstür. Dort verblieb sie und summte beruhigend vor sich hin, bis sie irgendwann das Gefühl hatte, der Hund setze sich etwas aufrechter hin. Sie näherte sich wieder dem Käfig, diesmal rückwärts gehend und öffnete mit den Händen hinter ihrem Rücken verschränkt das kleine Türchen des Käfigs. Der Hund knurrte nur leise.

Das Türchen erschien ihr glücklicherweise groß genug, damit das Tier herausklettern könnte.

Wieder entfernte sie sich, setzte sich aber diesmal in unmittelbare Nähe der beiden Näpfe auf den Boden.

Jetzt galt es, zu warten. Das konnte dauern!

Nach Ewigkeiten, wie es ihr und auch dem geduldig vor der Tür ausharrenden Chris erschien, bewegte sich das Fellbündel. Es streckte langsam eine Pfote aus, dann eine zweite, näherte sich dem offenen Türchen und vor allem dem so lecker riechenden Futter. Oh, wie lange schon hatte sie nichts mehr gefressen! Sie konnte es nicht mehr genau benennen. Auch der Durst war unerträglich! Ihr Peiniger hatte sie schon zwei Tage fast komplett dürsten lassen. Aber ob sie überhaupt noch laufen konnte nach der langen Zeit der fast völligen Bewegungslosigkeit? Der Mensch da draußen schien ihr nicht ganz so schrecklich zu sein. Wage zogen in ihrem Kopf Gedanken über die Züchterin auf, die sie umhegt und umsorgt hatte. Vor so langer Zeit! Vorsichtig schob sie ihre kleine weiche Nase durch das Türchen, versuchte aufzustehen, fiel aber sofort um. Also robbte sie Zentimeter um Zentimeter aus dem Käfig Richtung Näpfe.

Elli hatte dies alles wie unbeteiligt und aus dem Augenwinkel mit seitlich abgewandtem Kopf beobachtet. Unwillkürlich flossen ihr Tränen über die Wangen. Sie hatte schon viel gesehen, aber so ein abgemagertes, verwahrlostes, trauriges Bündel wie diesen Hund doch noch nie. Es gab also noch Steigerungsformen der menschlichen Grausamkeit!

Sie hatte bald jegliches Zeitgefühl verloren, aber der Pudel war mittlerweile beim Wassernapf angekommen und schlapperte gierig ein paar Züge. Nach weiterem Schlappern erbrach sie jedoch heftig würgend alles wieder. Fast erschien es Elli humaner, das Tier doch von den beiden Polizeibeamten sofort erlösen zu lassen, aber so schnell wollte sie einfach nicht aufgeben.

Plötzlich, ohne jegliche Vorwarnung packte sie wieder die grausame Erinnerung an ihr eigenes Trauma.

Das kleine Zimmer, Schläge, kein Essen, fauliges Wasser. Erbrechen …

Sie kam einfach nicht dagegen an. Sie weinte hemmungslos!

Chris hörte es natürlich und wollte schon die Tür aufreißen, besann sich aber eines Besseren. Noch schien keine direkte Gefahr im Verzug zu sein. Er hielt lediglich seine Pistole schussbereit in der Hand.

Und dann geschah etwas vollkommen Unerwartetes. Elli, die in sich zusammengesunken und weinend auf dem Boden kauerte, spürte plötzlich eine zarte, weiche Hundezunge auf ihrer tränennassen Wange. Der kleine Pudel war doch tatsächlich zu ihr hingerobbt, weg von Wasser und Futter, um sie zu trösten und Kontakt aufzunehmen.

Sie schmiegte ihre Wange an das stinkende, dreckige Etwas, was ihr in dem kostbaren Augenblick egal war. Sie fühlte eine starke, innige Verbindung und ihre eigene geschundene Seele konnte wieder etwas Luft holen.

Etwa zehn Minuten später öffnete sich langsam die Tür zu dieser Kammer des Grauens und Elli trat heraus, den Hund eng an sich geschmiegt in den Armen haltend.

Sie ging langsam Richtung Ausgang und sprach in ruhigen leisen Worten zu Chris.

„Ich kann sie nicht loslassen, Du musst mich mit meinem Auto nach Hause fahren. Geht nicht anders. Sprich jetzt bitte kein Wort, das erschreckt sie. Aber alles ganz langsam und leise. Bitte!“

Chris war sowieso schon sprachlos geworden bei dem so unerwarteten Anblick. Also fiel ihm die Befolgung der Anweisung nicht schwer.

Langsam begab er sich nach draußen, erklärte den beiden Beamten die Situation. Diese verschwanden erstaunt in ihren

Fahrzeugen, fuhren aber nicht ab. So ein unglaubliches Schauspiel wollten sie sich nicht entgehen lassen.

„Ich glaube das jetzt nicht! Die Tussi hat das echt hingekriegt. Alle Achtung!“ Die beiden klebten förmlich an der Fensterscheibe. Auf der einen Seite überrascht, auf der anderen jedoch böse in ihrer Eitelkeit und Kompetenz gekränkt. Das sollte noch ein Nachspiel haben!

Elli stieg langsam die Treppenstufen des Gebäudes hinunter, die Kleine fest und beschützend an sich gedrückt. Diese fing an zu zittern.

„Alles gut, keine Angst, das wird schon.“ Flüsterte sie leise auf die völlig verstörte Hündin ein.

Elli kletterte hinten in den Kofferraum ihres Jeeps und zog so leise es ging die Tür hinter sich zu.

Chris, der schon auf dem Fahrersitz saß, konnte im Rückspiegel erstaunt beobachten, wie sie eine blaue Mullbinde in merkwürdigen kreuzförmigen Mustern um das Tier band.

„Jetzt fahr bitte los, Chris, wir wären soweit.“

„Würde ich ja gerne, aber ich habe keinen Autoschlüssel, den hast Du noch“, murmelte er leise. Bei dem Klang seiner Stimme zuckte die Hündin schon leicht zusammen.

„Mist, ich kann sie nicht loslassen. Du bist doch Polizist, schließ die Karre halt einfach kurz, das kriegst Du doch sicher hin.“

„Wie Du meinst.“

Diesen Dialog führten die beiden im Flüsterton.

Er bückte sich kurz unters Lenkrad, zog zwei Kabel hervor, wickelte sie zusammen und schon sprang der Jeep an.

Die Hündin zuckte in wilder Panik zusammen und wollte sich freikämpfen, Elli hielt sie jedoch weiterhin fest an sich gedrückt und streichelte ihr beruhigend über den kleinen verfilzten Kopf.

Nach einer Weile entspannte sie sich wieder etwas, und Elli zog ihr Handy aus der Hosentasche. Sie wählte die Nummer ihres nächsten Nachbarn, der auch ihren Haustürschlüssel für Notfälle aufbewahrte.

„Hallo Harry. Hör zu, ich habe einen Notfall bei mir. Nimm bitte Miro zu Dir mit rüber, lass aber Pida da. Sie muss wieder mal Seelentrösterin spielen. Wie immer. Danke!“

Elli war gerührt, dass Chris Fahrstil diesmal dem eines lahmarschigen Rentners mit Hut entsprach. Überhaupt, hoffentlich bekam er mit seinem Chef keinen Ärger wegen dieses unüblichen Vormittages. Ihre Ahnung sollte sie da nicht täuschen, wie der Herr Hauptkommissar später merken sollte. Aber daran dachte dieser im Moment überhaupt nicht.

Bald schon hatten sie das ehemalige Forsthäuschen erreicht, Elli kletterte behutsam heraus, öffnete die Haustür, hinter der schon Pida schwanzwedelnd wartete.

„Pida, mein Engel, ich habe Dir wieder mal Arbeit mitgebracht. Sie riecht zwar nicht gut, aber darum kümmern wir uns später. Sie muss erst mal an die Infusion.“

„Ach je, die Ärmste. Meine Kleine, keine Angst, hier bist Du gut aufgehoben. Wir pflegen Dich wieder gesund.“ Pida trottete hinter den beiden ins Quarantänezimmer der Praxis, wo Elli die total dehydrierte Hündin behutsam in ein Hundebett legte und ihr eine Infusion anlegte. Die Kleine ließ das alles kampflos über sich ergehen, zumal Pida sie schon behutsam ableckte und mit der Säuberung begann. Fast sofort fiel sie in einen tiefen heilenden Schlaf vor lauter Erschöpfung. Schwache Erinnerungen an ihre Welpenzeit kamen hoch und sie schmiegte sich an Pida.

„Die gibst Du jetzt aber nicht wieder her, Elli. Die bleibt bei uns“, insistierte Pida.

Elli blickte nochmals kurz auf die beiden, verließ leise den Raum und schloss behutsam die Tür.

Sie ging sofort ins angrenzende Bad, zog ihre verschmutzte Kleidung aus und wusch sich gründlich ab.

Dann trat sie in die angrenzende Wohnung, wo sie zu ihrem Erstaunen immer noch Chris antraf, der auf dem Sofa saß und sie sehr merkwürdig anblickte. Sein Blick war nicht recht zu deuten.

Jedoch war sie dermaßen erschöpft, dass sie nur noch neben ihm niedersinken konnte und erschöpft den Kopf auf seine Schulter legte. Alles andere war ihr egal.

Wortlos legte er seine Arme um sie und zog sie eng an seine Brust. Die Anspannung der letzten Stunden fiel komplett von ihr ab und sie seufzte erleichtert in sein T-Shirt.

Irgendwann hob sie den Kopf, lächelte vorsichtig und meinte: „So oft, wie ich die letzten Tage schon geplärrt habe, komme ich mir wie eine echte Heulsuse vor. Ich hoffe, Du bist jetzt nicht total genervt von all dem.“

Er konnte nur herauspressen: „Garantiert nicht. Mir stehen doch selbst die Tränen in den Augen wie bei einem billigen Schund Roman. Wie hast Du das so schnell hingekriegt mit dem Hund, Frau Hundeflüsterin? Du bist unglaublich!“

„Das kann nur einer sagen, der von Hunden keinerlei Ahnung hat. Es ist wirklich nicht sehr schwer, einem verängstigten Tier Vertrauen einzuflößen. Allerdings war das diesmal auch ein besonderer Fall.“

Weiter ließ sie sich nicht darüber aus.

„Und was hast du im Auto um sie gewickelt?“

„Das ist eine Bondage.“

„Eine was?“ Chris konnte sich ein anzügliches Grinsen nicht verkneifen.

Sie knuffte ihn leicht.

„Nicht was Du jetzt schon wieder denkst, Du Ferkel. Guck mal im Internet nach unter Tellington Touch. Da findest Du die Erklärung. Die Mullbinde dient lediglich zur Beruhigung ängstlicher Tiere. Aber vielleicht sollte ich Dich auch mal so einwickeln Wer weiß wie es wirkt?"

Froh, dass sie wieder lachen konnte, küsste Chris sie direkt auf den Mund. Der Kuss wurde intensiver.

„Stopp!" Lachend drückte Elli ihn von sich.

„Ich glaube, Du bist noch im Dienst Herr Hauptkommissar. Du hast schon viel von Deiner Arbeitszeit heute Morgen verplempert."

„Verplempert garantiert nicht! Ich habe gewusst, Du schaffst das mit dem Hund. Ich glaube, die Polizeihundestaffel wird in Zukunft noch öfter auf Dich zurückgreifen. Die hast Du voll beeindruckt."

„Blöde Rambos! Das lohnt sich nicht mehr. Die verreckt eh bald", äffte sie den Polizisten nach. „Die müssen mich schon auf den Knien drum bitten, bevor ich ihnen helfe."

Allerdings wusste sie genau, dass dem nicht so war.

„Aber eines kann ich Dir sagen. Wenn ich jemals den Drecksack erwische, der das dem Hund angetan hat, dann Gnade ihm Gott. Den mach ich fertig. Ich habe ja schon viel Elend gesehen, aber das heute toppt wirklich alles. Ich weiß auch ehrlich gesagt nicht, ob ich die Hündin durchkriege. Sie ist zu sehr dehydriert und abgemagert. Aber falls sie überleben sollte, dann habe ich einen dritten Hund. Die gebe ich nicht mehr her."

Chris schaute sie eindringlich an.

„Du kriegst sie durch. Das weiß ich ganz sicher. Aber den Drecksack überlässt Du bitte uns. Ist für alle besser! Vor allem sicherer."

„Mal sehen. Das kann ich Dir nicht völlig garantieren."

Die Zukunft sollte für sie ein Lehrmeister werden!

33.

Kaum wieder auf der Dienststelle angekommen, wurde Chris direkt zu seinem Chef gerufen. Als er dessen Büro betrat, stand Kiesser am Fenster mit Blick nach draußen auf den öden, zugeparkten Innenhof. Chris konnte den Ärger förmlich riechen.

„Guten Morgen, Chef!"

„Morgen? Wir haben jetzt genau zwölf Uhr dreißig." Mit hochrotem Kopf drehte sich Kiesser um.

„Wie ich höre, sind Sie ja vollauf mit dem Leopoldshafener Mordfall beschäftigt. Sogar so sehr beschäftigt, dass Sie halb verreckte Pudel retten müssen. Dafür hatten Sie heute Morgen ja üppig Zeit. Wozu haben wir eigentlich unsere Polizeihundestaffel? Zum Gassi gehen oder was?"

„Weiß ich nicht, wozu wir die haben." Chris blickte gelangweilt an die Zimmerdecke. Er kannte die cholerischen Ausbrüche seines Chefs zur Genüge. Sie beeindruckten ihn nicht mehr.

„Vielleicht wirklich nur zum Gassi gehen, denn mehr kriegen die wohl eh nicht hin."

Die beiden Polizisten hatten ihn also sogleich verpfiffen. Leider. Soviel zum Thema „nette Kollegen". Die hatten sich vermutlich in Ihrer Kompetenz herabgesetzt gefühlt.

„Ich verbiete mir diese Herabsetzung von Kollegen", brüllte Kiesser los. „Sie haben sich in etwas eingemischt, das sie gar nichts anging. Sie sind immer noch bei der Mordkommission, wie Sie vielleicht vergessen haben und nicht beim Tierschutz. Und im Übrigen, wer war eigentlich die verblödete Tussi, die anscheinend nachher mit Ihnen und dem Köter abgezogen ist?"

Chris Blick verdüsterte sich zusehends.

„Das war Frau Elisabeth Schönberg, Tierheilpraktikerin und erfahrene Tierpsychologin.“

Wieherndes Gelächter von Seiten des Chefs.

„Tierheilpraktikerin, wie niedlich. Tierpsychologin. Mit fahrbarer Couch oder was?“

Plötzlich erinnerte sich Kiesser wohl an den Namen. Seine Gesichtsfarbe wechselte von Tomate zu Schattenmorelle.

„Elisabeth Schönberg, sagten Sie? Die Zeugin vom Mordfall? Sind Sie komplett übergeschnappt? Kennen Sie die etwa privat oder was?“

Jetzt war es mit Chris Geduld vorbei. Er trat Kiesser direkt gegenüber, blickte ihm im Abstand von vierzig Zentimetern kalt in die Augen und meinte in täuschend ruhigem Ton:

„Ja, Frau Schönberg hat die Leiche gefunden, hat aber sonst nichts mit dem Mord zu tun. Und damit Sie es gleich wissen, eh Sie es von irgendeinem netten Kollegen erfahren. Frau Schönberg ist inzwischen meine Lebensgefährtin. Diese Tatsache hat mit dem Fall erst recht nichts zu tun. Falls Sie da Schwierigkeiten sehen, lasse ich mich liebend gerne von dem beschissenen Fall abziehen. Bei dem scheint sowieso Vetterleswirtschaft eine große Rolle zu spielen.“

Ehe Kiesser Luft für einen weiteren Ausbruch holen konnte, hatte Chris den Raum verlassen und die Tür leise hinter sich geschlossen.

Er ging in Mayers Büro.

„Du, ich muss noch mal weg. Falls nachher meine Kündigung auf dem Tisch liegt, ruf mich doch bitte kurz auf Handy an.“

Mayer fiel das Nutellabrötchen aus dem offen stehenden Mund und klatschte mit der beschmierten Seite nach unten mitten auf die Tastatur seines Rechners. Murphy lässt grüßen!

Chris drehte sich um und verließ das Polizeirevier. Er glaubte ersticken zu müssen vor lauter Wut. Am liebsten hätte er sofort gekündigt, aber solange Elli ungewollt in dem Mordfall mit drin steckte, kam das überhaupt nicht in Frage. Falls allerdings sein Chef jetzt komplett hohl drehen würde, dann bliebe vermutlich keine Alternative mehr. Bloß weg! Luft! Er warf sich in seinen Audi und schoss davon Richtung Baggersee. Er musste eine Weile für sich alleine sein und in Ruhe über alles nachdenken. Sein inneres Gleichgewicht wieder finden.

Am Leopoldshafener Baggersee angekommen wanderte er in Gedanken versunken bis zu dem Anglersteg, der vor kurzem Schauplatz eines Mordfalls war. Die Spuren waren so gut wie möglich beseitigt worden. Lediglich eine leichte Braunfärbung der Holzplanken deutete noch dezent auf die grausame Tat hin. Chris ließ sich im Schneidersitz nieder, blickte ins Wasser.

Seine erste Begegnung mit Elli. Impotentes Arschloch. Es war Liebe auf den ersten Blick gewesen, bei ihm zumindest. Das wurde ihm klar. Trotz der Beschimpfung. Aber war es bei ihr auch so? Klar, sie mochte ihn sehr, zweifelsohne. Sie hatten jetzt schon so oft miteinander Sex gehabt, dass er sie rein körperlich in und auswendig kannte. Aber Liebe? Woran erkennt man sie? Vor allem bei dem, was er inzwischen dank seiner Internetrecherche über sie wusste. Er musste Geduld haben. Sie würde sich ihm schon noch öffnen. So lange kannten sie sich nun auch wieder nicht. Allerdings konnte er sich schon jetzt ein Leben ohne Elli kaum mehr vorstellen. Und das nach so kurzer Zeit.

Er zwang seine Gedanken zu dem Mordfall zurück, auf dem er quasi gerade saß. Ein Finanzbeamter im Ruhestand. Was hatte er auf diesem Steg gesehen? Wen hatte er überrascht oder war der Mörder doch ein Irrer aus den Büschen gewesen? Seine Intuition glaubte nicht daran. Und dann das Wasser des Sees. Er konnte den fauligen, leicht schwefeligen

Geruch nicht verleugnen, der ihm in die Nase stieg. Aber Gift hatte das Labor keins gefunden. Lediglich eine für die Jahreszeit typische, wenn auch verstärkte, wie hatten Michael oder Elli gesagt, Eutrophierung. Das machte zwar die Durchfälle erklärbar, aber nicht den Mord. Vielleicht gab es ja doch keinen Zusammenhang zwischen beidem. Was war mit dem verschwundenen Hartmut Heck? Konnte, trotz Ellis Verteidigung des Computerfritzens, dieser ein Motiv aufweisen? Oder würde schlussendlich vielleicht doch der vorbestrafte Kling als Mörder übrig bleiben. Chris Intuition tendierte zur Verneinung. Normalerweise konnte er sich gut auf sie verlassen, jedoch in seinem jetzigen Verliebtheitszustand hegte er leichte Zweifel an seinen eigene Fähigkeiten. Er kam einfach nicht voran. Und dann noch die Spuren im Wald, die mit denen vom See hier vermutlich identisch waren. Zufall? Kaum. Das einzige, was er deutlich fühlte, war eine gewisse Angst um Elli. Und an diese Intuition glaubte er fest. Um seine Gedanken zu klären und wieder Ruhe zu finden machte er ein paar Kampfsportübungen. Die beruhigten ihn normalerweise immer, so auch dieses Mal.

34.

Etwa zwei Wochen später.

Der Bandbus der HotDogs rollte gemütlich über die A5 Richtung Heidelberg. An Bord Elli, Chris, Tony, Bobby, Jonny und Michael als Begleiter der Gruppe. Alle waren bester Laune und rissen einen Witz nach dem anderen. Chris hatte sich dermaßen gut in die Gruppe integrieren können, dass es allen erschien, als gehörte er schon ewig dazu. Schweißtreibende, anstrengende Probenarbeit lag hinter ihnen. Das Repertoire stand und war eine bunte Mischung aus Oldies und eigenen Stücken. Die Rechtsanwältin hatte sich als Geburtstagskind natürlich viele Stücke vorher wünschen dürfen. Alle freuten sich unheimlich auf den Gig auf einem Schiff. Tolle Atmosphäre! Bei so etwas hatte die Band noch nie mitgemacht.

Es gab nur zwei, die todunglücklich waren. Miro und Pida. Sie mussten zusammen mit der kleinen Pudelhündin, die überlebt hatte, zu Hause bleiben.

„Dafür könnte ich Sie immer in die Wade zwicken“, maulte Miro. *„Nie dürfen wir mit. Dabei muss ich sie doch beschützen.“*

„Ach, Miro. Ich wäre ja auch gerne dabei, aber das ist doch nichts Neues für uns“, versuchte Pida ihn zu beschwichtigen.

„Du weißt genau, dass es diesmal anders ist. Nachdem, was Susi uns hier erzählt hat über ihren Peiniger, das Arschloch.“

„Ja, da muss ich Dir recht geben. Der Beschreibung nach ist jetzt klar, wer der Mörder vom Baggersee sein dürfte. Hätte ich ja nie gedacht! Aber wie können wir das Elli klar machen? Ich rätsel' da schon lange herum.“

„Keine Ahnung. Falls ich den sehen würde, wäre es einfach, aber, der wird nicht hierher kommen. Und zufällig treffen werden wir ihn sicher auch nicht, obwohl vielleicht doch …“

„Na ja, aber bei dem Auftritt in Heidelberg wird sicher keine Gefahr bestehen. Was sollte der denn dort suchen.“

„Elli natürlich! Wenn der ihr was antut, dann Gnade ihm.“ Miro biss vor lauter Wut in sein Kissen.

Die Aufbauarbeiten waren abgeschlossen, der Auftritt sollte in Kürze beginnen. Für die Festivitäten war das schöne Schiff der weißen Neckarflotte etwas umgebaut worden. Oben auf dem Deck fand sich eine kleine Bühne mit einer Tanzfläche davor. Die normalerweise dort vorhandenen Sitzplätze für Gäste waren abgeschraubt und verstaut worden. Eine Etage tiefer ließ ein edles Büffet die Tische durchbiegen. Allen lief schon das Wasser im Mund zusammen. Edle Fischsorten, wie Lachs, Hummer, Kaviar, Garnelen, Shrimps, waren arrangiert. Edelstahlbehälter mit deftigem Braten, Wildragout oder Rollbraten zogen mit ihrem Duft die Nasen der Gäste unwillkürlich an. Ein weiteres Buffetstück bestand aus vielen frischen Salaten und Gemüse. Allein der Dessertbereich betrug fünf laufende Meter. Champagner und frisch angezapfte Bierfässer waren ebenso zu finden, wie alle möglichen antialkoholischen Getränke.

Da die Rechtsanwältin erlaubt hatte, dass auch Freunde und Bekannten ihrer Gäste dem Fest beiwohnen durften, hatte Elli Frau Mayerschön eingeladen, die schon immer einmal mit einem Neckarschiff fahren wollte. Diese brachte im Schlepptau ihren Freund Herrn Wegener mit, der sogleich versuchte, Elli in ein Gespräch zu verwickelt.

„Guten Abend, Frau Schöntal“, säuselte der rüstige Senior und küsste dezent Ellis Hand. Diese zuckte innerlich zurück. Es war ihr einfach irgendwie unangenehm, von diesem Mann bedrängt zu werden. Seine Augen blickten sie zu gierig an.

„Ich habe schon so viel von ihrer fantastischen Band gehört, dass ich mich sehr freue, dass meine Lebensgefährtin mich eingeladen hat mitzukommen.“

Besitzergreifend schlang er zugleich einen Arm um Frau Mayerschöns Taille, der das sichtlich unangenehm war. Irgendwie erschien Elli ihre alte Bekannte mit diesem Freund nicht gerade überglücklich zu sein. Sie hatte Elli auch schon anvertraut, dass die kleine Hündin Sina und Herr Wegener gelinde ausgedrückt nicht sehr harmonierten. Die Hündin hatte sogar schon einmal nach ihm geschnappt. Das alles gab Elli sehr zu denken. Sie beschloss, in den nächsten Tagen einmal bei Frau Mayerschön vorbeizufahren, um mit ihr zu reden. Da stimmte doch irgendetwas nicht. Aber im Moment gab es Wichtigeres zu tun und Elli musste sich anderen Dingen widmen. Mit einer Entschuldigung flüchtete sie vor einem Gespräch mit dem ihr immer unsympathischer werdenden Mann und seiner netten Begleitung.

Die Band sollte zuerst eine Stunde spielen, dann würde das Buffet eröffnet werden. Nach einer Pause dann der zweite Auftritt mit Open End. Elli bedauerte diese Reihenfolge, denn viel würde sie zwischen den beiden Auftritten nicht essen können. Mit vollem Magen tanzt sich schlecht. Aber die Gastgeberin hatte versprochen, ihnen etwas aufheben zu lassen.

Ellis Bühnenoutfit war diesmal dem Anlass gemäß etwas züchtiger ausgefallen. Die Lederhose zwar noch die gleiche, aber den aufreizenden BH hatte sie durch ein eng anliegendes schwarzes Tanktop mit goldenen Pailletten ersetzt. Zu Beginn des Auftrittes trug sie über all dem ein dunkelrotes, weites, bodenlanges, luftiges Kleid, welches sie im Laufe der einzelnen Stücke in seine Einzelteile trennen sollte, so der Plan. Als Höhepunkt war die neu einstudierte Choreografie mit Johnny gedacht. Sozusagen als krönender Abschluss. Chris hatte das Outfit schon ausführlich bewundern dürfen und war selbstverständlich von allem begeistert, obwohl ihm das vom Eggensteiner Straßenfest eindeutig mehr zugesagt hatte. Er freute sich zwar schon lange auf diesen ersten Auftritt mit den HotDogs, aber seit einigen Tagen hatte ihn eine ungewohnte Unruhe befallen. War es reine Nervosität vor dem Auftritt? Eigentlich ungewöhnlich, denn er hatte schon des Öfteren bei Bands mitgespielt und auch einige Gigs hinter sich gebracht. Nein, es war etwas anderes. Er konnte es höchstens mit der Aufregung vor einem Kampfsportwettbewerb vergleichen. Höchste Konzentration, verschärfte Sinne, blitzschnelle Reaktionen. Er kam sich merkwürdig vor, akzeptierte aber diese Haltung einfach als gegeben. Glücklicherweise!

Nach und nach trafen alle Gäste ein. Die Rechtsanwältin begrüßte sie persönlich und nahm dankend die Geschenke zum 50ten entgegen. Das Schiff füllte sich langsam.

Chris stützte sich locker auf die Reling und betrachtete das Geschehen von oben von der Bühne aus. Elli gesellte sich zu ihm.

„Was ist los? Nervös wegen des Auftritts?“ Sie legte einen Arm um seine Taille.

„Etwas schon. Aber irgendetwas anderes ist noch. Kann ich Dir nicht genau sagen.“ Sein Blick wies eine für Elli ungewohnte harte Nüchternheit und Konzentration auf. Eigentlich hatte sie gehofft, alle hätten heute Abend nur Spaß. Das gelang ihrem Chris wohl nicht so ganz. Sie stellte sich direkt vor ihn, schlang ihre Arme um seinen Nacken und küsste ihn sanft. Er ließ sich ablenken und übersah dadurch einen bestimmten Gast, der gerade das Schiff betrat.

Nachdem alle vollständig versammelt waren, setzte sich das Schiff gemütlich in Bewegung Richtung der ersten Schleuse beim Karlstorbahnhof in Heidelberg. Die Bandmitglieder fanden sich auf der Bühne ein und los ging's mit dem Programm. Schon nach wenigen Stücken tanzte das Publikum begeistert mit. Die HotDogs waren das gewohnt. Bei jedem Auftritt rissen sie ihre Fans mit. Es klappte alles fast fehlerfrei, wie am Schnürchen. Chris an der E-Gitarre schlug sich tapfer. Elli warf ihm immer wieder zwischendurch ermunternde und verliebte Blicke zu. Trotz aller Konzentration auf die Musik beobachtete Chris, soweit das wegen der blendenden Scheinwerfer überhaupt möglich war, das Publikum. Alle wirkten zufrieden, begeistert, tanzten mit. Die 50jährige Rechtsanwältin tanzte fast am Ausgelassensten von allen. Alles in allem ein gelungener Auftritt!

Eine Stunde war schnell um, und die Gäste verschwanden erst einmal Richtung Buffet. Die Musiker versorgten ihre

Instrumente, Elli ging noch einmal kurz mündlich die Choreografie mit Johnny durch.

Dabei fiel ihr auf, wie lange sie den 28 jährigen schwarzen Musiker und Tänzer nun schon kannte und wie sehr er ihr ans Herz gewachsen war. Immer zu Scherzen aufgelegt, ein treuer Freund in der Not und zudem zuverlässig in jeglicher Hinsicht. Als es ihr damals nach der Trennung von Erwin schlecht ging, war er neben Michael einer der ersten, der ihr geholfen hatte. Die ersten beiden Nächte hatte sie in seiner Zweizimmerwohnung in der Südstadt Unterschlupf gefunden, bis sie eine Bleibe anmieten konnte. Er hatte sie bekocht, sie in den Armen gehalten, getröstet. Das würde sie ihm nie vergessen! Mittlerweile war er als ständiger Begleiter der HotDogs nicht mehr wegzudenken. Er hatte den Musikstil der Band in den letzten Jahren entscheidend mitgeprägt. Konnte er manchmal wegen anderer Verpflichtungen nicht an einem Auftritt teilnehmen, so fehlte spürbar ein wichtiger Bestandteil. Er besaß ein eigenes Tanzstudio und lebte auch von Engagements für Musicals oder Shows. Eine echte Begabung, ein Vollbluttänzer! Von ihm hatte sie eine Menge gelernt. Er war ein strenger Lehrer, vermittelte einem jedoch ein echtes Gefühl für Tanz und Ausdruck. All diese Gedanken zogen Elli durch den Kopf, als sie den anderen Richtung Buffet folgte.

Die meisten hatten sich ihre Teller schon voll gehäuft, Elli nahm sich nur eine für ihre Verhältnisse bescheidene Menge.

Chris, der gerade unentschlossen rätselte, wie viel Hummer oder Lachs sich auf einen Teller stapeln lassen, blickte kurz vom Buffet auf und versteinerte förmlich.

Er setzte abrupt seinen Teller ab und durchmaß mit zügigen Schritten den Raum, bis ans andere Ende des Buffets, drängte mehrere Gäste, darunter auch Herrn Wegener und Frau Mayerschön rüde beiseite und baute sich vor einem Mann auf.

„Kling, was machen Sie hier?" Er trat bis auf dreißig Zentimeter an den äußerst edel im Boss Smoking gekleideten, ihn frech angrinsenden Ex-Sträfling heran. Neben Kling stand die ihm ebenso wohlbekannte Blondine Chantal Seeger.

Ehe Kling antworten konnte, säuselte diese:

„Oh, der Herr Hauptkommissar. Sie waren ja so was von sexy auf der Bühne! Hätte ich ja nie erwartet. Eine echte Naturbegabung." Sie drängte ihre wohlgeformte Oberweite gefährlich nah an Chris heran.

Angeekelt schob er sie von sich.

Die Rechtsanwältin, der das Ganze nicht entgangen war, mischte sich sofort ein.

„Aber Herr Holland, was ist denn mit Ihnen los? Frau Chantal Seeger ist eine gute Bekannte von mir. Wieso belästigen Sie sie denn so?" Sie klang ziemlich verärgert.

„Es tut mir leid Frau Rechtsanwältin, aber Herr Kling ist Verdächtiger in einem Mordfall, den ich gerade bearbeite. Außerdem hat die Dame eher mich belästigt, als umgekehrt", knurrte Chris böse.

„Aber Herr Holland!" Kling grinste immer noch. „Ich, ein Verdächtiger? Wie kommen Sie eigentlich immer wieder darauf? Das ist ja schon fast eine Manie von Ihnen geworden. Sie haben keinerlei Beweise gegen mich. Nur weil ich mal sauer auf den Finanzbeamten war, können Sie mir doch keinen Mord anhängen. Wenn Sie mich nicht endlich in Ruhe lassen, sehe ich mich leider gezwungen, meinen Anwalt einschalten. Außerdem rate ich Ihnen, sich jetzt lieber mit Ihrer eigenen Freundin zu beschäftigen, anstatt meine zu bedrängen."

Chris ballte die Hände zu Fäusten. Sein Blick wurde eiskalt und drückte gewisse Mordgelüste aus.

Die Rechtsanwältin zuckte erschrocken zurück, sie wollte natürlich keinen Ärger auf ihrer Geburtstagsfeier, allerdings ein Mordverdächtiger kam ihr auch nicht gerade gelegen.

Elli, die das Ganze von weitem beobachtet hatte, fürchtete um den Auftritt, aber auch um Chris und eilte rasch herbei.

„Chris, was ist los?“ Sie hielt ihn am Arm fest.

Er blickte sie wütend an.

„Misch Dich bitte nicht ein, Elli. Der Typ hier ist Verdächtiger in dem Leopoldshafener Mordfall. Und ich frage mich, was er eigentlich hier zu suchen hat.“

„Könntest Du das denn nicht nachher klären? Hier vor allen Gästen ist das doch peinlich. Alle gucken schon neugierig. Du erregst nur unnötiges Aufsehen.“ Sie versuchte nachdrücklich, ihn wegzuziehen.

Chantal, die sich mittlerweile vom Schock der Zurückweisung erholt hatte, zeigte plötzlich doch etwas Hirnsubstanz.

„Einen Moment bitte. Ich werde jetzt mal etwas klären müssen. Ich bin eingeladen worden und habe selbstverständlich Herrn Kling als meinen Lebensgefährten mitgebracht. Er hat erst gestern Morgen von der Einladung erfahren. Was unterstellen Sie ihm eigentlich immer ohne jeglichen Beweis?“

Chris wurde natürlich klar, dass er keinerlei Handhabe gegen den Neureichen hatte und beschloss, sich zurück zu halten.

„Wenn das so ist, dann möchte ich mich offiziell entschuldigen. Aber Kling, keine Dummheiten. Ich habe Sie im Blick!“

„Aber, aber Herr Kommissar.“ Jovial klopfte er Chris auf die Schulter. „Wie kommen Sie denn auf so etwas? Ich bin hier, um Spaß zu haben, den brillanten Bandauftritt zu genießen und ausführlich zu feiern. Das ist doch wohl erlaubt, oder?“

Widerstrebend ließ sich Chris von Elli zurück zum anderen Ende des Buffets führen. Er war sauer.

„Mach so was bitte nie mehr wieder.“ Finster und verärgert schüttelte er ihre Hand von seinem Arm. „Das ist mein Fall und mein Verdächtiger. Dieser Typ saß schon mal im Knast und ich werde ihn auch weiterhin beobachten. Du hast mich eben richtig gehend bloßgestellt vor all den Leuten.“

Elli war ebenso verärgert.

„Und das ist unser Auftritt, der gut bezahlt wird und bisher super lief. Ich mische mich normalerweise ungern in etwas ein, aber Dein Verhalten eben war nicht gerade rühmlich. Du hast Dich nur selber bloßgestellt. Selbst wenn er verdächtig sein sollte, hätte das ja auch etwas dezenter verlaufen können. Meinst Du nicht?“

Ehe Chris explodieren konnte, ließ sie ihn einfach stehen und wandte sich wieder dem Buffet zu.

Am liebsten hätte Chris sofort das Schiff verlassen, aber erstens wollte er trotz unbändiger Wut auf Elli den Bandauftritt nicht versauen und zweitens traute er Kling keinen Meter über den Weg.

Wo Typen wie Kling sich aufhielten, befürchtete er auch Korruption und Verbrechen nicht weit suchen zu müssen. Allerdings einen Mord bisher offiziell noch nicht. Bisher!

Ellis Verhalten war in seinen Augen unmöglich gewesen. Sie hatte ihn vor allen blamiert. Das musste er ihr klar machen. Eine eindeutige Grenzüberschreitung ihrerseits! Allerdings nicht heute Abend. Der Auftritt ging vor. Dass er sich selber gerade am meisten blamiert hatte, war ihm nicht wirklich klar. Verbissen setzte er sich mit seinem Teller neben Michael, Elli ging ans andere Ende und nahm neben Johnny Platz.

„Dicke Luft bei Euch?“ Mitfühlend blickte Michael auf.

„Noch milde ausgedrückt“, knurrte Chris. „Die mischt sich immer in Dinge ein, die sie einen feuchten Dreck angehen. Immer muss sie Grenzen überschreiten und eben hat sie mich bloß gestellt. Das werde ich ihr noch deutlich klar machen müssen."

„Sei nicht zu streng mit ihr. Ich habe das eben von weitem beobachtet. Ich glaube, sie hat sich hauptsächlich Sorgen um Dich gemacht. Wer hat sich hier wohl am meisten bloß gestellt? Du hattest den Eindruck erweckt, als wolltest Du diesen Typen da drüben zusammenschlagen. Etwas arg unprofessionell für einen Hauptkommissar, meinst Du nicht auch?"

Chris wurde bewusst, dass Michael vollkommen Recht hatte. Aber dieses zuzugeben war eine andere Sache. Er versenkte sich wortlos schaufelnd in seinen Teller.

„Hey." Michael stieß ihn an. „Don´t worry, be happy. Sie liebt Dich Sturkopf halt nun mal. Schwer nachvollziehbar zwar, aber glaub mir. Sie würde alles für Dich tun. Und Elli hat schon viel Mist in ihrem Leben durchmachen müssen. Mit Dir hat sie glaube ich das große Los gezogen. Bild Dir aber darauf bloß nicht zuviel ein."

Chris räusperte sich verlegen.

„Ähm, glaubst Du sie liebt mich wirklich?"

Michael war nahezu schockiert.

„Ja bist Du denn so verbockt, dass Du das nicht längst weißt? Das darf doch nicht wahr sein. Wie lange seid ihr denn jetzt schon zusammen? Schon ein paar Wochen. Mal sehr vulgär formuliert: Glaubst Du allen Ernstes eine Frau wie Elli vögelt mehrere Wochen einfach nur so rum ohne jegliche Gefühle? Mir scheint, Du kennst sie überhaupt nicht. Sie würde nie und ich sage Dir nie über Wochen mit einem Mann ins Bett gehen, ohne ihn zu lieben. Du hast sie in ihren Grundfesten erschüttert sozusagen. Und ich warne Dich. Sollten Deine Gefühle ihr gegenüber nicht vollkommen ehrlich sein, dann bekommst Du es mit mir zu tun. Kampfsportheini hin oder her. Überleg Dir das gut." Michaels Blick zeugte von einer wilden Entschlossenheit, die ihm Chris nie zugetraut hätte. Er schluckte und blickte ihm genauso fest direkt in die Augen.

„Ich liebe sie schon seit unserem ersten Zusammentreffen damals am Baggersee. Aber auch ich habe schreckliche Zeiten hinter mir und bin verletzlich. Du weißt, was ich erleben musste. Ich denke, auch Elli hat Schlimmes mitgemacht, aber sie hat mir gegenüber noch nie irgendetwas darüber rausgelassen. Deswegen hege ich ab und zu Zweifel."

Michael senkte den Kopf und überlegte.

„Ich darf Dir darüber nichts sagen. Ich habe es ihr hoch und heilig versprochen. Aber glaube mir bitte. Das, was Sie erlebt hat, war so entsetzlich, dass Sie nicht darüber reden kann. Sie kann es einfach nicht! Aber die Liebe zu Dir gibt ihr viel Kraft. Wenn Du sie fallen lässt, dann befürchte ich das Schlimmste für Elli. Das würde sie kaum durchstehen. Dazu seid ihr zwei schon zu weit gegangen. Ich meine gefühlsmäßig."

Chris musste erneut trocken schlucken.

„Ich verspreche Dir, ich werde Sie nicht im Stich lassen. Natürlich nicht. Ein Leben ohne sie ist mir kaum mehr vorstellbar. Ich kann seither endlich wieder lachen. Allerdings manchmal nervt sie mich dermaßen... Na ja, das eben werden wir noch klären müssen. Ich habe immerhin einen guten Ruf als Hauptkommissar zu verlieren. Auch wenn ich mich tatsächlich wirklich voll unprofessionell verhalten habe. Danke für dieses Gespräch. Du bist ein echter Freund, Michael."

Die beiden umarmten sich kurz.

Unbemerkt war Elli zu den zwei an den Tisch getreten. Sie hatte die letzten paar Sätze von Chris mitgehört.

„Klären müssen wir das allerdings noch. Aber nicht mehr heute Abend. Los, los, es geht weiter!"

Chris blickte sie forschend an. Sein Ärger schien verflogen zu sein, wie Elli bemerkte, aber gar nicht nachvollziehen konnte. Was hatten die beiden nur so innig miteinander beredet? Kopfschüttelnd seufzte sie: „Männer! Vollkommen unverständliche Wesen. Aber ihr kommt ja vom kämpferischen Mars, wir Frauen von der liebevollen Venus."

Chris stand auf, sah ihr tief in die Augen, legte all seine Gefühle hinein, mehr war vor diesem neugierigen Publikum nicht möglich.

„Ja, ja komm, meine Venus. Gehen wir wieder an die Arbeit. Sonst bieten wir den Leuten hier noch mehr als nötig. Dafür haben sie schließlich nicht bezahlt."

Auch Elli riss sich zusammen, schluckte ihre Verärgerung hinunter und der zweite Teil des Abends konnte beginnen. Trotz des Streits vorher, bewiesen Chris und Elli genug Professionalität, um sich auf der Bühne davon nichts anmerken zu lassen. Elli war mit ihren Gedanken schon voll bei der Choreografie mit Johnny gegen Ende des Auftrittes als Höhepunkt. Danach sollten nur noch Zugaben folgen. Dachte sie zumindest!

Chris teilte seine Aufmerksamkeit zwischen seiner E-Gitarre und der Beobachtung des Publikums auf. Kling war nirgends zu sehen. Jedoch blendeten die Scheinwerfer auch zu sehr, um alles genau erkennen zu können. Vielleicht stand Kling irgendwo im Schatten.

Die Stimmung war bald wieder die gewohnte, und die Musiker gaben ihr Bestes. Nach den gewünschten Oldies von z.B. Cool and the Gang oder Dire Straits, folgten eigene Stücke, die in der getanzten Lovestory von Elli und Johnny gipfelten. Chris hatte bei diesem Song eine Pause und konnte es vom Bühnenrand aus voll genießen. Die beiden tanzten einfach göttlich! In vollkommener Harmonie. Hätte er Jonny nicht so gut gekannt, wäre er wohl tatsächlich eifersüchtig geworden.

Er war so vertieft in den Anblick der beiden, dass er kurzfristig seine Beobachtung des Publikums vergaß.

Was dann geschah, war in seiner Reihenfolge hinterher keinem mehr vollkommen klar.

Nach einer Hebefigur tanzte Elli von Johnny weg nach vorne direkt aufs Publikum zu. Der schwarze Tänzer stand mitten auf der Bühne alleine da, die anderen Musiker per Zufall etwas seitlich, Elli direkt vor ihm. Chris hätte es Eingebung, Intuition, Telepathie nennen können. Er sah aus dem Augenwinkel kurz die Reflexion eines Bühnenscheinwerfers auf dem Metall einer Pistole aufblitzen, stürzte nach vorne, warf sich auf Elli, riss diese zu Boden und legte sich beschützend über sie. Der Schuss wurde von der Lautstärke der Band unhörbar gemacht, lediglich Johnny stürzte plötzlich, wie von Geisterhand gestoßen, nach hinten über und brach zusammen. Zuerst hielt das Publikum das Ganze für einen einstudierten Gag und klatschte begeistert.

Chris hechtete von der Bühne ins Publikum. Allmählich dämmerte allen, dass es sich wohl doch nicht um einen einstudierten Spaß handelte und erstes hysterisches Gekreische der Damen im Publikum ertönte. Die Gäste begannen in Panik fluchtartig das obere Deck zu verlassen, die schockierte Frau Mayerschön, die zusammen mit Herrn Wegener ziemlich weit vorne gestanden war, mittendrin.

Elli, schockiert und nach Luft ringend, sah Johnny auf dem Boden liegen und stürzte zu ihm. Sie verstand nicht, was passiert war, da sie den Schuss nicht gehört hatte. Aber ihr Freund lag bewegungslos auf der Bühne und blutete stark aus einer klaffenden Wunde am Hals. Die anderen Musiker verstummten abrupt und eilten zu den beiden.

„Oh Gott, er blutet so stark. Was ist passiert?“, schluchzte Elli. Sie ergriff ein Handtuch, was gerade greifbar über einem Mikrofonständer hing und presste es auf die Wunde.

„Einen Arzt, schnell, er stirbt mir sonst“, brüllte sie in Panik.

Michael, der auch auf die Bühne geeilt war, zückte schon sein Handy und wählte 110. Zugleich riss er das Mikrofon an sich.

„Ist hier ein Arzt auf dem Schiff? Wir brauchen Hilfe.“

Die Menge teilte sich und ein jüngerer Mann im Smoking sprintete auf die Bühne.

„Ich bin Unfallarzt. Das muss eine Schussverletzung sein. Bitte treten Sie beiseite.“

Mehr als die Blutung durch Druck etwas zu stoppen war im Moment kaum machbar. Glücklicherweise konnte der zu Hilfe geeilte Arzt einen Zugang legen, eh der Kreislauf des Schwerverletzten kollabierte. Seine Arzttasche hatte er nur deswegen zufälligerweise dabei, weil er direkt von einem Einsatz zu der Geburtstagsfeier gekommen war. Es schien ewig lange zu dauern, bis endlich das Tatütata des Krankenwagens hörbar wurde. Das Schiff hatte am Ufer angelegt, die Rettungssanitäter sprangen an Bord und kümmerten sich sofort um Johnny, der nur noch schwach atmete. Alle waren so mit dem verletzten Tänzer beschäftigt, dass keiner der noch auf der Bühne verbliebenen Musiker an den Attentäter dachte. Fast keiner.

Chris hatte sofort die Pistole dingfest machen können. Zu seiner Enttäuschung war diese jedoch auf eine Halterung montiert, die in einem Blumenarrangement versteckt worden war. Das Auslösen des Schusses war durch einen ausgeklügelten Mechanismus bewerkstelligt worden, den der Attentäter über eine Fernbedienung gesteuert hatte. Diese fand sich später nach der Durchsuchung des Schiffes in einem Champagnerkübel in der Nähe der Bühne.

Obwohl keiner das Schiff verlassen durfte, waren Kling und seine Freundin spurlos verschwunden!

35.

Dass dieser wunderschöne Abend so schrecklich enden musste. Chris und Kollegen aus Heidelberg führten die halbe Nacht Zeugenbefragungen durch, die aber kaum etwas ergaben. Kling und seine Gefährtin hatten vermutlich entweder direkt nach dem Attentat oder vorher schon das Schiff verlassen. Keiner konnte sich daran erinnern. Alle waren zu sehr auf die Bühne fixiert gewesen. Ob er tatsächlich der Schuldige war, ließ sich nicht zweifelsfrei feststellen. Jeder hätte über die Fernbedienung den Schuss auslösen können. Keinem Gast war ein Verdächtiger aufgefallen. Dass Elli allerdings das eigentliche Ziel gewesen war, stand fest. Hätte Chris sie nicht beiseite gerissen, dann läge jetzt sie auf der Intensivstation der Universitätsklinik Heidelberg und nicht Johnny.

Elli und Michael, sowie die anderen Musiker, warteten ungeduldig im Krankenhaus auf Nachrichten über den Schwerverletzten. Er war in der Nacht noch notoperiert worden. Die Kugel hatte seinen Hals zwar nur gestreift, dabei allerdings die Halsaorta touchiert und angerissen. Der Riss hatte zu einem starken Blutverlust geführt, infolge dessen der Tänzer beinahe gestorben wäre. Sein kollabierter Kreislauf konnte in letzter Sekunde durch Elektroschocks wieder stabilisiert werden. Jetzt lag er auf der Intensivstation in einem Zustand zwischen Leben und Tod. Es stand auf Messers Schneide. Das einzig Positive: falls er überleben würde, bliebe wenigstens kein bleibender Schaden zurück. Eventuell eine leicht steife Schulter. Falls er diese Nacht überstand!

Alle standen immer noch unter Schock. Elli befand sich in einer Art leichtem Dämmerzustand. Ihre Kleidung teils blutveschmiert. Michael hatte ihr ein Sweatshirt übergezogen. Sie klapperte mit den Zähnen, obwohl draußen sommerlich lauwarme Nachttemperaturen herrschten. Trotz ihres Zustandes kreisten die Gedanken. Chris hatte ihr das Leben gerettet. Das Attentat war auf sie gemünzt gewesen! Johnny lag für sie hier. Ihr war vollkommen klar, dass die Ursache des Ganzen in dem verflixten Mordfall zu suchen war. Was auch sonst? Sie hatte keine Feinde. Jetzt erst erschien ihr der Leichenfund am Leopoldshafener Baggersee wie ein Fluch. Er hatte ihr Leben zum Positiven, aber auch zum Negativen verändert. Es würde schwer werden, bei zukünftigen Bühnenauftritten nicht daran zu denken. Somit wäre es besser, gar keine Auftritte mehr zu machen. Und falls Johnny der Schussverletzung erlag, dann gab es für Elli auch keine HotDogs mehr! Ein Entschluss stand für sie jetzt schon fest: Der Mörder musste gefasst werden. Sie würde ihn dafür büssen lassen, was er ihrem Freund angetan hatte. Allerdings durfte Chris davon nichts wissen. Das würde ihn nur in Konflikte bringen. Ihre Gedanken kreisten und kreisten.

Eine ohnmächtige Wut auf diesen feigen Attentäter bemächtigte sich ihrer. Diese gab ihr die Kraft aufzustehen, kurz das Krankenhaus zu verlassen, um eine Runde zu joggen. Keiner konnte sie zurückhalten. Mittlerweile dämmerte es draußen schon, als sie ihre Füße durch das Neuenheimer Feld lenkte. Sie musste diese unheimliche Wut mildern, sonst wäre sie geplatzt.

Gerade als sie das Krankenhaus wieder betreten wollte, bremste Chris Audi Quattro scharf neben ihr. Er war in Karlsruhe gewesen, hatte das Haus von Kling auf dem Turmberg verlassen vorgefunden. Danach klingelte er seinen Kollegen Mayer aus dem Bett, erteilte ihm Anweisungen. Dann war er sofort wieder nach Heidelberg gerast.

Falls sein Chef jetzt daran Anstoß nehmen würde, dann läge in Bälde seine Kündigung auf dem Tisch.

Aber egal! Chris war zu allem entschlossen. Er würde den Mörder auch ohne offiziellen Auftrag fassen.

Bei Ellis Anblick bekam er schlagartig weiche Knie. Sie stürzte in seine offenen Arme. Seit dem Vorfall auf dem Schiff hatten sie sich nicht mehr gesehen.

„Oh Chris, er lebt noch, aber es steht sehr schlecht um ihn." Jetzt erst konnte Elli ihren Tränen freien Lauf lassen.

Er hielt sie fest und hätte sie am liebsten nie mehr losgelassen. Die Vorstellung, seine Elli läge jetzt da drin, ließ er gar nicht erst zu. Er wäre sonst durchgedreht! Er hatte die ganze Nacht durch auch diesen Gedanken nicht zugelassen, sonst hätte er seine Arbeit gar nicht erst machen können. Sie brauchte ihn mehr denn je. Ihr Leben war in Gefahr, solange der Mörder frei herumlief und sein Ziel nicht erreicht hatte. Es musste mit dem Leopoldshafener Mord zu tun haben! An andere böswillige Feinde oder gar einen Geistesgestörten, den die Rockmusik gestört hatte, glaubte keiner. Elli musste irgendetwas damals am Baggersee gesehen haben. Der Mörder von Klug fühlte sich offensichtlich durch sie bedroht! Er fürchtete wohl, erkannt zu werden. Wieso er allerdings erst jetzt zuschlug und das recht umständlich während eines Bühnenauftrittes, war Chris absolut schleierhaft. Er hätte vorher sicherlich schon bessere Möglichkeiten finden können. Der raffinierte Mechanismus der Pistole deutet auf einen Profi oder sehr begabten Bastler hin. Kollegen untersuchten die Waffe gerade.

„Du bist in ernsthafter Gefahr, Elli", flüsterte er leise. „Wir konnten niemanden dingfest machen. Auch Kling ist verschwunden. Dieser verfluchte Baggerseemord! Ich werde in Zukunft nicht mehr von Deiner Seite weichen. Und außerdem bekommst Du Polizeischutz."

„Jetzt übertreib mal nicht. Meinst Du wirklich es ist so schlimm?“, versuchte sie ziemlich fruchtlos einzuwenden. Sie senkte traurig den Kopf.

„Du hast Recht, Chris. Wie immer! Ich sehe das alles zu harmlos. Vielleicht schockiert mich die Wahrheit auch zu sehr. Du hast mir das Leben gerettet. Ich stehe für ewig in Deiner Schuld. Wie kann ich das je wieder gut machen?“

„Jetzt redest du aber echten Blödsinn.“ Er hob zärtlich ihr Kinn an.

„In meiner Schuld stehen. So ein Quatsch! Das war erstens selbstverständlich. Und zweitens: was würde ich ohne Dich machen? Elli ist Dir eigentlich klar, wie sehr ich Dich liebe? Das habe ich kurz vor dem Attentat auch zu Michael gesagt. Damit gewinnt es für mich noch mehr an Bedeutung. Ein Leben ohne Dich ist für mich kaum mehr vorstellbar.“

Sie sah ihn mit einem unergründlichen Blick an. Ihr hatte es die Sprache verschlagen. Chris offenbarte Gefühle waren zu stark für sie. Sie machten ihr Angst. Dieses absolute, umwerfende, zugleich fordernde Etwas namens Liebe. Jetzt hatte er das ausgesprochen, was sie selber schon länger fühlte, aber immer noch nicht zuzugeben wagte.

Verlegen senkte sie den Blick auf den Boden.

„Chris, ich … ich glaube, ich liebe Dich auch, aber ich habe einfach Angst vor diesem Ansturm von Gefühlen. Ich muss mich erst daran gewöhnen. Ich bin schon mal bitter enttäuscht worden. Du siehst ja, wie oft ich mich in letzter Zeit, na ja sagen wir, komisch verhalten habe. Das ist für mich ziemlich untypisch. Es ist mir auch peinlich! Bitte, habe Geduld mit mir.“

Er lächelte sie glücklich an.

„Du hast alle Zeit der Welt, Dich daran zu gewöhnen. Ich habe für manche Dinge viel Geduld, keine Angst mehr, bitte.“

Ihr Gespräch wurde abrupt unterbrochen, als Michael aus der Tür stürzte, schneeweiß im Gesicht.

„Johnny ist in eine Art Koma gefallen. Sein Kreislauf ist wieder kollabiert und sie versuchen, ihn zu reanimieren. Ich weiß nicht, ob er das überleben wird."

Elli wurde schwarz vor Augen und sie brach in Chris Armen bewusstlos zusammen.

36.

„Komm schon, Du scheiß Mörder, ich beiße dich tot!" Miro wetzte durch den Garten, Mordlust im Blick. Ein Maulwurfhügel nach dem anderen musste dran glauben. Er sprang mit beiden Vorderpfoten gleichzeitig hinein und biss vor Wut in die weiche Erde, was ihm mehr als einen Hustenanfall bescherte. Seine Wut kannte keine Grenzen! Wie nahe der Mörder an Elli dran gewesen war. Ein Attentat auf seine Mama! Undenkbar! Hätte sie ihn nur auf das Schiff mitgenommen, dann wäre jetzt wohl auch Johnny wohlauf. Er hätte den Mörder enttarnt und vorher schon zerbissen. Wie durch ein Wunder hatte der Tänzer überlebt. Allerdings äußerst knapp. Miro stand nur nach einem der Sinn: Elli zu beschützen! Aber wie sollte der kleine Rüde sich verständlich machen. Er konnte den Namen des Mörders noch so oft in die Luft bellen und jaulen, keiner der bornierten Menschen verstand ihn. Noch nicht einmal Chris, von dem er mehr Verständnis erwartete hätte.

Pida war total geknickt. Sie saß frustriert in ihrem Körbchen und grübelte und grübelte. Wie konnte sie sich verständlich machen? Susi, die kleine Pudelhündin klebte förmlich an ihr. Sie wich kaum von Pidas Seite.

Aus dem graubraunen, stinkenden Etwas hatte sich eine wunderschöne schneeweiße Pudeldame entwickelt. Allerdings war sie immer noch erbarmungswürdig dünn, die Wirbelsaule stand deutlich hervor, der Appetit ließ zu wünschen übrig. Vertrauen hatte sie bisher nur zu Elli entwickeln können. Außer ihr und Chris ließ sie überhaupt keinen Menschen an sich heran. Und dieser durfte bisher nur seine Hand von ihr zart belecken lassen. Mehr nicht!

Miro trabte zurück ins Wohnzimmer und hinterließ wunderschöne matschige Pfotenabdrücke auf den Terracottafliesen.

„Los Mädels. Wir müssen Kriegsrat halten. Wie soll es weitergehen?"

Auffordernd stieg er zu den beiden Damen ins Körbchen und drängte sie etwas beiseite. So gemütlich eingekuschelt konnte die Beratung beginnen.

„Also, ich fasse zusammen. Wir wissen, wer der Mörder ist, Dank Susis Informationen. Wie gut, dass dieser Typ Selbstgespräche geführt hat. Dieser ganze chemische Kram mit dem Baggersee ist uns zwar unbekannt, aber das ist jetzt auch nicht so wichtig."

„Elli muss irgendetwas gesehen haben, was mit dem Typ zusammenhängt." Als Pida spürte, wie Susi schon wieder anfing zu zittern, fügte sie hinzu:

„Nein, ich werde in Deiner Anwesenheit den Namen nie mehr aussprechen, bitte beruhige Dich."

„Danke!", flüsterte die Kleine schüchtern.

„Nicht so schüchtern Puppe." Miro leckte ihr trotz seiner rüden Worte die Ohren ab.

„Aus Dir wird schon noch ein richtiger Hund werden, obwohl es allein schon deswegen schwierig wird, da Du ja leider nur ein Pudel bist."

„Aber Miro, jetzt mach sie doch nicht noch mehr fertig."

Allerdings wusste Miro genau, dass seine absichtliche Provokation die Verängstigte doch irgendwann aus ihrer Reserve locken würde. Und siehe da. Trotzig rückte Susi ihre kleine Nase nach oben und meinte stolz:

„Ja, ich bin ein Pudel, sogar ein reinrassiger. Meine Mutter ist Eleonora die Dritte vom Schwarzeneck. Du dagegen bist ja nur ein dahergelaufener griechischer Straßenköter."

Pida verschlug es die Sprache. Zum ersten Mal durfte sie erleben, wie Susi auftaute und ihr wahres, stolzes Wesen etwas hervorlugen ließ. Auch Miro freute sich darüber, klopfte leicht mit dem Schwanz ans Kissen, würde das aber natürlich nie offiziell zugeben. Er beschloss, sie noch weiter zu reizen.

„Eine von Schwarzeneck. Na wie toll! Etwa verwandt mit dem amerikanischen Gouverneur Arnold Schwarzenegger? Da fehlt Dir aber noch viel. Allerdings habe ich beschlossen, Dich im Hundenahkampf auszubilden. Das stärkt enorm das Selbstbewusstsein."

Kaum ausgesprochen, gefiel sich Miro auch prompt in der Rolle des Nahkampfausbilders. Er sprang erneut aus dem Körbchen, ahmte eine paar Karateschreie und Tritte nach, die jedoch bei seinen kurzen Beinchen so drollig ausfielen, dass Pida und Susi vor Lachen beinahe aus dem Körbchen gestürzt wären.

„Hör auf mit dem Quatsch", Pida bekam schon Krämpfe vom Lachen.

„Wir wollten doch Kriegsrat halten. Beweg Deinen fetten Popo wieder hierher und lass uns nachdenken."

Murrend fügte sich der kleine tapfere Krieger.

„Also, haben wir vielleicht irgendetwas damals am See übersehen oder überhört?"

„Ich habe mir auch schon das Gehirn zermartert."

„Was ja wohl nicht so anstrengend gewesen sein kann bei der geringen Hirnmasse eines Lhasa Apso."

„Ha, ha. Wer hat schließlich die Spuren hier im Wald, als geruchlich identisch erkannt mit denen von See? Und wer …"

„Halt!" Pida unterbrach ihn plötzlich nervös und setzte sich auf.

„Die Spuren. Sag mal, Miro. Hat Chris nicht irgendwann erwähnt, die Reifenabdrücke könnten von einem größeren Geländewagen stammen?"

„Klar, hat er. Wieso denn? Was nützt uns das? Ich habe damals am See keinen Geländewagen gesehen nur gerochen."

„Aber ich!"

Jetzt setzte sich auch Miro im Körbchen auf und glotzte sie an.

„Was? Wann denn? Und wieso fällt Dir das erst jetzt ein?"

„Ist mir halt eben erst wieder eingefallen. Pass auf. Der Ablauf war wie folgt. Du hast bei der Leiche rumgekläfft und getobt. Elli kam hinzu, ich habe versucht, sie von der Stelle wegzuziehen. Ihr war es ziemlich schlecht. Sie taumelte umher. Du hast aufgeregt die Büsche durchsucht nach einem eventuellen Mörder, ich habe mich krampfhaft bemüht, sie weiter zu ziehen. Dann wurde ihr wohl die Gefahr bewusst, in der wir drei schwebten und sie blickte hektisch um sich."

„Okay, stimmt ja alles, aber wir haben doch nichts gesehen", insistierte Miro.

„Aber natürlich. Mein Blick und ich bin mir sicher auch der von Mama wanderte unwillkürlich am Seeufer entlang. Und weißt Du, was dort geparkt stand: ein großer, weißer Geländewagen mit irgendeiner Beschriftung drauf."

„Du doofe, alte Nuss. Wieso kommst Du da erst jetzt drauf?" Der kleine Rüde tobte umher.

Stolz rümpfte Pida die Nase.

„Selber doof. Immerhin habe ich etwas gesehen, im Gegensatz zu Dir. Und ich fürchte, der Mörder hat uns damals auch gesehen. Als dann Susi hier zu uns kam, musste er wohl eine Enttarnung befürchten."

„Jetzt redest Du aber echt gequirlte Kacke. Erstens hat der Typ Susi absichtlich zurückgelassen. Er hat gar nicht bemerkt, was sie alles über ihn mitbekommen hat. Der hält sie doch nur für einen doofen Köter. Entschuldige bitte, Susi. Zweitens mag er zwar vielleicht wissen, dass sie mittlerweile bei uns ist. Aber Du vergisst, dass Menschen nicht annä-

hernd ahnen, wie gut wir ihre Sprache verstehen. Die halten uns doch für niedere, blöde Lebewesen. Besonders ein Typ wie dieser...“

„*Stimmt Miro*“, unterbrach ihn die kleine Pudeldame. „*Der versteht uns garantiert nicht. Außerdem konnten wir ja bisher auch wirklich keinem der Menschen eine Mitteilung machen. Wie auch?*“

Pida wirkte sehr nachdenklich. Nach einer Weile bemerkte sie:

„*Ihr habt Recht. Und wieso überhaupt schlägt er erst jetzt auf dem Konzert zu? Das verstehe ich gar nicht. Vorher hätte er doch schon viel bessere Gelegenheiten gehabt.*“

„*Jedoch viel wichtiger ist die Frage: Wann gedenkt er, wieder zuzuschlagen?*“ Miro fletschte seine kleinen weißen Zähne.

37.

Elli saß an Johnnys Bett in der Uniklink Heidelberg und hielt seine Hand. Er war mittlerweile aus der Intensivstation entlassen worden und lag nun in einem gesicherten Einzelzimmer. Ein Polizeibeamter der Heidelberger Kripo wachte vor seiner Tür. Drei Tage waren seit dem Attentat vergangen, und der Schwerverletzte konnte langsam wieder etwas reden, wenn auch schwach.

„Oh Mann. Hast Du uns einen Schrecken eingejagt.“ Elli wurde es immer noch schwummrig, bei der Vorstellung, den Freund beinahe verloren zu haben.

„Schuld daran ist nur die Tatsache, dass Chris leider, leider nicht schwul ist“, krächzte der Tänzer mühevoll.

Elli vermutete zuerst, sein Gehirn sei noch nicht so ganz wieder einsatzfähig, wurde jedoch schnell eines Besseren belehrt.

„Denn dann hätte er nicht Dich, sondern mich gerettet. Außerdem wäre er dann endlich mal auf mir gelegen und nicht immer nur auf Dir. Einfach jammerschade."

Erleichtert brach Elli in schallendes Gelächter aus. Er fand seinen Humor wieder.

„Gott sei Dank! Du bist auf dem Weg der Genesung. Dein Schwanz scheint ja noch zu funktionieren!"

Just in diesem Augenblick betrat der eben erwähnte Chris das Krankenzimmer.

„Was war das gerade mit seinem Schwanz?" Er war etwas irritiert, seine Freundin ausgerechnet über so etwas mit einem gerade dem Tode Entronnenen reden zu hören.

Johnny stöhnte schmerzvoll auf, da Lachen ihm noch unmöglich war und beschloss, lieber zu schweigen.

„Ähm, ich glaube, das willst Du jetzt wirklich nicht wissen, mein Schatz. Nur soviel, Johnny ist auf dem besten Weg der Besserung."

„Na denn." Chris war sehr verwirrt.

Da der Besuch den Tänzer doch noch sehr anstrengte, verließen die beiden ihn auch bald wieder, um ihn schlafen zu lassen.

Draußen auf dem Gang öffnete Chris die Tür zu einer kleinen Abstellkammer, zog Elli mit sich hinein und blickte sie scharf an.

„Zwei wichtige Dinge: erstens möchte ich doch gerne wissen, was das mit Johnnys Schwanz auf sich hatte."

Elli blickte verlegen schweigend zu Boden.

„Eh, was soll das." Er schüttelte sie leicht am Arm. „Ich muss mir doch keine Gedanken um uns beide machen oder?"

Jetzt wurde Elli wütend.

„Spinnst Du oder was? Johnny ist eindeutig schwul, wie Du vielleicht vergessen hast."

„Na und? Besser bi, als nie“, meinte er leicht leichtabfällig. Komisch. Normalerweise neigte er nicht zu Eifersuchtsanfällen. Er wunderte sich selbst und schämte sich prompt für diesen blöden Spruch.

Ellis Blick wurde ziemlich unterkühlt.

„Eigentlich sollte ich Dich hier einfach stehen lassen, Du eifersüchtiger Macho. Du nervst gerade tierisch! Ich glaube kaum, dass ich Dir darauf eine Antwort schuldig bin.“

Chris wirkte total geknickt.

„Entschuldige, bitte. War wirklich gemein von mir. Ich mag Johnny doch auch sehr. Aber im Moment habe ich das Gefühl, alles wächst mir gerade über den Kopf.“

Er hatte Recht. Seine beinahe Kündigung war von höherer Stelle noch mal abgewendet worden. Sein guter Ruf kam ihm dabei sehr zu Hilfe. Er jagte weiterhin total übernächtigt irgendwelchen Spuren hinterher, die alle im Sande verliefen. Von Kling und auch von Hartmut Heck absolut nichts zu entdecken. Die erneute Untersuchung des Baggerseewassers hatte auch keinerlei neue Erkenntnisse gebracht. Die von ihm beantragte polizeiliche Bewachung von Elli war gerade mal so mit knapper Müh und Not durchgegangen. Was er allerdings in Bezug auf die Mitteilung, die er soeben erhalten hatte, wieder schwinden sah. Er musste es ihr leider sofort mitteilen. Hätte es auch schon längst getan, wenn Johnnys verdammter Schwanz nicht dazwischen gekommen wäre! Er verfluchte seine Hormone dafür.

Bedrückendes Schweigen entstand in dem kleinen Raum.

„Er ist schon lange in Dich verliebt“, bekannte Elli leise.

„Wer? Was? …“ Schlagartig ging Chris ein Kronleuchter auf.

„Oh nein. Das glaube ich nicht. Johnny ist in mich verliebt?“

„So bescheuert siehst Du nun auch wieder nicht aus, dass sich ein Homosexueller nicht in Dich verlieben könnte. Zumindest Dein Hintern ist recht knackig“, konterte sie bissig.

„Danke für die Lorbeeren.“ Chris schluckte wieder einmal trocken.

„Ich glaube das Gespräch ist hiermit beendet.“ Elli wollte gerade die Tür öffnen, als Chris sie energisch zurückhielt.

„Warte, bitte. Ich habe leider noch eine schlechte Nachricht.“

„Noch eine schlechte? Mir reicht das mit Dir eben vollauf.“

Elli fühlte immer noch kalte Wut in sich. Chris bemerkte dies natürlich und zog sie eng an sich. Der darauf folgende intensive Kuss drohte zu eskalieren. Plötzlich wurde ihr kochend heiß und schwindelig zugleich. Sie schob ihn leicht japsend von sich.

„Hör bloß damit auf. Du weißt doch sicherlich, was in solchen Besenkammern alles passieren kann. Denk nur an Boris Becker!“

Chris lachte erleichtert. Sie hatte ihm seinen Fauxpas eben wohl schon verziehen. Hoffentlich!

„Glücklicherweise bin ich nicht der Herr Becker. Außerdem habe ich gerade neulich ein Statement von diesem Herren gelesen, nachdem der, na ja nennen wir es Vorgang, zwischen ihm und dieser Hotelangestellten auf einer Treppe zwischen zwei Klotüren stattgefunden haben soll und nicht in der besagten Besenkammer. Was das Ganze natürlich noch viel romantischer gestaltet!“

„Zwischen zwei Klotüren! Igitt! Dann ziehe ich doch die Besenkammer vor.“

„Okay, kein Problem. Sollen wir?“ Spielerisch drückte er sie an die Wand.

„Eh, Du bist echt pervers! Wir befinden uns in einem Krankenhaus, ein Zimmer weiter liegt der arme Johnny und Du denkst wieder mal nur an das Eine."

„Du etwa nicht?"

„Kein Kommentar. Jede Äußerung diesbezüglich könnte polizeilich gegen mich verwendet werden. Ich bin seit drei Tag sowieso nur noch von euch umgeben. Zu Hause, beim Spazieren gehen, einfach überall. Nur noch Bullen! Glücklicherweise darf ich wenigstens alleine aufs Klo gehen."

„Tja, womit wir auch schon bei der schlechten Nachricht wären. Der Rundumüberwachung wird vermutlich leider nicht mehr stattgegeben werden."

Elli wusste nicht so recht, ob sie jetzt erleichtert oder verängstigt sein sollte. Zwar nervte sie die ständige Anwesenheit zweier Uniformierter, aber etwas sicherer fühlte sie sich damit doch.

„Wieso denn das so plötzlich?"

Wortlos zog Chris einen Computerausdruck aus seiner Hosentasche.

„Das hier ging heute Morgen bei der Rhein-Neckarzeitung Heidelberg per E-Mail ein. Dieser freundliche Hinweis stand direkt unter einer Kopie des Artikels in der Rhein-Neckarzeitung über das Attentat."

„Du Nigger, pass auf, das nächste Mal kriegen wir Dich bestimmt."

Elli war schockiert.

„War das Attentat also doch auf ihn gemünzt gewesen? Etwa rechtsradikale Spinner?"

„Dafür haben die oder der Täter aber sauschlecht gezielt. Die hätten Dich unweigerlich treffen müssen. Du standest in dem Augenblick direkt vor der Pistole. Johnny hätte es normalerweise nie erwischt, wenn ich Dich nicht umgerissen hätte."

„Was soll dann dieses Bekennerschreiben, oder wie sich so was nennt? Und überhaupt: vom wem kam eigentlich diese E-Mail. Das müsste sich doch leicht nachverfolgen lassen."

„Dafür gibt es verschiedene Erklärungen. Entweder ein Angeber, der die Situation für seine rechtsradikalen Zwecke ausnutzen möchte. Einer der überhaupt nicht zielen kann, wogegen allerdings die Professionalität der Pistolenmechanik spricht oder, und daran glaube ich am ehesten, der Mörder will Deine Polizeiüberwachung vom Hals haben und uns auf eine falsche Fährte locken, damit sein nächstes Attentat auch wirklich die Richtige trifft. Der Absender diese Mail konnte bisher nicht ermittelt werden. Kam wohl irgendwo aus Norddeutschland. Ist aber nur eine absichtlich gelegte falsche Fährte. Unser Unbekannter muss ein Computerprofi sein."

„Puh, jetzt bin ich aber platt."

„Nur platt? Ich bewundere ehrlich gesagt Deinen Mut. Oder ist Dir nicht wirklich bewusst, in welcher Gefahr Du schwebst?"

Forschend blickte er ihr ins Gesicht.

„Vielleicht will ich es nicht richtig wahrhaben, um nicht durchzudrehen. Damit würde ich nämlich keinem mehr nützen. Ich muss irgendetwas damals am See beobachte haben, wenn auch unbewusst. Tja, wenn meine Hunde reden könnten. Die haben sicher was gerochen oder gesehen."

„Du kannst ja nochmals scharf nachdenken, vielleicht fällt Dir im Laufe der Zeit doch noch etwas ein."

„Im Laufe der Zeit! Das war jetzt echt witzig. Wie viel Zeit haben wir denn noch, bis er wieder zuschlägt? Und das willkürlich irgendwo, irgendwann."

Chris war sich des Dilemmas schon lange bewusst und ihm war auch klar, dass er sie nicht rund um die Uhr selber beschützen konnte. Die Kosten für einen persönlichen Bodyguard waren unerschwinglich, zumindest auf längere Zeit gesehen. Sein Polizeichef ließ zum Thema Überwachung nicht mit sich reden. Sie waren mehr oder weniger auf sich alleine gestellt.

Beide standen nachdenklich in der Abstellkammer herum. Ratlos!

„Ich könnte Dich natürlich in Schutzhaft nehmen lassen, allerdings glaube ich, dass diese Vorgehensweise bei Dir nicht auf Begeisterung stoßen wird."

„Davon kannst Du ganz sicher ausgehen. Falls Dir Dein eigenes Leben oder tiefer liegende Körperteile wichtig sind. Mir kommt spontan nur eine Idee in den Kopf. Ich könnte einen befreundeten Heilpraktiker bitten, mich in Hypnose zu versetzen, um damit vielleicht meinem Gedächtnis auf die Sprünge zu helfen. Ich wünschte, ich wüsste, wann der Mörder wieder zuschlägt."

Plötzlich setzte sich ein Gedanken in Ellis Kopf fest, den sie nicht so schnell wieder ablegen konnte.

„Und was wäre, wenn wir ihn zum Zuschlagen provozieren würden?"

„Wie sollte das denn funktionieren? Außerdem halte ich eine solche Vorgehensweise für viel zu gefährlich. Wir können davon ausgehen, dass wir es mit einem hochaggressiven, gestörten Gewaltverbrecher zu tun haben. Den noch zu provozieren grenzt wohl an Selbstmord."

„Hast Du eine bessere Idee?"

„Im Moment nicht. Ich war in meinem Leben selten so ratlos. Dieser Fall nervt einfach. Ich komme und komme nicht voran. Ich glaube, wir setzen uns heute Abend mal zusammen und gehen nochmals Schritt für Schritt alles konkret durch."

„In Ordnung. Hört sich zwar stinklangweilig an, aber es wird wohl das Beste sein. So langsam, glaube ich, sollten wir diese romantische Besenkammer verlassen. Die geben sonst noch eine Vermisstenanzeige durch."

Elli öffnete entschlossen die Tür, trat hinaus, dicht gefolgt von Chris und prallte auf einen Mann, der direkt vor der Tür gestanden hatte.

„Hallo Mayer", grüßte Chris sichtlich verlegen.

Diesem blieb die Spucke weg, als er seinen Kollegen nebst Freundin aus der Abstellkammer eines Krankenhauses treten sah.

„Ähm, hallo auch." Da er gerade kein Nutellabrötchen zur Verfügung hatte, nestelte er stattdessen an seiner Krawatte mit Micky Maus-Muster.

„Ich wollte nur mal sehen, ob mit der Überwachung des Verletzten alles in Ordnung geht. Aber da Du ja schon mal äh hier bist ..."

„Äh, ja, hm, also wir hatten nur den äh Tänzer kurz besucht und brechen jetzt wieder auf. Hm, es scheint sonst alles in Ordnung zu sein. Wir sehen uns dann Morgen Früh in alter Frische."

Knallrot und verlegen zog Chris Elli hastig mit sich zum Ausgang.

Sie konnte nur mühsam einen Lachkrampf unterdrücken.

Draußen angekommen musste sie sich Luft machen und prustete los.

„Ähm, hm, ja, äh! Wie können zwei erwachsene Männer nur so kindisch sein. Der Gedanke an Sex macht euch doch immer wieder total zu Idioten."

„Der Gedanke alleine ist es nicht. Nur die Vorstellung, einen Kollegen vermeintlich dabei während der Dienstzeit ertappt zu haben."

„Ja, ja. Freud lässt wieder einmal grüßen!"

38.

Vorsichtig schlich er durch den Garten, fast bis zur Terrasse hin. Die Köter waren offensichtlich eingesperrt. Dass seine Susi nun auch bei diesem Haufen dabei war, fand er irgendwie ungerecht. Sie gehörte nun mal ihm. Und da er sie nicht mehr gewollt hatte, hätte sie sterben müssen und sich nicht von dieser Tussi verhätscheln lassen. Dafür sollte sie büßen! Und außerdem für die Einmischung in seine Privatangelegenheiten. Das Experiment Baggersee war nun mal seine Angelegenheit. Sie hatte damals an jenem schönen Maimorgen am See schließlich nichts zu suchen gehabt. An seinem See! Der Klug hatte ja schon dran glauben müssen. Und der war nicht der Einzige gewesen! Schnüffler erledigte er immer rasch. Klug, dieser biedere Spinner! Nichts als Angeln in seinem hohlen Kopf! Er hatte ihn noch nie verputzen können. Schon damals, als sie gemeinsam die Grundschule besucht hatten. Dieser Schwächling! Immer hatte er bei Rangeleien den Schwanz eingekniffen und Prügel bezogen. Als er dann so unerwartet am See aufgetaucht war, kam es gerade recht, ihm eine überzuziehen. Der Anblick des spritzenden Blutes aus seiner Halsschlagader, das sich schön langsam über den Steg verteilte, hatte ihn schlagartig fasziniert. Ein herrlicher Anblick! Und das hatte er alleine vollbracht. Ein göttliches Geschenk! Er, der Herrscher über Leben und Tod. Fast wäre ihm an Ort und Stelle einer abgegangen. Aber damals war er gedanklich noch zu sehr mit dem Experiment beschäftigt gewesen.

Im Nachhinein gesehen war er Klug fast dankbar. Er hatte ihm durch seinen Tod unerwartet einen neuen Kick im Leben beschert. Sein Lebenswerk Baggerseeexperiment war eigentlich beendet. Er musste es jetzt nur noch publizieren, leider, leider unter einem Pseudonym. Das Erfolg versprechende

Ergebnis würde sich ja im Laufe dieses Sommers noch deutlich zeigen. Nun brauchte er eine neue Lebensaufgabe. Sonst langweilte er sich sehr schnell. Ein neues Ziel. So war es schon immer gewesen. Von Ziel zu Ziel. Schritt für Schritt. Jetzt hatte er ein neues. Dass sein Attentat auf dem Schiff so misslungen war, kam ihm mittlerweile sehr entgegen. Es war eine übereilte Kurzschlusshandlung gewesen. Er hatte die Pistole zuerst nur als unterhaltsamen Gag montiert. Mal sehen, ob dieser oberschlaue Holland sie entdecken würde. Aber als er dann die Schlampe mit dem Neger hatte herumhuren sehen und das mitten auf der Bühne in aller Öffentlichkeit, da war es mit ihm durchgegangen und er hatte einfach abgedrückt. Na ja, er hatte immerhin den Nigger erwischt. Nicht schade drum. Bedauerlicherweise hatte der auch noch überlebt. Ihm wurde immer deutlicher bewusst, dass diese Tierheilpraktiker Schlampe ihn total anmachte. Ihm wurde ganz heiß bei der Vorstellung dass er es ihr mal gründlich besorgen würde. Und danach dann auch ihr Blut spritzen zu sehen. Noch mehr wie bei Klug und dem anderen. Einfach köstlich! Seine jetzige Freundin langweilte ihn nur noch. Sie war zu hohl im Kopf!

Wie leicht wäre es doch, in das Haus einzubrechen und sie jetzt einfach zu nehmen. Allerdings müsste er vorher noch die Köter abmurksen und diesen Hauptkommissar entweder auch gleich beseitigen oder ihn vorher ablenken. Zu riskant! Aber er hatte ja Zeit. Geduld war schon immer eine große Stärke von ihm gewesen. Heute wollte er sich lediglich einen kleinen Appetizer holen. Sozusagen ein Amuse geule. Und dieses bestand aus einem Wäschestück, welches Elli auf der Wäscheleine zum Trocknen aufgehängt hatte. Glücklicherweise im hinteren Teil des Gartens. Er musste nicht lange überlegen und riss gierig ein schwarzes Spitzenhöschen von der Leine. Damit würde er sich einen schönen Abend bereiten. Lüstern grinsend steckte er es in seine Jackentasche, rückte seine Brille zurecht, kletterte über den Zaun und verschwand im Wald.

39.

Drinnen im gemütlichen Forsthäuschen ahnten Chris und Elli nichts von dem unheilversprechenden Besuch des Baggerseemörders. Sie hielten Kriegsrat. Gemäß Chris Vorschlag in Heidelberg gingen sie nochmals Schritt für Schritt die gesamten Ereignisse durch und bemühten sich, kein Detail auszulassen. Allerdings kamen ihnen immer noch keine neuerlichen Erkenntnisse.

„Sag mal“, hob Elli an. „Eines wollte ich Dich schon immer mal fragen. Wieso hast Du mich bei unserer ersten Begegnung eigentlich nicht wegen Beamtenbeleidigung angezeigt? Im Nachhinein gesehen schäme ich mich nämlich immer noch für das impotente ‚Arschloch‘. Ich weiß nicht, wieso ich Dir das an den Kopf geworfen habe.“

Chris sah sie erst nachdenklich an, dann musste er unwillkürlich schmunzeln.

„Erstens hast Du mich damit total überrascht. Und zweitens hatte ich mich sofort in Dich verliebt. Sozusagen Liebe auf den ersten, in dem Fall etwas heftigen, Blick. Andernfalls wäre garantiert eine Anzeige erfolgt. Und wenn wir schon bei Geständnissen sind. Du erinnerst Dich sicherlich an die Fahrt in dem engen Polizeibus bis zum Tatort.“

„Natürlich, Du warst verständlicherweise sehr verärgert und extrem pampig. Da bekam ich richtig gehend Angst vor Dir.“

„Sorry, war nicht beabsichtigt gewesen. Allerdings war ich nur deswegen so pampig und abweisend, weil ich Dank Deiner Nähe mit einer ausgewachsenen – äh – Erektion zu kämpfen hatte. Das war ja so was von peinlich! Ich habe vor lauter Verlegenheit immer aus dem Fenster nach draußen geschaut auf die andere Seite vom See."

Elli setzte sich abrupt kerzengerade hin und erstarrte. Ihr Gesichtsausdruck zeigte eine Mischung zwischen Entsetzen und Nachdenklichkeit. Chris war überrascht. Hatte er sie mit seinem Geständnis so schockiert? Normalerweise war sie doch überhaupt nicht prüde.

„Habe ich Dich jetzt so geschockt? Das tut mir echt leid. Hätte ich das besser mal für mich behalten. Ich …"

„Warte." Sie hob ihn am Arm fest und gebot ihm mit der Hand Stillschweigen.

Was war denn jetzt schon wieder falsch gelaufen? Frauen!

„Du sagtest gerade auf die andere Seite vom See."

„Ja klar. Ich wollte so weit wie möglich von Dir weggucken."

„Schon klar. Das meine ich auch gar nicht. Deine Erektion in allen Ehren, aber mir ist gerade was Wichtigeres eingefallen."

Was konnte es denn Wichtigeres geben, als sein peinliches Geständnis, dachte er leicht gekränkt.

Sie sprang auf und durchmaß mit zügigen Schritten das Wohnzimmer. Miro folgte ihr.

„Na, dämmert es ihr endlich?" Hoffnungsvoll blickte der kleine Rüde sie an. *„Das kann doch nicht so schwer sein. Der weiße Geländewagen, Geländewagen!"*, bellte er.

„Oh Miro, Du nervst mich. Sei still oder geh in den Garten spielen." Sie öffnete die Terrassentür, um ihn hinauszulassen. Beleidigt stolzierte der kleine Macho an ihr vorbei.

„Ein weißer Geländewagen!", rief Elli plötzlich laut.

„Na, geht doch!", bellte es von draußen.

Aufgeregt packte Elli Chris an der Schulter.

„Ich habe einen weißen Geländewagen gesehen."

„Wann genau und wo?" Chris sprang auf.

„Also Folgendes. Wir waren bei der Leiche, mir wurde bei deren Anblick kotzübel und schwindelig. Miro und Pida haben mich weggezogen. Nein, ich glaube nur Pida. Miro war mit Schnüffeln im Gebüsch beschäftigt. Mir fiel plötzlich ein, der Mörder könne ja noch irgendwo in der Nähe sein und ich blickte in Panik um mich. Vermutlich eher unbewusst. Und da habe ich etwas weiter vorne am Seeufer einen großen, weißen Geländewagen gesehen. Mein Unterbewusstsein hat ihn wohl registriert, aber gleich wieder weg geschoben. Ich vermute eine Art leichter Schockzustand. Als Du Deine Erektion eben erwähnt hast mit Blick über den See, ist es mir wieder eingefallen."

„Kannst Du eventuell eine Automarke angeben? Oder sonst irgendetwas?"

Elli runzelte längere Zeit hoch konzentriert und mit geschlossenen Augen die Stirn. Sie zwang ihre Gedanken zurück zu jenem verhängnisvollen Morgen.

„Hm, könnte eine Nissan Patrol gewesen sein oder ein Land Rover. Aber eindeutig ein Geländewagen. Und außerdem, warte mal, da war noch irgendeine Beschriftung auf der Tür. Konnte sie natürlich nicht lesen, dazu war er zu weit entfernt. Dir ist nichts aufgefallen?"

„Nein. Bis wir damals endlich alle am Tatort eingetrudelt waren, befand sich der Geländewagen sicherlich schon über alle Berge. Das alles passt zusammen. Die Spuren hier im Wald, die Spuren am See. Der Mörder fürchtet wohl enttarnt zu werden und …"

Weiter kam Chris nicht, denn urplötzlich stürzte Miro lauthals kläffend herein und sprang vehement abwechselnd an Elli und Chris hoch.

„Der Mörder, der Mörder, er muss gerade eben im Garten gewesen sein. Kommt mit schnell, ich habe ihn gerochen. Vielleicht kriegen wir ihn noch."

Pida und Susi sprangen aus ihrem Körbchen und eilten herbei. Susi stark zitternd.

„Oh Miro, wieso nervst Du immer im unpassendsten Augenblick. Geh draußen spielen hatte ich Dir gesagt, nicht hier drin, wir haben Wichtigeres zu tun."

Aber er beruhigte sich nicht.

„Sei nicht so borniert Mama, lerne doch endlich mal unsere Sprache. Dann hättet ihr den Mörder schon längst gefasst."

„Miro, beruhige Dich", versuchte Pida ihn zu besänftigen. *„Sie verstehen uns halt einfach nicht. Aber wie wäre es, wenn wir versuchen würden, Chris nach draußen zu ziehen?"*

Beherzt schlugen die beiden Fellnasen ihre Zähne in Chris Jeanshose, um ihn nach draußen zu ziehen.

„Jetzt reicht es aber." Erbost wollte Elli die beiden Störenfriede packen, als Chris sie daran hinderte.

„Warte, ich glaube, die wollen uns was mitteilen."

„Mitteilen. Das glaubst aber auch nur Du. Wahrscheinlich kennen sie ja auch schon längst den Mörder persönlich und mit Namen, ha, ha."

Wortlos ließ sich Chris nach draußen ziehen, wo Miro auch schon wie ein Gestörter Richtung Zaun und Wäscheleine sauste.

„Da war er, seine Spur geht bis zum Zaun. An der Wäsche war er auch", schnüffelte Miro energisch am Boden lang und verbellte den Zaun.

Elli war den dreien gefolgt, Susi verblieb zitternd im Wohnzimmer.

Ellis Blick fiel auf die Wäscheleine und sie erbleichte.

„Verdammt! Da fehlt ein Slip. Der schöne schwarze mit den Spitzen. Wer hat den denn geklaut?"

„Ich glaube, Deine Hunde wollen uns doch was mitteilen. Miro scheint raus zu wollen. Holst Du mir bitte mal eine Leine, dann gehe ich mit ihm."

Im Grunde war es Chris ja etwas peinlich, sich von einem kleinen Lhasa Apso Verschnitt durch die Gegend ziehen zu lassen, aber er hatte die Intelligenz und Wachsamkeit des kleinen Streuners schätzen gelernt.

Der erschnüffelte wie ein Profi seine Spur durch den Wald, bis hin zu dem bekannten Waldweg, welcher schon einmal zur Spurensicherung herhalten musste. Kaum auf dem Weg angekommen, stemmte sich Miro dermaßen in die Leine, dass er Hustenanfälle bekam.

Chris konnte nur noch die Rücklichter eines Fahrzeugs in weiter Ferne entschwinden sehen. Hinterherspurten wäre sinnlos, dazu war die Entfernung viel zu groß. Außerdem setzte langsam die Dämmerung ein.

„Hier, übernimm Du bitte Miro, ich muss die Kollegen anrufen." Chris übergab Elli den tobenden Rüden und zückte sein Handy.

„Eh Scheißequirl, entschuldige bitte. Beruhige dich! Du hattest ja Recht mit Deinem Gekläffe. Bist ein braver Junge!" Zärtlich streichelte sie den wuscheligen Hundekopf.

„Na, ein Lob aus deinem Mund ist auch selten, aber ich habe Dich trotzdem lieb." Ebenso zärtlich leckte Miro ihre Hand ab.

„Du bist in Gefahr. Der will Dir sicherlich nichts Gutes. Wir müssen Dich beschützen." Eng drängten sich die beiden kleinen, treuen Gefährten an ihre Freundin.

Mittlerweile hatte Chris Kollegen herbeigerufen, die den Wald absuchten, jedoch außer Reifenspuren nichts entdecken konnten.

Später saßen Mayer und Chris bei einer Tasse Kaffee in Ellis Wohnzimmer und beratschlagten das weitere Vorgehen.

„Es könnte doch auch nur irgendein Spanner mit Vorliebe für Dessous sein", merkte Mayer an.

„An so viele Zufälle glaube ich nicht. Erinnere Dich doch an den letzten Besuch vor etlichen Wochen. Die Spuren stimmten damals überein. Wahrscheinlich heute auch wieder. Und außerdem dürfen wir das Attentat nicht vergessen und sowohl Kling, als auch dieser Hartmut Heck sind beide immer noch verschwunden. Nein, nein, da gibt es einen Zusammenhang. Elli ist vorhin wieder eingefallen, dass sie in der Nähe des Tatortes damals einen großen, weißen Geländewagen gesehen hat. Marke entweder Nissan Patrol oder Land Rover. Mit einer Beschriftung auf der Tür."

Ungläubig schaute Mayer ihn an.

„Jetzt so plötzlich ist der Zeugin das eingefallen? Wieso nicht damals schon?"

Chris merkte zwar, wie unglaubwürdig das klingen musste, aber über sein Erektionsproblem wollte er mit Mayer verständlicherweise nicht reden.

„Na ja, sie stand damals unter Schock, erst bei unserem Brainstorming vorhin fiel es ihr wieder ein."

„Brainstorming, so, so. Ich frage Dich jetzt nur als Freund: Du willst nicht zufälligerweise den Polizeischutz für Deine Freundin wieder genehmigt bekommen, oder?"

Jetzt hatte er Chris verärgert.

„Nein. Objektivität in meinem Beruf kann ich schon noch aufbringen. Am liebsten würde ich den Fall abgeben. Die Verknüpfungen zu meinem Privatleben nerven mich zunehmend, zumal mir anscheinend keiner mehr glaubt."

„Ich glaube Dir schon, aber erzähl das mal dem Chef. Der tobt immer noch wegen Deinem Verhalten neulich. Vielleicht solltest Du den Fall ja wirklich abgeben? Mal wieder etwas ausspannen." Beschwichtigend klopfte er Chris auf die Schulter.

Elli in der Küche, der das Gespräch nicht entgangen war, bekam Gewissensbisse. Stand Chris guter Ruf jetzt wegen ihr auf dem Spiel? Das konnte sie nicht so hinnehmen. So wie sie ihn kannte, würde er den Fall nur gezwungenermaßen abgeben. Er hatte sich wie ein Pitbull hinein verbissen. Allein schon wegen ihr würde er nicht klein beigeben. Der Konflikt war klar. So wollte sie das nicht mehr länger belassen.

Die Idee, den Mörder zu provozieren, um ihn zum Zuschlagen zu reizen, nahm immer mehr Gestalt in ihrem Kopf an. Nichts war für sie so schwer zu ertragen wie Ungewissheit. Wann und wo würde er wieder zuschlagen? Waren sie heute Abend schon in Gefahr gewesen? Wieso hatte der Typ einen Slip von ihr mitgenommen? Den Garten hatte sie schon durchsucht, ob das Teil vielleicht irgendwo verloren gegangen war. Jedoch vergeblich! Sie konnte sich auch deswegen so gut an den Slip erinnern, weil sie beim Aufhängen der Wäsche heute Morgen sehnsüchtig an den schönen Abend am Lagerfeuer denken musste. Damals hatte sie ausgerechnet jenen Slip getragen. Wie einfach und irgendwie unkompliziert war doch alles gewesen. Jetzt hing der Schatten eines Unbekannten, eines perversen Psychopathen bedrohlich über ihrem und Chris Leben. Auch ihre drei Hunde durfte sie nicht vergessen. Die kleine Susi stand seit ein paar Stunden wie unter Schock. Sie hatte einen vollen Rückfall erlitten und saß nur noch apathisch in einer Ecke herum, bis Elli sie zusammen mit Pida in die Räumlichkeiten der Praxis verfrachtete hatte. So ging es einfach nicht mehr weiter. Sie wollte nicht wie ein hilfloses Opferlamm auf ihr Schicksal warten. Als stets aktiver Mensch fasste sie einen Entschluss. Chris konnte sie davon jedoch nichts mitteilen, er wäre dagegen gewesen. Also musste sie diese heikle Angelegenheit im Alleingang durchziehen. Na ja, nicht ganz alleine. Sie wusste schon, woher Hilfe zu bekommen war!

Als Mayer endlich abgezogen war, schlug die Uhr halb elf. Für ihre Verhältnisse noch eher früh, aber Chris sah sehr erschöpft aus. Deprimiert und fertig!

Betont auffallend gähnte Elli.

„Ich bin total erschöpft von diesem ganzen Dilemma." Sie musste ihn ablenken. Vor allem weil ihr gleich Morgen früh eine schwerer Entschluss bevor stand, der sie leider dazu zwang, ihn anzulügen.

Sie setzte sich rittlings auf seinen Schoß.

„Wie war das eigentlich vorhin? Was hattest Du mir doch gleich sagen wollen? Dein Problem in dem Polizeibus damals am Baggersee?"

Und so setzte sie schamlos die Waffen einer Frau ein, um ihren Hauptkommissar auf andere Gedanken zu bringen.

40.

Güllegestank. Unerträglich. Chris und Elli standen am Leopoldshafener Baggersee und hielten sich angeekelt die Nasen zu. So etwas hatte keiner der beiden bisher gesehen. Überall tote Fische, die mit aufgetriebenen Bäuchen oben schwammen. Das Wasser- nur noch eine einzige eklige Jauche, giftgrün. Kein Badegast würde mehr freiwillig Schwimmübungen darin durchführen wollen. Immer mehr Besucher des Sees hatten sich in den letzten Tagen darüber beschwert. Der See war nahezu explosionsartig eutrophiert. Zwar hatten die hochsommerlichen Temperaturen ihren Teil sicherlich dazu beigetragen, aber so heftig und so schnell? Chris hatte beschlossen, sich das Ausmaß der Verschmutzung mit eigenen Augen anzusehen. Wäre er nicht durch das Heidelberger Attentat so abgelenkt gewesen, dann hätte dieser Besuch schon viel früher stattgefunden.

„Ich kann mir das einfach nicht erklären." Elli blickte mit traurigen Augen über ihr geliebtes Ausflugsziel. Überall Verwesung, Tod, Gestank. Sie hätte am liebsten entweder getobt oder geweint.

„Michael hat das Wasser nochmals untersucht, aber außer einer enormen, ungewöhnlich starken Blaualgenblüte nichts entdecken können. Das gibt es doch nicht! Wer oder was hat diese Sauerei verursacht? Das ist nicht normal. Ich kann mir auch keine natürliche Ursache dafür vorstellen."

Auch offiziell beauftragte Labors waren zu keinem anderen Ergebnis gelangt, wie Chris aus zuverlässiger Quelle wusste.

„Seit dem Mord im Mai ist alles nicht mehr so, wie es einmal war. Der Mörder hat mir gründlich den Sommer und auch diesen wunderschönen See versaut."

Chris legte tröstend einen Arm um sie.

„Hätten wir wenigstens Giftabfälle, Düngemittel oder irgendetwas der Art gefunden, dann wäre die Sache klarer. Aber lediglich diese Unmasse an Algen."

Chris blickte nachdenklich über den See.

„Ich bin zwar, was Biologie angeht, immer eine Niete gewesen", gab er zu. „Aber würde das Züchten von Algen Deiner Ansicht nach für die Industrie oder Wissenschaft von Bedeutung sein?"

„Diese Blaualgenart hier garantiert nicht. Kommt im Sommer in fast jedem See vor. Wissenschaftlich völlig uninteressant. Ihr vermehrtes Auftreten kann verschiedene Ursachen haben, wie Abwässer oder Urin der Badegäste, Düngemittel, faulende Baumstumpfreste oder vorhergegangene Starkregenfälle. Allerdings all dies trifft hier wohl kaum zu. Und starken Regen hatten wir in letzter Zeit auch nicht. Selbst wenn einer die hier absichtlich heran gezüchtet hätte frage ich mich weshalb? Es sei denn, derjenige ist komplett gestört."

„Oder er will sich an irgendjemandem rächen. Der Gemeinde oder der Allgemeinheit."

Elli war von Chris These nicht recht überzeugt.

„Das ist aber echt umständlich. Er müsste ja ständig neue Algen oder Düngemittel in den See gekippt haben. Das wäre doch aufgefallen. Es sei denn …“

„Der weiße Geländewagen.“ Kam es aus zwei Mündern gleichzeitig.

„Wir sind uns wirklich sehr ähnlich“, lachte Elli.

Chris lachte nicht. Er war tief in Gedanken versunken.

„Wenn einer mit einem Geländewagen hier lang fährt, regelmäßig, mit einer Beschriftung auf dem Auto. Was würde deiner Ansicht nach am wenigsten auffallen?“

Elli überlegte angestrengt.

„Hm, vielleicht irgendwelche Bauarbeiten, waren aber keine in letzter Zeit oder Schnakenbekämpfung oder Angler. Schnakenbekämpfung würde wenigstens zur Jahreszeit passen. Tja, und der arme Herr Klug hat vermutlich irgendetwas beobachtet. Könnte passen.“

„Keine schlechte Idee. Ich lasse mal die Firmen oder Organisationen überprüfen, die dafür zuständig sind. Vielleicht werde ich ja fündig. Man müsste nachts hier Beobachtungsposten aufstellen, was ich allerdings nie genehmigt bekomme, da keiner so recht an einen Zusammenhang mit dem Mord glauben will. Tja Geldknappheit, wie überall. Komm, lass uns fahren. Der Anblick hier deprimiert zu sehr.“

41.

Ein großes Treffen war anberaumt worden. Elli hatte alle Bandmitglieder der HotDogs, mit Ausnahme natürlich von Jonny, der immer noch im Krankenhaus lag, zusammengetrommelt. Auch Chris hatte keine Einladung erhalten und das absichtlich. Würde er den wahren Grund erfahren, wäre der

Ärger vorprogrammiert. Das allerdings nahm Elli in Kauf. Sie wollte ihn nicht weiter in Konflikt mit seinem Beruf bringen.

Als alle eingetrudelt waren, ergriff sie das Wort.

„Also, schön dass ihr alle da seid. Wir haben da ein Problem. Genauer gesagt ein großes Problem. Ihr wisst ja, dass der Anschlag mit Sicherheit auf mich gemünzt war und nicht auf Jonny. Wir haben auch wieder Spuren entdeckt, diesmal hier im Garten. Derjenige hat sogar einen Slip von mir mitgehen lassen."

Entsetzten in der Runde.

„Du bist in ernsthafter Gefahr, Elli." Michael sprang unruhig auf. „Da müssen wir doch irgendetwas unternehmen!"

„Genau meine Worte. Setz Dich bitte wieder, Du machst mich noch ganz irre mit Deinem Rumgerenne. Du bist so nervös heute. So kenn ich Dich ja gar nicht! Danke. Ich dachte mir, wir sollten dem Mörder zuvorkommen, weil mich diese Opferlammhaltung granatenmäßig ankotzt. Wir sollten ihn zum Zuschlagen provozieren."

„Bist Du verrückt geworden? Und was meint Chris dazu?" Diesmal war Bobby an der Reihe aufzuspringen.

„Mag sein, dass ich verrückt bin, aber nicht komplett verblödet. Chris weiß davon nichts. Absichtlich. Ich möchte ihn in keinen Konflikt mit seinem Beruf bringen. Den Ärger hinterher muss ich halt ausbaden. Ihr kennt doch alle den Karl und seine wirklich durchgeknallte Truppe."

„Was sollen wir denn mit dieser Motorradgang anfangen? Die sind ja gemeingefährlich. Außer Harleys haben die doch nicht wirklich viel im Hirn." Michael war entrüstet.

„Na ja, gemeingefährlich sind die nicht wirklich. Sie sehen bloß so aus. Was ihre Intelligenz angeht, täusche Dich da mal nicht. Das Äußere sagt nicht alles über einen Menschen aus. Und genau aus diesem Grund könnten sie uns nützlich sein. Denn für ihre Freunde tun die alles."

„Jetzt mach es nicht so spannend und erzähle."
„Wenn ihr mich nicht ständig unterbrechen würdet, ginge das auch. Ich habe folgenden Plan ..."

42.

Simone Eckert ging mit ihrem Malinoisrüden Big spazieren. Gemütlich spazierengehen konnte man das allerdings nicht nennen. Der wegen einer Bauchspeicheldrüsenerkrankung ausgemusterte ehemalige Polizeihund war am Schnüffeln. Und wenn ein Malinois am Schnüffeln ist, dann gründlich, mit Elan und Ausdauer. Er zerrte sein Frauchen hinter sich her. Ohne Leine wäre im Moment gar nichts gegangen. Der enorme Jagdinstinkt des Rüden widersprach dem eindeutig.

„Oh Big, Du nervst heute wieder. Zerr doch nicht so. Denk doch einmal an mein eh schon lädiertes Kreuz", schimpfte Frau Eckert.

Big ließ sich davon allerdings nicht beeinflussen. Er hatte eine interessante Spur in der Nase. Hoch interessant! Kein Wild diesmal, keine Hase oder Reh, sondern etwas viel Besseres. Er musste an seine berufliche Tätigkeit zurückdenken, die im eigentlich sehr viel Freude bereitet hatte. Bis zu seiner Erkrankung. Manchmal bedauerte er sein Ausscheiden aus dem Polizeidienst. Allerdings hatte er bei seinem neuen Frauchen viel mehr Spaß und konnte seinen Willen auch besser durchsetzen. So wie im Moment gerade. Das roch ja immer intensiver!

„Wenn Du jetzt nicht aufhörst, dann gehen wir zurück. Ich kann Dich kaum mehr halten. Fuß!"

Keine Reaktion von Seiten Bigs. Er war völlig in Gedanken weggetreten und hatte seine Nase an der Spur festgedockt.

Alle Ereignisse im Leben haben ihre Vor- und Nachteile. So auch das folgende. Frau Eckert stolperte unerwartet über eine Wurzel, stürzte der Länge nach hin, verlor die Hundeleine aus der Hand und Big sauste wie ein geölter Blitz endlich freigelassen in den Wald.

„Big, hier!“, brüllte die Gestürzte in Panik, wohl wissend, dass dies vollkommen überflüssig war. Ein jagender oder spürender Malinois ist im Normalfall so gut wie gar nicht zu bremsen. Hoffentlich war kein Jäger im Moment unterwegs, betete Frau Eckert in Gedanken. Der hätte sicherlich nicht gezögert, den Rüden abzuknallen.

So schnell wie möglich spurtete sie hinter dem Flüchtigen her und fluchte dabei lautstark.

Big folgte seiner Nase. Da vorne, noch etwas weiter roch er-Blut und Aas. Lecker! Kein Wildblut allerdings, sondern wohl eher Menschenblut. Seine Ausbildung kam ihm dabei sehr zu Gute. Weiter und weiter ging es hinein in den Wald. In der Gegend war er noch nie gewesen. Abrupt endete sein schneller Lauf vor einer Hütte. Da ging es für ihn nicht weiter. Ärgerlich! Suchend umkreiste er die Hütte. Einen Eingang fand er nicht. Also gab er, wie gelernt, Laut.

Simone Eckert lief ganz nach ihrem Gehör, das in weiter Ferne das Bellen des Hundes vernahm. Es schien sich auch nicht weiter zu entfernen. Vielleicht hatte er ja ein totes Reh oder einen toten Hasen entdeckt. Da gab es ja noch Hoffnung, ihn wieder einzufangen.

Völlig außer Atem und nach Luft japsend erreichte auch sie endlich die Hütte. Und welch Glück, drum herum tobte ihr Big.

„Da habe ich Dich ja endlich, Du Idiot. Mensch Du könntest jetzt tot sein.“ Hastig griff sie nach der herabhängenden Leine.

„Aber nicht annähernd so tot, wie der da drin", bellte Big, wohl wissend, dass sein Frauchen ihn natürlich nicht verstand.

„Jetzt hör auf, so zu bellen", herrschte sie ihn an. „Igitt, was stinkt hier eigentlich so bestialisch. Irgendwie süßlich, nach Aas. Komm lass uns gehen, da liegt sicherlich wo ein toter Hase rum."

Vergeblich versuchte sie, Big wegzuziehen. Er gab keinen Millimeter nach und kläffte immer lauter. Dann sprang er sogar mit den Vorderpfoten an der Tür hoch und drückte auf den Türgriff. Da die Tür nicht verschlossen war und zudem auch noch nach innen aufging, hatte er mit seinem Versuch Erfolg. Sie schwang nach innen auf und ein intensiver, Übelkeit erregender Aasgeruch drehte Frau Eckert schier den Magen um.

„Lass das, komm raus da!" Vergeblich zerrte sie an der Leine. Big sprang schon hinein.

Frau Eckert folgte ihm Not gedrungen und hinterher erinnerte sie sich nur noch an eins. Selbst die schlimmsten Horrorfilme im Fernsehen, die sie sich ab und zu ansah, konnten nicht annähernd dem gerecht werden, was sich gerade ihren Augen darbot. Ein Ekel erregender, blutiger Haufen in Menschengestalt, an dem sich schon Maden gütlich taten.

Mit letzter Kraft riss sie den Malinois hinaus, knallte die Tür zu und übergab sich im nächsten Gebüsch.

Mit zitternden Händen wählte sie 110 auf ihrem Handy und sank dann kraftlos zu Boden.

Chris hatte den Anruf in seinem Büro erhalten. Leichenfund in einer Jagdhütte im Dettenheimer Waldgebiet. Er stöhnte auf. Nicht noch ein Mord mehr. Er war mit den bisherigen schon mehr als genug beschäftigt. Müde und frustriert stieg er in seinen Audi und brauste los. Mayer neben ihm zeigte ebensolche Ermüdungserscheinungen.

„Nicht noch einer. Wir kommen so schon kaum mehr nach mit den Ermittlungen. Ich hoffe, Du bist nicht mehr sauer wegen gestern. Ich persönlich bin ja Deiner Meinung, was Frau Schönberg angeht, aber der Chef wird immer blöder und cholerischer. Er brüllt fast nur noch rum. Ich fürchte um unser beider Job, wenn wir nicht endlich Ergebnisse bringen."

„Ich muss Dir ganz ehrlich sagen, ich pfeife bald auf den Job. Nein, böse bin ich Dir nicht, aber der Druck wird für mich immer unerträglicher. Bin kurz vor dem Burnout. Aber so lange Elli in Gefahr ist, werde ich auf jeden Fall weitermachen."

„Du liebst sie sehr, stimmt's? Sie passt gut zu Dir, finde ich. Ich kann Dich voll verstehen. Halte bloß durch diesmal."

„Was meinst Du mit halte durch diesmal?"

Verlegen räusperte sich Mayer.

„Na ja, ich denke ja bloß an Deine verflossenen Blondinen. Die Beziehungen hielten nie sehr lange und taten Dir auch nicht gut."

„Stimmt. Aber diesmal ist es was anderes. Ich liebe Elli. Außerdem ist sie nicht blond."

Mittlerweile waren sie am Tatort angekommen. Rote Absperrbänder zogen sich über den Weg.

Dr. Walter Fronius von der Spurensicherung kam ihnen schon entgegen.

„Ich hoffe, ihr habt schon gefrühstückt. Das da drinnen ist heftig. Die Leiche liegt wohl schätzungsweise ein paar Wochen da drin. Nichts für empfindliche Mägen. Die sommerliche Hitze hat das Ganze noch beschleunigt."

„Todesursache?", fragte Chris trocken.

„Aber Herr Holland. Wir sind vor einer Stunde erst eingetroffen. Sie sind etwas ungeduldig. Das einzige, was ich bisher feststellen konnte, war ein tiefer Schnitt durch die Kehle, der wohl zu großem Blutverlust geführt hat. Den Rest kann ich erst nach der Obduktion mit Bestimmtheit sagen."

Chris und Mayer sahen sich wortlos an. Das kam ihnen doch bekannt vor! Doch ein Serienmörder?

„Ich gehe jetzt rein, wenn Sie mit der Spurensicherung fertig sind, Herr Fronius." Chris zog ein Taschentuch aus seiner Hosentasche und hielt es sich vor die Nase. Der Leichengeruch war draußen schon heftig.

„Ganz kurz noch, bitte. Übrigens da drüben im Polizeibus sitzt die Zeugin, die das Schlamassel hier entdecken musste. Genauer gesagt ihr Hund hat die Leiche gefunden. Vielleicht reden Sie zuerst mit ihr. Sie ist noch ziemlich mitgenommen."

Chris und Mayer gingen zu dem Bus und trafen dort auf eine etwa vierzigjährige Frau mit einem Malinoisrüden, der Chris sofort freundlich anwedelte und beschnupperte.

Die Frau war käsebleich und knetete krampfhaft ein Taschentuch in den Händen. Vor ihr stand eine kleine Flasche Wasser.

Chris legte ihr freundlich die Hand auf die Schulter.

„Guten Tag, mein Name ist Holland von der Kripo Karlsruhe. Ich habe gehört Frau … Sie haben die Leiche entdeckt?"

„Ja, leider. Genauer gesagt mein Big hier hat sie entdeckt. Er ist mir etwa fünfhundert Meter weiter vorn ausgebüchst, wie ich Ihnen gestehen muss und steuerte zielsicher auf diese Hütte zu."

„Na, da hat er ja einen sehr guten Geruchssinn."

„Den hat er. Er machte das früher beruflich."

Da Chris mittlerweile an die merkwürdigen Ausdrücke von Hundefreunden gewöhnt war, wunderte ihn das kaum.

Mayer schon.

„Beruflich?", platzte er heraus. „War er etwa Polizist oder Jäger?"

„Ersteres“, entgegnete die Frau ernsthaft. „Bis zu seiner Bauchspeicheldrüsenerkrankung war er Polizeihund. Er hat einige Jahre als Leichenspürhund gearbeitet.“

„Na, dann war er ja hier voll in seinem Element, der Herr Kollege“, murmelte Mayer.

„Frau …?“

„Eckert, Simone Eckert.“

Chris setzte sich ihr gegenüber und blickte sie freundlich an.

„Frau Eckert wären Sie in der Lage, uns kurz zu berichten, was genau vorgefallen ist?“

Sie schnäuzte in das nicht mehr ganz saubere Taschentuch, strich mit der Hand zittrig über ihre Trekkinghose und streichelte dann geistesabwesend den Kopf des Rüden.

„Da gibt es nicht allzu viel. Big riss mir die Leine aus der Hand, weil ich gestürzt war und rannte wie ein Pfeil direkt auf die Hütte zu. Dann gab er Laut. Ich kam dazu, wollte ihn weiterziehen, weil ich ein totes Kaninchen vermutete, dem Geruch nach zu schließen. Er sprang an der Tür hoch, drückte die Türklinke nach unten, und die Tür schwang nach innen auf.“

Sie holte krampfhaft Luft. Chris hielt beruhigend ihre Hand.

„Not gedrungen ging ich hinter ihm her und wäre beinahe auf das, die …. getreten. Dann stürzte ich nach draußen, übergab mich im Gebüsch. Der Geruch, grauenvoll! Dann rief ich über Handy ihre Kollegen an.“

„Ihnen ist sonst nichts aufgefallen? Ein Fahrzeug, ein anderer Spaziergänger?“

„Nein, so früh am Morgen ist hier normalerweise keiner. Außerdem liegt die Hütte so abgelegen, dass ich noch nicht einmal wusste, dass es sie überhaupt gibt. Und ich bin hier schon oft spazieren gegangen.“

Chris überließ die Frau den Kollegen fürs Protokoll und begab sich Richtung Hütte. Mayer beschloss, im Polizeibus zu bleiben, da sein Magen jetzt schon rebellierte.

Da es nicht Chris erste Leiche war, zog er sein Taschentuch wieder heraus, sprühte etwas Pfefferminzspray darauf, welches er für solche Fälle immer bei sich trug, und hielt es sich vor die Nase. Seiner Erfahrung nach milderte das doch etwas den Gestank.

Er trat über die Schwelle und erblickte im dämmrigen Licht, das durch ein kleines verschmutztes Fenster herein schien, in der Ecke die Leiche. Bei dem Anblick würgte es sogar ihn. Er trat näher heran, ging in die Hocke und musterte die Bekleidung des Opfers. Offensichtlich ein groß gewachsener, schlanker Mann mittleren Alters. Da dieser mit dem Gesicht Richtung Boden lag, war glücklicherweise sein Gesicht nicht zu sehen. Wäre es auch sonst nicht mehr gewesen, mutmaßte Chris. Da blieb sein Blick plötzlich an etwas hängen. Unter dem Hals lugte eine Krawatte hervor. Sie war gut erhalten und kleine Computer das Motiv. Schwarz-weiß. Er sprang auf. Verdammt! Die Krawatte kannte er. Der Anzug und die Gestalt würden auch dazu passen. Nachdenklich ging er wieder nach draußen.

„Eh Mayer, das ist kein neuer Fall.“

Verwirrt stieg der Angesprochene aus dem Bus.

„Wie, kein neuer Fall? Was denn sonst?“

„Wenn ich mich nicht total irre, dann ist unsere Leiche hier der Hartmut Heck.“

43.

„Hartmut?“ Entsetzt hielt Elli die Hand vor den Mund. Tränen stiegen ihr in die Augen.

„Nein, das darf nicht wahr sein. Ich hatte immer noch gehofft, er wäre vielleicht in Urlaub oder auf eine Tagung gefahren." Dass diese Hoffnung ziemlich unrealistisch gewesen war, behielt Chris für sich.

„Es tut mir leid." Er schloss sie in die Arme. „Heute Morgen wurde er von einer Hundespaziergängerin im Dettenheimer Wald gefunden."

„In Dettenheim? Wie kam er denn dort hin? Hartmut hatte für Natur nichts übrig. Er war voll und ganz Computermensch."

„Ich vermute, sein Mörder hat ihn dort hin gebracht. Die Spurensicherung stellte sicher, dass die ehemalige Jagdhütte, in der er gefunden wurde, nicht der Tatort war. Wann hast Du ihn eigentlich zuletzt gesehen?"

Sie rückte etwas von ihm ab.

„Eh, ich habe ihn sicher nicht abgemurkst. Zuletzt gesehen habe ich ihn vor ein paar Wochen am Baggersee, wie Du wissen müsstest. Wir haben uns danach ja heftig gestritten, weil Du glaubtest, er hätte mich bedroht. Inzwischen denke ich eher, er wollte mich vor irgendetwas warnen oder schützen."

„Hallo, ich halte Dich sicher nicht für eine Mörderin. Wie kommst Du nur darauf?" Chris war verwirrt.

Elli war klar, dass die Situation sie überforderte. Auf der einen Seite musste sie ihn belügen, wegen des Vorhabens, welches sie mit den HotDogs geplant hatte. Das allein schon bereitete ihr Gewissensbisse. Dann noch der tote Hartmut, das war mehr, als sie im Moment verkraften konnte. Auch Chris schien extrem unter Spannung zu stehen.

Eine echte Zerreißprobe für ihre noch junge Beziehung.

Abrupt wandte sie sich ab und ging in den Garten. Chris folgte ihr.

„Was ist eigentlich mit Dir los? Seit ein paar Tagen wirkst Du auf mich so distanziert.“ Er versuchte, sie umzudrehen. Sie konnte ihm nicht in die Augen sehen, was ihm nicht entging.

Sie beschloss, ihm eine Halbwahrheit aufzutischen.

„Also, ich habe ein schlechtes Gewissen.“

„Wieso das denn? Weißt Du mehr über den Fall, als Du mir erzählt hast? Wenn ja, dann bitte raus mit der Sprache.“

„Nein, nicht immer nur Dein Fall! Es gibt im Leben noch anderes“, giftete sie.

Chris spürte das alte Dilemma, welches sich den meisten Polizeibeamten irgendwann stellt. Das Privatleben niemals mit dem Beruflichen zu verknüpfen. Bisher hatte er es geschafft, immer beides zu trennen. Bei Elli war das natürlich unter der gegebenen Konstellation nicht möglich. Es machte ihn fertig.

Erschöpft setzte er sich auf einen Gartenstuhl neben dem Teich und bedeckte sein Gesicht mit den Händen.

Elli versetzte es einen Stich ins Herz, ihn so verzweifelt zu sehen. Was sollte sie machen? Alles wieder abblasen? Das ging jetzt nicht mehr. Sie hatte den Stein schon ins Rollen gebracht. Der Mord an Hartmut weckte außerdem noch mehr Wut in ihr. Sie beschloss, die Sache trotzdem durchzuziehen, wenn gleich das Risiko jetzt noch um einiges größer geworden war.

Sie ging vor Chris in die Hocke und legte ihren Kopf auf seine Knie.

„Entschuldige bitte. Ich war gemein zu Dir. Aber mein schlechtes Gewissen hat mit einem Konzert zu tun, welches wir am Samstagabend geben. Und da ich dachte, Du wärst im Moment zu sehr im Stress, habe ich einen anderen Gitarristen engagiert. Ich weiß, das ist Dir gegenüber unfair, aber ich wollte Dir den ganzen Probenaufwand ersparen. Es ist auch nur ein unbedeutendes kleines Konzert hier im Ort“, wiegelte sie beschwichtigend ab.

Chris war trotzdem verletzt. Der letzte Auftritt hatte ihm, bis auf den Mordanschlag natürlich, sehr viel Spaß gemacht. Er hatte auch die Harmonie innerhalb der Band sehr genossen. Wieso tat Elli ihm das jetzt an? Er verstand gar nichts mehr. Es tat weh. Vielleicht war er ja auch zu müde, um überhaupt noch vernünftig reagieren zu können.

Abrupt sprang er auf, Elli plumpste dabei unsanft auf ihren Allerwertesten.

„Ich muss gehen. Wir haben noch viel zu tun. Dir ist hoffentlich klar, dass die Situation für Dich noch gefährlicher geworden ist nach diesem Fund. Ich hoffe, das Konzert ist Dir wichtig genug. Vielleicht bekomme ich ja eine Gratis Eintrittskarte. Den heutigen Abend werde ich mal in meiner eigenen Wohnung verbringen.“

Als sie die Haustür ins Schloss fallen hörte, brach Elli in Tränen aus. Genau das hatte sie befürchtet! Er war zutiefst verletzt. Sie musste zugeben, dass ihr Verhalten nach außen hin auch sehr schäbig wirken musste. Dabei wollte sie ihn doch bloß in keinen weiteren Konflikt stürzen. Am liebsten hätte sie alles abgeblasen. Aber sauer war er jetzt eh schon. Vielleicht würde er sie nach dem Konzert besser verstehen.

Der Schmerz über Hartmuts Tod saß fest. Was hatte er nur herausgefunden? War er dem Mörder zu nahe gekommen? An Zufall war nicht zu denken. So viele Zufälle gab es im Leben einfach nicht. Erst dieser Klug, dann Johnny und jetzt Hartmut. Chris hatte ihr gar nicht mitgeteilt, wann Hartmut ermordet worden war und wie.

Sie musste sofort Michael anrufen.

„Hallo Michael. Wie geht’s?“

„Soweit alles im grünen Bereich. Klappt das mit Samstag?“

„Äh ja. Aber pass auf. Chris hat mir gerade eine furchtbare Mitteilung gemacht."

„Was denn? Will er etwa unbedingt mitspielen?"

„Das auch, er ist stinksauer. Aber noch etwas viel Schlimmeres. Hartmut ist ermordet worden."

„Was? Hartmut? Oh nein. Wie schrecklich! Wie das denn?"

„Ich weiß auch nichts genaueres, da Chris sehr schnell beleidigt wieder abgezogen ist. Er sagte mir nur, Hartmut wäre von einer Hundespaziergängerin im Dettenheimer Wald in einer Jagdhütte gefunden worden."

„Wald? Das passt überhaupt nicht zu Hartmut. Irrt er sich da nicht?"

„Glaube ich kaum. Die Jagdhütte scheint auch nicht der Tatort gewesen zu sein. Vermutlich hat der Mörder ihn dorthin verfrachtet. Ich bin wohl eine der Letzten, die Hartmut lebend gesehen haben. Vielleicht sogar die Allerletzte, außer seinem Mörder natürlich."

„Das war doch am Leopoldshafener Baggersee vor ein paar Wochen. Oh Gott, Du bist in schrecklicher Gefahr. Bei Hartmut hatte ich ja schon fast mit dem Schlimmsten gerechnet. Aber dann Gewissheit zu haben ist furchtbar."

Es folgte längeres Schweigen. Beide versuchten, sich zu fassen.

„Ich kann heute gar nicht mehr weiterarbeiten. Weißt Du was, ich werde stattdessen Hartmuts Dateien hier nochmals genau durchforsten. Vielleicht habe ich irgendetwas übersehen."

„Ich dachte, die Polizei hätte seinen Computer schon vor Wochen sichergestellt."

„Richtig. Aber ich habe mir vorher alles runterkopiert."

„Super. Ja mach das bitte. Vielleicht fällt dir ja noch was auf. Guck doch noch einmal, ob er was über den See und seine Eutrophierung herausgefunden hat. Ich bin mir sicher, dass da ein Zusammenhang besteht. Vergiss auch die Unmasse an Blaualgen nicht."

„Schon klar, Chefin, werde nichts vergessen. Aber hältst Du die Sache am Samstag denn wirklich jetzt noch für eine gute Idee? Du bringst Dich selbst und vielleicht andere in große Gefahr."

„In großer Gefahr sind wir doch sowieso schon alle. Siehe Hartmut. Nein, ich werde es durchziehen."

„Und was ist mit Chris? Meinst Du eure Beziehung bekommt da keinen Knacks?"

Sie schluckte trocken.

„Ich hoffe nicht."

„Das hoffe ich auch sehr. Es fing doch alles so schön an mit euch beiden."

„Ja, das tat es. Im Moment allerdings ist der Druck von allen Seiten einfach zu groß. Ich möchte endlich wieder ruhig schlafen können. Seit der Typ hier im Garten war, fühle ich mich unwohl."

„Und wie wäre es, wenn Du verreist? Für eine Woche oder so? Vielleicht kann Chris dann in Ruhe den Mörder fassen."

„Mal sehen. Warten wir den Samstag ab. Vielleicht klappt unser Plan ja und der Mörder schlägt zu."

„Eigentlich hoffe ich, dass der Versuch nicht gelingen wird. Wir werden sehen. Du, ich habe einen anderen Anruf in der Leitung. Muss Schluss machen. Ich melde mich. Bis dann."

Elli brauchte Abstand. Sie packte ihre Hunde ins Auto und fuhr auf den Michaelsberg. Dort wollte sie in aller Ruhe nachdenken.

So vieles war in diesem Sommer vorgefallen. So viel Schönes, aber auch Trauriges. Sie ließ sich auf der Stelle am Kaiserberg nieder, an der sie vor Wochen mit Chris gesessen hatte. Wehmütig dachte sie an diesen wunderschönen Sonntagmorgen zurück. War ihre Beziehung zu Chris schon am Ende angekommen? Das würde sie nicht verkraften. Sie liebte ihn zu sehr, um aufzugeben. Aber irgendetwas hatte sich eingeschlichen. Etwas Ungutes. Sie konnte es nicht benennen. Allerdings musste sie auch die gegenwärtige Situation berücksichtigen. Chris war von allen Seiten gefordert. Er musste einfach so reagieren, wie vorhin. Sie selber hätte so viel Druck überhaupt nicht verkraften können. Sie fühlte sich zwar nach wie vor bedroht, hatte aber wenigstens keinen nervigen Chef im Genick, der Ergebnisse forderte. Sollte sie das Konzert absagen? Stattdessen verreisen, wie Michael vorgeschlagen hatte? Fliehen war für sie keine Lösung. Seit Tagen trug sie immer ein Pfefferspray und ein Butterfly Taschenmesser mit sich. Beides zwar nicht wirklich legal, aber ihr Leben war ihr wichtiger. Allerdings gegen eine Schusswaffe konnte dies auch nichts ausrichten. Sie dienten oberflächlich nur zu ihrer Beruhigung. Verzweifelt nagte sie an ihrer Unterlippe. Sie vermisste die Nähe zu Chris schmerzlich. Wenn er wegen des Konzertes so verletzt war, sollte sie es vielleicht doch absagen. Sie wollte ihn nicht verlieren.

Spontan wie immer sprang sie auf. Sie beschloss, ihn zu überraschen und einfach bei ihm zu Hause aufzukreuzen. In seiner Wohnung in Karlsruhe waren sie bisher eher selten gewesen. Vielleicht könnte sie ihn wieder einmal besänftigen. Auf jeden Fall wollte sie ihm reinen Wein einschenken und dann alles absagen, obwohl das Konzert schon groß überall plakatiert worden war. Erleichtert startete sie ihren Jeep und fuhr los.

Im Musikerviertel angekommen, war wie üblich nirgends ein Parkplatz zu finden. Sie kreiste ein paar Mal ums Karree, fand dann schließlich eine etwas weiter entfernte Parklücke. Nervös wollte sie gerade über die Straße eilen, als sie Chris auf der anderen Seite aus der Haustür treten sah. Noch ehe sie ihm zuwinken konnte, bemerkte sie, dass er nicht alleine war. Gerade noch konnte sie erkennen, dass er sich zu einer blutjungen Blondine neigte, um sie inniglich zu küssen. Im dem Augenblick verdeckte ein vorbeifahrender LKW Elli die Sicht. Übelkeit schwappte in ihr hoch. Als die Sicht wieder frei war, sah sie einen gutgelaunten Chris mit einem liebevollen Lächeln dieser Frau nachwinken. Dann trat er, ohne Elli gesehen zu haben, wieder in den Hausflur und verschwand.

Ihr wurde heiß und kalt zugleich. Ihr erster Reflex ließ sie beinahe hinüberrennen, um ihn zu verprügeln. Wieso tat er ihr das an? Hatte er sich wegen ihrer kleinen Meinungsverschiedenheit so schnell einer Anderen oder Verflossenen zugewandt? Sofort fiel ihr Erwin ein. Auch in dem hatte sie sich damals arg getäuscht. Eine endlose Lethargie bemächtigte sich ihrer. Sie hatte kaum noch die Kraft, sich zum Auto zurückzuschleppen.

Im Schneckentempo und mit blutendem Herzen kroch sie förmlich über die B36 zurück nach Hause.

Das Bild eines waidwund geschossenen Tieres zog ihr durch den Kopf. Ungefähr so musste sich dieses fühlen. Zu Hause angekommen taumelte sie ins Wohnzimmer und brach weinend auf dem Sofa zusammen.

Besorgt eilten die drei Hunde herbei.

„Was hat sie denn?“ Pida schleckte ihr besorgt die Hände ab.

„Hat der Mörder sie verletzt?“ Miro schnupperte alles gründlich ab.

„Nein, keine Verletzungen zu riechen. Na. dann kann es ja nicht so schlimm sein. Wahrscheinlich Weiberkram.“ Beruhigt plumpste er in sein Körbchen.

„Du gefühlloser Macho. Siehst Du nicht, wie schlecht es ihr geht?“ Pida drückte sich zu Elli aufs Sofa.

„Oh meine Gute." Elli zog sie fest die Arme. „Stell Dir vor, Chris hat mich betrogen. Er hat eine andere. Ich hätte mich nie auf ihn einlassen sollen. Habe es immer befürchtet."

Erneut brach sie in einen Weinkrampf aus.

„Oh nein, habt ihr das gehört? Das hätte ich von Chris nie gedacht." Pida war total entsetzt.

„Glaube ich nicht", grummelte Miro mit seinen Zähnen in einem Stück Ochsenziemer versenkt. *„Da irrt sie sich ganz sicher."*

„Wieso weint sie dann so sehr? Das muss doch einen Grund haben." Pida leckte sie weiterhin tröstend ab.

„Sagte ich doch. Weiberkram."

„Idiot!"

Als Elli keine Tränen mehr hatte, fühlte sie sich nur noch leer und ausgebrannt. Das war ja abzusehen gewesen. So ein gutaussehender Hauptkommissar konnte sich offensichtlich nicht mit einer Frau allein begnügen. Genau aus diesem Grund hatte sie sich nie wieder auf eine Beziehung einlassen wollen. Ausgerechnet der ansonsten so ehrliche Chris? Wie lange das wohl schon so ging mit den beiden? Was hatten junge Blondinen mit üppiger Oberweite nur an sich, dass alle Männer auf sie flogen? Sie kam sich mit ihren 36 Jahren unendlich alt vor. Sie zerfloss förmlich vor Selbstmitleid.

Nach etwa einer weiteren Stunde war sie von sich selbst nur noch angeekelt. Wut und Hass zogen in ihr auf. Am liebsten hätte sie Chris angerufen, um ihn zur Rede zu stellen. Allerdings ihr Stolz hinderte sie daran. Ihn ermorden fände sie jetzt wesentlich besser. Sie schwankte zwischen erstechen, vergiften oder erschießen. Leider besaß sie keine Schusswaffe und wenn, dann wüsste sie auch nicht so genau, wie die zu bedienen wäre. In so einer Situation gab es nur eine einzige Alternative: Putzen und Staubsaugen! Was sie auch sofort tat. Stundenlang, bis das gesamte Haus glänzte und die Hunde sich alle in den Garten geflüchtet hatten. Dann Fenster wienern, Bäder schrubben, Regale abstauben.

„Fast wünsche ich mich zurück nach Griechenland.“ Miro war total entnervt und verbellte alles und jeden.

„Dann geh doch! Du Mann! Hier störst Du uns sowieso nur“, befzte Pida wütend.

„Ach bitte, seid doch wieder lieb zueinander“, ertönte das zarte Stimmchen von Susi.

„Wir wollen aber nicht immer nur lieb sein“, kläfften Pida und Miro im Chor. Susi kroch mit eingekniffenem Schwanz unter eine Hecke.

Als Elli kurze Zeit später in den Garten trat und ihre drei Lieblinge vollkommen aufgelöst vorfand, Susi immer noch zitternd unter der Hecke kauernd, gesellte sich zu ihrer unbändigen Wut auch noch ein schlechtes Gewissen.

„Oh nein. Sorry, meine Ärmsten. Ist ja wieder alles gut. Entschuldigt bitte. Jetzt geht es mir etwas besser.“

„Wie wärs mit was Rechtem zu essen als Entschuldigung?“ Miro beschloss, die Situation sofort auszunutzen und kroch mit Bettelblick auf Elli zu.

„Widerlicher Schleimer!“ Pida kräuselte verächtlich die Lippen. *„Deine fette Schleimspur zieht sich schon durch den halben Garten.“*

„Oh Miro, habe ich Dich so verstört? Du Ärmster kannst ja gar nichts für dieses Dilemma. Komm, ich mache euch ein feines Abendessen.“ Zärtlich nahm sie den kleinen, jammervoll dreinblickenden Rüden auf den Arm und trug ihn hinein. Er machte sich absichtlich schwer und schlaff.

„Na, klappt doch immer, nicht wahr?“ Mit triumphierendem Blick zurück auf die beiden anderen ließ er sich bis zu seinem Napf tragen.

Pida und Susi trotteten hinterher und schüttelten nur verächtlich die Köpfe. Männer!

Elli füllte drei Näpfe mit köstlichem frischen Pansen und Gemüseflocken.

Als Miro sich schließlich laut rülpsend in sein Körbchen verzogen hatte, setzte sie sich mit Pida und Susi aufs Sofa und beschloss, jeglichen Kontakt mit Chris zu meiden. Anrufe von ihm würde sie nicht entgegennehmen und ihn auch an der Haustür abwimmeln. Bis Samstag waren es nur noch drei Tage. Bis dahin gab es noch genügend zu erledigen. Keiner sollte etwas von ihrer Trennung erfahren. Das hatte noch Zeit!

44.

Elli saß hinter der Bühne. Sie war zwar immer noch zutiefst verletzt wegen Chris und seiner Blondine, aber die mörderische Wut auf ihn hatte in den letzten drei Tagen absolutes, alleiniges Oberwasser gewonnen. Seine Anrufe hatte sie nicht entgegengenommen. Sie waren alle auf ihrem Anrufbeantworter gelandet. Die Rufnummernanzeige sei gepriesen!

Wut war leichter zu verkraften als Trauer. Sie hätte sich gar nicht erst auf so eine tiefe Beziehung einlassen sollen. Nie mehr! Das schwor sie sich zum letzten Mal! Ab jetzt war Schluss mit dem Beziehungsfrust. Vorher war es ihr besser gegangen.

Aber jetzt musste sie sich voll auf den Auftritt konzentrieren. Die Stücke standen fest, auch das Neue. Ein Extrageschenk für den Baggerseemörder! Der würde sich wundern. Elli war sicher, dass er das Konzert besuchen würde. Die Örtlichkeit auf dem Vereinsgelände der Leopoldshafener Stehsegler war ideal. Der Güllegestank des Seewassers zwar heftig, aber zu ertragen.

Wohltätigkeitskonzert für die Renaturierung des Sees. Provokation pur! Um Spenden werde gebeten! Wenn das den Mörder nicht reizen würde, was dann? Und sie direkt auf der Bühne!

Die Wut auf Chris ließ sie jegliche Furcht vergessen. Sollte der Mörder doch zuschlagen. Zu Karl und seinen Kumpels hatte sie vollstes Vertrauen. Sie waren im Publikum verteilt. Ihre schwarze Lederkluft war gegen normale Jeans und T-Shirts getauscht worden. Sie sollten ja nicht auffallen. Auch ihre Harleys hatten heute zu Hause bleiben müssen. Karl selber und seine engsten Freunde waren direkt vor der Bühne platziert worden. Auch sie unauffällig, aber, wie Elli wusste, bewaffnet. Und zwar nicht nur mit Pfefferspray. Schon aus diesem Grund war es gut, dass Chris nicht dabei war. Sie selbst trug eine kugelsichere Weste, ebenso die anderen Musiker. Versteckt unter weiten T-Shirts. Wenigstens ein gewisser Schutz. Am Eingang wurde jeder Gast von zwei Securityleuten unauffällig observiert. Ein Metalldetektor, gekoppelt an einen PC, befand sich versteckt hinter Werbeplakaten links und rechts des Eingangs, kontrolliert von Michael. Bisher hatte er nicht angeschlagen. Noch zehn Minuten bis zum Konzertbeginn.

Langsam lagen bei allen die Nerven blank.

Die Musiker versammelten sich im Kreis hinter der Bühne.

„Wenn jetzt noch einer aussteigen möchte, bitte sagt es. Ich bin keinem böse deswegen.“ Elli blickte in die Runde.

Insgesamt waren es sieben Musiker. Zwei aus Karls Gang, die auf der Bühne noch zusätzlichen Schutz bieten sollten. Sie spielten zwar offiziell Gitarre und Keyboard, ihre Instrumente waren jedoch nicht angeschlossen. Also reine Dummys. So konnten sie sich voll auf das Publikum konzentrieren. Ihre speziell präparierten Sonnenbrillen blendeten die Scheinwerfer aus.

„Jetzt steigt keiner mehr aus", meldete sich Bobby zu Wort. „Wir haben das alles zur Genüge durchgesprochen."

„Also gut, dann geht's los." Die Musiker fassten sich im Kreis kurz an den Händen und versuchten, Energie zu sammeln.

Sie traten gemeinsam auf die Bühne, jeder zu seinem Instrument. Elli war es schwindelig und leicht übel. Was hatte sie sich nur dabei gedacht? Im Moment kam ihr das ganze Vorhaben fast kindisch vor. Zumal es sie im Grunde ihre Beziehung zu Chris gekostet hatte. Der Preis war zu hoch gewesen. Die aufsteigenden Tränen schluckt sie runter und trat mutig ans Mikrofon.

„Hallo, liebes Publikum. Wir sind heute aus einem bestimmten Anlass hier. Unser schöner Baggersee ist gekippt. Ihr könnt es riechen. Wer oder was auch immer die Ursache dafür war, wissen wir nicht. Derjenige wird dafür noch büßen müssen. Aber es gibt Rettung. Mit Hilfe eines biologischen, langwierigen Verfahrens kann der See gerettet werden. Deswegen bitten wir um eine kleine Spende von Jedem. Der Eintritt war ja schon gratis. Und jetzt genießt das Konzert und hört gut zu."

So eine ernste Ankündigung hatten die Fans der Hotdogs noch nie gehört. Viele wunderten sich. Die Stimme der Sängerin hatte auch ungewohnt müde und matt geklungen. Einer allerdings wunderte sich darüber gar nicht. Er lächelte amüsiert und boshaft. Er hatte sich gut verkleidet und stand mitten im Publikum. Seine Chance!

Und schon ging's los. Wie gewohnt zuerst Rap, diesmal ohne Johnny, der zwar auf dem Weg der Genesung, aber immer noch im Krankenhaus lag.

Danach Coversongs. Elli wirkte sehr angespannt, längst nicht so locker und fetzig wie sonst.

Dreiviertel des Konzertes waren schon rum, als Elli zufällig Richtung Eingang blickte und dort mit Entsetzen, fast schon Panik, Chris erkannte, der sich gerade durchs Publikum drängte. Schon stand er direkt vor der Bühne. Elli warf ihm einen giftigen, mörderischen Blick zu und bedeutete Karl möglichst unauffällig, ihn nicht weiter zu lassen. Er baute sich auch prompt vor dem Hauptkommissar auf. Chris beschloss, erst einmal zuzuhören. Noch war ja gar nichts passiert. Es ärgerte ihn nur, dass er seine Waffe nicht dabei hatte. Sie lag noch auf dem Revier.

Elli beschloss, den Plan trotz seiner Anwesenheit durchführen. Er war ihr sowieso inzwischen völlig egal.

Zum nächsten Stück sammelten sich alle Musiker in einer Reihe nebeneinander auf der Bühne.

Lediglich das Schlagzeug war noch besetzt.

Jetzt oder nie!

Elli fing an, im Rhythmus zu klatschen. Nacheinander setzten die restlichen Musiker ein. Das Schlagzeug wie eine dumpfe, schwere Totenglocke im Hintergrund.

Dann begann sie mit dem Sprechgesang.

„Unser schöner See ist vernichtet worden von Dir."

Der nächste Musiker.

„Du hast allen Unheil und Tod gebracht."

Der nächste.

„Aber wir werden Dich schon kriegen"

Den Zuhörern wurde es langsam mulmig und unheimlich. So eine Musikrichtung war neu für diese Band. Klang eher wie Rammstein oder Atrocity.

„Brauchst Dich nicht mehr feige zu verstecken."

„Wir wissen genau, wer Du bist."

Chris ging gerade wieder mal ein Kronleuchter auf. Sie wollten provozieren, um den Mörder zum Zuschlagen zu animieren. Deswegen war auch seine Anwesenheit unerwünscht gewesen. Diese dumme Kuh!

Er wollte sich auf die Bühne stürzen, aber die beiden Muskelprotze hielten ihn gnadenlos fest.

„Komm schon. Komm raus aus Deinem feigen Versteck."

„Zwei Tote schon und ein dritter knapp entkommen."

Der Sprechgesang hatte etwas Hypnotisierendes, Magisches an sich. Die Temperatur schien rapide zu sinken. Manche fröstelte es schon. Die Gesichter der Musiker waren verschlossen, ernst, bedrohlich.

Chris zog seinen Ausweis aus der Tasche.

„Kripo Karlsruhe, lassen Sie mich sofort los."

Karl lächelte nur müde.

„Das kann jeder behaupten. Wir haben Anweisungen, keinen durchzulassen. Sie müssen warten, bis die da oben fertig sind."

„Dann ist es zu spät. Kapieren Sie mit Ihrem Spatzenhirn denn nicht, was da gerade vor sich geht?", brüllte Chris und schlug um sich.

„Das wissen wir sehr wohl. War genau so geplant von Elli. Wenn Du keine Ruhe gibst, dann …" Mit diesen Worten zog der breitschultrige Rocker eine Pistole aus der Tasche und drückte sie Chris unauffällig in die Seite.

Der Sprechgesang steigerte sich an Geschwindigkeit und Rhythmus. Fordernd, zwingend.

Einer im Publikum konnte kaum mehr an sich halten. Er fühlte sich gedemütigt und provoziert. Töten wollte er sie, Blut sollte fließen. Sein Atem ging immer schneller und heftiger. Kalte, schwarze Wut ballte sich in seinem Gehirn und ließ ihn schwindelig werden. Er ballte seine feuchten Hände zu Fäusten und griff in die Jackentasche.

„Los schon Du Feigling, zeig Dein wahres Gesicht."

„Kannst wohl immer nur aus dem Hinterhalt töten."

„Komm, komm wir fordern Dich heraus."

„Nur Mut!"

Chris war kurz vorm Durchdrehen. Blitzschnell rammte er dem Schlägertyp seinen Ellenbogen in den Bauch, schlug ihm zugleich die Pistole aus der Hand und sprang auf die Bühne.

Eine völlig überraschte Elli wurde gepackt, über die Schulter geworfen und hinter die Bühne verschleppt.

Die anderen Musiker verstummten.

Einer im Publikum zog die Hände wieder aus der Jacke und verließ abrupt, und schwer atmend das Gelände.

„Lass mich los, Du Arschloch!" Elli hämmerte mit den Fäusten auf Chris Rücken ein. „Du, Du … Idiot, ich hasse Dich!"

Der jedoch, völlig unbeeindruckt, murmelte vor sich hin.

„Ja, ja ich liebe Dich auch, mein Goldengel."

Ehe Chris allerdings noch eine einzige Bewegung machen konnte, sah er sich von vier ihn böse anfunkelnden Schlägertypen umrundet.

Karl trat lässig hinzu und meinte locker.

„Ich glaube, Du lässt sie jetzt besser wieder runter, Du angeblicher Kripobeamter. Auf Dich hatten wir nämlich schon gewartet."

„Wenn ihr keinen Ärger wollt, dann tretet jetzt sofort beiseite." Chris war doch etwas außer Atem gekommen, weil er immer noch die tobende und um sich schlagende Elli über der Schulter hängen hatte.

Karl zückte in aller Gemütsruhe ein Butterflymesser, während die anderen Typen noch näher herantraten.

„Lass sie los, aber sofort."

„Ja, Du Vollidiot. Wenn Du mich nicht augenblicklich absetzt, dann …" Elli versagte vor lauter Anstrengung die Stimme.

„Ach jetzt bin ich schon vom Arschloch über den Idioten zum Vollidioten mutiert. Grandioser Aufstieg. Na, diesmal bin ich wenigstens kein impotentes Arschloch, das es sich selber machen soll. Ich fühle mich geehrt."

Karl hielt die anderen zurück.

„Moment mal. Impotentes Arschloch? Dann kannst Du nur Chris Holland sein, stimmt's?"

„Ich sehe, mein guter Ruf ist mir schon vorausgeeilt."

Karl brach in schallendes Gelächter aus.

„Nichts für Ungut, Kumpel. Wir sollen Madame hier schützen. Haben schon viel von Dir gehört."

Er packte sein Messer weg und bedeutete seinen Helfern, zurückzutreten.

„Was regst Du Dich denn so auf Elli? Ist doch nur Dein Freund, der Dich beschützen will. Hätte ich an seiner Stelle genauso getan." Karl schüttelte verständnislos den Kopf.

Chris ließ sie wieder runter.

Blitzartig holte sie aus und versetzte ihm einen kräftigen Kinnhaken. Er taumelte rückwärts, hielt sich überrascht das schmerzende Kinn, parierte aber einen weiteren Schlag, indem er ihre Faust auffing. Sie wollte ihn treten. Jetzt hatte Chris die Nase gestrichen voll. Er packte sie im Polizeigriff mit dem Arm hinter dem Rücken verschränkt.

„Geht ihr immer so rabiat miteinander um?" Karl war neugierig geworden. So kannte er Elli überhaupt nicht.

„Na ja, manchmal ist sie halt ein klein wenig schlecht gelaunt, mein Herzblatt."

„Ich bin nicht mehr Dein Herzblatt, Du mieses Stück Scheiße. Wir sind getrennte Leute."

„Äh, ich glaube, wir lassen die beiden jetzt mal alleine und kümmern uns um den Rest. Vielleicht schlägt der Typ doch noch zu. Kommt Jungs."

„Karl, Du kannst mich doch jetzt nicht mit dem da alleine lassen.“ Elli verausgabte sich bis zum Äußersten bei ihrem vergeblichen Versuch, sich loszureißen.

„Du Ärmster.“ Der breitschultrige Rocker klopfte Chris tröstend auf die Schulter. „Ziemlich stressige Beziehung was?“

„Das kannst Du laut sagen. Übrigens hast Du einen Waffenschein?“

„Waffenschein? Wozu? Hab doch nur diese Kinderspielzeugpistole in der Tasche.“

„Kinderspielzeugpistole? Das war eine Walther PPK. Verarsch mich bitte nicht. Diesmal drücke ich ein Auge zu wegen ihr hier. Das nächste Mal allerdings gibt’s ernsthaften Ärger, alles klar?“

Karl grinste breit, neigte seinen kahl rasierten Schädel herüber und flüsterte Chris ins Ohr.

„Für die da würde ich alles tun. Glaub mir, die ist schwer in Ordnung. Also sei nett zu ihr, okay? Übrigens keine Sorge: ich habe natürlich einen Waffenschein. Hauptberuflich bin ich für eine Securityfirma tätig. Sozusagen Undercover-Bodyguard. Sollte sich nur nicht so herumsprechen, sonst ist mein Rockerimage gefährdet. Ach, und zur Befriedigung meiner Neugier: ist Elli eigentlich im Bett auch so heftig drauf, wie gerade eben?“

„Kein Kommentar. Der Kenner genießt und schweigt, Kollege.“

Mit dröhnendem Gelächter verließen die Gangmitglieder die beiden und begaben sich wieder vor die Bühne, wo die restlichen Musiker mittlerweile das Konzert weitergeführt hatten. Es erklangen softige Coversongs. Nichts war passiert!

„Wenn Du Dich langsam beruhigen würdest, dann könnte ich Dich zum Auto bringen.“

„Ich werde mich nicht beruhigen. Und zum Auto gehe ich sowieso nicht. Wir haben hier ein Konzert, wie Du vielleicht vergessen hast."

„Konzert! Klar das schon, aber nur zu einem Zweck. Und der ist mir bekannt, Du dumme, leichtsinnige Kuh. Ist Dir eigentlich gar nicht bewusst, was da eben hätte passieren können?"

„Das war ja Sinn und Zweck der Sache, die Du ruiniert hast, mit Deinem blöden, heroischen Machogehabe. Wir tragen alle schusssichere Westen, am Eingang ist ein Metalldetektor montiert und Karls Leute überall im Publikum verteilt. Das Risiko also gering."

Chris war wider Willen beeindruckt.

„Egal. Du kommst jetzt trotzdem mit oder wie lange soll ich Dir noch die Arme verbiegen?"

„Wieso sollte ich mit Dir mitgehen, Du Betrüger? Wir haben uns nichts mehr zu sagen."

„Das sehe ich anders. Wir werden uns nachher bei mir zu Hause in aller Ruhe unterhalten, weil ich gerade gar nichts mehr kapiere."

Elli sah ein, dass sie gegen ihn im Moment nicht ankam. Allein kräftemäßig war er ihr überlegen. Da sie nicht noch mehr Aufsehen erregen wollte, ließ sie sich scheinbar brav zu Chris Auto führen. Der schloss auf, bückte sich hinein, sie rannte weg. Weit allerdings kam sie nicht, denn nach etwa zwanzig Metern hatte er sie eingeholt, packte sie am Arm, riss sie grob zu sich herum und war jetzt richtig sauer. So einen Gesichtsausdruck hatte sie an ihm noch nie gesehen. Eiskalt, hart und mörderisch.

Wortlos zog er Handschellen hervor, die im Handschuhfach gelegen hatten und fesselte sie damit.

Elli war so schockiert, sowohl über die Handschellen, als auch über seinen Gesichtsausdruck, dass es ihr die Sprache verschlug.

Sie beschloss, erst einmal klein beizugeben. Vermutlich musste sie ihm die Sachlage doch gründlicher erläutern. Er hatte offensichtlich noch nicht einmal ein schlechtes Gewissen, wegen seines Seitensprungs. Der sollte sich noch wundern!

Sie blickte aus dem Beifahrerfenster stur nach draußen, ignorierte ihn völlig.

In Chris tobte eine Mischung aus mörderischem Zorn und Verzweiflung. Was hatte er nur verbrochen, um so eine Reaktion bei Elli zu provozieren? Klar, das Konzert hatte er versaut. Aber deswegen die Beziehung zu beenden? Er hatte sie zwar die letzten drei Tage vernachlässigt, aber seine Anrufe waren alle auf ihrem Anrufbeantworter gelandet. Kein Rückruf ihrerseits. Das hatte ihn so verärgert, dass er auch keine Lust verspürt hatte vorbeizukommen. Auf dem Revier gab es alle Hände voll zu tun. Unter zwölf Stunden kam er selten weg. Das hatte ihn dann von seinen eigenen Sorgen abgelenkt. Am zweiten Tag allerdings schon fing er an, Elli zu vermissen. Er wollte sie sehen, spüren, sich bei ihr entschuldigen für sein abruptes Aufbrechen vor zwei Tagen. Und dann das hier. Was war nur passiert? Von Meter zu Meter wurde ihm elender zu Mute.

Er fuhr in einen Feldweg, stellte den Motor ab. Er drehte sich zu ihr, legte seine Hand schüchtern auf ihre angespannten, immer noch gefesselten Arme.

Sie schüttelte ihn angewidert ab.

„Es tut mir leid, dass ich Dir Dein Konzert vermasselt habe. Und den ganzen Aufwand, um den Mörder zu fangen. Die Idee war ja im Prinzip nicht schlecht. Aber wieso hast Du mir vorher nichts davon gesagt? Ich hätte Dir ja helfen können. Du hast auf keinen meiner Anrufe reagiert."

Schweigen.

Frustriert und traurig senkte er den Kopf.

„Ich verstehe gar nichts mehr. Ich schlage vor, wir fahren zu mir und dort reden wir miteinander."

Immer noch kein Kommentar. Elli würgte ihre Tränen hinunter, blickte weiterhin stur nach draußen.

Die restliche Fahrt verlief stillschweigend.

In seiner Dreizimmerwohnung in der City angekommen, führte er die immer noch gefesselte Elli nach oben. Drinnen schob er sie auf ein gemütliches Wohnzimmersofa und löste ihre Handschellen.

„Möchtest Du etwas trinken?", fragte Chris matt.

„Nein, danke. Aber Dir selbst kannst Du schon mal Zyankali einschenken", zischte sie, merkte allerdings, dass ihre unbändige Wut anfing sich langsam aber sicher in tiefe Traurigkeit aufzulösen.

Er ließ sich neben ihr nieder. Mit einem letzten Aufbäumen warf sie sich auf ihn und wollte ihm beide Fäuste ins Gesicht schlagen. Er fing sie ab und zog sie einfach in seine Arme, hielt sie fest an sich gedrückt.

Ihr letztes bisschen Wut verschwand sang und klanglos in einem Weinkrampf. Wie peinlich! Dabei hatte sie ihn doch so richtig fertig machen wollen. Stattdessen lag sie jetzt heulend wie ein Schlosshund in seinen Armen.

„Wieso hast Du mir das angetan?", schluchzte sie in sein T-Shirt. „War Dir unsere Beziehung nicht gut genug? Nur weil ich Dich nicht an dem Konzert habe teilnehmen lassen?"

„Moment mal." Er hob ihr Gesicht an und blickte verwirrt in ihre tränennassen Augen. „Unsere Beziehung war und ist mir schon immer wichtig gewesen. Ich wollte Dich doch nur vor einem weiteren Anschlag retten."

Wieder zog Wut in ihr auf. Er wollte seinen Seitensprung also verheimlichen, der Feigling.

„Du bist feiger, als ich dachte. Wenn man schon einen Seitensprung begeht, dann sollte man ihn wenigstens zugeben, wenn man dabei erwischt wird."

Abrupt sprang sie auf, trat mit blinden, tränenfeuchten Augen ans Fenster.

Sofort stand er neben ihr.

„Stopp, warte. Von was für einem Seitensprung redest Du eigentlich?"

Sie empfand nur noch kalte Verachtung.

„Gib's doch wenigstens zu. Ich war vor drei Tagen nachmittags um halb fünf hier bei Dir. Genauer gesagt wollte ich Dir ursprünglich unseren Plan über das Konzert mitteilen und hätte es dann vermutlich abgeblasen. Ich hatte Deine Enttäuschung gespürt. Ich parkte da drüben, weil hier wieder mal alles voll war. Gerade in dem Augenblick bist Du mit dieser superjungen, blonden, vollbusigen Schlampe aus der Haustür getreten, hast sie inniglich geküsst und ihr noch nach gewunken. Na, jetzt bist Du platt, was? War die wenigstens besser im Bett als ich? Hat sich's gelohnt? Überhaupt schon volljährig? Du weißt ja, auf Unzucht mit Minderjährigen steht immer noch Haftstrafe, Herr Hauptkommissar. Und wie lange geht das schon mit euch? Parallel zu unsere Beziehung oder was?"

Mit Hass erfülltem Gesichtsausdruck rannte sie zu Tür und wollte weg, nur weg von ihm.

Sie wollte die Tür aufreißen, das ging aber nicht, weil Chris sie plötzlich mit seinem ganzen Gewicht dagegen drückte. Er drehte sie zu sich herum, sah sie sehr ernst an.

„Ich habe noch nie mit meiner Nichte Rebecca geschlafen. Habe es auch garantiert nicht vor. Ja, sie ist erst sechzehn, erlebt gerade ihren ersten Liebeskummer und weinte sich deswegen bei mir aus. Ich bin für sie so eine Art Ersatzvater, weil meine Schwester in Scheidung lebt und ihr Daddy nichts von Rebecca wissen will. Und geküsst habe ich sie nur auf die Wangen."

Das schlug wie eine Bombe ein. Elli starrte ihn sprachlos und entgeistert an. Sie wäre beinahe ohnmächtig vor Beschämung an der Tür runtergerutscht, wenn Chris sie nicht festgehalten hätte.

„Deine Nichte? Ich, ich …", stammelte sie.

„Pst, sag jetzt einfach gar nichts mehr, bitte."

Schon lag sein Mund auf ihrem und versetzte sie in eine andere Art von Ohnmacht.

Sie fielen übereinander her, wie zwei ausgehungerte Wölfe.

Es war keine Zeit mehr, um es bis ins Bett oder auf ein gemütliches Sofa zu schaffen. Sie rissen sich gegenseitig förmlich die Kleider vom Leib.

Als Chris sie anhob, umschlangen sie ihn mit ihren schlanken Beinen.

Hinterher erst bemerkten sie, dass das rhythmische, dumpfe Dröhnen der Wohnungstür von ihnen verursacht worden war und mit Sicherheit das halbe Haus in Aufruhr versetzt hatte.

Die zweite Runde fand dann in Chris Bett statt, welches sich besonders für Elli gemütlicher gestaltete, als mit einer harten Holztür im Kreuz.

Elli vermutete, sie sei taub geworden, allerdings bemerkte sie nach einer Weile, dass das Summen in ihren Ohren nachließ und lediglich Chris Gewicht auf ihr sie schier erstickte. Aber das war ihr egal. Einen schöneren Tod konnte sie sich nicht vorstellen.

Erschöpft rangen beide nach Atem. Ihr beider Herzschlag wie ein heftiges Schlagzeugsolo.

„Hallo, wieder gelandet?", zärtlich strich sie über sein Gesicht.

„Hm? Ich glaube ich bin blind und taub geworden. Würde Dich gerne von meinem Gewicht befreien, kann mich aber nicht bewegen."

„Ist schon okay, ich wälze Dich runter."

Seite an Seite liegend blickten sie sich lange in die Augen.

„Wir sind schon zwei Chaoten. Es tut mir leid …", hub Elli an.

„Pst, nichts mehr mit leid tun und entschuldigen. Wir haben beide Mist gebaut." Zärtlich streichelte er über ihr Haar.

„Stimmt."

Etwa eine Stunde später setzte sich Elli auf die Bettkante.

„Hör zu. Wir haben uns beide ganz schön wehgetan."

„Oh, die Holztür war zu hart, sorry. Ich hätte mich etwas zurückhalten sollen."

„Quatsch", lachte Elli. „Ich meinte doch nicht die Tür. Halte Dich dabei bitte nie zurück. Wäre zu schade. Ich meinte unser Verhalten die letzten Tage. Ich habe Dir Unrecht getan, und Du hast ziemlich machomäßig überreagiert. Egal! Pass auf! Ich habe mir Folgendes überlegt. Ich behindere Dich nur bei Deiner Polizeiarbeit und werde für eine Zeitlang nach Griechenland fliegen."

Etwas in ihm zog sich schmerzvoll zusammen.

„Für wie lange?" Er fühlte sich plötzlich matt und traurig.

Sie bemerkte es und zog ihn zu sich heran.

„So lange, bis Du den Mörder dingfest gemacht hast oder meine Praxis kurz vor dem Bankrott steht. Nein, nicht wirklich. Ich denke, etwa zwei Wochen. Ich brauche den Abstand auch für mich. Irgendetwas Ungutes ist kurzfristig zwischen uns geraten. Das hätte ich ganz gerne wieder los. Ich muss mich sozusagen wieder auf „reset" stellen und einfach mal durchatmen. Es wächst mir alles über den Kopf."

Er seufzte tief auf.

„Du hast vermutlich Recht. Die Idee ist gut, aber ich werde Dich schrecklich vermissen."

„Ich Dich auch."

„Noch etwas. Ich versichere Dir eins. Ich würde niemals fremdgehen. Wie konntest Du mich so total falsch einschätzen? Hast Du das denn wirklich geglaubt?"

„Schon, denn bei meiner letzten Beziehung habe ich leider genau das erleben müssen. Daher bin ich vielleicht etwas übersensibel. Im Unterbewusstsein war mir wohl klar, dass so etwas eigentlich nicht zu Dir passt. Wir sind beide im Moment halt etwas arg durch den Wind. Der Abstand wird uns gut tun. Glaub mir. Meine Adresse in Griechenland werde ich auch nur Dir verraten, aus Sicherheitsgründen. Ich werde dort bei guten Freunden wohnen, die hier keiner kennt. Dann kannst Du in aller Ruhe arbeiten. Und meine drei Fellnasen lasse ich hier bei Freunden."

„Ist schon in Ordnung. Aber heute Nacht gehörst du mir allein."

„Das will ich auch schwer hoffen."

Er zog sie wieder auf das Bett hinunter.

45.

Tränenreiche Abschiede auf Flughäfen waren nicht ihr Ding. So hatte sich Elli auch nicht von Chris, sondern von Michael zum Airpark Baden-Baden fahren lassen. Im Gepäck fünf leere Hundetransportboxen für den Rückflug. Ganz nach Ellis Motto, keinen Flug zu vergeuden, hatte sie mit der Fluggesellschaft verhandelt und die Erlaubnis erhalten, fünf griechische Hunde mitbringen zu dürfen. Somit war das Notwendige mit dem Praktischen verknüpft worden. Die Adresse der Freunde auf Rhodos hatte sie tatsächlich nur

Chris mitgeteilt. Noch nicht einmal ihr Handy war im Gepäck, da dieses sich hätte orten lassen. Sie wollte in aller Ruhe ausspannen, nebenbei Tierschutzarbeit leisten und viel, viel schwimmen und schnorcheln. Also eigentlich ihr Traumurlaub. Es fehlte nur Chris, um das Ganze zu vervollkommnen.

Dieser war mittlerweile voll eingespannt. Wie ein Pitbull in den Mordfall verbissen, recherchierte er stundenlang.

Laut Obduktionsergebnis war Hartmut Heck, ähnlich wie Reinhard Klug, die Halsaorta durchtrennt worden. Diesmal vermutlich mit einem Messer, welches sie allerdings bisher noch nicht hatten dingfest machen können.

Die Leiche war erst nach ihrer Ermordung in die einsame Jagdhütte verfrachtet worden. Reifenspuren gab es keine, da der Waldboden knochentrocken war. Seit Wochen schon keine Regenfälle mehr. Der Pächter der Jagdhütte, Helmut Bär, jagte inzwischen nicht mehr und somit verfiel die Hütte zusehend. Sie lag so versteckt im Wald, dass nur wenige von ihrer Existenz überhaupt wussten. Ohne den tapferen Malinois Big wäre Heck vermutlich erst sehr viel später entdeckt worden. Chris hatte Kollege Mayer zu Herrn Bär geschickt, um diesen nochmals zu befragen, er selber wollte in aller Ruhe im Internet surfen. Alle Themen durchforsten, die ihm für den Fall relevant erschienen. Eutrophierung, Blaualgen, Forschungen zu diesen Themen, sowie Suche nach dem Versender der fremdenfeindlichen Email nach dem Mordanschlag in Heidelberg. Auch den weißen Geländewagen mit einer Beschriftung hatte er nicht vergessen. Alle Firmen, die irgendwie mit Schnakenbekämpfung zu tun hatten, waren von ihm schon befragt worden. Keine davon nannte einen weißen Geländewagen ihr Eigen.

Das Telefon klingelte.

„Holland“, bellte er mürrisch hinein.

„Hallo Herr Holland, hier spricht Bensch von der Kripo Heidelberg. Wir haben soeben den Versender der Email vor ein paar Wochen bezüglich des Mordanschlages in Heidelberg ausfindig machen können."

„Super! Und wer ist es?" Chris hielt gespannt den Atem an.

„Na ja", kam die verlegene Antwort. „Es war ein vierzehnjähriger Schüler, der angeben wollte."

„Und das habt ihr erst jetzt herausgefunden?" Chris war maßlos enttäuscht.

„Leider ja. Der Schüler ist ein echter Hacker und hat sich über andere Email Adressen eingelinkt. Sehr geschickt angestellt. Unser eigener Computerfachmann hat ewig gebraucht, um das herauszufinden. Ich habe ihm schon vorgeschlagen, den Jungen bei uns als Berater einzustellen."

„Vielleicht keine schlechte Idee. Das hält ihn dann von anderen kriminellen Handlungen ab. Jedenfalls als Attentäter können wir ihn wohl abhaken."

„Ja, das können wir, zumal er ein sauberes Alibi hat. Er war an jenem besagten Abend nämlich brav zu Hause bei Mama und Papa. Die feierten zusammen mit Freunden Geburtstag. Also Zeugen mehr als genug. Tut mir leid, Herr Holland."

Wieder eine Spur, die im Sande verlaufen war. Allerdings ein weiterer Beweis dafür, den Baggerseemörder als den Attentäter anzunehmen.

Ratlos schenkte er sich einen Kaffee ein. Seine Gedanken weilten kurz bei Elli. Er hoffte, sie würde sich in ihrem Urlaub erholen. Sie hatte es sich mehr als verdient.

Aufseufzend gab er aus einer spontanen Eingebung den Namen Helmut Bär in die Google Suchmaschine ein.

Und landete neben seiner Adressenangabe bei einem Golfclub. Er rief die Seite auf und stieß dabei unter anderem auf ein Foto der versammelten Clubmitglieder. Gelangweilt blickte er erst kurz darauf, holte dann laut zischend Luft. Wer stand denn da direkt neben Herrn Bär? Detlef Kling. Das konnte kein Zufall sein. Die beiden waren befreundet! Steckte Bär etwa auch in der Sache mit drin?

Er griff zum Telefon, um Mayer noch rechtzeitig bei der Befragung von Bär zu erreichen. Scheinbar endlos klingelte dessen Handy, bis sich der Kollege endlich meldete.

„Mayer."

„Hallo, hier ist Chris. Ich hoffe, Du bist noch bei Bär."

„Ja, allerdings. Was gibt's?"

„Ich habe gerade eben herausgefunden, dass Bär und Kling sich kennen. Befreundete Golfer. Na, klingelt es da bei Dir? Vielleicht steckt Bär in der Sache mit drin oder Kling kennt die Hütte."

„Na, das ist ja ein Ding. Allerdings Bär kann da kaum mit drin stecken, da er seit einem Schlaganfall im Rollstuhl sitzt. Das lässt ihn als Mörder kaum in Frage kommen. Aber ich werde ihn mal wegen Kling befragen."

„Mach das. Wir sehen uns nachher hier auf dem Revier. Ich will heute den ganzen Tag Recherche im Internet betreiben."

Er wandte sich wieder seinem Computer zu, um diesen Golfclub näher ins Visier zu nehmen. Allerdings außer diesem Foto konnte er keine weiteren Informationen über die Verbindung Kling-Bär finden.

Auch über Interpol ergaben sich keine neuen Erkenntnisse. Nach Kling und seiner Freundin wurde jetzt schon seit dem Mordanschlag in Heidelberg überall gesucht. Doch er blieb weiterhin wie vom Erdboden verschwunden.

Gegen Mittag erschien Mayer, allerdings mit keinen neuen Erkenntnissen. Es bestand keine engere Freundschaft zwischen Bär und Kling. Die Jagdhütte war jedoch im Golfclub jedermann bekannt und auch schon von einigen benutzt worden, sei es auch nur für eine Grillparty.

„Trotzdem muss da ein Zusammenhang bestehen. Das ist einfach kein Zufall! Ich komme immer mehr zu der Erkenntnis, dass Kling wirklich der Mörder ist. Obwohl ich am Anfang davon keineswegs überzeugt war."

Chris biss herzhaft in seinen Hamburger, spülte dann mit Cola nach. Er hatte sich von Mayer zu einem Mittagessen bei einer Fast Food Kette überreden lassen. Na ja, so zwei Mal im Jahr ging das schon. Schmeckte gar nicht mal so übel.

„Ich hatte das ja von Anfang an vermutet", meinte Mayer leicht überheblich. „Spätestens seit dem Anschlag in Heidelberg lag der Verdacht doch nahe."

Chris verkniff sich einen Kommentar diesbezüglich. Mayer hatte ja Recht. Er war wohl durch seine privaten Probleme bzw. eher nicht Probleme sondern seinen Verliebtheits-Sonderstatus nicht so ganz bei der Sache gewesen. Allerdings eine kleine Unzufriedenheit mit dieser Lösung blieb zurück. Außerdem hatten sie Kling ja noch gar nicht gefasst. Immer noch drehten sie sich im Kreis. Er hatte gerade den Mund randvoll mit Pommes, als sein Handy klingelte.

„Holland", nuschelte er.

„Hier ist das Zollamt Basel. Sind Sie auf der Suche nach einem Detlef Kling?"

Krampfhaft schluckte Chris seine Pommesreste hinunter, verschluckte sich dabei beinahe.

„Ja, das sind wir allerdings. Kling wird als Tatverdächtiger in einem Karlsruher Mordfall gesucht."

„Na, wunderbar. Hier haben wir ihn. Er wollte gerade nach Deutschland einreisen, als wir seine Papiere kontrollierten. Wird eine Frau Chantal Seeger eigentlich auch gesucht? Die ist nämlich mit dabei."

„Nicht direkt gesucht, aber wir werden sie auch befragen. Besser Sie verhaften erst mal beide. Ich schicke Kollegen vorbei, die sie dann nach Karlsruhe bringen."

Als Chris auflegte wäre er am liebsten mit Mayer durch die Räumlichkeiten getanzt. Dass so ein Verhalten letztendlich natürlich ungebührlich ist für einen Hauptkommissar, hinderte ihn daran.

„Wir haben ihn. Er ist Zöllnern an der Schweizer Grenze ins Netz gegangen."

„Was, der war die ganze Zeit hier in Deutschland und wollte in die Schweiz flüchten?" Mayers Gesicht zeugte von Ungläubigkeit.

„Nein, umgekehrt. Der war in der Schweiz und wollte nach Deutschland einreisen."

„Dann muss er aber schwer bescheuert sein. Liest der denn keine Zeitungen?"

„Keine Ahnung. Bescheuert war er ja schon immer. Siehe damals seine Unterschlagungen bei der Elektronikfirma. Schweiz würde allerdings zu ihm passen. Er brauchte wohl wieder mal finanziellen Nachschub aus diesem Schwarzgeldparadies. Egal wie, wir werden ihn ausquetschen, wie eine Zitrone. Der wird schon gestehen." Chris kippte euphorisch den Rest seiner Cola hinunter.

Etwa drei Stunden später saß er einem verärgerten Kling im Verhörraum auf dem Karlsruher Polizeipräsidium gegenüber und war nicht mehr ganz so euphorisch. Frau Seeger wurde im Nebenraum von Mayer verhört. Chris verspürte keinerlei Ambitionen, sich dieser Frau länger als fünf Minuten ausgesetzt zu sehen.

Chris schaltete den Rekorder ein.

„Verhör des Tatverdächtigen Detlef Kling. Herr Kling. Wo haben Sie sich in den letzten Wochen aufgehalten? Genauer gesagt seit dem Mordanschlag in Heidelberg."

„Das habe ich Ihnen jetzt doch schon tausendmal erklärt." Kling war komplett entnervt und wütend.

„Ich habe die letzten Wochen mit meiner Lebensgefährtin Chantal Seeger Urlaub gemacht in dem Chalet eines guten Freundes in Genf. Direkt am wunderschönen Genfer See gelegen. Wäre für Sie auch mal was. So urlaubsreif wie Sie aussehen."

„Sparen Sie sich Ihre persönlichen Bemerkungen. Kennen Sie die Jagdhütte Ihres Golfpartners Herrn Bär im Dettenheimer Wald?"

„Natürlich kenne ich die. Kennt ja fast jeder im Golfclub. Hab dort vor Jahren mal eine Grillparty gefeiert. Wieso, was ist mit der Hütte?"

„Sie haben anscheinend in letzter Zeit keine Nachrichten mehr gehört. In dieser Hütte wurde eine Leiche gefunden. Und diese Leiche steht in direktem Zusammenhang mit dem Mord an Reinhard Klug. Es sieht für Sie nicht gut aus. Bei Klug hatten Sie ein Motiv, bei dem Heidelberger Mordanschlag auf Frau Schönberg waren Sie auch zugegen, und die Jagdhütte ist Ihnen sehr wohl bekannt."

Chris konnte zum ersten Mal Unsicherheit in der ansonsten so blasierten Miene seines Gegenübers erkennen. Er erschien ihm um einige Nuancen blasser zu werden.

„Was wollen Sie mir unterstellen? Ich hatte vor diesem Anschlag schon das Schiff verlassen, was meine Freundin Ihnen bestätigen kann. Wir sind ja an dem Abend gleich nach Genf gefahren. Die Partystimmung hatten Sie mir sowieso schon versaut. Wir fahren jedes Jahr um die gleiche Zeit nach Genf, was Ihnen wiederum mein Freund bestätigen wird. Ich höre von diesem Anschlag und der Leiche in der Jagdhütte jetzt zum ersten Mal. Wir lasen in Genf keine Zeitung und sahen auch kaum Fernsehen. Also ein besseres Alibi kann ich ja wohl kaum haben oder?"

Für so naiv hatte Chris den Verdächtigen eigentlich gar nicht gehalten. Alibi! Zum Totlachen war das. Aber es wurde schon wieder schwierig, diesem aalglatten Typen etwas nachzuweisen. Sie hatten keinerlei Fingerabdrücke oder sonstige Indizien vorzuzeigen. Er beschloss, trotzdem nicht aufzugeben und führte das Verhör erbarmungslos fort.

Kling allerdings verweigerte eine halbe Stunde später die Aussage und rief seinen Anwalt an, der dann auch prompt erschien. Dieser riet Kling zur kompletten Aussageverweigerung.

„Solange Sie uns lediglich mit solch unbewiesenen Mutmaßungen kommen, können Sie gar nichts machen, Herr Holland."

Chris hätte dem schleimigen, arroganten Anwalt am liebsten eine geknallt. Natürlich hatte dieser Recht. Er hatte keinerlei Beweise.

Und so konnte Kling eine weitere Stunde später in Begleitung seiner Freundin das Polizeipräsidium verlassen, allerdings mit der Auflage, Karlsruhe nicht zu verlassen und sich zur Verfügung zu halten.

Das Letzte, was Chris ertragen musste, war die zugehauchte Kusshand von Chantal Seeger mit deren Bemerkung:

„Schade, dass Sie mich nicht verhört haben, Herr Holland. Uns wäre doch sicherlich etwas Nettes eingefallen in dem Verhörraum."

Während ein kochender Hauptkommissar im Trainingsraum des Präsidiums Gewichte stemmte, um sich abzureagieren, fand in einem fetten BMW auf der Südtangente folgendes Gespräch statt.

„Du mit Deinem ewigen Geflirte. Ich kann es einfach nicht mehr ertragen."

Kling beschleunigte und bedrängte rüde einen vor ihm fahrenden Kleinwagen.

„Ach, Du Eifersüchtiger. Der Kommissar sieht doch super aus, so trainiert und sportlich. Der hat sicher noch keinen

Bauchansatz so wie Du, mein Schatz. Ich denke, im Bett wäre er auch klasse."

Affektiert zog die Blondine ihre Lippen im Spiegel nach. Sie war verärgert wegen der peinlichen Verhaftung und des entwürdigenden Verhörs. Und dann noch mit diesem ungehobelten Polizeibeamten. Gar nicht gut aussehend und überhaupt nicht sexy. Kling fing schon an, Sie zu langweilen. Die Geschenke fielen immer spärlicher aus und im Bett, na ja, da ließ er so langsam auch nach. Vielleicht sollte sie sich etwas Jüngeres suchen. Sie beschloss, Ihn noch etwas zu reizen.

„Und überhaupt, Du bist ein Mordverdächtiger. Immerhin bist Du auch nicht die ganze Zeit in Genf gewesen, wie Du behauptet hast. Das alles turnt mich jetzt aber total ab. Ich glaube, heute Abend werden wir uns nicht miteinander vergnügen können. So aggressiv, wie Du drauf bist. Fahr doch nicht so bekloppt."

Letzteres führte allerdings bei Kling zu weiterem beschleunigen. Er wurde mit 120 Sachen geblitzt, was ihm jedoch völlig egal war.

„Ach, ich fahre also bekloppt, meinst Du. Jetzt zeige ich Dir mal, wie bekloppt ich fahren kann."

Er beschleunigte auf 170.

Chantal Seeger kreischte auf.

„Du spinnst doch. Hier darf man doch nur 80. Das ist lebensgefährlich."

Kling lachte bösartig und beschleunigte weiter auf 200 Sachen mit Lichthupe.

Ein vor ihnen fahrender Wagen wurde förmlich beiseite gefegt.

Frau Seeger geriet in Todesangst und Panik und tat leider etwas, das sich als sehr ungesund erwies. Sie griff nach links hinüber ins Lenkrad, verriss dieses auf ihre Seite, was den BMW ins Schleudern brachte.

Mit seinen Worten: „Du blöde Kuh!“, endeten Detlef Klings und Chantal Seegers Leben an einem Brückenpfeiler auf der Südtangente in Karlsruhe, auf den sie frontal aufgeprallt waren.

46.

Elli saß gemütlich auf der Terrasse ihrer Freunde in Rhodos, in der Hand einen Eiskaffee, Frappe genannt. Ihr Blick verweilte auf dem endlosen Blau des Meeres. Unbegrenzte Weite, glitzernde Reflexionen, kleine weiße Schaumkrönchen. Sie konnte sich daran nie satt sehen. Zu ihren Füßen lungerten gerade vier Hunde unterschiedlicher Größe. So sah das wahre Paradies aus! Sie spürte, wie die Anspannung der letzten Wochen sich langsam auflöste. Schon zehn Tage verweilte sie auf Rhodos und wäre zu gerne noch viel, viel länger geblieben. Jedoch der Rückflug war schon gebucht und auch das Geschäft konnte sie nicht länger geschlossen lassen. Der Preis der Selbständigkeit.

Ihre beiden griechischen Freunde Giotta und Stavros hatten sich schon viel von ihren Sorgen und Problemen anhören müssen, was sie auch immer gerne taten. Elli unterstützte die beiden im Gegenzug regelmäßig bei ihrer mühseligen Tierschutzarbeit. In Griechenland, so wie in den meisten südlichen Ländern, ein Fass ohne Boden. Bis zu fünfzig Hunde mussten versorgt werden. Sowohl kostenmäßig als auch vom Arbeitsaufwand enorm. Finanziell waren die beiden schlecht gestellt, im staatsbankrotten Griechenland keine Seltenheit. Und so sammelte Elli jeden Cent, den sie erübrigen konnte und schickte ihn nach Griechenland. Wenn sie dann wieder nach Deutschland zurückkehrte, kamen ihr die Tierheime immer sehr leer vor. Wo in deutschen Tierheimen ein Hund im Zwinger sitzt, findet man in Griechenland oder Spanien eher fünf bis zehn. Und das sind nur diejenigen, welche der staatlichen Tötung entgangen sind. Kastrationen kommen selten vor, und Hunde wie Katzen vermehren sich endlos. Zu allem Überfluss musste sich Elli dann auch immer wieder den Vorwürfen stellen, wir hätten hier doch schon genügend Hunde, wieso dann noch welche aus dem Ausland holen? Das pflegten vor allem diejenigen zu sagen, die eifrig für alle möglichen und unmöglichen Projekte auf der Welt Spenden sammelten.

Sie würde diese Leute dann am liebsten mal zu Giotta und Stavros mitnehmen, um sie nur einen einzigen Tag dort die Hinterlassenschaften der fünfzig Hunde entsorgen zu lassen. Außerdem im Anschluss vereiterte Wunden oder Schussverletzungen zu verarzten. Vielleicht wären diese Meckerer dann kuriert?

Aber müßig, sich über so etwas Gedanken zu machen. Trotz aller finanziellen Sorgen strahlten die beiden Griechen immer eine innere Zufriedenheit aus, die Elli in Deutschland bisher selten gefunden hatte. Schon oft war sie versucht gewesen, ihre Zelte abzubrechen, um nach Griechenland umzusiedeln. Aber auch bei ihr hätte das finanzielle Probleme nach sich gezogen, da sie als Tierheilpraktikerin kaum Arbeit gefunden hätte. Und so blieb immer nur der Kompromiss übrig, mehrmals im Jahr hin und her zu fliegen. Letzteres erwies sich auch als äußerst praktisch, da sie jedes Mal etliche Hunde mitnehmen und in Deutschland gut vermitteln konnte.

„Na, bist Du wieder am Träumen? Vermisst Deinen süßen Loverboy?“ Giotta riss sie aus ihren Gedanken. Die gut gebaute Vierzigjährige arbeitete als Kellnerin in einem Hotel und hatte gerade Mittagspause.

„Hallo, Giotta. Ja, Träumen schon, aber ehrlich gesagt im Moment eher von dem herrlichen Land hier. Das Meer vermisse ich zu Hause immer schmerzlich. Chris sehe ich ja bald wieder. Das Meer wieder viele Monate nicht. Und natürlich euch zwei."

Sie umarmte die Freundin herzlich.

„Ach, Du kommst einfach im Oktober noch mal her und bringst Deinen Hauptkommissar mit. Er ist uns genauso willkommen. Dann macht ihr beide Mal richtig Urlaub. Sonnen, schwimmen, faulenzen und viel Liebe machen!"

Elli musste herzhaft lachen.

„Du bist einfach unmöglich."

„Aber was soll das? Liebe machen ist wichtig! Gehört zum Leben dazu. Ohne Liebe, kein glückliches Leben."

„Ja, da hast Du irgendwo recht", meinte Elli nachdenklich.

Die Griechin sah sie forschend an.

„Du bist mit ihm nicht wirklich glücklich? Irgendetwas stimmt da nicht so ganz. Ich kenne Dich doch."

„Bin ich schon, aber diese Beziehung hat mich überrumpelt. Ich werde manchmal dem Gefühlsüberschwang nicht mehr Herr. Das strengt ganz schön an."

„Oh, Du musst immer alles so verkomplizieren. Genieße es einfach, ohne so viel nachzudenken. Du machst den armen Mann doch total verrückt. Er scheint Dich zu lieben und Du schiebst ihn immer wieder weg. Sei doch kein solcher Angsthase. Dieser, wie hieß er doch, Erwin war doch ein Idioto!"

„Ja, Erwin war ein Idioto. Und er hat mich zu viel gekostet. Ich will so etwas nie mehr erleben."

„Beim Zeus, Du kreist wieder mal nur um Deinen eigenen Bauchnabel. Chris ist nicht Erwin. Kapier das endlich. Der Mann ist ehrlich! Kann gar nicht anders sein, bei dem, was Du mir erzählt hast." Giotta rang verzweifelt die Hände.

„Ich versuche es ja, aber es ist nicht so leicht. Du kennst doch auch meine Kindheit."

„Entschuldige, ja natürlich. Hast Du ihm eigentlich davon erzählt?“

Betreten senkte Elli den Kopf.

„Also nicht. Das musst Du aber. Unbedingt! Er hat ein Recht darauf, es zu erfahren.“

„Und wenn er mich dann nicht mehr mag?“

„Elli, jetzt bist Du ein Idioto. Wenn er Dich dann nicht mehr mag, hat er Dich nie geliebt.“

Mit diesen Worten ging die Griechin ins Haus, um ein leichtes Mittagessen zuzubereiten.

Elli musste wieder einmal die natürliche Bodenständigkeit dieser Frau bewundern. Sie hatte wie immer Recht. Prompt fing sie auch an, Chris zu vermissen. Ja, sie musste ihm von ihrer entsetzlichen Kindheit berichten. So oft, wie er sie schon gerettet und sie sich daneben benommen hatte, war sie es ihm schuldig. Den Mut musste sie aufbringen. Wie gerne hätte sie jetzt mit ihm wenigstens gesprochen.

Als ob es Gedankenübertragung gewesen wäre, schrillte plötzlich das Telefon im Wohnzimmer.

Sie hörte Giotta zuerst etwas auf Griechisch sagen, dann wechselte sie ins perfekte Deutsch, welches sie während ihres fünfjährigen Aufenthaltes in Deutschland gelernt hatte.

„Einen Moment bitte, mein Lieber, ich hole sie ans Telefon. Elli komm schnell, es ist Dein Loverboy.“

Elli sprang auf und eilte hinein.

„Loverboy. Das war jetzt peinlich“, zischte sie. Lachend schloss Giotta die Küchentür und ließ sie allein.

„Hallo, Chris.“

„Jetzt bin ich aber echt beruhigt“, ertönte seine Stimme klar und deutlich.

„Hättest Du statt Chris einen anderen Namen genannt, wäre ich sofort zu Dir geflogen.“

„Oh, na dann. Hallo Bertold!“, lachte Elli.

„Ich höre, Dir geht es wieder gut. Ich vermisse Dich."

„Ich Dich auch. Aber es sind ja nur noch vier Tage. Wie geht es Dir?"

„Jetzt, wo ich Dich höre, geht es mir supergut. Ich würde Dich jetzt so gerne berühren."

Elli verspürte ein Kribbeln im Bauch. Beide schwiegen, nur ihr Atmen war zu hören.

„Ich habe gute Nachrichten. Auch deswegen rufe ich an. Wir haben den Mörder gefunden."

„Wirklich? So schnell? Das kann ich kaum glauben. Wer war es denn?"

Fast schon unwirklich kam ihr aus der Entfernung dieser Mordfall vor.

„Es war doch der Detlef Kling."

„Was? Das ist ja irre. Wie kam das denn alles so plötzlich? Der war doch verschwunden?"

„Ich berichte Dir hier nur verkürzt. Er wurde von Zöllnern bei der Einreise aus der Schweiz nach Deutschland gefasst. Ich habe ihn hier verhört, er stritt alles ab. Dann rief er seinen Anwalt, der ihn auch prompt loseiste. Die genauen Details berichte ich Dir zu Hause. Und dann kam das Fatale. Kling und seine Freundin sind auf dem Nachhauseweg aus dem Präsidium auf der Südtangente tödlich verunglückt. Sie rasten mit überhöhter Geschwindigkeit an einen Brückenpfeiler."

„Ach Du Schreck. Aber woher weißt Du dann, dass er der Mörder war?"

„Ganz einfach. Ich beantragte sofort eine Hausdurchsuchung und fand in seiner Garage das Messer, mit dem er damals Hartmut Heck getötet hat. Blut und DNA Spuren von Heck sind der Beweis, dass es sich um die Tatwaffe handelt. Somit können wir den Fall als gelöst ansehen."

„Der muss aber selten dämlich gewesen sein, die Tatwaffe aufzuheben. Ich an seiner Stelle hätte sie im Rhein oder sonst wo versenkt. Ich bin jetzt aber doch sehr erleichtert, dass er es war."

„Na ja, der Hellste war er wohl nicht. Vielleicht wollte er die Waffe als Trophäe aufheben."

„Meinen Slip habt ihr aber nicht zufällig auch gefunden? Nicht dass ich ihn vermissen würde, aber als weiteren Beweis."

„Leider nein. Wir müssen uns mit dem Messer begnügen. Ich kaufe Dir gerne einen neuen Slip. Schwarz mit Spitze oder Rot mit Strass?"

„Hm, Du hast die freie Wahl. Was Dir besser gefällt. Obwohl Du ihn in der Regel ja immer schneller ausgezogen hast, als ihn anzugucken."

„Puh, ich glaube, wir sollten das Gespräch jetzt besser beenden. Mir wird schon ganz heiß und die Telefonleitung verglüht gerade."

Elli lachte schallend und mit knallroten Wangen.

„Pass auf. Bobby holt mich am Freitag vom Flughafen ab, wegen der fünf Hunde. Wir fahren mit dem Tierschutzbus. Ich lande um eins, bin dann sicher um fünf zu Hause. Wir bringen zuerst die Hunde zu ihren Pflegestellen und holen auch noch meine drei bei Freunden ab. Passend zu Deinem Feierabend. Kommst Du dann vorbei?"

„Aber natürlich komme ich vorbei. Machs gut bis dahin. Ich liebe Dich, mein Schatz."

„Ich liebe Dich auch." Und das meinte sie aus vollem Herzen und ehrlich.

47.

Freitag früher Nachmittag.

Michael saß vor seinem PC. Die Dateien des verstorbenen Hartmut Heck hatte er schon lange durchforstet, war aber nirgends fündig geworden. Zwar hatte sich der Mörder jetzt sozusagen unfreiwillig aus dem Verkehr gezogen, aber ihn interessierte immer noch der Zusammenhang mit dem verseuchten See. Was hatte der wissenschaftlich doch völlig ungebildete Kling mit der Eutrophierung eines Baggersees zu tun? Hatte er in irgendjemands Auftrag gehandelt? Vielleicht eines Chemiekonzerns? Und was hatte es mit dem weißen Geländewagen auf sich, den Elli kurz nach dem Mord an Klug gesehen hatte? Irgendetwas kam ihm noch ungereimt vor. Er wollte Klarheit, zumal Hartmut fast schon ein Freund gewesen war. Zwar ein etwas merkwürdiger Mensch, aber stets ehrlich und zuverlässig. Er fühlte sich müde und ausgelaugt. Frustriert schob er nach zweistündiger Suche im Internet seinen Schreibtischstuhl heftig zurück. Er saß mittlerweile in Hartmuts ehemaligem Büro, da dieses größer war als sein eigenes und er es dringend brauchte. Der Stuhl rollte rückwärts und stieß ungewollt hart an einen kleinen Beistelltisch, auf dem der eifrige Hartmut immer seine Fachliteratur gestapelt hatte. Der Beistelltisch stürzte um, knallte auf den Fliesenboden, die Schublade löste sich ab.

Fluchend bückte sich Michael, um den Schaden zu begutachten, den er angerichtet hatte. Dabei stach ihm sofort ein weißer DIN A4 Umschlag ins Auge, der offensichtlich unter der Schublade des Tischchens befestigt worden war. Wie merkwürdig. Er öffnete den Umschlag, zog viele beschriebene Blätter heraus und begann zu lesen.

Es handelte sich offensichtlich um eine Art Tagebuch, welches Hartmut im letzten halben Jahr seines noch jungen

Lebens geschrieben hatte. Was hatte dieses hier an so einer versteckten Stelle im Büro zu suchen?

Er berichtete von seiner Arbeit bei der Umweltfirma, die ihm offensichtlich sehr viel Freude bereitet hatte. Über Hartmuts Privatleben stand nichts geschrieben, das schien nicht existent gewesen zu sein. Sein Leben waren offensichtlich die Arbeit und Forschung gewesen. Hin und wieder gab es Hinweise auf ihn, Michael und erstaunlicherweise auf Elli. Waren es zuerst nur lockere Beschreibungen von zufälligen Zusammentreffen, so merkte man deutlich, dass sich der Computerfreak anscheinend in sie verguckt hatte.

Das Ganze steigerte sich bis zum 27. Juni, dem Tag des Eggensteiner Straßenfestes.

„Ich sah sie dort auf der Bühne stehen und mir verschlug es den Atem. Eine Göttin! Noch nie war mir eine Frau im Leben so attraktiv und anziehend erschienen. Sie raubte mir mit ihrem Aussehen den Verstand. Eine für mich unerreichbare Venus. Michael und dieser Fremde, namens Christian, schauten auch ganz verzückt. Besonders Christian war total entrückt. So wie ich. Wen wundert's? Die Verkörperung der Perfektion von Geist und Materie, das ist Elli. Für sie würde ich alles wagen und tun. Mit dem traurigen Bewusstsein, dass sie für mich unerreichbar ist. Ich ertrage es nicht mehr, ihr nahe zu sein. Sie würde meinen Zustand sofort erkennen und verschreckt flüchten. Also verließ ich vor der Pause das Fest und zog mich in meine Wohnung zurück, um wenigstens ungestört an sie denken zu können."

Michael war nahezu schockiert. Den hatte es aber gründlich erwischt gehabt. Und er hatte nie etwas davon bemerkt.

Hartmut war immer ein extrem verschlossener und stiller Mensch gewesen. Dass dieser so für Elli schwärmen konnte, rührte ihn fast schon. Die nächsten Seiten beschäftigten sich mit dem Baggersee und dessen Verschmutzung. Auch dafür hatte der Wissenschaftler sich interessiert, vermutlich gerade wegen seiner Schwärmerei für sein Idol Elli.

„Es ist eine merkwürdige Sache. Fast ausschließlich nur Blaualgen, also Cyanobakterien. Diese kommen in den Mengen natürlicherweise nie vor. Da muss einer nachgeholfen haben, was wiederum einen Mord erklärbar machen würde. Aber weshalb? Und ausgerechnet meine geliebte Venus musste die Leiche entdecken. Die Arme! Hoffentlich ist sie jetzt nicht in Gefahr. Ich werde nochmals alle wissenschaftlichen Abhandlungen über Cyanobakterien durchstöbern. Dazu muss es, besonders im Karlsruher Raum, Forschungen gegeben haben. Ich glaube da war mal was an der Universität. Irgendeine abgewiesene Arbeit, die eigentlich gute Ansätze gehabt hatte.“

„… Ich traf sie dann am Baggersee und riet ihr dringend davon ab, hier weiter spazieren zu gehen. Zu gefährlich! Der Mörder musste sich immer noch ab und zu dort hinbegeben, da sein Feldversuch ja noch gar nicht abgeschlossen sein konnte. Ich hielt sie zurück, machte ihr wohl Angst, glücklicherweise fuhr sie auch sogleich wieder ab. Ich machte mich auf, um das Wasser nochmals gründlich zu untersuchen und …“

Etwa eine Stunde später drehte sich ein wie vom Donner gerührter Michael von seinem Computer weg. Nein, das konnte doch nicht wahr sein! Er riss hektisch das Telefon an sich und wählte Chris Handynummer.

Dieser war sogleich am Apparat.

„Holland … Hallo, Michael … Was? Beruhige Dich erst einmal … Nein, Elli ist schon gelandet, aber noch unterwegs wegen der Hunde. Sie kommt erst gegen fünf heim. Oh, wir haben ja schon gleich halb sechs … Das hat Heck geschrieben? Oh nein, das gibt’s doch nicht. Und ich hatte gehofft, das Problem komplett gelöst zu haben … Bist Du auch ganz sicher? Auf diesen harmlosen Mann wäre ich nie im Leben gekommen. Und seine Lebensgefährtin? Die wird das nicht so leicht verkraften, so nah, wie sie Elli steht …

Aber es ist nichts passiert, er kann ja auch gar nicht wissen, dass sie heute wieder gelandet ist … immer ruhig, ich fahre ja gleich hin und sehe nach …“

48.

Eine etwas erschöpfte Elli lud ihre drei Hunde und einen Trolli aus dem Bus aus, verabschiedete sich kurz von Bobby, der auch sogleich weiterfuhr, da er auf dem Rückweg noch den letzten Hund aus Griechenland ausladen wollte.

Erleichtert aufseufzend schloss sie ihre Haustür auf, die drei Fellnasen stürzten sofort hinein.

„Ha, endlich wieder zu Hause. Wo ist mein Ochsenziemer?“ Miro trabte unverzüglich und hungrig in die Küche zu seinen Leckereien.

„Komm Susi, wir machen es uns erst einmal im Wohnzimmer gemütlich. Siehst Du, der Urlaub war doch gar nicht so schlimm. Ging doch alles gut.“ Pida tänzelte, dicht gefolgt von Susi, ins Wohnzimmer zu ihrem exklusiven Hundesofa. Auf diesem ließen sich die zwei Damen majestätisch nieder.

Elli rollte ihren Trolli herein, stellte ihn im Flur ab und sammelte die liegen gebliebene Post der letzten zwei Wochen vom Boden auf.

Etwas muffig, dachte sie. Na ja, zwei Wochen abgestandene Luft ist nicht die beste.

Sie öffnete die Wohnzimmertür, trat auf die Terrasse, um durchzuatmen. Zu Hause ist auch nicht so schlecht. Zwar fehlten ihr das Meer und die herrliche Sonne, aber sie freute sich schon auf Chris, der hoffentlich bald vorbeikommen würde.

Die Pflanzen im Garten hatten kaum gelitten, es musste wohl geregnet haben. Verträumt wanderte sie durch ihr kleines Paradies, betrachtete hie und da eine Blume, begutachtete stolz die mittlerweile riesengroßen Zucchini, begrüßte den fetten Ochsenfrosch in seinem Gehege.

Dieser hatte sich von Mehlwürmern und Maden prächtig entwickelt.

Die Kois im Teich hatten alles gut überstanden, der Futterautomat nicht versagt. Die Sonnenblumen grüßten mit nickenden Köpfen. Der Sommerflieder lockte mit seinem Duft viele Schmetterlinge an. Sie pflückte sogleich ein paar Stängel ab, für einen kleinen Blumenstrauß.

Lockeren Schrittes schlenderte sie zurück ins Wohnzimmer, vorbei an der Küche, wo Miro seinen Ochsenziemerrest vor dem Urlaub versteckt hatte und diesen jetzt bearbeitete.

„Du bist echt ein Fresssack. Kaum zu Hause, schon wieder spachteln."

Im Flur packte sie ihren Trolli, zog ihn sogleich ins Schlafzimmer, um dort die Schmutzwäsche zu sortieren.

Sie öffnete die Schlafzimmertür, trat hinein und – erstarrte zur Salzsäule.

„Willkommen daheim, meine Süße." Auf dem Bett saß, genüsslich grinsend mit gierigen Augen ein ihr wohl bekannter, älterer Mann und schwenkte ihren schwarzen Slip in der Hand, den er damals aus dem Garten entwendet hatte.

„Was machen Sie in meinem Schlafzimmer?" Elli wollte sofort flüchten, musste aber erkennen, dass ihr Besucher schneller war.

Er schoss auf sie zu, riss sie herum, schleuderte sie grob aufs Bett und schloss die Schlafzimmertür.

„Was fällt Ihnen ein? Verlassen Sie sofort mein Haus, sonst rufe ich die Polizei."

„Dazu wirst Du keine Gelegenheit mehr haben, mein Engel." Er zog ein Messer aus der Tasche und näherte sich dem Bett.

In dem Augenblick schlug über Elli eine Panikwelle zusammen.

Schläge, fauliges Wasser, verschimmeltes Essen. Endlose Stunden in dem kleinen, fensterlosen Zimmer. Ihr Peiniger, der sie jeden Tag schlug und sinnlos quälte. Bitte, lass mich, ich bin auch ganz lieb zu Dir. Nein, nicht wieder schlagen. Sie wimmerte hilflos.

Der Besucher stand neben dem Bett, grinste über beide Ohren, atmete schnell und heftig und betrachtete das Häufchen Elend vor ihm. Wie ihn das antörnte, sie so hilflos da liegen zu sehen. Er verpasste ihr eine kräftige Ohrfeige, worauf sie noch mehr weinte und wimmerte.

Nein, nein, lass mich. Ich werde morgen auch brav alles putzen. Werde immer lieb zu Dir sein. Nicht noch mal schlagen. Schmerz, Grauen, Entsetzen, Hilflosigkeit. Hilflosigkeit eines siebenjährigen kleinen Mädchens.

Sein Atem ging immer schneller, er bekam einen Ständer und fing an, die Hose zu öffnen. Jetzt gleich musste er sie haben, jetzt sofort.

Da klingelte es an der Haustür.

Hundegekläffe. Elli erwachte halb aus ihrer Lethargie.

Erbost griff der Besucher sein Messer, hielt es ihr an die Kehle.

„Du wirst jetzt ganz still sein, kapiert?"

Sie roch angewidert seinen heißen Atem, sah den Zustand, in dem er sich befand. Was sollte sie jetzt tun? Die Panik hatte sie fast bewegungsunfähig gemacht. Ein Ausweg. Ihr Gehirn versuchte verzweifelt einen Gedanken zu fassen.

Es klingelte nochmals, energischer. Das konnte nur Chris sein. Der Gedanke an ihn gab ihr etwas Hoffnung.

Ihr gelang es, heiser zu flüstern.

„Das ist sicher mein Freund. Wenn ich nicht öffne, dann wird er misstrauisch. Wir sind verabredet."

Der Mann runzelte die Stirn. Überlegte kurz.

„Okay, sperr die Hunde ein und wimmle ihn ab. Nein, noch besser. Du bringst mir vorher meine Susi hier herein. Wenn Du diesem Hauptkommissar irgendwas verrätst, dann schneide ich ihr die Kehle durch. Das ist mein Pfand. Alles klar. Jetzt mach schnell."

„Nein, nicht die arme Susi, das verkraftet sie nicht. Wieso überhaupt Ihre Susi? Sind Sie etwa der perverse Vorbesitzer der Kleinen, der sie so misshandelt hat?" Elli schossen Tränen in die Augen.

Er ritzte sie leicht am Hals, packte ihre Haare und riss sie brutal nach hinten.

„Ganz Recht. Ich bin ihr Vorbesitzer, meine Süße. Du machst jetzt genau das, was ich Dir befohlen habe. Sonst kille ich euch alle."

Sie erkannte, dass sie keine andere Wahl hatte. Sie ging schweren Schrittes in den Flur, packte den bockenden Miro und Pida in die Toilette und nahm Susi auf den Arm. Widerwillig legte sie die kleine Hündin im Schlafzimmer vorsichtig auf ihr Bett. Diese erkannte ihren ehemaligen Peiniger und fing sofort an zu zittern.

„Susi, keine Angst, es wird alles gut." Elli strich ihr beruhigend über den kleinen Kopf.

„Los, geh an die Tür."

Drohend schwenkte der Mann sein Messer in Richtung der kleinen Hündin.

Diese fiel in eine Angststarre.

In Elli zog urplötzlich eine Wut auf, die sie kaum beherrschen konnte. Ihre Panik verflüchtigte sich, beim Anblick der kleinen zitternden Kreatur auf ihrem Bett. Das würde er ihr büssen müssen. Wenn er ihr nur ein Haar krümmte, dann wäre er tot. Das schwor sie sich. Aber zuerst galt es, einen kühlen Kopf zu bewahren, um Chris abzuwimmeln. Sie wusste nicht, wie sie das schaffen sollte. Es hatte mittlerweile zum dritten Mal geklingelt, Miro tobte in der Toilette. Sie kroch schweren Herzens zur Haustür, verzweifelt auf einen Ausweg aus dieser Situation bedacht.

Dann öffnete sie.

Vor ihr stand ein strahlender Chris mit einer roten Rose in der Hand.

„Du hast aber lange gebraucht. Warst wohl im Garten, mein Goldschatz."

Er beugte sich vor und wollte sie küssen.

Sie erkannte mit einem flüchtigen Seitenblick nach hinten, dass sich die Schlafzimmertür einen Spalt öffnete.

Heftig stieß sie den vollkommen überraschten Chris von sich mit den Worten.

„Lass mich in Ruhe. Geh doch wieder zu Deiner vollbusigen Blondine, wie Dir neulich schon sagte. Es ist aus zwischen uns. Du weißt doch genau, wie das nicht kling. Ich habe Dir doch neulich schon gesagt, wegener anderen brauchst Du bei mir nicht mehr anzukommen." Sie sah ihn bedeutungsvoll an. Sie hoffte, er würde das kapieren.

„Und jetzt hau ab und geh über Deine offene Terrasse."

Mit diesen wütenden und an manchen Stellen etwas betonten Worten knallte sie ihm die Haustür vor der Nase zu. Sie zitterte am ganzen Körper. Hoffentlich hatte ihr Peiniger das nicht mitbekommen. Schweren Herzens ging sie langsam zurück ins Schlafzimmer. Im Vorbeigehen drückte sie ganz leicht mit dem Ellenbogen den Türgriff der Toilette nach unten.

Kaum im Schlafzimmer angekommen, packte sie der schon begierig Wartende und warf sie erneut aufs Bett. Er stürzte sich sofort auf sie und zerriss ihre Bluse. Die kleine Susi war mittlerweile unter das Bett geflüchtet und kauerte dort fast ohnmächtig und zitternd.

In der Toilette hatten Miro und Pida bemerkt, dass da irgendetwas überhaupt nicht stimmte.

„Ich muss die Tür ganz aufkriegen." Hektisch sprang Miro nach oben Richtung Türklinke, erreichte sie aber wegen seiner kurzen Beine nicht. Pida sprang wie ein Dopsball ständig hoch und verfehlte die Klinke nur knapp.

Elli wehrte sich mit Händen und Füßen gegen ihren Vergewaltiger. Ihre Bluse hing in Fetzen, ihre Hose schon halb geöffnet, schlug sie auf ihn ein.

Dieser jedoch verpasste ihr mehrere heftige Ohrfeigen, die ihre Ohren klingeln ließen. Ihr war übel vor Schmerz, Angst und Panik. Seinen widerlichen Atem dicht an ihrem Hals, nestelte er an seinem Reißverschluss.

Er drückte sie mit seinem vollen Gewicht aufs Bett. Sie versuchte, wie es Chris ihr beigebracht hatte, hin und her zu rollen, schaffte es aber nicht. Langsam schwanden ihre Sinne, da er mittlerweile mit der einen Hand ihre Kehle zudrückte und mit der anderen ihren BH beiseite riss und grob ihre Brust quetschte. Dabei stöhnte er wie ein brünftiger Eber. Er zerrte ihre kurze Hose nach unten, wollte gerade brutal in sie eindringen, da entwich seinem sabbernden, weit geöffneten Mund ein Schmerzensschrei.

Miro, dem es mit Hilfe von Pida endlich gelungen war, die Tür zu öffnen, war mit einem mächtigen Satz aufs Bett gesprungen und hatte sich in den entblößten Allerwertesten des potenziellen Vergewaltigers verbissen. Er ließ nicht mehr los. Pida kläffte wie eine Wahnsinnige. Da der Mann kurzfristig Elli loslassen musste, konnte sie würgend und hustend Luft holen. Ihr war schwarz vor Augen. Nur langsam entstand vor ihren Augen ein klareres Bild und das zeigte ihr leider nichts Gutes. Der Angreifer hatte Miro von seinem schmerzenden Allerwertesten losgerissen, im Genick gepackt, schüttelte ihn und knallte ihn mit Wucht an die nächste Wand. Dort sank der kleine, tapfere Rüde mit einer Platzwunde am Kopf regungslos nieder. Blut fing an, über seinen kleinen Kopf zu sickern. Pida eilte jammernd zu ihm.

„Miro, bleib bei uns. Nicht aufgeben, bitte. Wir brauchen Dich doch noch."

Verzweifelt leckte die kleine Hündin das Blut ab, Miro jedoch rührte sich nicht mehr.

Und da zerriss in Elli etwas. Sie sah ihren geliebten Miro vermutlich sterbend am Boden liegen, dorthin geschleudert von dem Mann, der außer zwei Morden und einem versuchten an Menschen, jetzt wohl auch noch einen unschuldigen Hund auf dem Gewissen hatte. Zudem hatte er auch die kleine Susi aufs Äußerste gequält und misshandelt. Hinterher wusste sie nicht mehr genau, was geschehen war. Ein roter Nebel legte sich über ihre Augen. Ihre Arme und Beine verselbständigten sich und sie schlug und trat wie eine Wahnsinnige auf ihren Peiniger ein. Sie erinnerte sich urplötzlich an alle Selbstverteidigungstritte und Schläge, die Chris ihr im Laufe der letzten Wochen beigebracht hatte. Der von Miro Gebissene war noch von seinem schmerzenden Hinterteil abgelenkt und sah sich plötzlich einer tobenden Furie gegenüber. Mit wilden Haaren, zerrissener Bluse, zerfetztem BH, am Hals blutend, überall Quetschungen von der versuchten Vergewaltigung gab sie alles in ihren Kräften stehende, um ihn nicht nur zu schlagen, sondern zu töten. Sie trat mit voller Wucht zwischen seine Beine. Danach, als er sich vor Schmerz zusammenkrümmte, trat sie ihn voll ins Gesicht, so dass sein Nasenbein krachte und Blut hervorströmte. Er stöhnte vor Schmerzen auf, krümmte und wand sich vor ihr auf dem Boden. Weitere Tritte ihrerseits folgten. Dann entdeckte sie das neben dem Bett liegende Messer. Sic hob es auf, holte aus und wollte es ihm geradewegs in die Brust stechen, als plötzlich ihr Arm festgehalten wurde. Verzweifelt riss sie daran, bekam ihn aber nicht los.

„Hör auf, bitte. Es genügt. Lass das Messer los." Chris atemlose Stimme erklang an ihrem Ohr.

„Nein, ich werde ihn töten. Er hat Miro umgebracht. Lass mich."

Er zog sie an sich, versuchte ihr das Messer zu entwenden und hielt sie fest.

„Keiner hat was davon, wenn Du Ihn jetzt tötest. Damit musst Du dann erst mal fertig werden. Auch wenn es Notwehr war. Glaub mir, der hat erst mal genug."

Aber sie konnte sich nicht beruhigen. Mit einem letzten Aufbäumen ihrer Kräfte entwand sie sich Chris kräftigen Armen und rammte dem auf dem Boden Liegenden das Messer in den Bauch. Mit einem ebenso letzten Aufbäumen trat der allerdings unerwartet nach oben, erwischte sie am Kopf, sie stürzte hintenüber, knallte mit dem Hinterkopf an die Wand und landete direkt neben Miro auf dem Boden. Dann schwanden ihr die Sinne.

49.

Stimmengewirr kämpfte sich durch den Nebel. Dann war es wieder weg. Wieder strebte sie an die Oberfläche. Sie schwamm nach oben, versuchte das Wasser und den Nebeldunst zu durchbrechen. Wieder vergeblich!

Immer und immer wieder kämpfte sie sich durch, bis sie endlich die Stimmen genauer ausmachen konnte.

„Sie hat wirklich Glück gehabt."

„Ja, allerdings. Ich hatte schon das Schlimmste befürchtet. Gott sei Dank nur eine Gehirnerschütterung. Allerdings vom Rest mal ganz zu schweigen."

„Dieses Dreckschwein! Hat er sie vergewaltigt?"

„Nein, gerade noch nicht, aber es war kurz davor. Aber so wie er sie verletzt hat, würde ich das trotzdem als Vergewaltigung bezeichnen. Der kleine Miro kam wohl rechtzeitig dazwischen, lenkte ihn vorübergehend ab. Wahrscheinlich rettete er ihr damit das Leben. Bis ich ums Haus herum gerannt war und über die Terrasse rein kam, hatte sie ihn schon zusammengeschlagen und getreten. Das Messer allerdings konnte ich ihr nicht entreißen."

Miro! Ihre Gedanken kämpften sich nach oben. Tränen schossen ihr in die Augen, kaum dass sie diese noch geöffnet hatte. Wie würde sie den kleinen Racker vermissen. Jedes Wort, mit dem sie ihn manches Mal ausgeschimpft hatte, bereute sie zutiefst. Der Mörder! Hoffentlich hatte sie ihn mit dem Messer getötet. Sie schlug langsam die Augen auf.

„Elli, mein Schatz, da bist Du ja wieder." Vorsichtig beugte sich Chris über sie und hielt zärtlich ihre Hand, in der eine Kanüle steckte.

Weiße Krankenhauswände, der Ständer mit der Infusion neben dem Bett.

Neben Chris stand Michael. Auch er blickte sie besorgt und liebevoll an.

Sie öffnete ihre trockenen, geschwollenen Lippen und krächzte hervor.

„Ist Wegener tot? Sagt es mir. Ich muss es wissen."

Beruhigend tätschelte Chris ihre Hand.

„Nein, er hat knapp überlebt. Das Messer hat glücklicherweise wichtige Organe verfehlt. Den Blutverlust konnte ich stillen und er überlebte."

Er hatte was getan? Den Blutverlust gestillt und diesem Schwein das Leben gerettet? Und was war mit Miros Leben? War das nichts wert gewesen? Hass durchfuhr sie. Sie entzog ihm ihre Hand, blitzte ihn wütend an.

„Du hast ihm das Leben gerettet? Wieso das denn? Hättest Du mich beim ersten Mal nicht zurückgehalten, dann wäre er jetzt tot und ich läge nicht hier im Krankenhaus mit rasenden Kopfschmerzen. Ich hasse Dich!"

Entgeistert fuhr Chris zurück. Das hatte er nicht erwartet.

Michael versuchte zu beschwichtigen.

„Sie ist ja noch gar nicht ganz bei sich. Das hat Sie nicht so gemeint."

„Das habe ich sehr wohl so gemeint." Elli versuchte sich aufzurichten, sank aber bei dem stechenden Schmerz, der ihren Kopf durchschoss, stöhnend zurück.

„Ich hatte ihn schon so gut wie erledigt, da kam der da", mit diesen Worten deutete sie verächtlich auf Chris, „und hinderte mich daran. Ich musste doch Miros Tod rächen. Außerdem ist Wegener ein zweifacher Mörder. Hier lassen sie ihn im Gefängnis doch nur nach ein paar Jahren wieder raus. Dann macht der weiter."

Chris erhob sich vom Bett und blickte sie kalt an.

„Wenn Du das alles wirklich so siehst, dann gehe ich jetzt besser. Ich denke, das wars dann. Lebe wohl Elli."

Er verließ den Raum, die Tür schloss sich leise hinter ihm.

„Was hast Du getan?" Michael setzte sich aufs Bett und schüttelte leicht ihren Arm.

„Das, was ich schon lange hätte tun sollen. Er mischt sich zu sehr in mein Leben ein und versucht ständig, mich zu bevormunden. So ist es besser."

Fast schon glaubte sie ihren eigenen Worten, wenn nicht eine leise Übelkeit ihren Magen plötzlich durchzogen hätte. Musste wohl doch eine schlimmere Gehirnerschütterung sein.

Auch Michaels Blick wurde mit einem Mal sehr unterkühlt.

„Jetzt muss ich aber mal was sagen. Wir sind schon lange befreundet, Elli, ich kenne Deine Vorgeschichte, aber Dein Verhalten im Moment kotzt mich voll an, auch wenn du heute Schlimmes erlebt hast."

Elli erschrak. Solche drastischen Worte war sie aus Michaels Mund nicht gewohnt.

„Aber …"

„Du hältst jetzt die Klappe und hörst mir zu", fuhr er sie an.

„Du kannst froh sein, dass Wegener überlebt hat. Das hätte im Falle seines Todes garantiert ein gerichtliches Nachspiel gegeben. Gibt es fast immer. Auch bei Notwehr. Er war ja schon wehrlos auf dem Boden gelegen, als Du zugestochen hast. Chris ist sogleich für Dich in die Bresche gesprungen und hat ausgesagt, er wäre zu spät zu Hilfe gekommen, du hättest Dich mit letzter Kraft mit dem Messer gewehrt und ihn gerade noch erwischt. Falls Wegener tot gewesen wäre, kannst Du davon ausgehen, hätte er irgendwie den Verdacht von Dir auf sich selbst gelenkt. Und im Übrigen hat Chris erst Dich den Rettungssanitätern übergeben und dann Miro sofort in die Tierklinik gefahren. Er hat Dank ihm überlebt, wird aber leider vermutlich auf dem rechten Auge erblinden.

Du hast einem Menschen, der Dich wirklich von Herzen liebt, sehr wehgetan. Ich glaube kaum, dass Du das wieder gut machen kannst. Du trittst schon seit Wochen nur um Dich. Jetzt hast Du ihn wohl gänzlich verloren. Ich hoffe, Dein Starrsinn bringt Dich nicht eines Tages noch um. Ich lasse

Dich jetzt auch alleine. Vielleicht solltest Du einmal in Ruhe über dich und dein Verhalten nachdenken."

Michael drehte sich um, verließ den Raum und auch hinter ihm schloss sich leise die Tür.

Die plötzliche Stille lastete schwer auf ihr. Hätten sie nicht schon rasende Kopfschmerzen gequält, so hätte ihr spätestens jetzt der Kopf den Rest gegeben. Er dröhnte und summte vor Schmerz und Kummer. Was hatte sie nur wieder getan? Waren jetzt die beiden Menschen, die ihr doch im Leben am wichtigsten waren, gänzlich verprellt worden? Die harten Worte Chris gegenüber fing sie bereits an zu bedauern. Natürlich hasste sie ihn nicht wirklich. Aber liebte sie ihn überhaupt? War sie nach den Erlebnissen ihrer Kindheit überhaupt Menschen gegenüber zu starken Gefühlen noch fähig? Sie wusste gar nichts mehr. Aber dass Miro überlebt hatte, ließ sie vor Erleichterung weinen. Anscheinend zwar blind auf einem Auge, aber ansonsten offensichtlich wohlauf. Wieder einmal stand sie tief in Chris Schuld. Wie sollte sie das alles wieder gutmachen? Der Mann musste ja irgendwann die Schnauze von ihrem Verhalten voll haben. Bei der Vorstellung, ihn zu verlieren, wurde ihr schlagartig so übel, dass sie beinahe erbrochen hätte. Nein! Das durfte nicht sein. Sie musste augenblicklich zu ihm. Aber wie nur? Sie lag ja im Krankenhaus, gefesselt an eine Infusion, mit heftigen Kopfschmerzen. Sie klingelte nach der Schwester und verlangte ein Schmerzmittel, welches diese ihr auch sogleich brachte. Punkte eins des Planes abgehakt. Das Dröhnen verminderte sich auch nach etwa einer halben Stunde. Sie setzte sich vorsichtig auf. Zwar schwindelig, aber es ging halbwegs. Die Ringerlaktatlösung, an der sie hing, stöpselte sie ab, zog die Kanüle aus ihrer Hand. Dann griff sie zum Telefon und rief ein Taxi. Ihre Kleidung fand sie sorgfältig aufgehängt im

Kleiderschrank, wechselte mühsam vom Krankenhausoutfit in ihr eigenes. Glücklicherweise fand sie noch einen 10 Euro Schein in ihrer Hosentasche. Der stammte noch von der Griechenlandreise, die ihr inzwischen schon ewig lange her zu sein schien, obwohl sie erst vor ein paar Stunden gelandet war. Das alles bewältigte sie unter größter Anstrengung, begleitet von Schwindelattacken. Ihr war klar, wie unvernünftig sie sich gerade verhielt, mit einer mittleren Gehirnerschütterung und den diversesten Prellungen aus einem Krankenhaus zu flüchten, aber das war ihr egal. Draußen im Flur schlich sie sich taumelnd am Schwesternzimmer vorbei, als diese gerade mit Kaffee kochen beschäftigt waren. Das Taxi wartete schon vor dem Eingang des Städtischen Klinikums. Sie schwankte hinein und teilte dem Fahrer Chris Adresse mit. Freitagabend. Hoffentlich war er auch nach Hause gefahren. Sie betete darum, wie selten um irgendetwas in ihrem Leben. Sie stieg aus, ließ den Fahrer warten und klingelte. Sie schaffte es gerade noch ihren Namen in die summende Sprechanlage zu flüstern, da überkam sie eine heftige Schwindelattacke, die sie zu Boden sinken ließ. Der Taxifahrer sprang aus seinem Fahrzeug, um ihr zu helfen.

„Was ist denn los mit Ihnen? Kann ich irgendwie helfen?“ In dem Augenblick riss schon Chris die Haustür.

„Sie ist einfach so zusammengebrochen“, äußerte der besorgte Taxifahrer. „Ich habe sie gerade aus dem Klinikum abgeholt. Sollen wir sie nicht lieber wieder zurückbringen?“

Bei diesen Worten kam Elli zu sich, stützte sich mit einer Hand etwas hoch und stammelte.

„Nein, ich gehe nicht zurück. Dann flüchte ich wieder. Chris, ich muss mit Dir reden, bitte. Ich muss …“ Wieder brach sie zusammen. Ihr war sterbenselend zu Mute.

Chris war sprachlos. Diese Frau kostete ihn noch den letzten Nerv.

„Lassen Sie sie hier. Ich nehme sie mit hoch. Sind Sie schon bezahlt worden?"

„Nein, aber ist schon in Ordnung. Waren ja nur fünf Euro."

„Nein, hier nehmen Sie bitte." Chris zückte seinen Geldbeutel und drückte dem Fahrer 10 Euro in die Hand.

„Vielen Dank! Kann ich Ihnen noch helfen, Sie nach oben zu bringen?"

„Nein Danke. Es geht schon. So schwer ist sie nicht."

Chris bückte sich, nahm Elli auf die Arme und trug sie in seine Wohnung hoch. Ein ungewolltes Gefühl der Wärme und Zuneigung durchzog ihn. Diese Frau war total verrückt. Flüchtete einfach aus dem Krankenhaus zu ihm. Und- er liebte sie noch genauso stark. Er konnte es nicht verleugnen. Zwar hätte er sie vor fünf Minuten noch am liebsten erwürgt und in die Wüste geschickt, aber sie erneut wieder in seinen Armen zu spüren, war einfach überwältigend. Er küsste sie noch während des Hinauftragens zärtlich auf die Stirn.

Elli murmelte vor sich hin.

„Chris, ich muss mich bei Dir entschuldigen, bitte, sei nicht mehr böse auf mich. Ich kann ohne Dich nicht leben …"

Chris lächelte leise, als er sie vorsichtig im Schlafzimmer auf seinem Bett ablegte und sie leicht zudeckte.

„Du schläfst Dich jetzt erst einmal aus."

Sie klammerte sich mit letzter Kraft an seinem Arm fest.

„Bleib hier, bei mir. Bitte geh nicht weg!"

„Nein, mein Schatz, ich gehe nicht weg."

Er legte sich neben sie auf die Bettdecke und hielt sie eng umschlungen. Zufrieden seufzend bettete sie ihren Kopf an seiner Brust und sank sofort in einen ohnmächtigen Tiefschlaf. Chris Gedanken zogen zurück zu dem denkwürdigen Tag ihres ersten Zusammentreffens am Baggersee. Weiter zum Eggensteiner Straßenfest, zu ihrer After Show Party. Danach das Zusammentreffen mit Wegener und Frau Mayerschön auf dem Michaelsberg. Etliches gab es noch herauszufinden, bezüglich dieses Mordfalls, aber das Meiste hatte er mit Michaels Hilfe inzwischen gelöst. Er musste es Elli erklären, sobald sie wieder ansprechbar war. Außerdem galt es noch so einiges über ihre Beziehung zu erörtern.

50.

Elli blinzelte in einen hellen, sonnigen Samstagmorgen. Sie lag alleine in Chris Bett, sorgfältig zugedeckt. Ihre Kopfschmerzen hatten sich gebessert, sie verspürte aber heftigen Durst. Dunkel konnte sich an die gestrigen Ereignisse erinnern. Die schmerzenden Prellungen am ganzen Körper erinnerten sie unsanft bei jeder Bewegung daran.

Chris. Er hatte sie nicht wieder weggeschickt oder gar ins Krankenhaus zurück verfrachtet. Nur das zählte im Moment. Ein ungewohntes Gefühl von Geborgenheit und tiefer Zuneigung zu ihm durchzog sie. Als ob sie durch ihre Gehirnerschütterung seelisch geheilt worden wäre. Sie selber hatte es geschafft, ihren Peiniger zu überwältigen. Das erfüllte sie zudem auch noch mit Stolz und Stärke. Dass Wegener überlebt hatte, war sicherlich besser, obwohl sie es tief im Inneren bedauerte. Jetzt galt es noch, Chris endlich von ihrer Vergangenheit zu berichten. Das musste sie durchstehen, ihrer Beziehung zuliebe. Als Letztes interessierte sie natürlich, wieso auf einmal nicht mehr Kling der Mörder gewesen war, sondern stattdessen der eher unauffällige Freund von Frau Mayerschön. Auf den wäre sie nie gekommen. Er wirkte im Prinzip charmant und aufmerksam. Ihr persönlich war er jedoch eigentlich unsympathisch gewesen. Zu gierig! Allerdings der entwendete Slip und sein perverses Verhalten zeugten ja deutlich genug davon, dass er der Mörder war.

Sie wollte sich gerade im Bett aufsetzen, als die Schlafzimmertür aufging und Chris hereinkam.

In der Hand trug er ein Tablett mit Wasser, Kaffee und Früchten.

„Du bleibst liegen!“ Er balancierte das Tablett auf den Nachttisch, setzte es dort ab und küsste sie vorsichtig auf ihre immer noch geschwollenen Lippen.

„Geht es dir etwas besser? Du hast immerhin zwölf Stunden durchgeschlafen.“

„Was ‚so lange? Wo sind Miro, Pida und Susi? Wie geht es den dreien? Besonders auch Susi?“ Besorgt wollte sie schon aus dem Bett springen.

Chris drückte sie zurück.

„Du hast immer noch eine Gehirnerschütterung. Du musst liegen bleiben. Deinen drei Süßen geht es gut. Miro ist noch in der Tierklinik, für heute zumindest. Ich habe vorhin mit Michael telefoniert. Er hat Pida und Susi zu sich genommen. Susi erholt sich langsam wieder von ihrem Schock. Miro darf dann auch erst mal zu ihm. Du weißt, dass er wohl auf dem rechten Auge erblindet ist durch den Aufprall auf die Wand?“ Mitfühlend hielt er ihre Hand fest.

Mit Tränen in den Augen blickte sie ihn an.

„Ja, ich habe es von Michael gehört. Und außerdem auch, dass ich nun ewig in Deiner Schuld stehe, da du Miro das Leben gerettet hast.“

„Ach, hör auf von Schuld zu reden. Das war doch selbstverständlich.“

„Das wäre es nicht für jeden gewesen. Für viele Menschen ist ein Hundeleben weniger wert als ein Menschenleben.“

Verlegen lächelte er.

„Na ja, ich habe mich nicht ganz uneigennützig auch zuerst um Dich gekümmert, dann um Miro und, ich gebe es zu, zuletzt erst um Wegener. Diese Reihenfolge schien mir richtig zu sein."

„Das war sie auch. Ich danke Dir." Schweigend hielten sie sich längere Zeit umschlungen.

Dann löste sie sich von ihm, sah ihn ernst an.

„Bevor Du mir ausführlich über den Mordfall berichtest, da mir noch vieles unklar ist, muss ich aber noch was loswerden."

„Du musst auf die Toilette?"

„Das auch. Aber zuerst muss ich Dir etwas über mich erzählen."

Endlich, dachte Chris. Das wurde auch langsam Zeit. Da er genau wusste, was jetzt kommen würde, setzte er sich neben sie und hielt sie fest.

Elli holte tief Luft und fing einfach an zu erzählen.

„Du hast Dich sicherlich schon gewundert, wieso ich in den vergangenen Wochen bei manchen Situationen panikartig reagiert habe. Vielleicht erinnerst Du Dich an das erste Mal. Das war nach unserer ersten gemeinsamen Nacht nach dem Straßenfest, Du sagtest zu mir „Gibt es irgendetwas, das Du nicht kannst?"

„Ja, ich erinnere mich noch gut daran. Habe mich sehr gewundert, dachte mir jedoch, dass Du Schlimmes erlebt haben musst."

„Da hattest Du richtig vermutet. Es geht zurück in meine Kindheit. Meine Eltern starben bei einem Autounfall, da war ich gerade fünf Jahre alt. Ich verstand das Ganze noch nicht so richtig und wurde erst mal zu meiner kranken Tante verfrachtet. Großeltern hatte ich schon keine mehr, nur die Schwester meiner Mutter, die allerdings an MS erkrankt war und damals schon starke gesundheitliche Einschränkungen hatte. Bei ihr fühlte ich mich sehr wohl, aber das Jugendamt beging den folgenschweren Entschluss, mich trotzdem in eine

Pflegefamilie zu geben. Da war ich mittlerweile sieben Jahre alt. Meiner Tante ging es zu dem Zeitpunkt nicht sehr gut. Zuerst fing alles ganz nett an. Die Frau behandelte mich gut, wie eine eigene Tochter. Die beiden hatten keine eigenen Kinder. Sie verwöhnte mich maßlos, ich genoss es sehr. Unbemerkt von uns beiden war der Ehemann wohl sehr eifersüchtig auf mich geworden, zumal ich damals schon sehr vielseitig begabt war. Er fühlte sich vernachlässigt von seiner Frau. Und dann begann das Drama."

Sie holte zitternd Luft, fühlte, wie der Angstschweiß ihr den Rücken herunterlief. Chris hielt sie fest an sich gedrückt.

„Okay, bringen wir es hinter uns. Der Mann, den Namen möchte ich jetzt nicht erwähnen, entführte mich. Er schlich sich eines Nachts in mein Kinderzimmer, betäubte mich mit Chloroform, schleppte mich in sein Auto und fuhr mich, wie nachher herauskam, in ein ehemaliges Fabrikgebäude. Dort hatte er einen kleinen, fensterlosen Kellerraum mit einem Feldbett und einer Campingtoilette ausgestattet. Er warf mich betäubt auf das Bett und ließ mich in dem kalten Raum zurück. Bei wirklich nur faulem Wasser und Brot."

Panik drohte sie zu überwältigen, aber dank Chris Nähe gelang es ihr, diese krampfhaft zu unterdrücken und weiter zu erzählen.

„Ich kann Dir nicht alle Details meiner fünfmonatigen Folter erzählen. Das schaffe ich einfach nicht. Er schlug mich, dachte sich die verrücktesten psychischen und physischen Quälereien aus. Das einzige, was er nie tat, war, mich zu vergewaltigen. Er konnte es nicht, weil er impotent war. Aber ansonsten tat er nahezu alles, was ihm so an Perversitäten einfiel. Immer begleitet von den Worten „Gibt es irgendetwas, das Du nicht kannst?" In stetiger Erinnerung an meine vielseitige Begabung, die ihn so sehr gestört hatte. Ich bettelte, flehte ihn an, beteuerte, alles immer sauber zu machen und immer lieb zu sein. Aber das törnte ihn immer noch mehr an."

Sie brach in Tränen aus, konnte einfach nicht mehr.

„Es ist alles gut. Du musst nicht mehr weiter erzählen. Quäle Dich selber nicht noch mehr." Chris wiegte sie in seinen Armen, strich ihr beruhigend über den Kopf.

„Doch ich muss es loswerden. Sonst steht das ewig zwischen uns. Ich kann Dir keine Details mehr berichten, da die fünf Monate alle wie ineinander verschwammen. Und dann kam der Tag, an dem er wohl beschlossen hatte, mich endgültig zu töten. Ich spürte das wohl schon, als er hereinkam. Er kam mit einem Messer, legte es neben mein Bett und versuchte als Gipfel der Quälereien, mich mit einer Colaflasche zu vergewaltigen. Mit letzter Kraft schaffte ich es irgendwie, mit schon heruntergerissener Unterhose, mich vom Bett runterzurollen. Ich robbte zu dem Messer hin. Er war an diesem Tag ziemlich besoffen und somit etwas langsamer in seinen Reaktionen. Ich weiß nicht mehr genau, was ich tat, aber anscheinend stach ich endlos mit dem Messer auf ihn ein. Solange, bis er sich nicht mehr bewegte und ich selber von seinem Blut komplett besudelt dalag. Alles andere hörte ich hinterher nur von der Polizei. Ich schleppte mich wohl völlig entkräftet nach draußen, wo mich ein Wanderer mit seinem Hund fand, der sofort die Polizei verständigte. Ich kam in ein Krankenhaus und dann in verschiedene psychiatrische Einrichtungen. Geheilt hat mich allerdings erst ein indianischer Schamane, den ich im Alter von sechzehn kennenlernte. Na ja, geheilt wohl nicht ganz, da ich, seit ich Dich kenne, wieder vermehrt Angstzustände bekomme. Deswegen hatte ich auch immer Angst, mich zu sehr auf Dich einzulassen. Meine starken Gefühle für Dich wühlten alles in mir auf und somit auch meine Vergangenheit. Verzeih mir bitte."

„Da gibt es nichts zu verzeihen." Chris standen, obwohl er die Geschichte schon vorher gekannt hatte, Tränen in den Augen.

„Du kannst ja nichts dafür und außerdem liebe ich Dich. Wenn Du dazu noch nicht so ganz fähig bist, so reichen meine Gefühle erst einmal für uns beide."

„Ich liebe dich doch auch. Nur manches Mal bricht etwas in mir durch, das ich nicht kontrollieren kann."

„Ich werde es verkraften. Und ich danke Dir für das Vertrauen, mir Deine Geschichte erzählt zu haben. Ich glaube, jetzt wird alles leichter werden."

51.

Eine Woche später.

Elli und Chris, begleitet von den drei Hunden, standen am Leopoldshafener Baggersee und blickten erstaunt in das glasklare, saubere Wasser des Sees. Seit etwa einer Woche klärte es sich zusehend. Mittlerweile war es fast sauberer als zuvor. Des Rätsels Lösung hatte Wegener Chris in langen Verhörsitzungen schließlich gestanden.

Neben ihnen stand der inzwischen wieder genesene Johnny.

Miro mit halb kahl geschorenem Kopf, den noch eine vernähte Wunde zierte, schnupperte eifrig den Boden ab. Seit er auf dem rechten Auge nichts mehr sah und zudem sein rechtes Ohr den Dienst halbwegs aufgegeben hatte, verließ er sich zunehmend mehr auf seinen Geruchssinn. Er trug seine Behinderung mit Fassung, nutzte diese jedoch schamlos aus, um nach Leckereien zu betteln oder besser herumzustromern. Elli war ja so was von nachsichtig mit ihm geworden und verhätschelte ihn nach Strich und Faden. Seine bevorzugten Aufenthaltsplätze waren seit dem Angriff auf sie ihr Schoß, ihr Bett, ihr Stuhl, ihr Schlafsessel, der Beifahrersitz im Auto, oder neben der Toilette, wenn sie diese benutzte. Mit anderen Worten – er wich überhaupt nicht mehr von ihrer Seite. Es könnte ja wieder mal ein Mörder zuschlagen wollen. Elli genoss seine Aufmerksamkeit ebenso wie die von Chris. Auch er schien seit einer Woche nicht mehr von ihrer Seite zu weichen. Er hatte extra Urlaub beantragt, der sowieso schon lange überfällig war. Alfred Wegener lag noch im Krankenhaus, von dem aus er dann in die Untersuchungshaft überstellt werden würde. Mit den Beweisen, die mittlerweile gegen ihn vorlagen, würde er vermutlich eine lebenslange Haftstrafe verbüßen müssen.

„Ich weiß immer noch nicht ganz genau, wieso eigentlich auf mich geschossen wurde“, beschwerte sich Johnny.

„Dann werde ich es Dir jetzt ausführlich erklären. Hier scheint mir der rechte Ort dafür zu sein“, meinte Chris.

Elli ließ sich gemütlich auf dem Angelsteg nieder, auf dem vor etlichen Wochen von Alfred Wegener der Mord an Reinhard Klug verübt worden war. „Miro, bleib bitte in der Nähe. Du bist noch nicht gesund.“

Der kleine Rüde hörte sie jedoch schon gar nicht mehr. Eine leckere Hasenspur war ihm in die Nase gezogen. Pida und Susi kuschelten sich an Elli. Chris begann mit seinem Bericht.

„Also, vielleicht sollte ich zuerst von Wegener berichten. Er ist eigentlich ein anerkannter Wissenschaftler auf dem Gebiet der Biochemie, inzwischen allerdings im Ruhestand, den er jetzt allerdings im Gefängnis verbringen wird. Er war längere Zeit an der Uni Karlsruhe mit Forschungsarbeiten zum Thema Wasserverschmutzung tätig. Damals gelang ihm ein eigentlich bahnbrechender Erfolg. Er fand die Lösung für den Abbau der gefährlichen Blaualgen, auch Cyanobakterien genannt, die zum großen Teil für die Eutrophierung, also Umkippen oder Verseuchung von Gewässern, verantwortlich sind. Diese Lösung heißt Bakteriophagen. Ich will hier nicht weiter in die Tiefe gehen, Johnny, aber Bakteriophagen vernichten oder besser fressen Bakterien und die von Wegener entwickelte Wegener-Phage zerstört erstaunlich zuverlässig und rasant schnell Cyanobakterien. Er hat sie durch Genmanipulation entwickelt. Die Uni dankte ihm jedoch seinen Erfolg nicht, wohl auch aus finanziellen Gründen. Das Budget für seine Arbeit war aufgebraucht, er wurde unbeachtet in den Vorruhestand geschickt, mit einer großzügigen Abfindung.

Der bitter enttäuschte und verärgerte Wegener mietete in Hagsfeld ein Labor an, wie ich vorgestern aus ihm herausbekommen habe und setzte dort seine Versuche fort. Sie wurden immer Erfolg versprechender und er fasste den größenwahnsinnigen Entschluss, einen Feldversuch zu wagen. Systematisch verseuchte er den Leopoldshafener Baggersee mit Blaualgen. Er fuhr mit einem weißen Geländewagen der Marke Nissan Patrol mit der Beschriftung „Schnakenbekämpfung“ oft hier an den See, um seine Fässer mit den darin befindlichen, im Labor vermehrten Blaualgen abzukippen. Das war der Wagen, den Elli nach dem Mord flüchtig aus dem Augenwinkel gesehen hatte, jedoch nicht bewusst registrierte. Wir haben den Geländewagen übrigens gestern in der Nähe von Wegeners Wohnung entdeckt.

Eines Morgens ertappte ihn der frühe Angler Reinhard Klug hier auf diesem Steg, als Wegener wohl gerade eine Messung durchführte. Die beiden kannten sich aus dem besagten Golfclub, in dem auch der Polizeichef Mitglied ist. Kurzum, Wegener beging eine Kurzschlusshandlung und ermordete Klug mit einer herumliegenden Bierflasche. Er wollte gerade flüchten, muss jedoch noch von weitem gesehen haben, wie Elli die Leiche entdeckte. Sie war anscheinend relativ kurz nach dem Mord an der Stelle. Er sah ihren Blick in seine

Richtung schweifen und befürchtete seine Entdeckung. Glücklicherweise bekam er keine Chance mehr, die unerwünschte Zeugin zu beseitigen. Elli war zu schnell am Auto angelangt, um uns anzurufen. Dann lernte sie mich kennen“, er warf ihr einen zärtlichen Blick zu, „was Wegener zuerst mal zögern ließ. Von da ab observierte er uns, freundete sich absichtlich mit Frau Mayerschön an, der Elli als gute Bekannte hin und wieder leider so manches erzählt hat. Unvorsichtigerweise! Wegener ist zudem ein Computerhacker, was ihm weitere Möglichkeiten eröffnete. Bei der Observierung von Ellis Haus und Abhören ihres Handys bekam er auch mit, dass wir den Kling in Verdacht hatten. Es kam ihm sehr gelegen. Er versuchte alles, um den Verdacht verstärkt auf den ehemaligen Betrüger zu lenken, was ihm ja auch gelang. Meine Intuition sprach zwar immer gegen Kling, aber die Beweise waren einfach zu erdrückend. Und dann kam ihm der verliebte Hartmut Heck in die Quere. Hartmut hatte wohl eine solche Vernarrtheit in Elli entwickelt, dass er alles im Internet nur Erdenkliche über Gewässerverschmutzung, Eutrophierung und Forschungen auf diesem Gebiet durchsuchte. Er hielt vieles davon in seinem Tagebuch fest, welches Michael erst vor etwa einer Woche entdeckte. Ausgerechnet an dem Tag, als Elli aus Griechenland zurückkehrte.

Hartmut wollte sie schützen und warnte Elli bei einem Treffen hier am See vor der Gefahr, die von dem Mörder ausging, ohne sich jedoch leider genauer zu erklären. Er war sich wohl nicht völlig im Klaren darüber, dass er tatsächlich die Wahrheit entdeckt hatte. Vermutlich wurde er dann hier am See unglücklicherweise ausgerechnet von Wegener gesehen, der mittlerweile seine Wegener-Phagen ins Wasser kippte. Er beseitigte ihn später genauso, wie zuvor schon Klug. Ob Hartmut den Namen von Wegener tatsächlich noch kurz vor seinem Tod herausgefunden hatte, ist nicht klar. Er hat sich im Tagebuch nur wage über den wissenschaftlichen Bericht über die Entdeckung einer neuen Sorte von Bakteriophagen ausgelassen. Den Rest hat Michael schlussendlich selber recherchiert und somit auch den Namen von Wegener gefunden.

Wegener machte nach dem Mord an Hartmut einen sehr schlauen Schachzug. Er verfrachtete die Leiche in die Jagdhütte eines Golfkollegen, im Vertrauen darauf, dass ich den Zusammenhang mit Kling entdecken würde, was ja auch geschehen ist. Als letztes versteckte er das blutverschmierte Messer in Klings Garage. Ein Zufall kam ihm dabei zugute. Kling war tatsächlich nichts ahnend und harmlos in die Schweiz in Urlaub gefahren und kehrte erst neulich zurück, wo er auch prompt an der Grenze erwischt wurde. Wäre das nicht der Fall gewesen, dann hätte Wegener sicherlich einen anonymen Anruf bezüglich des versteckten Messers getätigt."

„Was ich allerdings nicht kapiere, wieso ist Wegener eigentlich plötzlich auf diese perverse Weise auf mich losgegangen?", unterbrach ihn Elli. Chris legte fürsorglich den Arm um ihre Schultern.

„Wegener ist eine gestörte, soziopathische Persönlichkeit. Solange sein Gehirn mit der Wissenschaft beschäftigt war eigentlich ganz ungefährlich und sogar nützlich, wie wir an dem mittlerweile wieder glasklaren Wasser hier erkennen können. Seine Wegener-Phagen vernichten zuverlässig und gründlich die Wasser verschmutzenden Blaualgen. Eine Umwelttechnikfirma arbeitet bereits an der Erforschung und Züchtung dieser Phage. Aber zurück zu Wegener. Dann war sein Versuch beendet und er verliebte sich bei seiner Observierung offensichtlich in Dich, mein Schatz, was ich ihm generell nicht verdenken kann. Allerdings nahm die Verliebtheit bei ihm absolut psychopathische Züge an. Er neigt zu so einem Verhalten, welches wir schon daran erkennen können, wie er die arme, kleine Susi misshandelt hat. Er war der Beobachter am Zaun damals bei der After Show Party und auch der Dieb Deines schönen schwarzen Slips. Du hast mir übrigens immer noch nicht mitgeteilt, was für einen neuen Slip ich Dir kaufen soll.“

„Erspart mit bitte solche Details“, stöhnte Johnny.

„Entschuldige Johnny. Wieso er Dich allerdings auf dem Schiff plötzlich und eigentlich für ihn leichtsinnig gefährlich erschießen wollte, weiß ich auch nicht. Er wollte sich beim Verhör über diesen Punkt nicht näher auslassen. Vielleicht Eifersucht, keine Ahnung. In Deine Falle mit dem Konzert am See ist er nur Dank meiner Anwesenheit nicht getappt, worüber ich sehr froh bin. Er stand tatsächlich unten im Publikum, wie er mir zähneknirschend berichtete. Die Idee war zwar im Prinzip nicht schlecht, aber es hätten dabei andere Menschen verletzt werden können. Oder die Schusswesten wären bei einem eventuellen Kopfschuss auch recht sinnlos gewesen. War eindeutig besser so. Deine Flucht nach Griechenland blieb ihm leider nicht verborgen. Ich Idiot habe dummerweise von meinem Handy aus bei Dir in Griechenland angerufen. Das hat Wegener als echter Technikfreak abgehört und wusste somit genau, wann Du wiederkommst und dass auch keine Hunde im Haus waren. Er brach durch einen Kellerlichtschacht ein, versteckte sich in Deinem Schlafzimmer und brauchte nur abzuwarten. Womit er allerdings nicht gerechnet hatte, war Deine Wehrhaftigkeit und natürlich die des tapferen Miros. Ich klingelte wohl gerade rechtzeitig an der Tür.“

„Hast Du eigentlich meine Andeutungen sofort kapiert?“

Chris sah sie ernst an.

„Die Andeutungen hätte ich gar nicht gebraucht. Dank Michael hatte ich ja schon einen eindeutigen Verdacht auf Wegener. Ich hatte mir berechtigte Sorgen gemacht, er wäre mir zuvorgekommen, was ja auch stimmte. Ein Blick in Dein Gesicht und der kleine Kratzer am Hals bestätigten mir dann alles. Ich kenne Dich schließlich genau. Lügen kannst Du nämlich nur sehr schlecht. Und aus Deinen Augen sprach die nackte Panik. Auf die Idee mit der offenen Terrassentür hast Du mich dann aber doch gebracht. Auch die Worte Kling und Wegener habe ich natürlich sofort kapiert. Mir war klar, dass er wohl die Hunde sozusagen als Geiseln genommen haben musste, denn Miro ist normalerweise immer der erste an der Haustür. Du kannst von Glück sagen, dass Wegener gerade nach etwas Anderem der Sinn stand, als genau hinzuhören."

„Ja, ja was wieder einmal zeigt, dass Männer doch hauptsächlich auf Sex fixiert sind, dass dabei regelmäßig ihr Gehirn aussetzt und das Blut vermehrt in andere Organe fließt."

Johnny schüttelte entrüstet den Kopf, Chris lachte herzhaft dazu.

„Elli, Du bist manchmal einfach gemein und äußerst Dich sehr primitiv über uns Männer."

„Aber es stimmt doch. Deine ersten Worte, nachdem Du in Heidelberg nach dem Anschlag aus dem Koma aufgewacht bist, betrafen ja schließlich auch Sex, oder?"

„Ich wollte doch nur Witze machen, um zu zeigen, dass ich wieder voll da bin."

„Ja, ja rede Dich jetzt bitte nicht heraus …"

Pida und Susi seufzten beide.

„Ach, Menschen, was die nur immer mit ihrem Sex haben. Verstehe ich gar nicht", meinte Pida.

„Ich schon", seufzte Susi erneut, diesmal verträumt.

Pida setzte sich alarmiert auf.

„Wieso seufzt Du so komisch, Susi?"

„Ach, weißt Du, meine Liebe. Neulich, als Elli uns alleine im Garten gelassen hat, da war plötzlich ein wunderschöner schwarzer Cockerspanielrüde hinten am Gartenzaun. Moritz heißt er übrigens. Und Du weißt doch noch“, sie kicherte albern. *„Da war ich gerade voll läufig. Nun ja, ich habe ein kleines Loch gebuddelt, bin zu ihm gekrochen und ich sage Dir, das war eine herrliche Stunde.“* Mit entrücktem Blick leckte sich die kleine weiße Pudelhündin eine Pfote und zärtlich den Bauch.

Pida sprang entsetzt auf.

„Du bist schwanger? Von einem schwarzen Cockerspaniel? Oh nein, das darf nicht wahr sein. Wie konntest Du nur. Dann behält Elli sicherlich alle Deine Babys. Cockerspaniel. Hätte es nicht wenigstens ein Pudel sein können?“

„Wieso denn, die Mischung heißt doch Bonnys. Ist das nicht süß?“

In dem Augenblick brach Miro aus dem Gebüsch.

„Miro, stell Dir vor, Susi ist schwanger. Von einem Cockerspaniel namens Moritz.“

„Na und? Den kenn ich. Dufter Typ! Der ist gar kein so schlechter Jäger. Gott sei Dank war es kein Pudel! Und da Elli eh alle behalten wird, zumindest die Hündinnen, wofür ich schon sorgen werde, haben wir nachher einen netten Harem. Klasse! Lauter hübsche Mädels. Und vermutlich haufenweise zu Essen, um die alle satt zu kriegen. Gut gemacht, mein Susilein.“

„Ich bin nicht Dein Susilein. Meine Mutter ist eine von …“

„Ja, ja ich weiß, die mit dem Schwarzenegger, ich weiß.“

* * *